을 유 세 계 문 학 전 집 · 9 1

조플로야

을유세계문학전집·91

조플로야

ZOFLOYA

샬럿 대커 지음 · 박재영 옮김

을유문화사

옮긴이 **박재영**

미국 애리조나주립대학교에서 학부와 석·박사 통합 과정을 공부하고 영문학 박사 학위를 받았다. 현재는 전북대학교 영어교육과 교수로 재직하고 있다. 문학과 영화에 관련된 30여 편의 논문을 썼고, 초등 영어 교과서와 고등 영어 교과서 집필에 참여했으며, 마빈 피셔 도서상, 월프레드 페렐 기금상, 전북대 평생지도교수상 등을 수상했다.

을유세계문학전집 91
조플로야

발행일·2017년 9월 30일 초판 1쇄
지은이·샬럿 대커 | 옮긴이·박재영
펴낸이·정무영 | 펴낸곳·(주)을유문화사
창립일·1945년 12월 1일 | 주소·서울시 마포구 월드컵로16길 52-7
전화·02-733-8150~3 | FAX·02-732-9154 | 홈페이지·www.eulyoo.co.kr
ISBN 978-89-324-0473-8 04840 978-89-324-0330-4(세트)

• 값은 뒤표지에 표시되어 있습니다.
• 옮긴이와의 협의하에 인지를 붙이지 않습니다.

차례

제1권

이들은 격정적인 욕망을 낚아채리라   ― 콜린스

지금 미소 짓는 기회를
지나치게 하지 마시고
가장 적절한 시간에 나 홀로
저 여자를 보게 하소서   ― 밀턴

제1장

마음속 깊이 남을 만한 교훈을 주어 인류가 고결하고 보다 행복하길 바라는 역사가라면 단순히 사건을 나열하는 데 만족해서는 안 된다. 원인을 명확히 규명하고 점진적으로 그것이 어떤 영향을 미치는지 추적해야 한다. 발생한 사건을 연역할 수 있어야 하며 항상 그 실질적 근원으로 돌아가야만 한다.

때는 15세기가 저물어 갈 무렵이었다. 어린 아가씨 빅토리아 디 로레다니의 생일 저녁, 그날을 축하하기 위해 베네치아의 젊은 귀족들은 대부분 로레다니가(家)의 궁정에 모여들었다. 사람들은 하나같이 즐거워 보였다. 사랑스러운 새침데기 빅토리아마저도 거침없이 활달하게 웃었다. 예쁜 얼굴로 보나 화려한 치장으로 보나 베네치아인 어느 누구도 그녀와 견줄 수는 없었다. 빅토리아의 기분을 한껏 고조시키고 자신감을 충만케 하는 또 다른 일이 있었는데, 늘 불손하고 소란스러운 오빠 레오나르도가 그녀를 보고는 파티에 참석한 어떤 여인보다도 눈이 부시다고 공언한 것이었다.

로레다니 후작은 17년 전에 라우리나 디 코르나리와 결혼했다. 라우리나는 빼어난 미모와 진기하고 특별한 재능을 가진 여인이었다. 굳이 흠을 찾는다면, 그것은 찬사의 대상이 되고 싶은 지나친 욕망, 허영심, 자부심에서 촉발된 것이었다. 당시 라우리나는 겨우 열다섯이었고, 후작은 딱 스물이었다. 그들의 결혼은 어떤 합의도 없이, 심지어 친한 친구들도 모르게 해치운 혼사였다. 그것은 욕정에서 비롯된 실수이자 젊은 날에 벌어진 광란이었다. 그렇지만 신파극의 뻔한 결말과 달리, 이 성급한 합체에는 어떤 회한이나 증오도 따르지 않았다. 다행히 상황과 운때가 잘 맞았기 때문이었다. 시간이 흘러도 라우리나는 인격적으로 성숙하지 않았지만, 남편은 식지 않은 열정적 사랑으로 그녀 곁을 지켰다. 라우리나의 인생 여정에는 아직 아무런 유혹도 끼어들지 않았으므로 그녀는 정조를 지키려고 노력할 필요도 없었다. 해가 바뀌면서 그녀는 사리 분별을 못하던 시절의 정욕적 선택을 이성적으로 받아들이기 시작했다. 별생각 없이 택했던 남편을 점점 연인으로 사랑하게 되었다.

결혼 후 2년 동안 얻은 유일한 결실이라고는 두 아이뿐이었다. 상황이 이렇다 보니, 풍요와 경박함 속에 자식들은 그들의 우상이 되었다. 부모가 아이들에게 보여 준 관대함은 천박하고 끝이 없었다. 미숙한 부모는 자신들이 저지르는 해악에 대해 잘 알지 못했다. 눈물과 짜증으로 일그러졌던 고집불통 아이가 즐거워하면 그들은 마냥 좋았고, 귀엽고 순진한 아이의 얼굴을 보면 행복했다. 부모는 앞으로 닥칠지도 모를 불행 때문에 그 기쁨을 포기할 수 없었다. 이렇게 자란 열다섯 살 빅토리아는 천사처럼 예쁘고 우아했지만 자존심 강하고 도도하며 자기만족에 차 있었다. 또한 거칠고 난폭하고 통제할 수 없는 영혼이 되어 사람들의 비난과 질책에도 개의치 않았다. 그녀는 복수심이 강하고 무자비하고 잔인한 성품을 가졌으며, 자신과 연관된 일이라면 항상 주도권을 잡으려고 했다.

동생보다 한 살 위인 레오나르도 역시 무분별한 사랑의 희생양이 되었다. 그는 빅토리아보다 더 암울한 그늘 속에 자라면서 온화하면서도 다혈질적인 성품을 갖게 되었다. 유혹의 언저리를 맴돌며 원초적이고 요염한 유혹에 쉽게 넘어갔을 뿐 아니라, 어떤 형태로든 마음에서 일어나는 순간적 충동을 제어하지 못했다. 이런 기질이 혹여 그를 비행의 소굴로 밀어 넣지는 않겠지만, 그렇다고 악의 침투를 막는 강력한 철벽이라고 할 수도 없었다. 그는 난폭했고 복수심이 강했다. 하지만 은혜를 갚기 위해서라면 자신을 희생할 줄도 알았다. 명예의 문제에 있어서는 재빨리 응대했고, 충동적이기는 하지만 그래도 그것은 고상한 기품이었다. 비록 그 가문이 어떤 부도덕한 행위로 추락하는 것보다 자기 때문에 먼저 몰락할 수도 있겠지만, 그는 가문의 탄생과 위풍에 대해 (후작 가문이 한없이 부여한) 자부심을 가지고 있었다. 이렇듯 그의 불량한 성품에도 약간의 긍정적인 면이 있다는 것은 누구도 부인할 수 없었다.

그들은 똑같이 조기 교육에 실패한 아이들이었다. 훗날 타락을 막기 위해 미덕과 예의범절의 훌륭한 본보기, 그것을 모방하고 싶은 마음이 생기게 하는 본보기가 필요하고, 지극히 정성 어린 관심이 필요한 그런 부류의 아이들이었다. 만약 제대로 교육을 받았다면, 이런 성향의 아동기에 안정된 관심이 부족해서 생기는 비행에 대처할 수 있었을 것이다.

심사숙고하고 한탄해야 할 온갖 문제들에도 불구하고 얼빠진 부모는 불 보듯 뻔히 보이는 징조들을 전혀 알아채지 못했다. 그들은 그저 행복할 따름이었다. 베네치아 어디에도 그들보다 행복한 부부는 없었다. 라우리나 디 로레다니는 아직 미(美)의 절정기에 있었고, 비록 소년의 황홀한 섬망에는 미치지 못해도 남편은 변함없이 열정적이고 실질적인 애정으로 그녀를 사랑했다. 후작은 가장 선량하면서도 가장 귀족적인 인물로 존경받았지만, 그녀 앞에서는 오직 한 사람만 위해 살아가는 사내아이일 뿐이었다. 그는 사람을 의심하지 않았고, 관대한 성품을 지녔으며, 매혹적인 아내를 자랑스러워했다. 그녀가 찬사를 받고 추종받을 때면, **그의** 마음에는 미묘하면서도 정제된 기쁨이 일었다. 그러나 정작 **그녀의 마음**에는 그 같은 고상한 감정이 일지 않았다. 그녀는 자기만족 한가운데 파묻혀 지내느라 그런 것들을 별로 중요하게 생각하지 않았다.

이 시점에서 잠깐 다른 이야기를 하는 것도 나쁘지 않겠다. 이 역사가 시작되는 시대에 베네치아인들은 자부심 강하고 엄격하며 가림이 심했다. 자기 민족의 고결성에 대한 자부심은 어느 민족과도 비교할 수 없을 정도로 대단했다. 한편 그들의 행동거지는 통치 기관의 세세하고 음험한 감시를 받았다. 정권은 의심과 질투가 많아서, 그에 반하는 의도가 조금이라도 의심되거나 아니면 단순한 낌새만으로도 대중을 우울하게 만들었고 때론 개인을 죽음으로 몰고 갔다. 그 결정은 항상 최고의 저명인사들이 주재하는 비밀 재판에서 내려졌는데, 바로 콘실리오 디 디에치, 즉 10인의 평의회였다. 평의회는 자신들에게 반대하는 상류층 인사의 발을 묶어 산마르코 기념비 사이에 거꾸로 매달거나, 혹은 여론이 방해하는 것을 피해 고아원이나 다른 장소에 그들의 시체를 처박아 버리는 식으로 보다 조용히 처리하기도 했다. 베네치아 남자들은 열정이 최고조에 이른 스페인인과 이탈리아인을 합쳐 놓은 것만큼 자기 아내를 좋아했고, 그만큼 질투심도 대단했다. 아직 아물지 않은 원한이나 앞으로도 쉽게 아물 것 같지 않은 원한에 대해 복수를 하거나 자신이 원하는 것을 손에 넣기 위해, 아니면 이룰 수 없는 욕망을 해소하기 위해 독약과 단도가 끊임없이 난무했다. 베네치아인은 천성과 풍토, 관습, 교육의 영향으로 잔인하고 유혈적이었으며, 일단 불붙은 증오는 결코 누그러지지 않고 영원히 지속되었다.

다음 역사의 주요 배경이 되는 국가에 대한 설명으로 잠깐 우회했는데, 이제 보다 직접적으로 연계된 사안으로 넘어가자.

로레다니의 궁정에서는 왁자지껄한 파티가 한창이었다. 한 방문객이 궁정 대문 앞에 나타나 후작을 만나게 해 달라고 청했다. 후작은 자기 이름을 아는 누군가가 찾아왔다는 말을 듣고 즉시 그 사람을 들여보내도록 명령했다. 연회장 문이 열리자 그의 우아한 자태가 나타났다. 그는 예의를 갖추어 고개를 숙였다. 그리고 독일 귀족이면서 로레다니의 절친한 친구인 부름스부르크 남작의 서신을 내밀었다. 남작은 서신에서 아돌프 백작을 여느 독일인처럼 흠 없는 성품의 상류층 부호라고 소개하며, 극진히 대접해 줄 것을 부탁하고 있었다. 후작은 그 서신을 신중히 읽고, 곧바로 백작에게 손을 내밀어 정중히 연회장 상석으로 이끌었다. 그 방문객이 입장하면서 사람들의 미묘한 눈초리에 당혹해하거나 힘들어하지 않도록 배려한 것이었다. 그곳에는 라우리나와 딸 그리고 다른 무리들이 모여 있었다. 후작은 부인에게 그를 먼저 소개하고, 다른 사람들에게도 인사를 시켰다. 백작의 출중한 외모로 인해 연회장 안에서는 이내 그를 향한 경외와 찬사의 바람이 일었다. 그는 귀족적인 면모와 더불어 위엄이 있어 보였다. 이목구비는 품위와 매력으로 번뜩였고, 모든 면에서 거부하기 힘든 매력을 발산했다. 몇몇은 그의 관심을 끌기 위해 듣기 좋은 말로 분위기를 띄웠다. 일단 그가 관심을 보이면, 사람들은 그의 잘생긴 외모와 재치 있는 말에 매료되어 주변으로 모여들었다. 아돌프 백작의 외관상 이미지가 이렇다 보니, 사람들은 금세 그를 중심으로 에워쌌고, 편안하고 여유 있는 그의 태도 앞에 그가 방금 소개된 사람이라는 사실을 잊었다. 그의 등장은 전에는 의식할 수 없었던 흥분과 생동감 넘치는 분위기를 자아냈다.

후작 부인은 이 연회의 어린 여신이라며 빅토리아를 그에게 소개했다. 부인은 딸에 뒤지지 않을 만큼 아름답고 젊었다. 백작의 시선은 빅토리아의 아름다움에 잠깐 머물렀다. 예의를 갖추어 그녀를 칭송했지만, 그의 말에는 진심이 느껴지지 않았다. 그는 곧바로 후작 부인에게 돌아서서 의미심장한 경의를 표했다. 그가 부인에게 각별히 관심을 가지고 있다는 것은 누구에게나 분명해 보였다.

밤이 깊어 무리가 떠나고, 아돌프 백작은 후작 궁정의 근사한 방으로 안내되었다.

제2장

이야기를 더 진행하기 전에, 아돌프 백작이 지닌 신념과 성품에 대해 잠깐 설명하는 게 좋겠다. 백작의 등장이 장차 불운한 로레다니 가문을 압도할 만한 재앙의 근원이 될지도 모르기 때문이다.

그는 독일에서 태어났다. 어린 시절, 미망인이었던 어머니가 돌아가시고 홀로 남게 되자, 그는 모국을 떠나 프랑스와 영국으로 갔다. 이 두 국가에서 좋지 않은 꼴들을 목도하면서, 선천적으로 타고난 그의 잔학한 성향은 이내 악화되었다. 몇 년 지나지 않아 그는 인간에 대한 도의나 배려에 냉담해졌고 타락의 늪으로 빠져들었다. 그가 저지른 악행은 흠 없고 순결한 처녀의 명성을 망가뜨리거나 성실하고 순종적인 여성을 속이고 버리는 정도가 아니었다. 그런 행동은 그의 비열한 영혼을 끔찍하고 사악한 승리감으로 만족시키지 못했다. 그는 더 험하고 파괴적인 목표를 선호했다. **그의 목표**는 결혼한 연인의 행복을 가로채고, 정결하고 신실한 부인을 사랑스러운 낭군으로부터 떼어 내며, 젊은 신혼부부에게 악의적인 소문을 퍼뜨려 그들의 행복을 작살내고, 가장 고결하고 가장 순정한 마음을 유혹하며, 그로 인해 사방으로 번지는 혼란을 보면서 환호하고 자축하는 야만의 쾌락이었다. 그는 조물주가 허용한 최고의 주형틀로 뜬 것 같은 외모를 가졌는데, 이는 축복이라기보다는 저주에 가까운 것이었다. 그는 상대를 놀라게 하고 매료시킬 수 있는 능력을 가졌으며, 한 남자를 가장 완벽하면서도 가장 위험한 존재로 만드는 품격과 매력을 소유했다. 천사의 가면을 쓴 악마처럼, 다른 사람에게서는 좀처럼 찾을 수 없는 그런 매혹적인 자질을 이용해 그는 상대를 샛길로 유혹하고 배신했다. 하지만 이러한 정복이 반복되면서 그는 점점 지루해했다. 불타는 정열과 고조된 허영심이 충족되고 또 완화되면서, 아돌프는 공허에 빠져들었고 그가 탈취한 모든 것을 경멸했다. 단숨에 그에게 매료되는 여자들과 그의 환심을 사기 위해 아양 떠는 여자들을 멸시했다. 그는 비행과 방탕의 뜨거운 침상이었던 파리에 넌더리가 나서 그곳을 떠났다. 환경을 바꾸어, 거침없고 과도한 쾌락으로 무뎌지고 거의 망가져 버린 감각들에 새 바람을 불어넣고 싶었다. 하지만 새로운 환경 속에서도 **마음**을 지속적으로 자극시켜 줄 수 있는, 그가 초조하고 조급한 호기심을 가지고 갈구할 만한 여자를 아직 찾지 못했다. 아돌프는 오만해서 내심 그런 여성의 존재 가능성을 인정하지 않았다. 그는 대책 없이 순박하고 나약하고 내성적인 여자를 낚지 않기 위해 대단히 편향되고 냉소적인 시각으로 분석하고 판단했다. 그런 여자들을 정복할 때면 그는 승리에 모멸감을 느꼈고, 그들의 관심을 받았던 자신이 수치스러웠다.

베네치아에 도착할 즈음, 아돌프는 회의적이고 포학하고 위험한 상태였다. 그러나 친구이자 먼 친척인 부름스부르크 남작은 아돌프의 겉모습만 보고 로레다니 후작에게 갈 추천서를 써 주었다. (그때 아돌프는 마지못해 잠깐 고국을 방문했었다.) 그가 타락했을 거라고는 거의 의심하지 않았으므로, 예전에 나누었던 숭고한 우정을 믿고, 귀족으로서 그가 지닌 배려와 호의에 대해 강한 어조로 그를 추천했다.

아돌프는 단지 색다른 재미를 찾아 베네치아에 온 것이었다. 가능한 한 매혹적이면서도 파괴적인 자신의 재능을 만족시킬 신선한 기회를 노렸다. 별로 기대하지는 않았지만, 그럼에도 그가 관심을 가질 만한 그 무엇, 그가 그곳에 머물러야 하는 이유를 찾아야만 했다. 자, 이제 이 역사의 세밀한 부분에 대해 좀 더 알아보기로 하자.

얼마 지나지 않아 아돌프는 질투심 많고 무례한 손님으로 변했다. 그리고 행복이 그득한 로레다니가에 저주의 눈동자를 들이대기 시작했다. 그의 영혼은 행복한 가정을 감싸고 있는 아름다운 휘장을 망가뜨리고 주변에 고통과 절망을 퍼뜨리고 싶은 욕구로 불탔다. 그러한 욕망을 해소하기 위해 과연 이 표독스러운 악마는 누구에게 관심을 보였을까? 싱그럽고 정열적이고 의기양양한 빅토리아? 아니다, 다정하고 매혹적인 그녀의 어머니였다! 관대하고 의심 없는 주인의 여인! 매일 매 시간 신경 쓰며 예의를 표하던 그 남자의 부인. 그가 망치고 싶어서 찾았던 것은 **주인의** 영광이자 기쁨이었다. 파멸로 끌어내고 수치심을 안겨 주려 찾았던 이는 **주인**

의 소산이었고, 그가 유혹하려고 찾았던 사람은 바로 **주인의 아내**였다. 이것이 남자가 친절을 베푼 남자에게 보내는 감사의 표현인가! 그럼에도 불구하고 이 일이 진행되어야만 하는가!

그러나 일은 벌어졌다. 라우리나는 사람들의 찬사에 민감하게 반응했는데, 특히 아돌프 백작처럼 뛰어난 재능과 교양을 갖춘 남자에게는 더욱 약했다. 그렇지만 그녀는 변함없이 한결같은 애정으로 남편을 사랑했고, 그를 신성한 남성으로 받들었다. 그녀를 향한 백작의 관심과 칭찬은 분명 그녀에게 기쁨을 주었다. 그녀는 그것이 자신은 물론 남편을 위한 것이라고 생각하며 정당화했다. 그녀는 남편을 신뢰했고, 그것은 교활한 아돌프의 술책을 가로막는 가장 강력한 장벽이 되었다. 하지만 유감스럽게도 저항과 난관은 아돌프가 열렬히 기대하고 바라던 바였다. 그는 그것들을 통해 새로운 저주의 기운을 공급받았다. 헌신적인 부인이 발하는 눈부신 매력에 주목하고, 남편을 향한 일편단심에 음흉한 눈길을 보냈다. 아돌프는 내심 죄책감을 느끼면서도, 정복하려다가 파멸할지언정 반드시 시도하리라 작심했다.

아돌프가 후작과 한 지붕 아래 머문 지 거의 3개월이 되어 가고 있었다. 그는 극심한 비애감에 완전히 사로잡혀 있는 듯 보였다. (일부는 그가 그 행복한 광경을 아직 파괴하지 못했기 때문이고, 또 일부는 여태껏 한낱 이방인으로 간주되던 그가 점점 많은 관심을 받고 있었기 때문이다.) 매력적이면서도 나서지 않는 라우리나의 정숙함 때문인지, 아니면 보호막을 두른 그녀의 높은 지위가 그의 욕망에 기름을 부은 까닭인지 확실치는 않았다. 그녀의 위치는 그의 시도를 더욱 위험하고 대담하게 만들었다. 분명한 것은, 그가 후작 부인보다 더 **아름다운** 여자들도 유혹했고 손에 넣었다가 버렸다는 사실이었다. 따라서 그를 사로잡은 것이 그저 그녀 자신, 그녀가 발산하는 온전한 유혹이라고만 단정하기는 어려웠다. **내면의** 아름다움이란 그가 실현할 파멸을 더욱 찬란하게 할 뿐, 그 외 별다른 의미는 없었다. 그럼 어떻게 시작되었을까. 아돌프는 분노와 열정의 섬망 속에 여러 번 그녀 곁을 황급히 떠나야 했었다. 이런 상황을 겪으면서 그는 그녀에게 주도권이 있음을 깨달았다. 그것은 지금까지 그를 대하는 냉랭한 태도에서 얻은 확신이었다. 종종 아돌프는 그녀를 자신이 이제껏 배반하고 유기했던 그 불행한 사람들 중 하나로 만들어 순식간에 추락시키는 걸 상상했다. 그럼에도 불구하고, 라우리나는 **여전히** 라우리나였다. **그녀**를 정복하는 것은 불가능해 보였다. 그는 매 시간 그를 갉아먹는 미칠 것 같은 격정을 느꼈다. 자신이 다른 이에게 안겨 주었던 수많은 고통에 대한 소소한 대가를 치르고 있었다.

한편 라우리나는 아돌프 백작이 점점 더 침울해하는 모습을 보면서도 가슴에는 그 내막을 자세히 알고 싶지 않은 마음이 일었다. (가증스러운 아돌프가 바라던 대로) 그녀는 그의 우울증이 자신과 무관하지 않음을 간과할 수 없었다. 그가 의도적으로 못 본 체하면서도 숨어서 그녀에게 간절한 눈빛을 보내는 것이나, 우연히 그녀의 손을 터치하든지 또는 드레스를 살짝만 스쳐도 몹시 흐트러지는 그의 모습, 깊은 한숨, 불길한 예감을 자아내는 이 모든 것을 후작 부인은 놓치지 않았다. 하지만 그녀는 상상으로라도 결코 남편을 떠나 본 적이 없었다. 그렇지 않았다면 아돌프를 향한 그녀의 감정이 배려 어린 관심 이상이라는 말을 들었을 터였다. 간악한 열정이란 처음에는 서서히, 전혀 의심이 들지 않게 마음에 다가오는 것이라.

어느 날 해 질 녘에 라우리나는 사색에 잠겨 정원을 산책하다가 갑자기 그와 마주쳤다. 사실 그의 입장에서는 우연이 아니었다. 그는 그녀 모르게 그녀의 생각을 조종하고 있었다. 이제껏 보여 준 어떤 모습보다도 더 가엾게, 창백하고 초췌한 모습으로, 그는 그녀 앞에 나타났다. 라우리나는 무심결에 멈춰 섰다. 그녀는 그의 얼굴을 다정하게 바라보며 따스한 목소리로 그가 아픈지 물었다. 그는 내심 자신이 어떻게 불편한지 물어 주길 초조하게 바랐지만 감히 기대하지는 못하고 있었다. 그런데 생각지도 않던 순간에 기회가 왔고, 이 상황에서 그는 더 이상 자신의 강렬한 감정을 절제할 필요가 없었다. 아돌프는 그녀의 발 앞에 몸을 던지며 다급한 목소리로 자신의 마음이 그녀를 향한 열정으로 가득 차 있노라고 고백했다. 라우리나는 어찌할 바를 몰라 하며 몸을 떨었다. 당혹스럽고 혼란스러워 꼼짝도 할 수 없었다. 그렇지만 이런 고백을 받고 가만히 있는 것은 파렴치한 행위이자 그 죄에 동참하는 것이라고 그녀는 생각했다. 백작은 무릎을 꿇으며 두 손으로 그녀의 손을 거세게 잡았고, 그녀는 그에게서 떨어지려고 안간힘을 썼다. 그러나 자신이 불붙인 욕망의 고백을 들으며, 라우리나는 **비록 잠깐이지만 남편이 아닌 다른 남자를 마음에** 받아들였다. 이로써 비운의 라우리나는 비행의 길로 **한 걸음** 나아갔다. 그녀가 그곳을 탈출하기 위해서는 자신이 유약해서 지은 죄를 무마시킬 강력한 기운과 결단이 필요했다. 마침내 그녀는 상황의 부적절함을 예리하게 감지하고 순간 결단을 내렸다. 자신을 혼란스럽게 만드는 아돌프에게서 손을 낚아챘다. 그리고 그로부터 달아나 자기 침실의 고독 속에서 감정의 분출구를 찾았다.

라우리나는 수치심에 빠져 넋을 잃고 회상에 잠겼다. 가슴을 뛰게 하는 그 감정을 어찌할 줄 몰랐다. 아돌프 백작은 로레다니 궁정에 절대 들이지 말았어야 했다고 그녀는 수천 번을 되뇌었다. 그러면서도 내심 미소 하나하나, 생김새 하나하나가 탁월한 성품을 은은히 드러내는 백작의 마음을 사로잡은 것은 대단한 영광이라고 속삭였다. 이런 성향은 그녀의 유일한 약점이었다.

오, 자기 자신을 사랑하는 자여, 그대는 위험하고 저항할 수 없는 아첨꾼이로다! 너는 어떤 인간의 계략보다도 많은 희생자를 제단에서 태워 죽일 자로다!

라우리나는 진정으로 고결하기를 원했다. 진심으로 유혹의 권세에서 자신을 보호할 수 있는 불굴의 용기를 바라며 기도했다. 그곳으로부터 멀리 달아나는 것만으로도 자신을 보호할 수 있었겠지만 그녀에게는 그럴 힘이 없었다. 그녀의 마음은 혼란한 감정으로 갈기갈기 찢어졌다. 그녀의 이성과 감사하는 마음 그리고 일찍이 습관이 되어 버린 은밀하면서도 강인한 연분은 남편을 흠모해야 한다고 말하고 있었다. 그러나 음흉한 아돌프는 매일 그녀의 정신을 혼미하게 만들었고 순결한 마음을 오염시켰다. 그와 함께 있을 때 그녀는 조심스럽고 당혹스러웠지만, 그가 없을 때는 불안하고 기분이 좋지 않았다. 잔인한 아돌프는 자신의 이점을 잘 알고 있었고, 눈 깜짝할 사이에 자기가 쫓던 가련한 희생양의 생명을 끊어 버리는 날렵한 블러드하운드처럼 그것을 추구했다. 그녀를 구하기 위해 누구도 우호의 손길을 내밀지 않았다. 그녀 곁을 맴도는 수호천사도 없었다. 위험을 깨닫기 전에 그녀는 이미 보호받을 수 없는 곳에 있었다.

제3장

처음엔 어떤 것을 정말 간절히 갖고 싶어 하다가도 일단 얻게 되면 경시하는, 그저 너무 흔한 인간 본연의 비루한 근성은 버릴 수가 없다. 하지만 이번 경우에는 예외적으로 이 근성을 따르지 않았다. 바람둥이 아돌프는 난생처음으로 진심 어린 격정에 마음을 빼앗겼다. 남편으로부터 부인의 영예를 갈취하거나 부인의 신성함에 대해 영향력을 행사하는 것만으로는 만족할 수 없었다. 그녀를 완전히 소유해야만 했다. 맹목적인 사랑을 베푸는 남편은 모멸감을 주어 쫓아내고, 자식들은 어머니의 부드러운 양육과 보호로부터 빼앗아 끝없는 파멸과 모욕 속에 처박아 버리기로 그는 마음먹었다.

이 목표를 이루기 위해 아돌프는 혼란에 빠진 가련한 라우리나를 그녀의 눈앞에서 완전히 실추시킬 필요가 있다고 생각했다. 아돌프는 그녀가 고뇌와 절망에 빠진 것을 이용했다. 그에게 깊은 상처를 주었다고 믿게 하면서, 그와 한집에 머무는 것에 심히 흥악하고 혐오스러울 정도로 죄책감이 들게 했다. 그는 항변했다. 이건 치욕에 배반을 더한 게 아닌가요? 이런 상황에서 명예를 지키자고 즉시 도피하는 것이야말로 자신의 죄를 인정하는 우행(愚行)보다 더 심한 사기죄가 아닌가요? "보물이 사라지면……." 현학적인 아돌프가 말을 이었다. "보석함은 거의 쓸모가 없죠. 남편은 더 이상 자기에게 없는 보물을 가지고 있다고 생각할 텐데. 그렇다면 라우리나, 당신은 남편을 속이면서 기만적인 삶을 살 수 있을까?"

"오, 안 돼요, 안 돼!" 실의에 빠진 부인은 소리쳤다. "나를 내버려 두세요. 오, 아돌프, 당신은 정말 잔인하시군요! 영원히 떠나 버려요! 저는 여기 남아서 죽을 거예요. 이제 내가 감내할 고통을 받으며, 자비로운 신의 심판으로 가장 흉악한 죄를 참회하게 하소서!"

그러나 아돌프는 일찍이 매혹적인 감언으로 행복한 부부의 고운 면사포를 **완전히** 망쳐 버린, 언변이 뛰어난 **친구**였다. 이번 과업의 가장 결정적인 순간에 손을 뗄 수는 없었다. 이미 절반 이상 이루어졌고, 그것을 공고히 하기 위해서는 약간의 인내가 필요했다. 그는 생이 지속되는 한, 자기를 위해 많은 것을 잃어버린 그녀를 흠모하겠노라고 맹세했다. 심지어 그 순간에는 그 또한 그 맹세가 진심이라고 믿었다.

"아이들, 오오, 내 아이들!" 제정신이 아닌 듯 라우리나는 깊은 한숨을 내쉬었다.

"그 자녀들이……." 아돌프는 기도가 진실되게 보이려고 진노한 신의 이름을 부르며 탄식했다. "그 자녀들이 **증인** 되게 하소서. 그대를 향한 내 마음이 차가워진다면, 아, 나를 **파멸**하소서!"

한편 가련하면서도 다른 한편으론 타락해 가는 이 장면을 잠깐 살펴보자. 그녀를 유혹하던 남자는 바라던 대로 완전히 성공을 거두었다. 그의 제물을 영예와 행복의 현장에서 끌어내렸다. 그녀의 집에서 끌어냈다! 남편의 품에서! 자식들의 포옹에서! 그리고 그녀가 태어난 곳 베네치아에서!

로레다니 후작이 고결한 마음으로 아끼고 의지했던 사람들이, 진정 흠모했던 아내와 믿고 맞아들였던 손님이 자기를 배신했다는 사실을 깨달았을 때의 참상을 그리는 건 아무리 적절히 표현할 수 있다 할지라도 쓸데없는 짓일 것이다. 로레다니는 버림받은 아이들의, 그들을 잉태했던 **어머니**로부터 버림받은 아이들의 무능하고 고독한, **유일한** 보호자가 되었음을 깨달았다. 그는 절망의 황무지에서 벗어나 의로운 결단에 자신을 옭아매었다. 터질 것 같은 심장을 움켜잡고, 한때는 정숙했지만 지금은 실족한 어머니를 대신해 아버지로서 아이들에게 사랑과 안식을 최대한 베풀며 살리라고 다짐했다. 그래서 후작은 올바른 사고의 소유자라면 누구나 민감하게 느낄 수 있는 그런 신성한 기운을 얻고자 했다. 그러나 또 다른 시련이 그를 기다리고 있었다. 가문의 자랑이자 후계자인 아들 레오나르도가 어머니의 비행을 알고 곧바로 집을 뛰쳐나가 다시 돌아오지 않았다. 마음의 상처가 진정되기도 전에 이 끔찍한 소식을 들은 후작은 침울한 고독의 침소에서 벗어날 용기를 잃어버렸다. 고뇌에 찬, 자부심 강한 아버지는 아들의 행동에서 고결하고 결연하고 성급한 기질을 선명히 보았다. 북받쳐 오르는 감정을 막을 수 없는 그 영예로운 정신을 공감하고 지지했다. 후작은 아들의 경솔한 행동을 개탄하면서도 그것을 촉발시킨 감성을 존중했다. 그럼에도 열정 넘치는 어린 아들이 순간 분개했던 격정을 가라앉히고 홀로 된 아버지의 품으로 돌아와 함께 눈물을 나눌 수 있기를 부질없이 바랐다. 수치심과 비통함으로 고통받으면서도 후작은 아들이 친구 집에 숨어 있지 않을까 기대했다. 그래서 친구들을 모두 탐문하는 일로 하루하루 시간은 흘러갔지만 아들은 영원히 돌아오지 않았다. 후작은 기대하다가 애통해했고, 그러다가 실망했다. 결국 어쩔 수 없이 그는 모든 희망을 내려놓았다. 하나뿐인 딸을 꼭 껴안으며 후작은 이 애가 바로 자신이 살아야만 하는 이유이며, 절망에서 벗어나야 하는 절대적 이유임을 알았다.

이리하여 빅토리아는 상심한 후작에게 우상이자 희망이며 하나뿐인 위안이 되었다. 그리고 그 집안 사람들이 우러러보는 여신이 되었다. 그녀의 말은 모두 법이 되었다. 아무리 작은 일이라도 그녀의 뜻을 거스르는 것은 신성 모독으로 여겨졌다. 그녀는 도도하고 마음대로 하는 것을 좋아했다. 언제나 대담하고 사나운 영혼이었다. 과거에도 어머니가 가끔 가벼운 책망으로 훈계하는 것이 쉽지 않았는데, 이제 이런 위험한 성향은 다방면으로 발전했고, 금세 통제 범위를 넘어섰다. 후작은 시간이 흐르면서 그녀가 이성적으로 성숙해지고 생각이 깊어져 삐뚤어진 성품이 바로잡히기를 막연히 기다렸다. 그러나 천성적 결함은 저절로 고쳐지는 게 아니다. 그것은 오직 엄격한 교육을 통해서만 바로잡을 수 있다. 초기에 소홀해서 부도덕한 성향이 형성된다면 역시 교육을 통해 혁신할 수 있을 것이다. 우리는 상당 부분 유기체의 산물이라기보다는 교육의 산물이다. 교육은 대부분 유기체의 결함을 극복할 수 있게 해 준다. 어린 시절 빅토리아는 소위 말하는, 약간 부적절한 표현일 수도 있지만, 타락한 천성의 전조를 보였다. 이때 확고하고 단호한 교육 과정을 거쳤다면 지금쯤 그런 성벽이 변했을지도 모른다. 그 성벽이 고상하게 개선되었을 수도 있을 것이다. 이를테면 오만함은 고상한 자부심으로 누그러지고, 잔인함은 담대함으로, 깊은 앙심은 견실함으로 바뀔 수도 있었으리라. 그랬다면 그 마음의 어여쁜 정원에는 이런 것들로 가득했겠지만, 완전 제멋대로 성장한 까닭에 올바른 가치관이 뿌리내리지 못했다. 불행하고 간악한 그 어머니는 도대체 무슨 생각을 했을까? 어찌하여 아이들이 아무렇게나 사고를 형성하도록 내버려 두고, 자신에게 주어진 성스러운 책무인 아이들의 안락을 경시했을까? 더욱이 그녀는 아이들 장래에 불어닥칠 파멸까지도 봉인해 버렸다. 어머니가 자신의 행동으로 도덕적 타락의 본보기를 남김으로써, 자식들은 사회적으로 존경받지 못했고, 따라서 스스로도 자신의 가치에 무관심하게 되었다.

후작은 딸의 성격이 형성되는 과정을 보며 종종 서글픈 표정을 지었다. 그러면서도 딸이 사악한 마음을 가졌다는 의심을 인정하지 않으려고 애썼다. 빅토리아가 주도한 사교 모임은 외면당했고, 그것은 그를 더욱 우울하게 만들었다. 사실 그건 어머니의 행실이 초래한 결과가 아니라 사납고 고압적인 딸의 태도 때문이었다. 베네치아의 상류층 젊은이들은 딸의 태도에 매우 불쾌해했다. 하지만 이 오만한 숙녀는 자신이 홀대받는 것을 어머니 탓으로 돌렸다. 그것만으로도 그녀는 세상에서 신의를 잃었고, 그 점에 대해 나날이 무뎌져 갔다. 이렇듯 심술궂은 사람이 악을 추종하는 데는 늘 이유가 있게 마련이다.

라우리나가 떠나고 대략 1년 정도 지난 어느 날 저녁, 딸은 비애에 찬 아버지 옆에 부루퉁한 얼굴로 앉아 있었다. 아버지가 그녀를 향해 다정하게 돌아앉으며 말했다.

"빅토리아, 네 나이와 위치에 맞는 흥미로운 게 많을 텐데, 무엇때문에 그것을 멀리하고 내 옆에 맥없이 쓸쓸하게 앉아 있느냐? 친구나 지인들을 초대하고, 또 답례로 그들을 방문하지 않는 거니?"

빅토리아는 쌀쌀맞게 대꾸했다. "아무도 우리 집에 오려고 하지 않아요. 또 나도 번거롭게 그들 집에 가는 걸 좋아하지 않고요."

"왜 그런 거냐?" 후작은 진지하게 물었다.

"**어머니**가 우리를 수치스럽게 만들었잖아요." 무심한 빅토리아는 우울하게 대답했다.

아내가 굴욕을 안기고 떠난 뒤, 후작은 유감스러운 그 이름을한 번도 발설하지 않았다. 결코 되돌려 생각하지도 않았고, 심지어 그녀의 비열한 행동에 대해 한마디의 비난도 꺼내지 않았다. 매정한 빅토리아, 그녀는 고통의 반향을 불러일으키는 코드를 거칠게 건드렸다! 실의에 빠진 아버지는 이마를 치며 자리에서 벌떡 일어났다. 그러고는 딸에게 번민의 눈길을 던지며 황급히 방을 나갔다.

빅토리아가 과거의 기억을 깨우고 아픈 상처를 다시 건드렸다. 후작의 가슴에는 이전과 다른 고뇌가 몰려왔다. 유혹에 빠진 라우리나의 변절에 대한 기억은 결코, 한 번도 그의 찢긴 마음을 떠나지 않았다. 후작은 남몰래 자신의 불행을 되새기며 살아왔었다. 자신의 연약함을 힐난할 시선이 없는 곳에서 한탄했고, 주책없이 사랑했다. 그러나 누군가가 있는 곳에서는 한때 아내가 있었다는 사실조차 전혀 기억하지 못하는 사람처럼 행동했다. 공개적으로 유감을 표명하는 것은 그의 자존심이 허락하지 않았다. 하지만 혼자 남았을 때 가슴이 찢어지는 것은 어쩔 수가 없었다.

딸이 들쑤셔 놓은 옛 감정이 심장을 날카롭게 찌르는 것을 후작은 더 이상 참고 있을 수가 없었다. 시원한 밤바람이 일자 그는 구석진 침실에서 나왔다. 그렇게 함으로써 마음에 그득한 잡생각의 연결 고리를 끊고 싶었다. 가능하다면 자기 자신으로부터 도망가고 싶었다. 그는 한동안 도시를 배회했다. 인적이 드문 구역을 지나가는데, 그의 앞에 바쁘게 걸어가는 남자가 눈에 들어왔다. 남자는 외투에 감싸여 있었지만, 후작은 그의 겉모양새를 보자 온몸에 공포의 전율이 흐르는 것을 느꼈다. 그리고 거의 아무 생각을 할 수 없을 정도로, 걷잡을 수 없는 분노가 뒤를 이었다. 그는 그 낯선 남자에게서 한때 그가 가졌던 희망과 행복을 전부 날려 버린 음흉한 악당, 아돌프를 본 것 같았다.

후작은 성급하고 난폭한 자신의 감정을 의식하지 못했다. 자신이 무엇을 하고 있는지도 모른 채, 쏜살같이 쫓아가 남자의 외투를 확 벌렸다. 그가 상상했던 대로, 정말 그 비열한 인간이 거기 있었다!

"칼을 빼라, 이 괴물아. 악마, 사기꾼!" 광분한 후작이 품 안에서 단검을 빼며 소리를 질렀다.

"나는 검이 없소." 백작은 차갑게 대꾸했다. "하지만 단도는 있지. 당신이 원한다면……."

후작은 더 이상 아무 소리도 듣지 못했다. 격분한 상태에서 필사적으로 적을 찌르고 또 찔렀다. 그러나 억제할 수 없이 격렬한 분노와 타는 듯한 복수심으로 상대를 제대로 겨눌 수가 없었다. 반면에 백작은 침착하고 냉정했다. 후작의 무차별 공격을 그는 양손으로 앙칼지게 막았다. 그러다 후작의 단도 끝이 백작의 어깨를 스쳤다. 분노의 충격이 손끝까지 고통스럽게 흘렀다. 백작은 순간적으로 물러섰다가 다시 미친 듯이 돌진했다. 그리고 로레다니의 가슴에 단도를 깊숙이 내리찍었다.

이리하여 백작은 **결혼한 여자**의 **간부**(姦夫)이자 그 **남편**의 **살인자**가 되었다. 천상의 법정에서 그의 죄는 전보다 일곱 배나 더 악한 죄로 여겨지리라.

후작이 쓰러지자, 아돌프는 서둘러 자리를 떴다. 그는 먼저 단도를 감추고, 외투를 단단히 추켜올렸다. 비열한 그의 머릿속에는 자신이 냉혹하게 희생시킨 존재를 도와야 한다는 생각 따위가 없었다. 몇몇 행인이 로레다니를 알아보고 궁정으로 옮기지 않았다면 그는 피투성이가 된 채 그곳에 있었을 것이다. 곧바로 의사가 호출되어 그의 상처를 처치했다. 후작은 나약하지만 진지하게 자신의 상태를 물었다. 의사는 가망이 없음을 밝히지 않을 수 없었다.

"솔직하게 말해 주시오." 그는 작지만 분명한 목소리로 말했다. "내가 살 수 있겠소?"

"유감스럽지만 내일까지 가기가 힘들 것 같습니다." 의사가 조심스레 대답했다.

"충분하오." 후작은 말했다. "딸을 들여보내 주시오."

"후작님, 말씀을 하시면 안 됩니다." 전문의는 소견을 밝혔다.

로레다니는 그를 보며 애달픈 미소를 지었다. "겨우 몇 시간 **산다**는데⋯⋯" 그는 말을 이었다. "내가 뭘 두려워하겠소? 딸을 보게 해 주시오."

"후작님, 명을 재촉하실 겁니다."

그러나 후작은 힘없이 손을 내저었다. 빅토리아가 호출되었고, 그녀는 떨리는 걸음으로 천천히 들어왔다. 두려움과 회한으로 그녀는 죽음이 깃든 아버지의 모습을 가만히 바라보았다. 아버지를 보고 있는 그 상황이 두려웠고, 불과 몇 시간 전에 그에게 깊은 상심을 주었다는 생각에 마음이 아팠다. 빅토리아는 이 감정에 민감하게 반응했는데, 당시 그녀의 심성이 **완전히** 타락하지 않았기 때문이었다.

그녀는 아버지의 침대 곁으로 다가갔다. 천성적으로 완고한 그녀의 마음도 지금은 아주 심하게 흔들렸다. 임종에 가까운 아버지는 바싹 마른 손을 떨며 딸에게 뻗었다. 딸은 그 손을 움켜잡고 가슴에 꼭 껴안으며 그의 옆에 무릎을 꿇었다.

"아, 내 딸! 나의 빅토리아!" 그는 간신히 입을 열었다. "정말 내가 없어서는 안 될 시점에 너를 두고 떠나게 되는구나. 죽기 전에, 오 사랑하는 딸, 너와 하늘에 대한 내 의무를 수행해야겠다. 내가 마지막으로 하는 충고를 가슴 깊이 새겨 두기 바란다. 빅토리아, 할 수만 있다면 네 잘못된 성품을 바로잡으려무나. 우리가 어떤 존재인지 생각해 보렴. 산다는 것이, 우리가 소유하고 있는 것들이 얼마나 불확실하고 불안정한 것인지! 건강에 자신감이 넘치고, 젊은 혈기에 우쭐하고, 부자들에 둘러싸이고, 또 돈으로 살 수 있는 쾌락에 빠져 있을 때도 우리는 여전히 한순간도 인생이란 게 무언지 확신할 수 없단다. 예상치 못했던 엄청난 사건이나 사고로 모든 것을 잃어버릴 수도 있지. 아마 너는 재물이 넉넉한 여인이 되겠지만, 그래도 허영과 자만은 물려받지 말거라. 그것들은 우리가 어떻게 존재하고 무엇을 위해 예비되었는지도 모르는, 그저 하루살이 피조물이라는 사실을 잊게 만든다! 홀로 선 네 운명을 핑계 삼아 사람들에게 무심하거나 쌀쌀맞게 굴지 않도록 하고, 예기치 못한 집안 상황과 재물 때문에 엄격한 도덕규범에 얽매일 필요가 없다고 생각하지 마라. 아랫사람들은 높은 네 위치에 맞게 **너**를 우러러본다는 점도 기억하고. 따라서 너를 본받아 어떤 해악이 생기지 않도록 조신하게 처신하는 것은 네가 지켜야 할 윤리적 의무란다. 너를 흉내 내서 발생할 수 있는 어떠한 악행도, 네가 구성원으로 속한 사회에 끼칠 수 있는 어떠한 악영향도, 이제부터는 네가 책임져야 한다. 정숙함은 **너**보다 아랫사람들에게 더 필요한 것이라는 저속한 발상에 속지 마라. 자기만족과 죄의 유혹을 물리칠 수 있는 능력만큼, 확고부동한 바른 행실과 절제에서 네 공(功)이 쌓이는 거란다. 불같이 야성적인 혈기는 절제하고, 행복을 우리 본연의 최고 가치로 두면서, 지금 우리가 머물고 있는 것보다 한 단계 성숙한 지위를 추구하기 위해 '품위와 예의를 지키며 산다면 얼마나 영예로울까!'"[1]

고통에 지치고 기력이 다한 후작은 갑자기 말을 멈췄다. 극심한 아픔 때문에 간간이 쉬어 가며 떨리는 음성으로 이어지던 충고도 멎었다. 의무라는 논리 아래 그가 힘들게 펼친 마지막 충고는 빅토리아의 마음에 강하게 부딪혔다. 자정이 지난 시간이었다. 창백한 램프가 희미한 불빛으로 널찍한 침실을 밝히고 아버지의 헬쑥한 얼굴을 비췄다. 임종 순간까지도 딸을 사랑한 나머지 자신의 괴로움은 염두에 두지 않는 아버지의 모습이었다. 그의 짧은 휴식은 숙연하면서 감동적이었다. 이 광경은 그녀의 심상을 짓눌렀고, 그의 말은 그녀의 마음을 움직였다. 주변에 깔린 정적, 그 음울한 정적을 깨는 것은 딸이 흐느끼는 소리뿐이었다.

후작의 잿빛 손은 침대 밖으로 나와 있었다. 빅토리아는 그 손을 가슴에 품었고, 아버지의 흐릿한 눈동자는 애정과 씁쓸한 후회를 머금은 채 그녀에게 고정되어 있었다. "오, 나의 빅토리아! 이젠 너를 보호해 줄 사람이 없구나." 그는 가냘프게 말했다. 끔찍한 기억들이 그의 머릿속을 스쳐 지나가며 무거운 가슴에서 한숨이 몰려나왔다. 이때 갑자기 소란스러워졌다. 침실 문이 활짝 열리면서 라우리나의 형체가 박차고 들어왔다. 아니, 정말, 환상이 아니었다!

"하느님! 내가 보는 게 맞습니까!" 로레다니는 침대에서 일어나려 애쓰며 탄식을 터뜨렸다. "아니면 죽음이 가까워 옛 친구들의

---
1 키케로(Cicero) 인용.

모습, 그 희미한 그림자가 내 눈앞에 서성거리는 겁니까?"

"오, 신이시여! 오, 로레다니, 상처받은 나의 남편! 애원컨대 나를 받아 주세요. 그렇게 할 수 없겠지만…… 용서…… 이 세상을 떠나기 전에 나를 용서해 주세요! 마지막 숨결 속에서 나를 저주하지 말아 주세요!"

라우리나는 정신 나간 사람처럼 이렇게 말하면서, 인생의 개화기에 자신의 죄와 비행으로 꺾여 버린, 사그라져 가는 남편의 침대 옆 바닥에 쓰러지듯 엎드렸다.

로레다니가 손을 짚으며 머리를 일으켰다. 낙원과 천상의 기운이 그의 주위를 감돌았다. 그는 바닥에 엎드린 불쌍한 여인을 연민이 가득한 천사의 눈으로 바라보았다. 그리고 빅토리아를 향해 말했다. "애야, 잠깐 나가 있으려무나." 그녀는 물러났다.

"라우리나!" 낮고 숙연한 목소리로 그가 말했다. "일어나시오."

그녀는 일어나 무릎을 꿇었지만 얼굴은 손으로 가리고 있었다.

"라우리나!" 그는 말을 이었다. 시간이 얼마 남지 않았음을 깨닫고 헛된 말은 하지 않으려고 애쓰는 남자의 음성이었다. "라우리나, 나를 봐요."

그의 어투에는 순종할 수밖에 없는 무언가가 있었다. 떳떳지 못한 부인의 눈동자가 그와 마주쳤다.

"라우리나! 당신은, 당신의 어리석은 행동을 어느 정도 바로잡을 힘이 아직 있소. 내가 무덤에 들면, 할 수 있는 대로 우리 아들을 찾아봐요. 당신의 변절을 알고 집을 나간 아들, 그 아일 찾아요. 하늘의 도움으로 아들을 찾거든, 빅토리아와 함께 베네치아를 멀리 떠나시오. 내 생각에 베네치아는 더 이상 당신에게 좋은 장소가 아닌 것 같소. 당신이 범한 엄청난 죄를 참회하며 살면서, 속죄하는 데 힘쓰시오. 당신이 아이들의 행복과 명예를 끔찍하게 손상시켰지만, 그래도 끝장난 것은 아닐 거요. 아무도 당신을 모르는 곳으로 떠나요. 그 세상에서는 아이들이 관심과 존경을 받을 수 있겠지. 그러나 오, 라우리나, 만약 당신이 죄와 악으로 다시 돌아가 버린다면 두려워해야 할 거요, **그때는** 당신과 아이들 모두 영원한 파멸에 이를 테니까. 구원이 없는 파멸! 당신에게 **아직** 간악한 과거를 버리고, 장차 **본**을 보여 빅토리아의 마음에 도덕과 명예의 원칙을 심어 줄 의기와 결단력이 있다면, 이 밤의 감동이 아이의 마음에서 사라지게 해서는 결코 안 돼요. 라우리나, 일찍이 내가 사랑했던 비운의 아내여! 빅토리아가 책임을 전가할 때면 그 아이의 인생과 미래를 위해서뿐만 아니라 아이를 위한 내 당부에 따라 몸소 행동으로 답해 주어야 할 거요. 그때가 되면 이 비참한 순간에 내 앞에서 당신 스스로 짊어진 이 엄청난 책임을 고심해 보기 바라오. 그렇소, 당신이 본을 보여야 해요. 오, 당신은 순박하고 사랑스러운 자식을 버릴 뻔했소. 이제는 우리 딸이 당신을 본받아 생활과 행실을 잡아 가리다."

"오, 나를 용서해 주세요! 용서해 주세요!" 비통한 라우리나는 절망에 빠진 목소리로 절규했다. "맹세할게요……."

"빅토리아를 불러 주시오." 후작은 숨을 거칠게 몰아쉬며 말했다. "내게는, 내게는 시간이 없소."

라우리나는 일어나 빅토리아를 불러들였다. 딸이 오는 것을 보고 로레다니가 말했다. "애야, 어서! 네 어머니를 안아라. 라우리나, 이제 당신 딸이 **나쁜 본보기에 오염**되지 않도록 악마로부터 지켜 주고 애지중지하겠다고 맹세하시오!"

"맹세합니다, 맹세해요!" 라우리나는 딸을 격하게 가슴에 품으며, 흐느낌에 잠긴 음성으로 분명히 말했다.

"빅토리아, 너도 **맹세하렴!**" 후작이 희미하게 말했다. "예전의 실수는 잊고, **앞으로는** 어머니의 **덕행**과 **본보기**를 따르겠다고 말이다."

"**맹세할게요, 아버지!**" 빅토리아는 엄숙하게 대답했다.

"오, 신이시여, 당신께…… 당신께 감사…… 감사하나이다!" 로레다니는 숨을 허덕거렸다. "빅토……리아, 내…… 내…… 입 맞추렴…… 당신 손을, 라우리나…… **당신**…… **용서하오**. 오, 신…… 나의 신이시여, 편히 데려가소서!"

이리하여 숭고한 로레다니는 인생의 꽃을 피울 나이에 배은망덕한 **친구**와 타락한 **아내**의 희생양이 되어 세상을 떠났다.

제4장

아돌프는 불운한 후작과 운명의 결전을 치른 후, 앞서 보았던 것처럼 황급히 그 자리를 떠났다. 범행 장소에서 도망갈 시간은 충분했던 터라, 다른 사람의 의심을 받지 않고 멀리 돌아 안전하게 그의 집으로 갔다. 그 집은 베네치아에 머물 경우 사용하려고 잠시 빌린 곳으로 번화한 시내에서 약간 멀리 떨어져 있었고, 세입자도 가명으로 되어 있었다. 부상당한 로레다니의 추적을 완전히 피하려면 그곳에 오래 머물러서는 안 됐다. 그럼에도 그는 돌아와야만 했다. 그는 변절한 부인 라우리나가 앉아 있는 방으로 들어갔다. 험한 기운을 풍기는 그의 인상과, 여느 때와 다른 신중한 태도가 라우리나의 눈에 띄었다.

라우리나는 그에게 다가가 부드럽게 손을 잡으며 ― 그 배신자가 라우리나를 꾀어 도망 나온 지 한참 되었다 ― 무슨 연유로 그렇게 달라 보이는지를 물었다.

그는 그녀가 잡은 손에 힘을 주며 얼굴을 응시했다. 그러고는 말했다. "라우리나, 오늘 밤 내가 하지 말아야 할 일을 저지르고 말았어요. 하지만 어쩔 수 없는 상황이었지. 당신에게 모든 걸 말하기 전에, 내가 본의 아니게 저지른 일로 미워하지 않겠다고 약속해 줘요."

"당신을 미워한다고요!" 내막을 모르는 부인은 부르짖었다. "설령 당신이 살인을 했다 해도, 아돌프, 난 당신을 미워할 수 없어요!"

"살인!" 아돌프는 음울하게 대꾸했다. "그러지 않았기를 바라오, 라우리나. 당신의…… 남편에게 치명적인 해를 입힌 것 같아."

날카로운 비명, 그것은 경악에 휩싸인 라우리나의 외마디 대답이었다. 그녀의 머릿속에선 복수하고 싶은 생각이 번개처럼 번득였고, 얼굴에도 드러났다. 그녀는 아돌프 앞에서 뛰쳐나가 희생당한 남편의 저택으로 뛰어갔다. 미칠 듯한 후회에서 오는 통제할 수 없는 충격에 그녀는 압도되었다. 라우리나가 그렇게 뛰쳐나갈 거라고 예상하지 못했던 아돌프는 순간 엄청난 괴로움에 부딪혔고, 몇 시간이 지난 후에도 그녀가 설마 떠나 버렸을 거라고는 의심하지 않았다. 하지만 실상을 파악하고 확인하면서 그는 분노와 불안감을 떨쳐 버릴 수가 없었다. 비련의 라우리나가 그의 마음에 처음 불붙인 욕망, 그 필사적인 욕망이 아직 꺼지지 않았기 때문이었다. 그 욕망의 **결과**와 진행이, 이렇게 즉각적으로 넓게 퍼지는 불안의 원인이었다. 아돌프 같은 사람의 마음이라면, 방해나 난관은 저항과 폭력을 키울 뿐이었다. 그는 이 시점에서 그녀를 잃어버리느니 차라리 죽는 게 나을 터였다. 따라서 어떤 의심을 받을지라도, 설사 자신의 죄가 드러날 위험에 처해 있더라도, 아돌프는 그녀를 붙잡아 두는 어떠한 성역도 인정할 수 없었다. 그녀가 따로 사는 것조차도 허용하지 않겠노라고 그는 다짐했다.

이런 연유로 아돌프는 철저히 변장을 하고, 이제는 한때 행복했던 주인의 영묘가 되어 버린 로레다니 궁정 주변을 배회했다. 그녀가 성안에 머무는 것을 알기에, 그대로는 절대 떠날 수가 없었다.

로레다니가 운명한 다음 날 저녁, 라우리나는 한스러운 번민에 싸여 자신의 부적절한 행실이 불러온 결과에 대해 슬퍼하고 있었다. 그때 한 통의 편지가 그녀 손에 전달되었다. 그것을 펼치자 다음과 같은 내용이 이어졌다.

지금 당신이 머물고 있는 저택은 당신이 있어야 할 곳이 아니오. 아무리 너그럽게 생각해도, 당신은 이미 고인이 된 로레다니의 미망인으로서의 권리가 없어. 지금 있는 곳에서 가능한 한 서둘러 나오길 충고하지. 후작의 무례한 친척들이 금세 몰려올 거고, 그 사람들은 당신을 아주 뻔뻔하고 저질스러운 여자로 여길 테니까. 원한과 저속함이 불러올 수 있는 온갖 봉변을 당하게 될 거요.　　　　　　　　　　　　　　　　—아돌프

남편의 마지막 당부로 생긴 상처가 라우리나의 마음을 들쑤시는 듯 욱신거렸다. 자신이 쓸모없는 인간이라는 것을 가슴속 깊이 느끼며 라우리나는 주저 없이 회신을 썼다.

아돌프, 죄로 물든 마음에도 내가 당신을 변함없이 사랑하고 있다고, 감히 그런 소름 돋는 고백을 할 수 있을까요? 혼란스러움 속에서도 난 당신이 **바람둥이**이고 **살인자**란 걸 금방 알겠는데! 아, 이런 감정까지도 이용하는 비열한 인간! 무엇 때문에 내가 보호받아야 하죠? 명심하세요. 이제 **더 이상** 당신을 보지 **않을** 겁니다. 아무 잘못도 없이, 제 어미의 죄로 인해 고통받았던 빅토리아와 함께 이곳을 떠날 거예요. 당분간 외진 곳으로 물러나 살 겁니다. 나에 대한 오명이 잊히면 다시 사회로 돌아와 융합하도록 노력하겠지요. 나 자신을 위해서가 아니라, 내가 큰 잘못을 범했던 딸을 위해서예요. 그러니 나를 다시 보자고 하지 말아 주세요. 그런 요청은 헛된 짓입니다. 검게 타 버린 내 영혼에 감히 또다시 무거운 죄를 더하지는 않을 겁니다. 안녕, 영원히.

이렇게 몇 줄 적어 기다리고 있던 심부름꾼에게 보냈다. 어느 정도 뉘우친 비운의 라우리나는 불안과 공포에서 벗어나려 했지만 소용이 없었다. 그녀는 미덥지 않은 아돌프에게서 또 다른 소식이 올 것으로 기대했다. 그가 그리 쉽게 포기하지 않았으면 하는, 비천한, 은밀한 바람을 라우리나는 감히 스스로 인정할 수 없었다. 마음은 종잡을 수 없고 몸은 떨렸지만, 그녀는 억지로 남편의 저택에서 떠날 채비를 서둘렀다. 그곳에서 오래 머물 수 없음을 알았다.

서신을 보낸 지 한 시간도 지나지 않아 같은 심부름꾼이 회신을 가지고 돌아왔다. 회신은 그녀가 앞서 말한 불멸의 치욕에 대한 것이었는데, 더불어 그녀 가슴에 알 수 없는 숨 가쁜 기쁨도 몰고 왔다. 그것은 치욕스러운 일 뒤에 따르는 수치심과 견줄 만한 기쁨이었다. 서신에는 이렇게 쓰여 있었다.

라우리나, 나에게 하찮은 일이란 없으니 내 말 잘 들어요. 딸과 함께 베네치아를 떠납시다. 자정에 지금 거처에서 출발하고 빅토리아도 데려와요. 당신 창문 반대편 수로 위에서 기다리고 있을게. 나와 함께 몬테벨로로 갑시다. 내가 여기 체류하는 동안 휴식처로 쓰려고 얻어 놓은 빌라. 그 지역은 시내에서 동떨어진 곳이지. 그곳에서는 후작이 죽었다는 소식에 누구나 손을 들어 환영할 테니, 우리도 의심받지 않을 거고. 하나 덧붙이자면, 거기에 머무는 동안에도 당신이 **계속해서 다른 곳을 원한다면**, 내가 직접 당신이 원하는 은둔처로 데려다주고, 어떤 고난도 당하지 않도록 당신을 그곳에 남겨 두지. 어찌 되었든 간에 우리가 이 점을 충분히 이해했으면 싶어요. 신성하고 거룩한 모든 것에 맹세하건대, 당신이 내 제안을 받아들이든 그렇지 않은 간에, 나 없이 당신 혼자 베네치아를 떠나는 일은 절대 없을 거야. 만약 한순간이라도 주저하거나 도망갈 생각을 한다면, 라우리나, 나는 이 세상 끝까지라도 쫓아가 영원히 당신의 길을 가로막으며 괴롭힐 거야.   ─ 아돌프

라우리나는 마음이 갈라지고 혼란스러운 나머지 떨리는 한숨을 깊이 내쉬었다. 그녀는 이제 되돌릴 수 없을 만큼 도덕적 의지

가 확고하다고 믿으려 애썼다. 마음속의 본질적인 문제에 대해 더이상 고민하지 않고, 다음과 같이 썼다.

정말 잔인하고 말이 안 통하는 뻔뻔한 인간이시군요! 난 그이 — 내 양심이 가책으로 요동치는 바람에 손가락에 힘이 빠져 감히 그의 이름조차 쓸 수 없군요 — 와의 맹세를 지키며 떳떳하게 죽든지 살든지 하겠어요. 하지만 나에게는 다른 선택이 없으니, 약속을 지키겠다는 당신의 **도의심**을 믿겠습니다. 당신의 제안에 따르죠.

이렇게 합의가 되어, 나약한 라우리나는 그릇된 길로 이끌려 다시 떠날 채비를 했다. 아, 그것도 새로워진 민첩함으로! 그녀 자신에게는 이게 분명하지 않았을 수도 있었겠지만, 이 감정은 그가, 모든 남자들 중에서도 가장 멀리하고 증오했어야 할 그 남자가, 다시 한 번 그녀를 인정했다는 것과 여전히 사랑하고 있다는 확신에서 나온 것이었다. 바로 이런 것이 간악한 인간 마음의 아주 흔한 초상이다.

자정이 되자 라우리나는 빅토리아와 함께 로레다니 궁정을 떠났다. 결연한 아돌프는 약속을 정확히 지켰다. 그는 자신에 찬 근엄함으로 두 사람을 맞았다. 그가 대기시켜 놓은 곤돌라*로 안내했고, 그들은 지체 없이 몬테벨로에 도착했다.

우리의 역사를 부차적인 부분으로까지 확장시킬 필요는 없으니, 빌라에 도착하자 미혹에 능한 아돌프는 이미 수많은 악행과 재앙을 야기한 그 위태롭고 현혹적인 온갖 감언의 능력을 조력자로 불러냈다고만 해 두자. 그것도 성공적으로, 매우 성공적으로. 비운의 라우리나는 처음엔 방종한 배신자의 지붕 아래 두어 시간만 지체하는 것으로 생각했는데, 아돌프는 이 짧은 시간을 활용하는 법을 잘 알고 있었다. 일찍이 여자를 속여 **마음**과 **절조**를 유린한 남자에게, 그럴 가치가 있다고 판단되면 승전 상태를 유지하는 일이 뭐 그리 어렵겠는가? 아돌프는 진정 문자 그대로 그의 조건부 약속을 지켰다. 라우리나가 변함없이 계속 **원했다면** 언제든 떠날 수 있었을 것이다. 불운한 계집이라! 한데 그걸 원하지 **않았다**. 그녀는 사랑의 마법에 눈이 멀어 그를 떠나선 살 수 없을 것 같았다.

이제 이중 범죄를 저지른 그들은 의식하지 못하는 가운데 서서히, 어느 때보다도 절실하고 강한 밀착 관계를 형성했다. 그렇지만 (어린 빅토리아와 착각에 빠진 어머니에게 알맞은 환경을 찾는다는 핑계로) 그들은 여러 방향으로, 심지어 꽤 먼 거리까지 떠도는 쓸데없는 광대놀음을 이어 갔다. 과연 아돌프는 이처럼 장소를 바꾸는 것이 그가 염두에 둔 계획에 도움이 된다는 것을 몰랐을까? 꺼림칙한 기억이 라우리나의 머릿속에 들어오지 못하도록 하는 계획 말이다. 또한 아돌프는 라우리나가 자신의 울타리 안에 머물 때는 한순간도 우울해서는 안 된다고 선언했다. 그렇게 해서 그녀가 그를 떠나는 것에 두려움을 갖게 만들었고, 그에게 모든 것을 맡기도록 했다.

아돌프의 계획은 잘 짜 맞춘 까닭에 거의 실패하지 않았다. 그의 유혹에 얼이 빠진 라우리나는 할 수만 있다면 상념에 잠기는 것을 피하려 했다. 고통으로 비참하게 몸부림치는 사람이 아편이 주는 위안을 찾아가듯, 그녀는 양심의 가책을 피해 자신을 망가뜨린, 편안하면서도 중독적인 그에게로 갔다. 그녀가 그렇게 된 것이 **은밀한**, 무서운 죄책감에 시달렸기 때문이었을까? 남편의 **임종 침상**, 그의 신성한 영혼이 아직 머물던 곳에서 뛰쳐나와 **살인자**의 품으로 되돌아가다니! 그녀는 남편이 생사의 기로에서 마지막 안간힘을 써 가며 맹세했던 **준엄한 서약**을 저버렸다. 온갖 궤변을 동원해서라도 그녀는 이에 대해 잠시나마 마음에 위안을 얻으려 했던 것일까? 그녀는 그저 아돌프의 눈에서 막연히 자기 죄에 대한 변명을 찾았고, 그의 유려한 음성에는 어느 영혼도 거부할 수 없는 매력이 새겨져 있다고 상상했다. 아돌프 말고는 다른 대안이 없었다.

타락이란 점진적이며 잔혹하게 다가오는 것이라! 라우리나의 유일한 절대적인 근본적 약점은 찬사에 대한 허영과 동경이었다. 이 허물은 휴지기에는 사소한 것이지만, 부적절하게 환기되면 위험한 것이 된다. 이것이야말로 일련의 흉악한 악마들이 만든 것 아닌가! 아직 이 세상에 일어나지 않은 끔찍한 재앙이 있었던가! 우리는 선천적으로 악한 기질을 부지런히 점검해야 하고, 마음의 방황을 쉼 없이 지키는 파수꾼은 경계 구역에서 절대 졸아서는 안 된다. 이 가르침이 이제 마음에 와닿지 않는가?

제5장

　로레다니가 세상을 떠나고 어느덧 1년이 지났다. 그 시기를 장식했던 음울한 사건들은 라우리나의 마음에서 점점 희미해져 갔다. 탐방 여행은 이미 오래전에 끝이 났다. 서약을 저버린 부인은 아돌프의 울타리를 벗어나는 사안에 대해 더는 언급하지 않았다.

　그들은 베네치아 시내에서 몇 킬로미터 떨어진 몬테벨로에 그대로 있었다. 그들의 이름이 걸린 사건들이 아직 잊히지 않았기 때문에 상류 사회에서는 경멸과 적개심으로 그들을 보았다. 그 때문에 그들은 주로 빌라에 머물며 경망한 베네치아 인사들과 방종한 무리들을 그곳으로 끌어들이려고 궁리했다. 악을 막는 조끼를 입은 사람은 그리 많지 않아서, 대부분은 재미를 찾아 방탕의 소굴이라도 뛰어들 것이다. 몬테벨로는 환락과 외설의 소리로 울려 퍼졌다. 회한은 사라진 듯했다. 그 죄인들의 심장에 혈서로 새겨야 했을 법한 사건들은 빠르게 망각 속으로 가라앉거나 그저 무심히 기억되는 것처럼 보였다.

그들 사교계에 자주 나타나는 근사한 베네치아인들 중에 베렌차라는 이름의 이탈리아 백작이 있었다. 그는 특별한 감각과 출중한 품격을 갖춘 신사로, 재미를 찾거나 시간을 때우려고 몬테벨로에 오는 게 아니었다. 그는 그 집 거주자들을 면밀히 살펴보고 탐문할 요량으로 그곳에 온 것이었다. 할 수 있다면, 그들이 초래한 해악과 그에 따른 행실이 이기적으로 타락한 마음에서 나온 것인지 아니면 불가항력적인 상황에 기인한 것인지를 알고 싶었다. 그는 인간의 기질을 연구하고, 인간 마음에 대한 지식을 쌓고자 했다.

　　그러나 이 자유주의 철학자가 아돌프와 라우리나의 내막을 보니 딱히 구미가 당길 만한 게 없었다. 아니, 그는 그렇다고 추론했다. 그리고 이런 결론을 내렸다. 아돌프와 라우리나는 자진해서 부정의 길로 뛰어들었고, 당시 위험한 소용돌이에서 늦지 않게 빠져나올 여력이 있었지만 그러지 않았다. 그래서 그는 한 치의 여지도 없이 그들을 멸시하고 싫어했다. 오직 자신의 쾌락만 추구하고 그로 인해 발생하는 악영향에 대해서는 전혀 관심 없는 천박한 사람들로 보았다. 이런 감정 속에서 그는 앳된 빅토리아에게 비상한 관심의 눈길을 보냈다. 그럼에도 그녀의 손을 잡아끌지 못한 것은 자존심 때문이었다. 지금까지 베렌차는 그가 상상해 왔던, 그를 행복하게 할 조건을 적절히 갖춘 여성을 만난 적이 없었다. 하지만 지금 이 철학자는 너무 강렬한 경외감에 오도(汚塗)되었다. 이 경우는 오도가 맞다. 이 비운의 소녀에게는 치욕의 딱지가 붙어 있다고 그는 생각했다. 그게 아니었다면, 짐작건대 그녀를 아내로 맞아들였을 것이다. 그는 자신에겐 사람의 마음을 사로잡는 능력이 있어 그녀를 자신이 원하는 방식으로 완벽하게 개조할 수 있을 것이라 믿었다. 그는 사납고 오만한 그녀의 성격을 고상하고 견실하고 품위 있게 만들려 했을 것이다. 그녀의 **거만한 자존심**을 유연하게 하고, 무모함을 통제했을 것이다. 남자는 자기 가슴이 두근거리는 이유를 잘 모른다. 마찬가지로 베렌차 역시 빅토리아가 최고의 여자이자 가장 매력적인 여자로 돋보이는 것이 우아한 외모와 싱그러운 얼굴 때문이라는 걸 알지 못했다. 당시 그녀는 대략 열일곱이었고, 베렌차는 서른다섯이었다. 베렌차는 인물이 늠름했고, 얼굴에는 비록 근엄하기는 하지만 사람의 시선을 사로잡고 즐겁게 하는 매혹적인 표정이 깃들어 있었다. 어린 빅토리아도 그에게 관심을 갖고 환상을 품었다. 그의 외모 때문만은 아니었다. 그녀가 각별히 그의 관심을 끌려고 했던 이유는 바로 달콤한 말 때문이었다. 베렌차는 천성적으로 도도하고 냉담한 성격의 소유자여서, 그가 관심을 보이면 그녀의 허영심은 묘하게 자극되었다. 빅토리아는 사교 모임에 찾아들어 그의 환심을 샀고, 급기야 베렌차의 욕망은 최고조에 다다랐다. 언젠가는 그녀를 자신의 것이라 부르겠다는 소망으로 하루하루를 살았다. 그는 가망 없어 보이는 연정으로 우울했고, 그 우울함을 달래 줄 수 있는 이는 몇 살 아래의 동생뿐이었다. 그런데 마침 동생은 이탈리아를 떠나 출타 중이었다. 그리하여 베렌차의 생각과 소원은 일편단심으로 빅토리아를 향했다.

빅토리아의 성품은 본래 선보다 악에 가깝다고 보는 게 자연스러울 것이다. 이를 바로잡기 위해서는 당장 튼튼한 재갈 역할을 하는 지혜와 본보기가 필요했지만, 그녀는 아버지가 돌아가시는 바람에 그런 기회를 거의 갖지 못했다. 그 대신 어머니의 행실에서 가장 성스러운 서약이 노골적으로 훼손되는 모습을 보았고, 우아함과 정결함의 모든 원칙이 완전히 무시되는 것을 목도했다. 빅토리아는 잘못된 편견 때문에 후작이 죽기 전에 호소했던 한거와 은둔의 생활보다는 끔찍하지만 화려한 추락을 더 선호했다. 그럼에도 그녀는 아버지의 유언이 파렴치하게 무시되는 것을 인식하고 비판할 수 있는 식견과 분별력은 충분히 있었다. 빅토리아는 평범한 감정을 지닌 소녀가 아니었다. 그녀의 영혼은 미친 듯이 방황했고, 온갖 상황과 환경에 대해 실제보다 더 생생한 색채를 띤 자신만의 상상력을 뜨겁게 펼치곤 했다.

베렌차는 그녀의 가슴속에서 잠자는 사자처럼 이제껏 숨죽이던, 휴지기에도 강하고 격렬했던 감성과 열정을 깨웠다. 사실 조그만 자극만으로도 그것을 깨우기엔 충분했다. 왜 그런지 설명할 순 없었지만, 당시 빅토리아는 어머니와 아돌프를 매혹적이고 행복한 결합으로 보았다. 베렌차가 유독 그녀에게 관심을 보이거나 사랑의 언어로 구애할 때면 비운의 어머니**처럼** 되고 싶은 강렬한 욕망과 선망의 감상에 젖었다. 어머니처럼 관심받고 감미로운 말을 들으며 연인의 뜨거운 눈동자 속에 가라앉고 싶었다. 부모의 악행으로 딸의 심상이 오염되면 이렇게 된다. 그 심상을 바로잡기 위해서는 훈계와 정숙한 행실의 철저한 지도가 필요했다.

'드디어, 이제……' 빅토리아는 속으로 환호했다. '나도 사랑을 찾았구나. 백작이 **어머니**를 사랑하듯 베렌차가 **나**를 사랑한다면,

적어도 어머니처럼은 행복하겠지.'

빅토리아가 장래 행복을 꿈꾸며 그저 신비롭고 감미로운 감상에 젖어 있는 동안 공교롭게도 베렌차의 마음에는 **진심 어린** 열정이 자리 잡았다. 빅토리아는 **우쭐**하며 들떠 있었고, 베렌차는 **사랑에 빠졌다.** 마음을 빼앗긴 철학자는 심사숙고 끝에, 물론 어느 정도는 편향적이었겠지만, 위태롭고 부적절한 현재 상황에서 그녀를 구해 내고, 자신의 열정을 알려 그녀가 지금 머무는 오욕의 집을 떠나도록 유도하는 것이 비열하거나 죄스러운 행동은 아닐 거라는 결론을 내렸다. 그는 어떤 수단을 써서라도 그녀를 자신의 여자로 만들겠다고 다짐했다. 하지만 그녀를 아내로 들이겠다는 생각은 거부했다. 분명 그에게는 베네치아인으로서의 자존심이 사랑보다 강했다.

베렌차는 그의 결심을 좇아 빅토리아와 은밀히 마주할 기회를 호시탐탐 엿보았고, 기회는 일찍 찾아왔다. 그는 명랑한 그녀에게 그가 품은 열렬한 사랑을 고백하고, 지난 얼마간 혼자 도취되어 괴로웠던 그 계획을 조신하고 진솔하게 털어놓았다.

빅토리아는 꽤 조직적인 사고방식과 야성적이고 자유분방한 감성을 가진 터라 자신이 베렌차의 제안에 상처받는 걸 용납하지 않았다. 따라서 그녀를 법적인 아내로 들이지 않겠다는 그의 굳은 의지를 알았다면, 연인을 향한 모든 욕망에도 불구하고 그녀는 분명 분연히 퇴짜를 놓았을 것이다. 그러나 이 시점에서 자존심은 자존심을 보호하는 역할을 했고, 허영에 빠진 그녀는 베렌차가 결혼을 사랑의 가치를 떨어뜨리는 불필요한 속박으로 간주한다고 가볍게 생각했다.

이런 감상에 젖어 빅토리아는 그에게 손을 내밀었고, 베렌차는 열정적으로 그 손을 잡았다. 그러고는 황홀하고 색다른 기쁨에 미소 짓는 여인의 발 앞에 앉아 좀 더 본격적인 모사(謀事)에 들어갔다. 그는 아무도 모르게 몬테벨로를 떠날 것을 제안했다. 빅토리아는 열의를 가지고 들었다. 싱그러운 그녀의 볼은 기쁨으로 득의양양 달궈지고, 생글거리는 눈동자는 고통스러울 정도로 빛났다. 그녀의 마음은 사랑의 작업으로 달아올랐다. 비록 **생각**으로는 마음이 들뜨고 혹했지만 실상 **이해**하지 못하거나 **공감**하지 못했던 일들도 이제는 할 수 있을 것 같았다. 그리고 행동으로 옮길 때라는 영감을 받았다. 그녀의 가슴을 태우는 열정은 얼굴 곳곳에서 부드럽게 빛나는 영묘한 불꽃으로 살아났다. 베렌차가 여전히 발 앞에서 장래 행복을 위한 온갖 계획을 그녀의 도취된 귓가에 쏟아 놓고 그녀는 한창 호응하고 있을 때, 뜻밖에 분노와 공포에 질린 얼굴로 뛰어들어 오는 이가 있었다. 반쯤 정신이 나간 라우라였다!

"못된 년!" 그녀는 빅토리아의 팔을 거칠게 잡으며 소리쳤다. "못된 년! 네게 베푼 관용, 어미가 네게 주었던 그 애정 어린, 미련한 자부심에 대한 보답이 이것이냐? 그리고 **당신** 베렌차 씨, 타락의 요괴로군요! 이것이, 우리의 유일한 낙(樂)인 순진한 빅토리아를 미혹하는 것이, 아돌프 백작이 **당신**에게 베푼 환대에 대한 보답인가요?"

"부인." 베렌차가 경멸적인 조소를 띠며 대답했다. "**당신은, 환대**

를 짓밟는 사람들을 책망할 자격이 정말 충분히 있나 보죠!"

순간 양심에 찔린 라우리나는 시선을 바닥으로 떨구었다. 그녀의 얼굴이 죄책감에 붉게 물들었다. 심장은 거칠게 뛰었고, 떨리는 몸은 주체하기가 힘들었다. 베렌차는 침착하고 당당하게 빅토리아의 손을 잡았다. "아니……." 그는 확고하고 신중한 목소리로 말을 이어 갔다. "당신 딸을 **유혹**하려 했다는 혐의라면 나는 무죄요. 나는……" 그는 진지한 어조로 덧붙였다. "그녀를 유혹으로부터 **구할** 수 있기를 바라오. 이렇게 말하는 게 유감이지만, **이** 지붕 아래서는 절대로 유혹을 피할 수 없다고 생각합니다."

"빅토리아." 라우리나가 흥분을 가라앉히며 말했다. 그러나 **베렌차**를 대적하기에는 그의 위세가 압도적이었다. "빅토리아, 이 방에서 나가라. 이건 명령이다. 그래, 생전 처음으로, 너에게 다시는 베렌차 백작과 말하지 말 것을 **명령**한다!"

베렌차는 당당하면서도 미심쩍은 눈빛으로 빅토리아의 얼굴을 쳐다보았다. 그 눈빛이 내뿜는 불꽃을 붙잡은 것인지 아니면 담대하고 자주적인 속마음을 처음으로 내비치는 것인지 분명치는 않았으나, 빅토리아는 그의 도움이 필요 없다는 듯 당당히 손을 **빼**낸 뒤 어머니를 향해 몇 걸음 나아갔다. 그리고 이렇게 응수했다.

"이제껏 나에게 한 번도 **명령**하지 않았다니, 그건 맞는 말씀이네요, 마나님. 근데 마찬가지로 지금 명령하는 건 너무 늦었어요. 이곳에선 누구도 나를 보호해 주지 않죠. 그렇지만 베렌차 백작은 나를 보호해 주리라 믿어요. 그래서 이곳을 떠나기로 **결심**했어요."

"오오, 빅토리아! 빅토리아! 네가 **제정신**이냐!" 라우리나가 두 손을 움켜쥐며 한탄했다. 그녀는 자식을 타락시킨 부모에게 주는 벌로서 때맞춰 선고된, 혹독한 인과응보가 시작되었음을 깨달았다.

"네가 미친 거니, 아이야? 아니면 고의로 나를 영원히 치욕으로 몰아넣는 것이냐?"

"**당신을** 치욕으로 몰아넣는다고요!" 빅토리아는 무례하게 말대꾸했다.

"오, 딸아! 내 자식!" 억누를 수 없는 통한의 고뇌 속으로 가라앉으며 정신이 혼미한 어머니는 울부짖었다. "네가 진정 나를 **버리는** 것이냐?"

"나를 버린 건, 또 **오빠를** 버리고 **아버지를** 버린 건 **당신이잖아요!**" 빅토리아는 괴로워하며 매정하게 답했다.

"오오, 내 딸 빅토리아!" 라우리나는 신음했다. "네가 어떻게!"

"어머니, **당신은** 우리를 **영원히** 수치스럽게 만들었어요!" 그녀는 대답했다. "베렌차 백작 말고는 어느 누구도 나를 사랑받을 가치가 있는 사람으로 여기지 않았죠. 그러니 내가 그의 사랑을 **받아들여** 행복하도록 내버려 두세요. 하나 물어볼게요. **나는** 어머니와 생각이 다른데, 왜 어머니가 생각하는 행복의 조건에 내가 휘둘려야하죠? 잘 아시다시피 **어머니도** 아돌프 백작과 바람났을 때 아버지가 받을 상심은 무시하고 그와 함께 도망쳤잖아요. 기억나지 않나요, 어머니?"

"그만해라, 음흉한 것 같으니! **제발** 그만해!" 라우리나가 번민하며 비명을 질렀다.

"그러니까 베렌차 백작과 함께 가게 해 주세요. 내가 그를 만난 건……." 비정한 소녀는 말을 이었다. "그건 당신의 잘못 때문이란 걸 기억하세요. **어머니가,** 당신이 아버지 임종의 침상에서 맹세했던 **서약을** 지켰다면……."

죄책감에 눌린 라우리나는 딸이 자신을 힐난하며 날 선 혀로 불러내는 장면들을 견딜 수 없었다. 그녀는 괴로움을 주체하지 못하고 경련을 일으키며 바닥에 주저앉았다.

베렌차는 처음에 빅토리아가 굴복하지 않고 독자적인 생각을 표출하는 것 같아 기분 좋게 놀라다가, 지금은 모친의 애정에 소소한 감사라도 보일 만하건만 그저 질기고 무자비하게 대하는 것을 보고 큰 충격을 받았다. 빅토리아가 불효와 불손으로 그 세심하고 예민한 마음을 아프게 하는 모습을 보면서 그의 사랑이 벌써 식은 게 아닐까 하는 판단은 일단 뒤로 미룬 채, 그는 라우리나에게 다가가 바닥에서 일으켜 세웠다. 그녀가 어느 정도 회복하자, 그녀를 침실로 부축해 갔다. 그러고는 빅토리아에게 어머니를 공손히 대하라고 보다 진지한 음성으로 나직이 말하고, 두 사람을 남겨 둔 채 물러갔다.

베렌차는 그녀에게 손을 흔들며 떠났고, 빅토리아는 그의 얼굴에 드리워진 망설임의 희미한 그림자를 평소 인상보다 더 선명하게 느꼈다. 그녀는 생생한 상상력을 동원해 분위기가 바뀐 원인을 어렵지 않게 유추해 나갔다. 그녀가 어머니에게 내뱉은 무례한 말대꾸에 그가 불쾌해하는 게 보였다. 순간, 그의 관심을 잃을 수도 있다는 어렴풋한 생각에 그녀는 오싹했다. 그녀는 즉각 그의 경애심을 되찾기로 마음먹고 흐느끼는 어머니에게 화해 분위기로 다가가 평정을 되찾도록 회유했다. 하지만 라우리나는 딸이 고의로 그녀에게 죄책감을 불러일으켰다는 사실을 알았다. 그래서 이 가식적인 딸이 다정한 태도를 취하는 것은, 그녀 눈앞에서 죄와 방탕의 소용돌이로 뛰어들었던 어머니를 끌어내 직접 이용할 속셈이라고 여겼다. 그녀의 실수가 남긴 파괴적인 결과가 또렷하게 보이자, 더욱 날카로운 고통이 가슴에 파고들었다. 그녀는 마음의 고통을 덜고 싶었다. 죄가 더해지면서 짓눌린 양심을 되살리고 싶었다. 그래서 있는 힘껏 딸을 보호하려고 했다. 그러나 광기에 사로잡힌 빅토리아는 일탈의 결심을 주저 없이 포기하라는 어떠한 설득이나 애원도 전혀 듣지 않았다. 라우리나가 기껏 얻은 것이라곤, 그날 하루만 베렌차 백작을 더 이상 보지 않겠다는 억지스러운 약속뿐이었다. 빅토리아는 내심 자기 애인이 그녀를 몇 시간동안 보지 못하면 그녀의 부재에 대한 상실감을 점차 느끼기 시작할 테고, 뒤숭숭한 마음에 그녀에게 품었던 불쾌한 감정을 완전히 지워 버릴 수 있을 거라고 꿈꿨다. 그렇지 않았다면 그마저도 약속하지 않았을 터였다.

어느 때보다 애통했던 몇 시간이 지나고 마침내 밤이 깊어 라우리나는 딸과 헤어졌다. 그리고 곧장 아돌프에게 달려가 조금 전에 일어난 뜻밖의 불상사를 전했다. 라우리나는 심한 죄책감에 시달렸고, 다음 날 그를 남겨 둔 채 빅토리아와 함께 은둔처로 즉시 떠나겠다고 쓸쓸히 눈물을 흘리며 다짐했다. 그녀는 이런 일을 겪으면서 이미 오래전에 떠났어야 했다는 확신이 들었다.

아돌프는 말을 끊지 않고 들었다. 라우리나가 멈추자, 부드러운 진중함으로 그녀를 바라보며 입을 열었다.

"라우리나, 편견을 가진 사람이나 왜곡하는 사람들이 무슨 생각을 해도, 우리처럼 여러 인연과 상황으로 굳어진 결합을 무효화시킬 힘은 없어. 철없는 계집애의 경솔한 변덕이 우리의 결합을 쇄신하거나 파괴할 거라는 생각은 하지 말아요. 내가 제안하는 것을 잘 듣고, 빅토리아는 걔가 하는 대로 무모함의 열매를 거두게 내버려 둬요. 베렌차 백작을 즉시 떠나게 하는 것은 쉬운 일이지. 빅토리아를 침실에 가두고 서로 못 만나게 하는 것도 어렵지 않을 거야. 하지만 강압적인 방법보다는 단순하고 침착하고 효과적인 방법을 쓰는 게 좋아. 아마 베렌차 백작은 빅토리아와 서신을 주고받은 적이 없을 거요. 따라서 빅토리아의 필체도 모를 거고. 그렇다면 대략 다음과 같이 당신이 몇 줄 쓰는 게 어떻겠소.

'베렌차 백작께, 어머니가 불편해하셔서 당분간 당신을 만나는 기쁨을 삼가기로 약속했답니다. 그러니 당신은 베네치아로 돌아가시길 청합니다. 지금 상황에서 생긴 감정이 어느 정도 수그러들면 기꺼이 당신께 돌아오라는 서신을 보내겠어요.'

이 문장이 아니라면, 그와 비슷한 문장을 써서 베렌차에게 보냅시다. 이 서신은 금세 자발적인 결별을 가져올 거야. 그가 베네치아로 출발하는 순간, 빅토리아도 이곳을 떠날 거고."

"나도 모르게 그런단 말인가요, 아돌프?"

"라우리나, **지금**부터는 우리 둘이 함께 빅토리아를 보호합시다. 그 애가 다시는 우리의 행복을 방해하지 못하도록 안전하게 맡겨두자고. 아, 한 가지 묘안이 떠오르는군." 아돌프는 라우리나가 무언가 말하려 하는 것을 감지하고 서둘러 덧붙였다. 그녀의 반대를 접게 할 생각이었다. "그 애에게 딱 맞는 은신처가 하나 있어. 작년에 여행 갔을 때, 당신의 사촌 모데나 부인 댁에서 잠시 머물렀지. 라우리나, 당신도 기억할 거요. 내 생각엔 트레비소* 근처였는데, 빅토리아에게 이보다 한적하고 적합한 곳은 없을 거야. 특히 모데나 부인은 **나에게** 친절하고 공손하셨지." 그가 미소를 띠며 말했다. "자, 나의 라우리나, 반대는 하지 마시오. 이 문제는 나중에 좀 더 의논하기로 하고, 그전에 만약 베렌차가 빅토리아에게서 기별이 없다며 감히 여기로 찾아온다면 우리는 냉철하게 맞아야 해요. 그가 자신의 샛별을 더 이상 찾을 수 없게 되면 우리가 고의로 빼냈다는 사실을 자연스럽게 받아들이겠지. 그리고 분명 어떤 설명도 **요구**하지 못한 채, 분한 마음에 우리를 떠날 거야."

"그러니……." 보다 활기찬 어조로 그는 덧붙였다. "걱정과 불안의 모든 근원을 제거해야 하지 않겠소. 자, 내 사랑, 생각해 봐요, 육체에서 영혼을 속히 떼어 내야 할 필요는 없어. 당신은 나에게 영혼 그 이상이지. 당신을 떠나보내는 건…… 안 되지, 환경에 굴복해서는 안 돼. 우리가 환경을 지배해야만 해. 어떤 인간도, 지구 상의 어떤 상황도……." 그는 힘주어 말했다. "라우리나, 이제 당신과 나를 떼어 놓을 수는 없어." 그리고 어느새 명랑한 말투를 되찾았다. "자, 일을 시작해 봅시다."

라우리나는 무심히 펜을 들었다. 아돌프가 구술했듯이, 앞서 말했던 것과 비슷하게 더듬어 써 내려 갔다. 서신이 마무리되자 라우리나는 하녀를 불러 베렌차에게 그것을 전하고 회신은 기다리지 말고 곧장 오라고 명했다.

베렌차는 서신을 읽으면서 그것이 빅토리아의 글씨라는 것을 전혀 의심하지 않았다. 그를 종용하는 행동 지침에 대해서도 아돌프 백작의 의도와 상당히 일치하게 반응했다. 그는 서신을 정독하면서도 불쾌해하지 않았다. 하지만 그가 반발심을 가졌는지는 분명치 않다. 베렌차는 단지 빅토리아가, 모욕당하고 상처받은 어머니에게 무례하게 행동한 것을 속죄하는 마음으로 그를 잠시 만나지 않겠다는 것으로 믿었다. 그런 까닭에 베렌차는 순진한 마음으로 그녀 의견에 따를 생각이었다. 그가 등장하면서 깨졌던 균형은 그가 떠나면 회복될 것으로, 아니 회복되어야만 하는 것으로 믿었다. 그것은 궁극적으로 그의 소원을 이루는 데 필수 불가결한 요건이기도 했다. 베렌차는 후에 더 나은 성공의 기회가 오면 다시 돌아올 요량으로, 몬테벨로를 떠나는 데 한시도 지체하지 않았다. 또 빅토리아가 헌신적인 모친에게 고통을 준 것에 대해 사과했다는 사실에 그는 일종의 쾌감을 느꼈다. 더불어 곧바로 출발하면 아돌프 백작과의 불편한, 어쩌면 심각할 수도 있는 대면을 피할 수 있으리라 판단했다. 베렌차는 이런 마음에 즉각 하인을 불러 베네치아로 돌아갈 채비를 하도록 지시했다. 사실 빅토리아에게 한 줄 정도 남길 의향도 있었지만, 라우리나에게 짜증만 더할 것이라는 생각이 들었다. 그래서 그 구상마저도 단념했다. 짧은 여행의 모든 준비는 재빨리 이루어졌고, 머리 위로 반짝이는 화창한 이탈리아의 하늘, 그의 길을 인도하는 달빛과 더불어 베렌차 백작은 몬테벨로에 작별 인사를 했다.

제6장

이튿날 아침, 라우리나는 딸의 침실로 찾아가 가벼운 대화를 나누다가, 뜻밖이라는 듯 베렌차가 떠났음을 알렸다.

소식을 들은 빅토리아는 순간 도도한 가슴에 날카로운 굴욕의 아픔이 파고드는 것을 느꼈다. 이 감정은 곧 억제할 수 없는 격렬한 분노로 번져 나갔다. 어머니를 사납게 노려보며 그녀가 말했다.

"베렌차 백작은 스스로 떠나지 않았어요. 누가 그를 부추겼죠?"

"아무도 부추기지 않았단다, 빅토리아." 라우리나는 온화하면서도 불안정한 어투로 대답했다.

빅토리아는 어머니의 얼굴에서 날카로운 시선을 거두며, 생각에 잠긴 듯하면서도 분명하게 말했다.

"베렌차 백작이 스스로 떠났다면 적극적으로 나를 찾지는 않겠죠. 하지만 억지로 떠났다면 나에게 글을 써서 진실을 알릴 거예요. 그러니 어찌 되었든 미스터리는 풀릴 거예요."

"교활한 것 같으니라고." 라우리나는 아돌프가 일러 준 대로 말했다. "그러면 우리는 한동안 여행이라도 가서 기분을 풀자꾸나."

라우리나가 아주 천연덕스럽게 결백한 체하자, 완강한 빅토리아도 그것을 거의 사실로 받아들였다. 그녀는 안정을 찾으며 미소를 지었다. 그러고는 반은 진정되고 반은 성난 상태로 어머니가 손을 잡도록 내버려 두었다.

"언제 출발하죠, 어디로 가는 거예요?" 그녀는 건방지게 물었다.

"우리 예쁜이, 네가 괜찮다면 당장이라도 출발하자꾸나." 라우리나는 상냥하게 대답했다. "이건 아돌프 백작이 제안하는 건데, 먼저 모데나 부인을 방문하는 게 좋겠다. 트레비소 근처 보스코에 있는 멋진 별장 말이야."

"뭐라고요! 정나미 떨어지는 그 뻣뻣한 노인네를요?" 빅토리아는 무뚝뚝하게 투덜거렸다.

"오, 사랑하는 딸아, 그분은 우리 친척이야. 너도 알잖니. 거기에서는 며칠만 머물 거고, 그 후 여정은 빅토리아 네가 정하렴."

빅토리아는 불손하게 생글거렸다. 어머니는 그때까지 잡고 있던 손에 지그시 힘을 주고 일어서며 말했다.

"사랑하는 딸아, 이제 난 가 봐야겠다. 서둘러 출발 준비를 해야겠어. 너도 그렇게 하렴."

빅토리아는 어머니의 제안에 기분이 나쁘지 않았다. 그녀의 상한 자존심은 또다시 후회와 사랑으로 채워졌다. 그녀는 생각했다. '분명 베렌차가 나를 진정으로 사랑했다면 한 줄의 서신도 없이 그렇듯 갑자기 냉정하게 떠나지는 않았을 거야. 뭐, 어쩌면 자기가 의도한 계획대로 진행하는 것이 곤란하거나 불편할 거라고 예상했을 수도 있겠지. 자발적인 이별이 아니었다면, 나와 인연을 끊는 것에 대해 틀림없이 약간의 징후라도 보였을 거야. 그에게 미련을 가질 필요가 있을까? 아마 내가 오해하고 있는지도 몰라. 내가 모르는 어떤 복잡한 술책이나 상황이 생길 수도 있으니까! 그래, 그만 생각하자. 시간에 맡겨 보자, 시간만이 확인해 줄 거야.'

마음은 안정되지 않고 가슴은 불편했지만 그럼에도 빅토리아는 출발에 앞서 몇 가지를 챙기기 시작했다. 그녀는 백작이나 라우리나의 방해 없이 오랜 시간 혼자 있었다. 간혹 혼자 있는 건 위험한 발상의 온상이 되기도 했다. 그들은 함께 빅토리아의 방으로 들어왔고, 아돌프는 서두르지 않고 가벼운 어투로 그녀에게 준비되었는지 물었다. "준비됐어요." 간결한 대답이었다.

"그래, 우리도 준비됐다." 아돌프는 이렇게 말하면서, 빅토리아의 손을 잡고 방을 나서려 했다.

자존심 강한 소녀는 차갑게 손을 뺐다. 화를 내지는 않았다. 소녀는 조용히 그들을 따라 저택을 나섰다.

아돌프는 우물쭈물하다가 곤경에 처해서는 안 된다고 생각하여 모든 것을 미리 준비해 놓은 터였다. 그래서 그들은 곧바로 테라피르마호를 타고 트레비소로 떠났다. 빅토리아는, 비록 당시에는 긴 작별이 되리라곤 꿈도 꾸지 않았으나, 베네치아에 긴 작별 인사를 보냈다.

빅토리아에게 말을 걸어 보았지만 무뚝뚝이 입을 다물어 버리는 바람에 대화는 이루어지지 않았다. 하지만 조금씩 그녀는 통명한 태도를 누그러뜨렸다. (아마 빅토리아는 다른 사람들이 그녀를 버리고 자기 발로 떠난 남자를 아쉬워하고 있다 여길까 당혹스러웠을 것이다.) 그녀는 그럴 기분이 아니었지만 일단 활기를 되찾기로 마음먹었다. 라우리나는 이런 변화에 기뻐했다. 변화는 심히 강렬해서, 라우리나는 자신의 거짓 마음이 찔렸다. 경솔하게 행동한 것을 후회하기 시작했고, 어린것을 끔찍이 외딴 곳에 가둘 생각에 괴로웠다. 자신이 나쁜 본을 보이지 않았다면, 빅토리아는 사회에 가치와 빛을 더하는 사람이 되었을지도 몰랐다.

아돌프는 라우리나의 눈빛에서 조금씩 마음이 약해지고 결심이 흔들리는 것을 읽었다. 그녀는 위험을 무릅쓰고 속내를 드러내는 표정을 짓기도 했다. 그러나 아돌프는 라우리나를 소유하는 데 방해되는 것이라면 모조리 없애 버릴 작정이었다. 그래서 당장 그녀에게 굳은 의지를 담아 단호한 눈빛을 보내며 어떻게 시도해도 그의 뜻을 꺾을 수 없음을 주지시켰다. 기대하지 말라는 아돌프의 눈빛에 라우리나는 한숨을 쉬었다. 그리고 비통한 생각에 잠겼다. 라우리나가 활기를 되찾는 건 이제 빅토리아에게 달렸다. 철없는 소녀가 독립적인 여성이 되려면 어디까지 감정을 절제해야 하는지를 보여 주는 건 그녀의 몫이었다. 하지만 그녀의 노력 하나하나가 비운의 라우리나에게는 양심의 가책만 더할 뿐이었다.

베네치아에서 늦게 출발하는 바람에 그들은 해 질 녘에야 트레비소의 보스코에 닿았다. 보스코(숲)는 마을이 숲속에 위치해 붙은 이름이었는데, 여태 쾌활했던 빅토리아는 그 음울한 분위기에도 풀이 죽지 않았다. 라우리나는 아돌프의 계획을 알고 있기 때문에 마음이 괴로웠다. 그의 계획은 친척에게 그동안 있었던 일을 설명하고, 자유롭고 경박한 빅토리아의 행동을 강력히 통제하도록 그분의 관리 아래 맡겨 두는 것이었다. 한데 그 친척은 라우리나조차도 잘 어울리지 않는 사람이었다. 라우리나는 완강한 아돌프가 결심을 바꾸길 간절히 원했지만 결국 소용없다는 걸 알았다. 그가 그녀를 잃을 수 있는 급박한 상황이 아니고는, 그를 통해 이룰 수 있는 것은 하나도 없었다. 그런 염려에서 벗어난 아돌프는 단호하고 가차 없고 접근하기 힘든 사람이 되었다. 그게 진짜 그의 본성이었다. 그가 결단을 누그러뜨릴 생각이었다면 더 일찍, 심지어 몬테벨로를 떠나기 전에 시작했어야만 했다. 여기까지 온 이상, 그가 계획을 철회하리라는 가정은 불가능한 것이었다. 라우리나는 초조하게 그의 안색을 살폈지만 소용없는 일이었다. 그녀가 보는 건, 마음속 굳은 결단에서 나오는 자기만족의 냉담한 표정뿐이었다.

모데나 부인은 온 마음으로 아돌프 백작을 환영했다. 라우리나는 조심스레 그녀의 얼굴을 살피며 딸의 보호자로서 용납할 만한 인정과 관용의 기운이 감도는지 관찰했지만, 다가가기 쉽지 않은 부인의 무표정한 얼굴에서는 딱히 판단할 만한 게 없었다. 대신 어정쩡하게 생색내며 친절을 베풀고 무뚝뚝하게 고상을 떠는 거만함에서 라우리나는 알 수 있었다. 그녀가 얼마나 안간힘 쓰고 있는지를.

모데나 부인은 라우리나의 부정한 행실뿐만 아니라 그녀가 사교계에서 밀려난 것도 익히 알고 있었다. 편협한 마음의 부인은 타인의 추락에 득의양양하고 우월감에 젖어 있었다. 그녀는 좀처럼 빅토리아에게 눈길을 주지 않았고, 라우리나에게는 근엄히 목례하는 것으로 자족했다.

앞서 언급했듯이, 모데나 부인은 라우리나의 먼 친척으로 성품 못지않게 생김새도 차가웠다. 길고 누런 얼굴에 눈은 작고 희끄무레했고, 풍채는 굽지 않고 뻣뻣이 야윈 모양새였다. 그녀는 자존심이 강하고 괴까다롭고 탐욕에 사로잡혀 있었다. 이탈리아 귀족 집안의 딸들이 흔히 그러하듯, 그녀는 이렇다 할 상속도 받지 못하고 인습적인 은둔 생활로 접어드는 것을 경계했다. 그래서 어린 시절부터 자신이 오랜 기간 머물 수 있는 귀족의 집에 임시 식객으로 사는 것을 좋아했다. 그곳에서 관리인이 되기도 하고, 때로는 친구, 때로는 가정 교사, 때로는 가정부 노릇을 했다. 그녀는 이런 식이나 다른 우회적인 방법으로, 또 아첨과 횡령과 위선으로 재산을 모았다. 덕분에 인생의 황혼기에 접어들 즈음에는 풍족하진 않지만 그래도 편안히 생활할 만큼은 되었다. 그리고 이른 나이에 당했던 모욕에 대한 보상 심리로 자신의 통제를 받을 만큼 비천한 자들에게 최악의 고통과 불행을 선사했다. 그녀가 한창 나이일 때도, 구혼은 말할 것도 없고 추파 한 번 던지는 남자가 없었다. 이런 까닭에 감히 이성에게 빠지거나 남자를 유혹하려는 여자라면 누구든 한없이 매정하게 대했고, 한 가닥의 연민도 허락하지 않았다. 모데나 부인은 그런 사람이었다. 그렇지만 라우리나와는 사익(私益)이 걸려 있어 다투지는 않을 터였다. 자주 만나지는 못했어도 간혹 라우리나는 너그러운 후원자가 되어 주곤 했었다. 그럼에도 부인은 비열한 위선과 악의적인 질투에 갇혀 라우리나를 따뜻하게 대하지 않았다. 하지만 아돌프에게는 이런 논리가 적용되지 않았다. 그와는 **사귀고** 싶었다. 이런 속셈으로 부인은 그에게 예의를 다하며 최상의 호의를 베풀었다. 따라서 그가 라우리나에게 말했던, 지난번 방문 때 부인이 베풀었던 극진한 대접 이야기도 완전 거짓은 아닌 셈이었다. 그러나 아돌프는 필요 이상으로 부인과 한 지붕 아래 머물고 싶지는 않았기 때문에, 부인의 각별한 경의에 편승하여 이른 저녁 식사를 부탁했다. 그러면 빅토리아가 일찍 물러갈 테고, 그는 방문의 원대한 계획에 곧바로 착수할 수 있을 것이라 생각했다.

얼마 지나지 않아 저녁이 준비되었다고 알려 왔다. 달리 수상히 여기지 않은 빅토리아는 식사를 마치자마자 자신의 침실을 보여 달라고 했다. 그녀는 노쇠한 부인이 싫었다. 부인의 근엄하고 면밀한 눈초리를 받으면 도도한 마음에 넌덜머리가 일었다. 자신의 처신이 경솔하게 보이지나 않을까 하고 전에 가져 보지 못했던 중압감을 느꼈다. 그런 불안감 때문에 여느 때와 다른 애정으로 어머니에게 취침 인사를 하고 싶었다. 빅토리아는 어머니의 목을 둘러안으며, 이렇게 음울하고 불쾌한 집에서 오래 머물지 않기를 바란다고 속삭였다. 어머니는 죄책감에 눌려 거의 대답하지 못했다. 라우리나는 내심 충격을 받았다. 자신이 저지른 속임수와 떳떳지 못한 행동이 마음에 걸려 볼이 붉어졌다. 라우리나는 어쩌면 이게 **마지막**이 될 수도 있다는 생각에 가슴이 찢어지듯 아팠고, 눈에는 눈물이 맺혔다. 그럼에도 그녀는 딸의 손을 지그시 잡으며 "잘 자렴." 하고 머뭇거리듯 말했다.

빅토리아는 무른 감수성을 지닌 어머니의 마음에 상처를 준 것에 자책하며 방을 떠났다. 빅토리아가 다 나가기도 전에 성마른 아돌프가 돌연 모데나 부인 쪽으로 돌아앉으며 서둘러 매듭짓고 싶은 용건으로 들어갔다.

"부인, 제가……." 그는 입을 열었다. "몇 마디 여쭈어도 되겠습니까?"

부인은 뻣뻣하게 고개를 숙였다. 그녀는 자애로운 미소를 보이려 했지만 귀신처럼 얼굴이 틀어질 뿐이었다.

예의범절에 밝은 아돌프는 그것을 승낙의 미소로 받아들이고 말을 이었다.

"부인이 베풀어 주신 호의와 친절 그리고 무엇보다 고상한 인품에 감동받았습니다. 저는 다른 어떤 여성보다도 부인을 신뢰합니다. 그래서 드리는 말씀인데, 방금 나간 아이를 잠시 부인의 보호 아래 두었으면 합니다. 그 앤 천성이 악한 데다 성질이 오만하고 무례해서, 아첨과 방종으로 거의 망가져 버렸답니다. 이제 겨우 열여덟이니 부인 생각엔 어린아이겠지만, 걔 영혼은 완전히 타락했어요. 그 애 버릇을 고쳐 보겠다고 나서는 남자도 없답니다." 여기서 부인은 떨리는 한숨을 크게 내쉬며 눈을 하늘로 향하고 성호를 그었다. 아돌프는 겉으론 진지해 보이면서도 속으로는 경멸하며 말을 이었다. "그래서 제가 드리는 부탁은, 부인께서 은혜를 베푸시어 이 오만방자한 계집을 지켜봐 주십사 하는 겁니다. 부인의 시야에서 벗어나지 못하게 철저히 감시해 주십시오."

"그래도 너무, 너무 심하게 다루지는 마세요, 언니." 주저하는 목소리로 라우리나가 끼어들었다.

빈틈없어 보이는 부인은 반쯤 꾸짖는 듯 차가운 눈빛으로 대꾸했다. 라우리나가 자신을 부르는 호칭이 한때는 소심한 마음에 꽤나 자랑스러웠건만, 지금은 마음에 들지 않는 듯했다. 타락한 로레다니의 부인보다는 **자신**이 우위에 있다고 그녀는 생각했다.

"이렇게 하시죠, 부인." 아돌프가 그녀의 관심을 되찾으려는 듯 말을 이었다. "필요하다면 그 애를 잠시 독방에 가둬 놓아도 괜찮습니다."

"오, 아돌프." 라우리나는 감정을 절제하지 못하고 울부짖었다. "당신은 너무 잔인하시군요. 그렇게까지 거칠게 다뤄야 할 일은 없을 거예요."

그러나 라우리나는 완고한 부인의 또 다른 시선에 한기를 느끼며 입을 다물었다. 부인은 백작에게 다시 공손한 자세를 취했다.

"라우리나, 당신이 판단할 일이 아니오." 아돌프는 냉담히 말했다. "부인께서 상황에 맞게 처리할 거요. 적절한 시기가 될 때까지는 부인의 처신과 판단에 딸을 맡겨야 해." 부인을 보며 그는 말을 이어 갔다. "온갖 사악한 기질이 절제되고 사라지는 변화가 그 애 행실에서 눈에 띄게 보이면, 그때 찾으러 오겠습니다. 그럼 라우리나 당신도 다시 받아들일 수 있을 거요. 그런데 모데나 부인, 우린 내일 아침 일찍, 빅토리아가 깨기 전에 이곳을 떠날 계획입니다. 애가 일어났을 때 우리가 보이지 않으면 놀라서 찾겠지요. 그러면 차분히 사실대로 말해 주고, 이제부터 어떻게 해야 하는지 알려 주세요. 그 애가 피할 수 없는 상황이란 걸 이해하도록 부인께서 중재하시리라 믿습니다. 부인은 워낙 경건해서 한 영혼을 어떻게 구원하는지 아실 테니, 열성과 적확함으로 대하시겠지요. 이제껏 범상치 않았던 부인의 처신에서도 확연히 드러난 그 신중함으로 말입니다. 덧붙이자면 이번 일을 통해 제가 배은망덕한 사람이 아니라는 것도 알게 되실 겁니다." 백작의 의미심장한 마지막 말에 부인은 다시 한 번 음흉한 미소를 흘렸다. 미소는 굳은 얼굴 위로 어색하게 퍼졌다. 백작은 능숙하게 핵심을 짚었다. 부인의 원칙 혹은 감정이 걸린 핵심. 그건 바로 이익이었다. 부인은 줄곧 예상해 왔던 것처럼 백작에게 호의와 친절을 베푸는 일이 자신의 **이익**과 맞아떨어진다는 것을 알았다. 그래서 그녀는 근사한 대가를 막연히 기대하며 무엇이든 그의 요구대로 해 주겠노라 마음먹었다.

"백작님, 분명히 말하건대……" 부인은 부드럽고 설득력 있게 말하려 했지만 귀에 거슬리는 소리가 났다. "최선을 다해 당신이 바라는 대로 지키도록 하리다. 그리고 라우리나 부인은……" 연민에 찬 시선을 그녀에게 돌렸다. "나는 백작이 원하는 대로 할 작정이니, 당신은 딸이 받을 대접에 불평하지 말고."

이 말에 사려 깊은 라우리나는 부인에게 다가가 손을 꼭 잡으며 말했다.

"존경하는 부인, 부인은 애가 없지만 그래도 모정을 가엾게 보시고 다정히 대해 주시길 부탁드려요. 그 앤 아직 한 번도 모질게 대접받거나 통제를 받아 본 적이 없답니다." 순결하고 관록 있는 부인은 마치 오염된 물질이라도 만진 것처럼 공포에 휩싸인 모습으로 재빨리 손을 빼고 일어났다. 그녀는 저질스럽고 불결한 여자의 접근을 피하려는 듯 몇 걸음 뒤로 물러나 팔을 쭉 뻗으며 말했다.

"천주교인으로서 아이에 대한 의무를 다하지. 그 애 영혼을 보호하고, 세속적 허영보다는 영적 유익을 위해 신경 쓸게."

라우리나는 그 분위기를 감지하고 당혹스러운 나머지 돌아앉았다. 가장 천박한 외모를 지닌 오만과 위선의 인간이 고결한 **척하는 꼴**을 보는 것만으로도 그녀는 수치스러웠다.

"더 이상 왈가왈부할 게 없어 보이는군요." 아돌프가 냉정하게 말했다. "빅토리아에 대해서는 부인의 적절한 방침을 따르겠습니다. 애가 잘못을 깨닫고, 그것을 반성하고 고칠 만한 시간을 보냈다고 생각되면 다시 오겠어요. 성품이 충분히 개선되었다고 판단되면 걔를 다시 받아들일 겁니다. 그럼, 부인은 편히 주무시고, 내일 아침 동트기 전에 우리가 출발할 수 있도록 일찍 깨워 주시면 고맙겠습니다. 그리고 다시 돌아올 때까지 우리를 기억해 주시고, 또 존경의 작은 표시로 이 반지를 받아 주십시오." 아돌프는 이렇게 말하며 손가락에서 영롱한 반지를 빼내 부인에게 끼워 주었다. 부인은 눈을 가늘게 뜨고 몇 번이나 그것을 눈여겨보았다. 그는 부인의 마른 손에 정중히 머리를 조아리고 자리를 떴다. 부인은 그가 베푼 특별한 친절에 감탄했다. 그녀는 자기 능력으로 이미 백작과 유익한 거래를 이루었다고 생각했다.

계획대로 동이 트기 훨씬 전에 아돌프는 회한에 차 흐느끼는 동반자와 함께 보스코 빌라에서 멀어져 있었다. 백작은 자신이 완강하게 밀어붙인 갑작스럽고 엄격한 조처에 라우리나의 기분이 아직 풀리지 않았음을 알았다. 그래서 비록 그가 작정한 대로 일처리를 했고, 이제 어느 누구도 그의 자랑이자 그에 걸맞은 연인, 그렇기에 간절히 소유하고 싶은 이 여인을 빼앗으려고 간섭할 수 없다는 사실에 그의 심장은 기뻐 날뛰었지만, 당분간 그 문제에 대해서는 언급하지 않았다. 만약 그녀를 차지하고 지키는 데 아무런 장애가 없었다면, 잔인하고 부정한 아돌프는 그녀를 결코 쫓아다니지 않았거나 오래전에 무시해 버렸을 것이다. 그의 열정과 자존심은 늘 깨어 있었고, 이런 자극이 아니었다면 정이 떨어졌거나 무감각해졌을 법한 그 감정은 생생하게 되살아났다. 아돌프는 마음이 이렇게 오염되어 있었기 때문에 누군가를 비참하게 만들거나 파멸시키는 짜릿한 묘미가 아니면 쾌락을 얻지 못했다. 그의 방탕한 영혼은 순진하거나 쉽게 취하는 기쁨으로는 만족하지 못했다. 남편의 절절한 애정에 둘러싸여 있거나 존경받는 가문의 자랑으로 여겨지는 경우가 아니라면, 혹은 난공불락의 경우가 아니라면 여자의 미모는 그에게 별 매력이 없었다. 지금은 나락으로 굴러 떨어진 비운의 라우리나도 그가 처음 보았을 때는 이러한 위치에 있었다. 그도 당당하게 자인하듯, 아돌프는 그녀를 당시 애정과 선망의 대상으로 보았다. 미래에도 변함없이, 그게 가능하다면 심지어 그녀가 더 오래 사는 날까지 함께하려 했다. 오, 라우리나, 그런 일이 생긴다면 그대는 비통한 마음으로 잔혹하고 뻔뻔한 아돌프의 눈에 띄었던 첫 순간을 저주하시라.

이런 감정은 매우 저속한 것이었지만, 아돌프의 마음을 움직이는 기질도 별다른 차이는 없었다. 그는 이런 감정으로 기분이 들떴고, 그의 준수한 외모와 반듯한 행실에도 활발한 생기가 돌았다. 그는 라우리나가 슬퍼하는 근본적 원인은 가능한 한 피하면서, 점잖고 부드러운 감언으로 조금씩 나아지도록 이끌었다. 아돌프는 그녀의 망가진 영혼을 이렇게 농락할 수 있는 설득력을 가지고 있었고, 실제로 그녀는 세상에 오직 그만 존재한다고 착각할 때도 있었다. 매혹적인 그의 이야기에 귀 기울일 때나 품위 있는 풍채를 바라볼 때면 그녀는 가슴에 공허한 감상이 이는 것을 느꼈다. 그녀를 파멸로 이끌었던 감상. 누군가 그들의 관계를 훼손하려 들면 그는 그녀를 향한 끝없는 열정으로 가혹하게 응대했다. 그녀의 애정과 감사하는 마음이 깊어지는 걸 느낄 정도였다. (그녀는 그 정도로 빠져 있었다.) 이처럼 이 모든 일의 근원인 그가 **그녀의** 죄와 과오의 제단에 제물로 바친 희생양 딸에 대한 그녀의 애절한 회한도 점점 사그라지기 시작했다. 지극히 사랑하는 딸과 연관된 어떤 것에도 그녀는 절실히 슬퍼하지 않았다. 그를 혐오하게 만들 만한 사건이 생길 때마다 그녀의 영혼은 더 깊은 망상에 빠지는 것처럼 보였다. 버린 자식으로부터 멀어질수록 마음속 딸의 모습은 점점 희미해져 갔다. 그의 간계로 인해 수치스러운 아내, 비정한 어머니로 전락했지만 그녀의 생각은 더욱 강렬하게 그에게 집중되었다. 그녀의 불행한 삶에서 그는 특별한 위안이 되었다. 여기서 잠깐 이 간악한 커플이 서로 즐기도록 내버려 두고 버림받은 빅토리아에게 가 보자.

빅토리아는 잠자리에서 일어나, 전날 밤에는 램프 불빛이 어두워 잘 보지 못했던 크고 황량한 침실을 둘러보았다. 곧바로 저택

주인에 대한 혐오감이 그녀의 내부에서 되살아났다. 백작과 어머니가 이 꺼림칙한 지붕 아래 오래 머물지 않기를 바라는 조바심이 일었다. 그녀는 아침나절이 한참 지나도록 잠을 잤음에 틀림없었다. 자신을 챙겨 줄 사람이 없다는 것을 깨닫고, 황급히 일어나 옷을 입고 정원으로 나갔다. 빅토리아는 이내 농부 옷차림의 작달막하고 억세어 보이는 여자애가 그녀 앞으로 다가오는 것을 보았다. 가까이 온 여자애는 모데나 부인이 함께 아침 식사 하기를 원한다고 전했다. 빅토리아는 대꾸할 생각도 하지 않고 비천한 모습의 소녀를 흘긋 쳐다보더니, 조소를 띠며 오만불손하게 집 안으로 앞장서 갔다.

식사가 준비된 방에 들어가자, 노부인이 꼿꼿한 자세로 혼자 앉아 있었다. 도도한 빅토리아는 관례적인 아침 인사도 거른 채 아돌프 백작과 어머니가 아직 일어나지 않았는지 조급하게 물었다.

"그럴 리가 없겠지." 부인은 차갑게 대답했다.

"그럼 왜 여기 없는 거죠?" 기분이 상한 소녀는 성급한 목소리로 물었다.

"왜냐하면……." 부인이 심술궂은 희열을 어설프게 감추며 대답했다. "지금 이 시간이면, 예상컨대 여기서 멀리 떨어진 곳을 여행하고 있겠구나."

"떠났다고요!" 빅토리아는 거의 비명을 질렀다. "지금 떠났다고 말하셨나요?"

"그래." 부인은 얼굴색 하나 변하지 않고 무심하게 대꾸했다. "한동안 나랑 같이 머물게 된 것이 그토록 불쾌한 이유라도 있나, 젊은 아가씨? 어허, 좀 너그럽게 생각하렴." 부인은 입정 사납게 말을 이었다. "꽤 오랫동안 혼자 지냈으니, 내 생각에는 네가 훌륭한 벗이 될 것 같은데."

빅토리아는 분노가 치밀었다. 그녀는 미친 듯이 방을 둘러보았다. 모든 진실이 한꺼번에 가슴으로 파고들었다. 결코 용서할 수 없는 비열한 간계. 그녀는 불끈 쥔 주먹으로 난폭하게 자기 머리를 때렸다. "속았다. 함정에 빠졌어!" 부인이 미처 상황을 파악하기도 전에 그녀는 열화와 같이 소리를 지르며 방을 뛰쳐나갔다. 그러고는 자기 침실로 돌아가 문을 잠갔다.

빅토리아는 그곳 바닥에 쓰러져 격렬한 발작을 일으키더니 울면서 분노를 삭였다. 그처럼 형편없는 계획에 당했다는 것이 불현듯 당혹스러웠다. 누군가에게 부당한 대우를 받고 슬픔이나 비탄에 빠진다는 사실에 그녀는 스스로 화가 났다. 감히 그녀를 이렇게 배신하고 우습게 만든 자들을 향한 극도의 증오와 분노가 가슴에 부풀어 오르는 것을 억눌렀다. 강렬한 복수의 욕구가 뒤를 이었다. 그리하여 난폭하고 사악한 그녀의 본성은 변명할 수 없는 그릇된 행실로 증강되고 악화되었다.

빅토리아는 더 고고하고 더 위험한 열정에 힘입어 이내 냉정함을 되찾았다. 간혹 어머니의 속임수와 아돌프의 냉혹하고 고의적인 간계가 떠오를 때면 심장 박동이 빨라지고 눈에선 불꽃이 튀었다. 그럼에도 그녀의 표정에서는 더 이상 비탄의 흔적을 찾을수는 없었다. 반대로, 그녀는 보다 고상한 목적에 부합할 만큼 우월하고 위엄 있는 표정을 지었다. 더 이상 의기소침해지지도 않았다. 그녀는 발작이 멈추자 앉아 있던 바닥에서 벌떡 일어나 단호하고 절제된 발걸음으로 방을 이리저리 오갔다. 그녀는 침착하게 되새겨 보았다. 문득 베렌차 백작이 몬테벨로를 제 발로 떠난 것이 아니라 틀림없이 술책에 의한 거라는 생각이 들었다. 그녀는 이 추측으로 가슴에 군림하는 자존심을 진정시켰다. 그녀의 매력이 무시된 게 아니었다. 따라서 절망할 필요가 없었다. 언젠가 나중에 자의적인 이별이 아니었음을 그에게 확신시킬 수 있을 것이다. 그러다가 다시 자신이 처한 현재 상황을 생각했다. 이 음울한 거처에 영원히 죄수로 남아 있어야 한단 말인가? 그녀는 또다시 잠시나마 환경의 영향에 굴복했고, 그런 생각에 가슴이 오싹했다. 결국 그녀는 세세한 부분까지도 복종하고 따지지 않고 짜증 내지 않으며, 상황이 요구하는 대로 맞춰 행동하기로 작정했다.

빅토리아는 정신을 가다듬고 기분을 누그러뜨리며 평정을 되찾았다. 나약한 감정을 이성으로 추슬렀다. 어느덧 석양이 지고 있었다. 그녀는 고독한 침실에서 벗어나 잠시 정원에서 바람을 쐬어야겠다고 생각했다. 하루 종일 아무것도 먹지 못했다. 허기가 신경 쓰이지는 않았지만 그래도 허전함을 느낄 수는 있었다. 냉정하고 무정한 부인은 누군가를, 특히 열정이 넘치고 활기 발랄한 계집애를 통제할 수 있다는 데 기분이 좋았다. 부인은 그녀가 찾아와 앞선 무례함에 대해 예의 바르게 용서를 구하기 전까지는 어떤 음식도 주지 말라고 지시했다. 빅토리아는 그게 전혀 못할 일이라곤 생각하지 않았다. 그렇게 하지 않으면 그녀는 아마 배고픔의 고통에 희생될 터였다. 빅토리아로서는 다행스러운 일이지만 감질난 부인에게는 매우 유감스럽게도, 그녀는 시험에 빠져들지 않았다. 그녀는 정원을 잠시 거닐며 주변의 상큼한 공기를 마셨다. 그리고 지친 몸 상태를 추스른 뒤 집 안으로 들어갔다. 뜻한 바는 아니었지만 식사가 준비된 방으로 갔다. 그녀는 노부인의 맞은편에 조용히 앉아 아무 의례도 없이 자기 앞에 차려진 음식을 먹었다. 심지어 빅토리아는 대화를 시도하기도 했다. 그러나 그녀에게 옹졸한 굴욕을 주려 했던 계략의 허를 찔린 모데나 부인은 너무 신경질이나 대답하지 않았다. 부인은 수감자가 완강하고 고집 세고 난폭해서, 그녀가 선호하는 고문의 기술을 발휘할 기회가 생기길 바랐다. 아침의 분노하는 모습이 아니라 어느새 평온을 되찾아 참고 순종하는 듯 처신하는 빅토리아를 보며 부인은 얼마나 실망스럽고 서글펐을까.

빅토리아는 부인이 무뚝뚝이 과묵할 것이라 느끼고, 가장 공손한 어조로 밤이 깊었으니 물러가도 되겠느냐고 물었다. 부인은 대답으로 뻣뻣이 고개만 기울였다. 빅토리아는 부인을 자극하며 즐거워해선 안 된다고 어느 때보다 확신하며, 태연스레 일어나 극히 정중하게 저녁 인사를 하고 방을 나갔다.

빅토리아가 나가자, 이 덕망 있고 경건한 천주교인은, 이런 식이라면 빅토리아는 저를 혼내고 욕보이려고 준비해 놓았던 것들을 모면하겠구나 하고 생각하기에 이르렀다. "절대 그럴 순 없지." 그녀는 소리를 질렀다. 어떻게 하면 이 재수 없는 손님의 기분을 더없이 짜증 나게 하고 괴롭힐 수 있을까 궁리했다. "내가 뭔가를 하기 전에 스스로 자기 상황을 정리해 버렸군. 하지만 이렇게 포기할 수는 없지. 그 오만한 기질을 깨 버리고 복종하게 만들겠어."

이것이 바로 이 자비로운 헌신자의 마음이었다. 그런 생각이 머릿속을 맴도는 가운데 부인은 다른 이의 평안과 행복을 위해 가슴을 치고 평정을 되찾기도 하면서 오랫동안 기도했다.

빅토리아는 한 시간 정도 창가에 앉아 흔들리지 않겠다는 각오를 다지다가 잠자리에 들었다. 그리고 이내 그날의 번민을 잠 속에 묻었다.

다음 날 아침, 그녀는 일찍 일어나 의복을 갖추고 침실에서 나와 정원으로 가려고 했다. 문을 열려고 하는데, 문이 밖에서 잠겨 있었다. 그녀 쪽에서 문을 흔들며 갖은 시도를 해 보았지만 소용이 없어 창문을 열고 그 옆에 앉았다.

반 시간쯤 지나자 문이 열렸다. 앞서 만났던 억세어 보이는 여자애가 우유 한 잔과 거친 빵 한 조각을 들고 방으로 들어왔다. 그녀는 그것을 식탁에 놓고 나가려 했다.

"가지 마!" 빅토리아는 절박하게 소리쳤다. 여자애가 샐쭉하게 반쯤 돌아섰다.

"정원을 걷겠다." 그녀는 말을 이었다.

"부인이 허락하지 않을 걸요." 여자애는 퉁명스럽게 대꾸했다.

"허락하지 않을 거라고!" 빅토리아가 따라 말했다.

"네." 여자애는 다시 문고리에 손을 올려놓으며 간결하게 대답했다.

"왜 이것들을 여기에 놓고 가는 거지?" 가슴에서 끓어오르는 분노를 억누르며 빅토리아가 큰 소리로 물었다.

"당신 아침 식사예요." 그렇게 대답하고 여자애는 방을 나가더니 문을 잠갔다.

"그럼 내가 포로인가!" 빅토리아는 부인의 시시한 적의에 조소를 보내듯 혼자 중얼거리며 얼굴을 붉혔다. "어쩌다 내가 이런 신세가 됐지? 아니, 어제 행동 때문은 분명 아니야!" 도도한 소녀에게 이 폭군적인 헌신자의 사악한 기질은 명백해졌다. 그러나 부인은 그녀에게 한 치의 고통도 줄 수 없는 하찮은 존재였다. '영원히 이럴 순 없겠지.' 그녀는 생각했다. '이 마녀가 나를 가두는 것에 싫증이 나면 지루함을 달래려고 나를 풀어 줄 거야. 그동안은 혼자 놀아야겠군.'

그녀는 도착한 날 저녁, 방에 가지고 들어온 가방을 뒤졌다. 거기서 그림 도구를 찾았다. 아름답고 신묘한 주변 경관은 연필로 할 수 있는 많은 일거리를 주었다. 그녀는 얽히고설킨 감정으로 마음이 혼란스러웠다. 그래서 열린 창가에 앉아 일에 몰두하며 잡념을 몰아내려고 애썼다.

부인의 입장에서 보면 이 괴롭힘의 수순과 방식은 별 효과가 없었다. 그럼에도 둘의 싸움은 며칠간 이어졌다. 자존심 강한 빅토리아는 불평하지 않았지만, 거친 음식과 운동 부족으로 눈에 띄게 건강이 악화되었다. 부인은 빅토리아의 시중을 드는 여자애에게 이런 상황을 보고받자 조금 놀랐다. 자신에게 허용된 범위를 넘어서 결과가 잘못되면 비난받을 여지가 생기지 않을까 염려되었다. 이를테면 빅토리아가 아프기라도 한다면, 분하고 원통한 라우리나가 백작과 그녀의 관계를 방해할 수도 있을 것이다. 또 백작은 라우리나를 끔찍이 사랑하므로 이처럼 월권을 부린 가혹 행위에 화를 낼지도 모를 일이었다. 비록 백작은, **필요하다면** 방에 가두어도 된다고 말은 했지만 이유 없이 그러라고 한 건 아니었다. 평소에 먹는 음식이 아닌 최악의 음식을 아주 조금씩 주는 것은 말할 것도 없다. 부인은 이런 상황을 고려하여 약간 풀어 주기로 마음먹었다. 빅토리아는 하루 종일 갇혀 있고 하녀 카토가 하루에 두 번 저질 빵과 우유를 약간 가져왔었는데, 이제 그녀는 카토를 대동하고 아침과 저녁에 한 시간씩 정원을 걸을 수 있었다. 이런 대접에 분개한 빅토리아의 감정을 어찌 묘사하랴. 미칠 지경에 이르도록 가슴에 끓어오르는 거친 분노를 통제하는 데 얼마나 고군분투했는지 말해서 무엇하겠는가. 하지만 그녀는 모든 것을 참았다. 눈곱만큼이라도 조바심이나 신경질을 보이느니 차라리 죽어 버리겠다고 다짐했다.

빅토리아의 가슴 깊숙이 잔악한 복수의 씨앗이 자라고 있었다. 그것은 모질고 가혹한 성격에 또 다른 그림자를 만들어 그녀는 길들일 수 없는 하이에나가 되었다. 가두는 것은 그녀를 더욱 사납게 만들 뿐이었다.

비교적 자유로워지고 며칠 지나지 않아, 부인은 카토를 시켜 그녀를 응접실로 불렀다. 빅토리아는 자신이 정한 행동 방식에 따라 즉각 순종했다. 창백한 볼과 움푹 들어간 눈에 드러난 고생의 흔적을 감출 수 없는 게 유감이었다. 사악한 폭군은 만족스러웠을 것이다. 빅토리아는 부루퉁한 태도나 분노의 기미를 보이지 않고 방으로 들어갔다. 그녀는 침착하고 냉정하고 당황하지 않았다. 연습을 통해 터득한 매우 섬세한 기교였다. 이 또한 그녀가 가진 악독한 성품의 일부가 되었다.

엄하게 질책하려고 굳은 표정을 짓고 있던 부인은 예상치 못한 빅토리아의 처신에 약간 당황하며 순간 어떻게 해야 할지 망설였다. 마침내 그녀가 입을 열었다. "애야, 앉거라."

빅토리아는 경멸과 증오를 감추며 그 말을 따랐다.

"이건 내가 의도한 게 아니다." 근엄하며 힘겨운 어조로 부인은 말문을 열었다. "처음 이 집에 머물기 시작하던 날, 네가 저지른 난폭하고 그릇된 행실을 지금 되돌리려고 이러는 게 아니다. 이미 벌어진 일에 대해 벌주려고 그러는 건 더더욱 아니고. 난 그저 여기서는 반드시 온화하고 겸허한, 순종적인 자세를 가져야 한다는 점을 분명히 하고 싶었다. 오만불손하고 포악한 기운을 보이는 건 어떤 것도 용납할 수 없어. 지금쯤이면 네 잘못이 무엇인지 잘 알고 있겠지. 그럴 거라고 믿으마."

빅토리아는 심장 박동이 빨라졌다. 말대꾸하고 싶어 가슴이 끓었다. 그러나 다시 한 번 감정을 억눌렀다. 그녀의 볼에 순간적으로 피가 몰리면서 살짝 표가 났을 뿐이었다. 부인이 말을 이었다.

"인상을 보니, 더 이상 너를 가둘 필요는 없겠구나. 하지만 저택 외벽 밖으로 나가서는 안 된다. 무슨 일이 있어도 정원 안에서만 돌아다녀야 해. 카토만 만나고, 식사 때는 내가 있겠다."

터질 것 같은 자존심을 통제하는 일이 얼마나 힘들었던가! '카토만 만나라고, 허!' 그러나 빅토리아는 아무 말도 하지 않았다.

"그리고 내가 종교 서적을 줄 테니, 그것을 정독하리라 기대하

마. 그걸 통해 그 강퍅한 자만심을 고쳤으면 좋겠구나. 허황된 치장은 버려라. 선하고 경건한 천주교도로서 영혼의 구원과 연관된 모든 요건을 겸허히 따라야 할 게야. 널 그런 사람으로 만드는 게 내 책무지."

부인은 잠깐 말을 멈추고 숨을 돌렸다. 빅토리아는 대답할 필요가 없어 보여 가만히 있었다.

부인이 다시 말을 시작했다. "당돌한 아이 같으니라고. 네가 내 보호를 받게 된 걸 하느님께 얼마나 감사해야 하는지 아느냐. 악행과 혐오의 소굴에서 벗어나 경건과 덕행의 지붕 아래 놓였으니 말이다. 아돌프 백작의 말로는, 어린 나이에 벌써부터 남자를 쫓아다니는 요망한 공상을 한다지. 불쌍한 년! 오, 성모 마리아! 살면서 이런 말까지 하게 되다니." 교인은 눈을 들어 성호를 긋고 말을 이어 갔다. "정욕과 성벽이 비천한 애를 내 앞에 두시고, 인내하고 참도록 가르치소서! 제 어미는 이미 구원받을 수 없는 죄악의 길에 들었답니다. 〔……〕 일어나렴." 열의에 찼던 음성은 준엄한 어투로 바뀌었다. "가서 카토나 찾아보거라. 죄악과 치욕에 깊숙이 박힌 년의 더러운 자손에게 딱 어울리는 상대니까."

신랄하고 상스럽고 주제넘은 마지막 말에 모욕을 당한 빅토리아는 열불이 나서 모든 혈관이 따끔거렸다. "오, 어머니! 잔인한 어머니!" 들릴 듯 말 듯 중얼거리며 그녀는 황급히 방을 나갔다.

제7장

경건한 모데나 부인이 위탁받은 이 불행한 숙녀를 귀찮게 하고 괴롭혔던 온갖 야비한 술수들을 논하자면 끝이 없을 것이다. 시간이 흐르면서 빅토리아는 그것들의 영향을 덜 받았고 무시했으며, 이 저속한 폭군으로부터 도망칠 궁리만 했다고 해 두자. 그녀는 오랜 시간 가능성이 아주 희박한 방법까지 떠올려 보았지만, 헛된 일이었다. 지정된 정원 밖으로는 뚫고 나갈 수가 없었다. 밖으로 인도하는 문이나 통로도 확실히 알지 못했다. 설령 그 난관을 넘어섰다 할지라도 베네치아까지 갈 방법이 없었다. 일단 이곳을 벗어나면 베네치아로 직행할 생각이었는데도 말이다.

이런 상황에서 카토가 떠올랐다. 갇혀 지내면서 대부분의 시간을 이 무지한 여자애와 지내다 보니 그 애를 살펴볼 여유가 있었다. 카토는 비록 험상궂고 무뚝뚝했지만 그건 분명 그렇게 지시를 받았기 때문이었고, 그 이면에는 유순하고 착한 성품이 숨어 있었다.

카토는 스위스에서 온 시골뜨기였다. 거칠고 멍한 성격에 몸은 작달막하고 뚱뚱했다. 딴딴하게 생겼으며 일하는 데에는 겁이 없고 잘 단련되어 있었다. 부인은 빅토리아를 관찰하고 보필하는 일에 그 애를 지목했다. 그 애의 천한 신분과 부주의하고 아둔한 행실로 빅토리아에게 모욕감을 주려고 그런 것이었다. 또 빅토리아가 그 앨 무시한 나머지, 타락시키거나 친구가 되려는 노력은 하지 않을 거란 생각도 있었다. 설사 빅토리아가 그런 시도를 한다 해도 카토는 워낙 어리석어서 아무 일도 일어나지 않을 거라고 부인은 판단했다. 부인은 스스로 철두철미하다고 믿었지만, 이번엔 아니었다. 그녀의 환상적인 통찰력에 구멍이 뚫렸다. 카토는 그녀가 추측하는 것처럼 그렇게 어리석지 않았다. 게다가 어느 정도의 영민함과 여러 견해를 조합할 수 있는 능력도 있었다. 하지만 그것은 습관적인 침묵과 침착한 태도 속에 감춰져 있었고, 그래서 부인은 그녀가 우둔하며 둔감하다고 오판했던 것이다. 카토는 생각할 줄 알았다. 또한 **감수성**도 풍부했다. 거만하게 앉아 그녀의 성격에 대해 이러쿵저러쿵하는 사람들보다 훨씬 나았다.

이제 빅토리아에게 돌아가 보자. 마음속에서 탈출 가능성이 어렴풋이 깜빡거리자 그녀는 당장 모든 방법을 동원해 카토를 끌어들여야겠다고 마음먹었다. 시간이 지나고 경험이 쌓이면서 그녀는 부인의 사악하고 가혹한 성질을 알게 되었다. 기획 초기 단계에서는 절대 카토와 친하게 보이면 안 되었다. 반대로 그녀를 천대하고 회피해야 했다. 이전과 다른 상황은 이 신실한 천주교인이 쉽게 눈치챌 수 있기 때문이었다. 부인은 누군가를 흡족하게 하는 그 상황을 즉각 뒤엎고 심한 고통과 불편을 주는 조처를 취할 것이다. 그래서 빅토리아는 카토와 함께 정원에 있는 것이 싫은 척했고, 부인은 허황된 승리감에 젖어 일그러진 미소를 지었다. 그러고는 카토에게 빅토리아의 팔짱을 끼고 저쪽으로 데려가라고 명하곤 했다. 위탁받은 숙녀의 자존심에 심한 모욕감을 주려는 의도였다. 그러나 부인은 여기서 다시 한 번 실수를 범했다. 빅토리아는 그녀의 시야에서 벗어나자마자 카토에게 미소를 지었다. '너보다 시중 잘 드는 애는 없을 거야.'라고 말하는 듯했다. 그 미소는 천한 동반자의 가슴에 강하게 와닿았다. 카토는 감동받고 무척 고마워했다. 그럴 때면 빅토리아는 성공이 보장된 도전을 하는 것 같았다. 하지만 그건 그녀의 계획이 아니었다. 계획은 아직 충분히 정리되지 않았다. 그녀는 완숙되지 않은 낯선 구상으로는 아무것도 하지 않을 작정이었다. 카토와의 관계를 공고히 하려는 시도는 겨우 시작 단계에 있었다. 순간적인 기분에 취해 나약함이나 감정을 드러내어, 단단히 무장한 속마음을 노출시켜서는 안 되었다.

일은 이렇게 시작되었다. 어느 날 저녁, 그들은 빅토리아가 아직 잘 모르는 부분의 정원을 배회하게 되었다. 밀폐된 아름다운 길이 있었는데, 인동덩굴과 포도나무가 한데 엉클어져 벽과 지붕을 만들고 있었다. 입구는 두꺼운 관목 숲에 가려 거의 보이지 않았고, 그것을 통과하는 데도 상당한 재간이 필요했다. 뱀처럼 구불거리는 경로로 봐서는 그 길을 전혀 짐작할 수 없었다. 빅토리아는 희미하고 막연한 희망과 불안으로, 카토는 그저 천박한 사람들에게서 쉬이 볼 수 있는 공허한 호기심에, 그 길을 지나 앞으로 나아갔다.

반 시간가량 걷자 마침내 그들은 정원의 경계에 다다랐다. 그곳은 높고 둥근 벽으로 막혀 있었다. 비교적 자유로워진 후, 생각할수록 절망적인 좌절감에 가슴이 답답하던 그 벽이었다. 빅토리아는 구불구불한 길을 지나면서 헷갈리는 바람에 거리를 잘못 예측했다. 높이 치솟은 튼튼한 담을 음울하게 훑어보았다. 출구 같은 게 있을지 궁금했다. 그녀는 생각했다. '분명 집에서 정원으로 들어오는 입구는 있는데, 정원에서 나가는 출구는 없네.' 그녀는 곰곰이 생각하며 담벼락을 따라 천천히 걸어 앞으로 나아갔다. 지금껏 한 번도 와 본 적이 없는 정원의 외진 곳이었다. 잠시 후 그녀는 벽에서 조그만 나무 문 하나를 어렵사리 발견했다. 그 문은 녹슨 두 개의 걸쇠로 벽에 고정되어 있고 무거운 자물통으로 잠겨 있었다. 곧장 문 쪽으로 다가가며 카토를 불렀다. 그러고는 문을 가리키며 어디로 향하는지 아느냐고 물었다. 카토는 서슴없이 열쇠 구멍에 눈을 가져다 댔다.

"이 저택을 둘러싸고 있는 숲으로 향해요, 아가씨. 하지만 밖으로 나가 보지 않는 이상, 그곳이 정확히 어딘지는 모르겠어요."

대답을 듣는 순간 빅토리아는 숨죽이며 집중했다. '숲으로!' 속으로 되새겼다. 그녀 또한 열쇠 구멍에 눈을 들이댔다. "카토, 방법이 없을까?" 그녀는 말했다. "문을 열 수 있는 방법."

"저는 모르겠어요, 아가씨." 카토가 대답했다. "설령 방법이 있다 해도, 아시잖아요, 아가씨." 주저하는 목소리로 덧붙였다. "아시잖아요……"

"알다마다." 빅토리아가 대답했다. "근데 너도 알지만 가끔씩 숲 주변을 산책하는 건 잘못이 아니야. 부인이 금지했다 해도 그걸 어떻게 알겠니?"

"그야 옳은 말씀이지만." 카토는 조심스럽게 대답했다. "갇혀 지내는 게 쉽지 않다는 걸 저도 알아요. 하지만 아가씨, 오 거룩한 주여, 그 문을 열 수는 없어요!"

"오, 카토!" 부드러운 음성으로 빅토리아가 말했다. "할 수 있는 자에게 불가능이란 없단다. 너는 이런저런 구실로 쉽게 열쇠를 손에 넣을 수 있잖니. 생각해 보렴. 우리가 끔찍한 부인의 손아귀에서 조용히 벗어날 수 있다면 얼마나 행복할까!"

"오호." 마치 몽상에서 깨어나듯 카토가 재빨리 외쳤다. "한 가지 **묘안**이 있어요. 어떤 식으로든 이 문의 열쇠에 대해 묻는다면, 아가씨, 우리는 의심만 살 거예요. 방금 생각났는데, 아가씨가 오기 전에, 부인은 절 정원사 암브로시오에게 심부름을 보내곤 했어요. 그때 연장들을 보관하는 작은 헛간에 녹슨 열쇠 꾸러미가 걸려 있는 것을 보았어요. 제 생각엔, 아가씨, 눈을 감고도 열쇠가 있는 곳에 손을 뻗을 수 있을 거예요."

"그래!" 빅토리아가 소리쳤다. 천성적인 조급함이 가식적인 친절과 인내를 뚫고 터져 나왔다.

"그렇다면 어서 그걸 가져와. 곧바로 하나씩 맞춰 보자."

"안 돼요, 아가씨." 카토가 상냥하게 대답했다. "그럴 수는 없어요. 저녁이 오고 있는 데다, 부인도 이미 우리를 찾기 시작했을 거예요. 지금 이 시간이면 암브로시오도 집에 돌아갔을 거고요. 아마 제가 말했던 그곳으로 말이에요. 내일 그가 정원 외진 곳으로 가면, 내가 지켜보다가 주변에 아무도 없을 때 헛간에 들어가 번개처럼 열쇠를 낚아 올게요. 아가씨가 절 버리지 않고 밖에 너무 오래 있지 않겠다고 **약속**하면, 최대한 도와 드릴게요. 제 생각에는……." 그녀는 말을 이었다. "오랫동안 문을 열지 않은 것 같아요. 뭉치에 열쇠가 있을지도 확실치 않고요."

빅토리아는 자신이 너무 안달하는 것처럼 보일까 싶어 조심했다. 하루빨리 부인이 정해 놓은 이 답답한 구역을 벗어나고 싶었다. 그러나 그녀는 카토의 계획에 기꺼이 승복하고, 힘겹게 집으로 발길을 돌렸다.

떨리는 희망과 깊은 절망 사이를 오가는 가운데 밤이 지나갔다. 머릿속은 쉴 새 없이 소란스러웠다. 무엇보다도 그녀는 감정을 힘껏 억눌렀다. 의식적으로, 냉정하고 체계적으로 행동하려 했고, 잠깐이라도 타고난 성향 때문에 어려움을 겪는 경우가 거의 없었다. 그러나 더 이상은 아니었다. 결국 그 영향이 겉으로 나타나기 시작했다. 그녀는 야위고 핼쑥해져 갔다. 그럼에도 여전히 눈동자는 열정적이면서도 우울한 광채로 번득이며 **족쇄로는 제압할 수 없는** 포악한 마음을 드러냈다.

다음 날 정오 무렵, 일어나서 아직 보지 못했던 카토가 갑자기 방으로 뛰어들어 왔다. (카토는 빅토리아와 같은 방에 살고 있었다.) 카토는 먼저 조심조심 문을 잠그고 호주머니에서 녹이 슨 커다란 열쇠 뭉치를 꺼냈다. 그걸 본 빅토리아의 눈빛이 달라졌다. 창백한 볼에 동녘의 색조가 살짝 돌았다. 그녀는 그것을 하나씩 자물통에 맞춰 보는 상상을 하며 열쇠 뭉치를 뚫어져라 쳐다보았다. 그러나 그 일을 감행하기에는 아직 너무 일렀다. 조심성 없이 나무 문에 더 오래 머물고 싶어 할지도 몰랐다. 그러면 의심을 불러올 수 있었다. 그래서 그들은 일을 잠시 미루어 두었다가 저녁에 시도하기로 의견을 모았다.

빅토리아의 도망을 돕거나 부추기려고, 순진한 카토가 민활하게 행동한 것은 절대 아니었다. 오히려 그런 생각에는 몸서리를 쳤을 것이다. 카토는 부인의 명령에 따라 처음엔 무뚝뚝이 차갑게 빅토리아를 대했다. 하지만 어리고 순수한 마음이 그러하듯, 시간이 지나면서 이 가식적인 역할에 싫증 났다. 그래서 그녀의 감수성에 맞게 친절하고 공손한 모습으로 돌아갔다. 어차피 윗사람이 은연중에 주는 위압은 피할 수 없었다. 그러나 덕망 있는 인사라면 아랫사람에게 저항할 수 없는 감동을 주었을 것이다.

빅토리아는 이런 점진적인 행동의 변화를 보는 게 즐거웠다. 태생적 **오만함**은 최대한 절제했다. 이루어야 할 과업이 있기에 그녀는 카토를 극진히 대했다. 이따금 그녀는 자기 재량으로 허용할 수 있는 소소한 것들을 카토에게 주었다. (얼마 안 되는 소지품 중 가장 중요한 부분을 차지하던 옷가지는, 영혼의 건강을 해치는 추악한 허영심을 치유한다는 구실로 부인이 **빼앗아** 갔다.) 그럼에도 그녀가 줄 수 있는 것은 주었다. 카토에게 너그러이 쥐어 준 물건들은 사소하지만 괜찮은 것들이었고, 바라던 대로 효과가 있었다. 천박한 사람들은 **대체로** 늘 돈을 밝힌다. 그 대가로 **카토는** 할 수 있는 한, 빅토리아의 초라한 영역을 넓혀 주었다. 그곳은 빅토리아가 위안을 얻고 홀로 무미건조한 여흥을 즐기는 곳이었다. 열쇠를 챙기는 과정에서도 카토는 그저 아가씨가 조금이나마 즐거운 시간을 가졌으면 하는 바람뿐이었다.

이른 저녁 그들은 정원으로 내려가 앞서 묘사된 길로 서둘러 나갔다. 빅토리아는 초조하게 발걸음을 재촉했고 곧 그 나무 문에 다다랐다. 이미 온갖 혼란스러운 생각들로 마음을 들썩이던 문이었다. 빅토리아는 힘들게 쫓아오던 카토의 손에서 열쇠를 낚아챈 뒤 조바심에 떨며 하나씩 맞춰 보았다. 다행히 하나가 잘 맞는 것 같았다. 열쇠를 돌리려 했지만 움직이지 않았다. 녹과 철이 뭉쳐 생긴 저항을 뚫기 위해서는 카토의 투박한 손이 필요했다. 카토가 열쇠를 거칠게 비틀자 자물통 속 열쇠가 돌아갔다. 카토는 돌을 하나 집어 들었다. 번갈아 가며, 그걸로 걸쇠를 내리치거나 손으로 힘을 가했다. 마침내 문은 그녀의 불굴의 투지에 항복하고 활짝 열렸다.

갇혀 지내던 빅토리아에게 이 장면은 얼마나 기쁘고 황홀했을까! 철창에서 갓 탈출해 흥분한 새처럼 그녀는 눈앞에 황홀하게 펼쳐진 숲으로 뛰쳐나갔다. 신중하고 덜 극성인 카토가 문을 닫고 따라 나갔다. 빅토리아는 주변을 세세히 둘러보았다. 경계선이 없었다. 달아나려 한다면 아무도 그녀를 붙잡을 수 없었다. 그녀는 잠시 생각에 잠겼다. 그러고는 카토를 불러 아무렇지 않게 물었다. "카토, 베네치아가 어느 쪽인지 말해 줄래?"

"베네치아라고요, 아가씨!" 카토는 멈칫거리며 주변을 둘러보았다. "베네치아는 저쪽이에요." 손가락으로 가리켰다.

"그래." 빅토리아는 손뼉을 쳤다. 그녀의 볼은 어느새 심홍색으로 달아올랐다. "몬테벨로는 틀림없이 이쪽이겠구나." 그녀는 화가 난 듯 왼쪽을 가리키며 말했다. 견딜 수 없을 만큼 강렬하고 쓰라린 기억이 그녀의 마음을 밀치고 들어왔다. 그녀는 획 돌아섰다. '나를 속이고 바보 취급했던 곳, 저주받아라. 그곳을 떠도는 바람아, 저주가 되어라!'라고 말하는 듯한 표정이었다.

하지만 그녀가 시선을 앞으로 돌렸을 때는 아주 색다른 감정이 일었다. 그녀는 생각했다. '저기가 베네치아야. **베렌차**가 사는 곳!' 멀고 긴 거리는 죽음처럼 언제나 상상 속 연인의 매력을 한층 강화시킨다. 더욱이 속아서 헤어진 터라 그녀는 그를 생각하면 안타까웠다. 현재 상황 때문일 수도 있겠지만 예전에는 느껴 보지 못했던 강렬한 감정이었다. 그녀는 속으로 말했다. '오, 내 사랑 베렌차! **당신을** 한 번 더 볼 수만 있다면……'

빅토리아는 다시 정신을 가다듬고 카토에게로 돌아섰다. 그녀는 카토의 팔짱을 끼고 말없이 걸었다. 아직 수천 개의 흩어진 생각들이 그녀의 머릿속에서 떠돌고 있었다. 시간은 정처 없이 흘렀고, 카토가 이젠 돌아갈 때가 되었다고 조심스럽게 일러 주었다. 빅토리아는 미래의 꿈에서 깨어났다. 카토는 예의를 지키며 묵묵히 따랐다.

제8장

빅토리아가 도망칠 생각이라는 건 쉽게 짐작할 수 있으리라. 그녀는 카토를 부추겨 매일 뒷문에서 조금씩 더 멀리 나아갔다. 부인은 그들이 출구를 발견했으리라고는 상상도 하지 못했다. 그녀는 이런 일이 벌어지고 있다는 걸 꿈도 꾸지 못했다. 빅토리아 역시 매번 조용히 움직였다. 그러면서도 도망치기에 가장 적합한 직선 경로를 정확히 봐 두었다.

빅토리아는 계속 지체되는 것을 더 이상 참지 못하고 마침내 머릿속에서 오랫동안 정리해 온 계획을 실행에 옮기기로 작정했다. 다음 날 저녁, 그녀는 아무것도 모르는 카토를 짐짓 친절하고 공손하게 대하며 꼬였다. 그러고는 이제까지 가 본 곳보다 훨씬 더 멀리 카토를 끌고 나아갔다. 그녀는 돌연 걸음을 멈추더니, 그에 놀란 여자애에게 말했다.

"카토, 난 보스코엔 절대 돌아가지 않을 거야. 내 노예 생활은 여기서 끝이야. 난, 내가 가고 싶은 대로 갈 생각이란다. 동 서 남북. 어느 쪽이든 말이야. 그러니까 내가 하는 말 잘 들어. 지금 나와 옷을 바꿔 입자. 그 대가로 이 다이아몬드 반지를 줄게. 노부인 몰래 숨겨 놓았던 거야. 넌 늘 그랬던 것처럼 남의 눈에 띄지 않게 그냥 집에 돌아가서 평소 복장으로 갈아입어. 내가 도망간 것에 대해 물으면 넌 모르는 일이라고 잡아떼. 그렇게 될 테니. 내가 어디로 도망갔는지 물어도 모른다고 해. 그게 사실이잖아. 그렇게 했는데도 부인이 널 해고하면, 그래도 넌 손해 보는 게 아닐 거야. 일자리를 잃었다고는 생각하지 마. 이 반지 말이야, 정말 값비싼 반지거든. 이게 충분히 보상할 거야. 내가 **좋은** 조건으로 너한테 제안하는 거야. 네가 거절해도 어차피 난 달아날 작정이니까. 네가 힘으로 막으려 한다면, 사실 난 **너만큼** 힘이 세지 못해. 근데 카토, 너도 나름 대가를 치러야 할 거야." 그녀는 의미심장한 눈빛으로 덧붙였다. "승리라는 게 꼭 힘으로만 결정되는 건 아니잖아."

카토는 돌풍 속 나뭇잎처럼 떨었다. 그러나 확신과 결의에 찬 빅토리아는 그녀가 대꾸할 틈을 주지 않았다. 빅토리아는 카토가 당황스러워하는 걸 보며 천천히 옷을 벗었다. 그녀는 온화한 음성으로 이어 갔다. 변조에 능숙한 음성이었다. "카토, 너도 내 제안에 공감하는 거 알아. 날 돕고 싶어 하는 것도 알고. 넌 분별력도 있고 친절하잖아. 자, 착한 아가씨, 이제 탈의할 준비 하세요."

"오, 아가씨!" 카토는 비로소 옷을 벗으려고 은연중에 첫 단추를 풀면서 말을 더듬거렸다. "오, 아가씨, 어쩌시려는 거예요?"

"폭군에게서 도망가는 거지!" 빅토리아는 지체 없이 답했다. 눈에서는 불꽃이 튀었다. "카토, 너도 나처럼 운이 좋았으면 좋겠다.

어서, 서둘러." 그녀는 방금 벗은 옷을 건네주며 재촉했다.

가여운 카토는 기계적으로 그녀의 주문을 따랐다. 빅토리아는 천성적으로 생각이 느린 카토를 재촉했다. 하지만 본성이 착하고 순박한 카토는 빅토리아의 행동에서 비난할 수 없는 무언가를 보았다. (그 포악하고 항상 불만인 부인을 불쌍한 일꾼 카토보다 누가 더 증오할까?) 변신이 마무리될 때까지 카토는 필요한 겉옷을 차근차근 교환했다. 그러나 빅토리아가 원하는 만큼 빨리하지는 못했다.

변함없이 오만한 빅토리아는 친절을 가장하여 천한 카토의 애정을 얻었다. 그럼에도 여전히 카토를 두려움에 떨게 할 수도 있었다. 그녀는 그 점을 알고 있었다. 또 카토는 마음이 약해서 지금 일에 놀랐고, 완강한 언어에 압도당했다는 것도 알았다. 빅토리아는 급히 도망가는 것보다 이 방식을 선호했다. 어쩌면 그런 행동이 카토의 나른한 신체 기능을 깨웠을지도 모른다. 일단 상황에 부닥치면 카토가 그녀보다 빨리 발걸음을 옮겼을지도 모른다. 혹은 그 발걸음 때문에 모든 계획이 지연되고 어쩌면 실패했을 수도 있을 것이다. 따라서 카토를 친구로 만드는 게 정략적으로 훨씬 나았다. 대놓고 배은망덕하면서 자신감을 가지라 강요하다가 그녀를 적으로 만드는 것보다는 나았다.

변신은 금세 마무리되었다. 빅토리아는 약속했던 반지를 카토의 손에 쥐여 주고 지그시 누르며 말했다. "정직하고 선한 나의 카토. 최대한 남에게 들키지 않도록 집으로 가서 우리 침실로 들어간 뒤 문을 잠가. 해가 저문 후에도 우릴 보지 못하면 부인은 우리가 저녁도 먹지 않고 잠자리에 든 걸로 생각할 거야. 우리를 찾는 어리석은 짓은 하지 않을걸. 오히려 한 끼를 아꼈다며 좋아하겠지. 우리가 밤늦게 부인을 찾아간 적도 없잖아. 그때쯤이면 나는 폭군의 손아귀에서 안전하게 벗어나 있을 거야. 적어도 그렇게 되길 바라. 우리가 다시 만나지 않으면 네가 한 행동을 후회할 이유도 없을 거다. 잘 가요, 친절한 아가씨. 시간이 빨리 가네. 아듀, 집으로 돌아가. 날 뒤쫓을 생각은 말고."

"아가씨! 오, 아가씨!" 카토는 흐느꼈다. 활짝 핀 장미를 닮은 그녀의 볼 위로 하염없이 눈물이 흘러내렸다.

"카토, 네가 나를 **진정** 사랑한다면⋯⋯." 빅토리아는 차분하게 말했다. 그녀는 충직한 동반자를 떠나면서 어떤 회한의 그림자도 내비치지 않았다. "네가 정말 날 사랑한다면, 더 이상 지체하지 말고 어서 돌아가. 너 가는 거 보고, 갈게."

카토는 거친 눈물을 토해 내며 흐느꼈다. 그녀는 빅토리아의 손을 잡고 감정에 북받쳐 강렬하게 키스를 해 댔다. 그리고 서둘러 돌아섰다. 카토는 아무 말도 하지 못하고 속히 집으로 발걸음을 재촉했다. 빅토리아의 조바심이 거의 사라질 만큼 그녀는 빨리 멀어져 갔다.

빅토리아는 이 측은한 여자애가 얼른 시야에서 사라지길 고대하며 자리를 뜨지 않았다. 카토는 헤어지는 게 못내 섭섭한지 그녀의 마지막 모습을 보려고 무심결에 자꾸 뒤를 돌아보았다. 빅토리아는 그러는 게 화나고 짜증 났다. 그럼에도 손을 흔들어 주었다. '내가 보고 있어. 그러니 어서 가렴.' 하고 말하는 듯. 시야에서 이내 사라지길 바라던 형체가 마침내 나무들 사이로 완전히 빨려 들어갔다. 빅토리아는 재빨리 돌아서서 걸었다. 한 걸음 한 걸음 베네치아에 가까워지고 있다는 생각에 그녀는 기분 좋게 자축하며 앞으로 나아갔다.

해가 한 뼘 정도 기울었다. 빅토리아는 카토가 시야에서 사라지는 것을 본 후 지금껏 민첩하게 걸었다. 아니, 거의 뛰다시피 했다. 그녀는 짧은 시간 안에 숲을 통과하고 싶었다. 하지만 그게 오판이었음을 깨달았다. 숲은 끝없이 펼쳐져 있었다. 그녀는 그 굽이굽이를 몰랐고 그래서 숲을 벗어나는 지름길을 찾지 못했다. 출발할 때와 같은 열정으로 속도를 늦추지는 않았지만, 하늘이 어둑어둑해지기 시작했다. 그녀는 혼란에 빠져 여전히 미로를 헤매고 있었다. 날이 어두워지자 더 이상 여행을 계속할 수 없었다. "오늘 밤은 어디서 머물지?" 주변을 둘러보며 크게 한숨을 쉬었다. 저 멀리 나무들에 둘러싸인 작은 오두막이 보였다. 그녀는 안도하며 그쪽으로 발길을 재촉했다. 그러다 문득 한 생각이 들었다. 그녀가 도주한 걸 알면, 그들은 그녀가 지나온 길을 뒤질 것이다. 그러면 그들도 오두막을 볼 것이고, 분명 탐문하러 오리라. 그녀는 순간 사람이 사는 곳은 피해야겠다고 마음먹었다. 그래서 인적이 드문 좁은 길을 찾아 걸었다. 추적의 위험을 피해야 했다. 결연한 빅토리아는 야생 동물처럼 별이 반짝이는 하늘을 지붕 삼아 밤을 보내기로 결심했다.

그 결심을 좇아 그녀는 길에서 벗어났다. 그녀가 지금 돌이켜 보건대, 그 길은 천민들이 흩어져 사는 은둔 지역으로 향하고 있었다. 숲속 한쪽에는 재스민과 풍성한 포도나무가 한데 얽히고설켜 자연스레 만들어진 그늘이 있었다. 그녀는 그 무성한 나무 그늘 아래 몸을 던졌다.

'여기서…….' 그녀는 생각했다. '몇 시간 쉬며 재충전하면 어떨까? 더 고급스러운 침실을 찾을 때까지. 이게 안전해. 부인은 내일 정오까지는 내가 도망간 것에 대해 듣지도 못할 거야.'

이렇게 생각하며 그녀는 잠에 취해 점점 정신을 잃어 갔다. 여느 때와 달리 종일 고군분투했던 덕분에 아무것에도 방해받지 않은 몇 시간의 휴식은 달콤했다. 어느새 가느다란 나뭇가지 사이로 감미로운 햇빛이 그녀의 감긴 눈에 와닿았다. 조물주가 빚어낸 아침 빛줄기에 활력을 얻은 새들이 아름다운 곡조로 재잘거렸다. 이윽고 그녀는 눈을 떴다.

눈을 뜨면서 곧바로 일어섰다. 그녀는 다시 최고의 속도로 여행을 시작했다. 떠나던 날 챙겨 둔 나폴리 빵 몇 조각으로 아침을 때웠다. 걸으면서 먹었다. 숲을 빠져나가는 게 급선무였으므로. 그래서 발걸음을 다그쳤다. 두 시간 정도 지난 뒤 그녀는 오솔길을 하나 발견했다. 거기에 그녀가 가야 할 방향을 알 수 있는 단서가 있기를 바랐다. 간절히 바라면서 그녀는 재빨리 굽잇길을 살펴보았다. 그 길은 한적한 수로 앞에서 끝이 났다. 길가는 포플러와 아카시아 나무로 둘러 있었다. 빅토리아는 수로를 보며 그 가장자리에 털썩 주저앉았다.

"아!" 그녀는 외쳤다. "방황하면서 얼마나 깊이 들어온 걸까! 이렇게 외진 수로에 곤돌라가 지나갈 리 없어! 되돌아간다면, 내 희망은 끝장나는 건데. 차라리 여기서 죽는 게 낫겠다!"

그녀는 절망적으로 고개를 떨구고 합장한 두 손에 머리를 댔다. 가벼운 돌풍이 나무 사이에서 한숨지었다. 이 외로움을 달래 줄 만한 사람은 어디에도 없는 듯싶었다. 높이 솟은 포플러와 산만하게 흩어진 아카시아 사이로 들리는 새들의 노랫소리만 절대 고요의 이 정경을 범하고 있었다. 빅토리아의 눈에는 이런 자연의 아름다움이 들어오지 않았다. 그녀가 기대하던 바가 전혀 아니었다. 그녀는 크게 실망해 엎드려 있었다.

얼마 후, 멀리서 아련한 소리가 귀에 닿았다. 그녀는 흠칫했다. '수로에서 노 젓는 소린가? 일정한 간격으로 첨벙거리는 소리······. 아, 아니야. 나뭇가지가 바람에 스치는 소리일 거야.' 그녀는 머리를 숙였다.

다시 소리가 들려왔다. 이번에는 보다 선명했다. 거친 목소리도 함께 실려 왔다. 곤돌라 사공이 부르는 노랫가락이었다. 아, 얼마나 기쁜 소리인가! 빅토리아는 즉각 일어나 수로 쪽으로 몸을 굽혔다. 곤돌라 하나가 한가롭게 다가오고 있었다. 사공만 한 명 있을 뿐이었다. 그는 호수 가장자리를 따라 유유히 노를 저어 오고 있었다.

'오!' 빅토리아는 생각했다. '내 운명이 저 무심한 이에게 달렸구나! 왜 이리 굼뜨게 오나, 속이 탄다!'

속도에 한 치의 변화도 없이 곤돌라는 느긋하게 다가왔다. 빅토리아는 열렬히 손을 흔들었다.

"어디로 가시는지요, 아저씨?" 그녀가 물었다.

"베네치아로 갑니다."

빅토리아는 심장이 펄쩍 뛰었다.

"곤돌라에 저를 태워 주실 수 있는지요?" 그녀가 다시 물었다.

"뱃삯은 있소, 예쁜 아가씨?" 사공이 되물었다.

빅토리아는 대답하지 못했다. 가진 것이라고는 반지뿐이었는데, 카토에게 줘 버렸다. 사공 역시 아무 말이 없었다. 빅토리아의 꿈은 사그라지고 있었다.

그녀는 사공의 생김새를 살펴보았다. 늠름하고 거칠어 보였지만 아직 나이 어린 청년이었다. "아, 어쩌죠……." 그녀가 말했다. "전 돈이 없어요. 하지만 베네치아에 애인이 있지요. 그곳까지 데려가 주시면 성모 마리아께서 영원히 당신을 축복하실 겁니다."

이번에는 사공이 빅토리아에게 눈길을 주었다. 농부 모자를 쓴 그녀는 아름다웠다. 그는 옷차림을 보고 그녀가 농사꾼이라고 생각했다. 그래서 돈이 없다는 말을 그대로 믿었다. 사공도 사랑하는 여인이 있었다. 그가 가난하단 이유로 그녀의 부모는 결혼을 허락하지 않았다. 그래서 남몰래 홀로 사모할 뿐이었다. 그는 빅토리아에게서 유대감을 느꼈고, 곤돌라를 호숫가에 대며 손을 내밀었다. 그녀는 기꺼이 그 손을 잡고 곤돌라에 훌쩍 올라탔다.

이때 빅토리아의 기분을 누가 묘사할 수 있을까? 말로는 표현할 수 없었다. 머릿속에서는 수천 가지 즐거운 일들이 주연을 벌였다. 그 기쁨이 너무 달콤해, 그녀는 방해받고 싶지 않았다. 그러나 친절을 베푼 사공은 적어도 그녀와 대화할 권리가 있다고 생각했다. 그는 그녀가 혼자 즐기도록 내버려 두지 않았다.

"어이, 예쁜 아가씨." 그가 말문을 열었다. "당신이 쪼그려 앉아 있던 곳에 정말 곤돌라가 올 거라 생각했소? 거긴 백 년에 한 번 올까 말까 한 곳이오. 아주 특별한 경우가 아니라면 모를까. 요렇게 좋은 날 아침에, 그것도 해가 땅을 달구기 전에, 한 기사 양반을 저기 수로 끝에 있는 근사한 저택에 모셔다 드리지 않았다면, 참 당신한테만 하는 말인데, 예쁘장한 여자도 동석했다오. 그렇게 아침 일찍 가는 이유야 뻔하지. 그것도 비밀리에 말이야. 알죠. (돈은 두둑이 받았지.) 어찌 되었든 간에 당신이나 나랑은 아무 상관도 없는 그 일이 아니었다면, 글쎄, 당신이 곤돌라를 찾으려면 저쪽으로 엿새는 가야 했을 거요. 그래, 악동 아가씨, 당신이 얼마나 행운아인지 알겠소. 그것도 돈 한 푼 안 내고 말이오!"

사공의 일장 연설에 빅토리아는 진즉부터 관심을 끄고 있다가 마지막 말만 따라잡았다. 그녀는 그가 하는 말에 성심껏 동의하며 그의 선량한 심성에 사의를 표했다.

그에 사공은 아무 대꾸도 하지 않고 의미심장한 웃음을 환히 보이며 한쪽 눈으로 윙크를 했다. 빅토리아가 추측하기에, 앞서 말한 그녀의 애인을 염두에 두고 하는 짓 같았다. 그러고는 그녀가 손을 흔들었을 때 부르던 노래를 다시 시작했다.

이윽고 베네치아의 장중함을 드러내듯 아드리아 해협에 우뚝 솟은 첨탑과 둥근 천장의 건물들이 나타났다. 그것들을 보자 빅토리아는 더할 수 없이 기뻤다. 해협은 초록빛 문장(紋章)으로 둘러싸여 있었다. 카니발이 한창이었다. 가까이 다가갈수록 물 위에 떠 있는 수십 척의 화려하고 현란한 곤돌라가 눈에 들어왔다. 마침내 그들은 산마르코 항구 정박지에 닿았다. 빅토리아는 돌아서서 친절을 베푼 사공에게 감사 인사를 했다. 그는 고개를 끄덕이며 미소를 지었다. 그리고 그녀가 곤돌라에서 내리는 것을 도와주며, 이렇게 예쁜 아가씨라면 언제라도 서비스할 수 있노라고 귀에 대고 속삭였다.

빅토리아는 다시 자유인이 되었다. 이제 원하는 대로 뭐든 할 수 있었다. 그녀는 거리낌 없이 산마르코 광장의 쾌활한 군중 속으로 파고들었다. 어쩌면 그 속에서 자연스럽게 마음이 끌리는 누군가를 찾지 않을까 막연히 바랐다. 그녀는 힘든 여정에 지치고 허기진 상태였다. 어제 저녁 식사 이후 빵 몇 조각 말고는 아무것도 먹지 못했다. 다시 어둠이 깔리고 있었다. 그녀는 산마르코 광장에서 벗어나 인적이 드물고 덜 혼잡한 곳을 찾았다. 그녀가 앞으로 나아가는데 갑자기 현기증이 일었다. 지나친 과로 때문이었다. 그녀는 길거리에서 쓰러지지 않으려고 서둘러 높은 지붕의 주랑 현관 아래로 들어가 계단에 앉았다. 움직일 수가 없어 몇 분간 어지러운 머리에 손을 댄 채 그대로 있었다. 심장이 두근거렸다. 마음만으로 문제가 **꼭** 해결되는 건 아니라는 염려가 일었다. 다행히 현기증은 점차 사라지고, 그녀는 고개를 들었다. 운하와 길거리의 활기찬 모습이 창문에 어른거렸다. 아프고 압도당한 기분이 들었지만 가면으로 변장한 사람들의 화려한 옷차림을 보자 그녀는 더할 수 없이 즐거웠다. 그녀는 무지 혐오스러운 폭군과 지겨운 고독에서 탈출했다는 것만 생각했다. 그렇게 생각하니 몸이 불편하다는 느낌이 사라졌다.

그녀는 아직 그곳에 앉아 (균형 잡힌 몸매는 촌스러운 복장에 가려 있고, 또렷한 이목구비는 보잘것없이 큰 모자 때문에 보이지 않았다) 흥거운 걸음으로 바삐 지나가는 사람들을 바라보았다. 유독 가면을 쓴 한 무리에게 관심이 갔다. 그중에는 키가 크고 기품 있는 사람이 하나 있었는데 여느 사람들과 달리 두드러져 보였다. 그는 남빛 비단 망토를 몸에 대충 걸치고 있었다. 그 바람에 조끼를 입은 왼쪽 어깨가 살짝 드러났다. 보석 장신구로 반짝이는 조끼였다. 머리에는 검정 벨벳의 스페인 풍 모자를 쓰고 있었다. 모자는 눈처럼 흰 뾰족한 깃털이 둘러 있고, 다이아몬드 고리 장식이 달려 있었다.

그녀는 스쳐 지나가는 이 매력적인 인물에 시선이 꽂혔고, 이전에 그를 본 듯한 생각에 약간 혼란스러웠다. 흘끗 쳐다보는 것만으로는 어디서 보았는지 확신할 수가 없어서 좀 더 자세히 보려고 은연중에 일어섰다. 그때 그가 돌아섰다. 사실 그는 가면을 쓰고 있었다. 하지만 순간 확신이 피부에 와닿았다. 예상하지 못했던 주체하기 힘든 충격이었다. 그녀는 그에게로 튀어나가 손으로 팔을 잡고 소리쳤다. "베렌차!"

"아, 그렇소!" 가면을 쓴 남자가 그녀의 손을 지그시 누르며 낮지만 열정적인 음성으로 말했다. "나를 잘 봐 두고, 이제 물러가요."

빅토리아는 뒤로 물러났다. 남자는 떨어져 나왔던 무리로 돌아가더니 이내 군중 속에 파묻혔다.

빅토리아는 실망스럽고 울화가 치밀어 씁쓸했다. 운 좋게 우연히 그를 발견했는데 금세 다시 잃어버렸다. 그가 희망이었는데! 그 장면의 황홀한 환상이 아직 그대로 남아 있었다. 마음이 더없이 부풀어 올랐다. 그녀는 자신이 베네치아에, 그것도 자유롭게 머물고 있다는 사실에 위로를 얻었다. 별생각 없이 사람들을 따라 움직이다 보니 그녀는 도심의 외진 곳까지 와 있었다. 하층민들이 거주하는 지역이었다. 그녀는 그곳을 벗어나려고 서둘렀다. 휘황찬란했던 광경들은 이제 곳곳에서 시들어 가기 시작하고, 저녁이 성큼 다가왔다. 시끌벅적하던 무리는 술을 마시려고 집으로 돌아갔는지 눈에 띄게 줄었다. 화려한 광채가 약해지고, 석양빛으로 치장한 황혼이 등장했다.

방랑자 빅토리아는 마땅한 숙소도 없이 또 하룻밤을 지내겠구나 하고 생각했다. 기분 좋은 느낌은 아니었다. 그렇지만 지인이나 의지할 만한 사람을 찾아갔다가 발각될 위험에 처하느니 차라리 그편이 나았다. 그런 까닭에 그녀는 다시 어느 주랑 현관에 앉아 머리를 양손에 묻고 음울한 기분에 젖어 있었다. 배가 고프고 피곤했다. 이런 상황에 그녀의 영혼은 더욱 침울해졌다. 불현듯 귓가에 사람 목소리가 들렸다. "날 따라와요." 고개를 들어 주위를 둘러보았지만 아무도 없었다. 그녀는 다시 손으로 눈을 덮고 생각을 이어 가려고 했다.

"일어나요." 같은 목소리였다. 그녀는 흠칫 반사적으로 일어섰다. 그녀는 그 거리 첫 번째 건물 주랑 현관에 앉아 있었다. 마치 그녀의 뒤에 있다 나오는 것처럼 키 큰 형체가 튀어나왔다. 검은색 외투를 둘러쓰고 있었다. 그가 금세 멀리까지 물러나는 바람에 실제 모습은 잘 보이지 않았다. 그는 빅토리아를 향해 기운 듯한 자세로 손짓했다. 불가사의하고 어쩌면 위험할 수도 있는 요구였지만 그럼에도 그녀는 반가운 마음에 지친 다리가 허락하는 한 재빨리 따라갔다. 그녀가 다가가는 만큼 낯선 사람은 다시 뒤로 물러났다. 그러나 유인하는 몸짓은 이어졌고 빅토리아도 계속 따라갔다. 마침내 사람의 왕래가 없는 곳에 이르러 그가 멈춰 섰다. 빅토리아가 다가오자 그는 그녀의 허리를 감싸 안았다. 외투가 옆으로 벗겨지면서 반짝거리는 의상이 눈에 들어왔다. 베렌차!

"쉬잇!" 그녀가 환호하려 하자 그는 황급히 외마디를 질렀다. 그리고 다시 물러나더니 길거리에 나 있는 작은 문으로 다가가 또렷하게 세 번 노크를 했다. 문이 조심스레 열렸다. 그가 손을 내밀어 빅토리아에게 손짓했다. 그녀가 다가가자 그는 팔을 잡아 집 안으로 끌어들이고 문을 닫았다. 그들이 좁고 어두운 입구를 지나 몇 걸음 가지 않았을 때 그가 멈춰 섰다. 그러고는 호주머니에서 손수건을 꺼내 빅토리아의 눈 위로 살짝 둘러 묶으며 나직이 말했다. "이렇게 오래 있진 않을 테니 걱정 마." 빅토리아는 미소만 지을 뿐 아무 대답도 하지 않았다.

이윽고 몇 계단을 올라가 방으로 들어가는 듯했다. 백작은 빅토리아의 손을 지그시 잡았다. 그러고는 그녀에게 눈을 가렸던 안대를 풀도록 했다. 안대를 풀자마자 그녀는 뜻밖의 장면에 탄성을 질렀다. 호화롭고 휘황찬란한 침실에 눈이 부셨다. 벽은 번쩍이는 대형 거울들로 덮여 있었고, 거기엔 초라한 복장이지만 우아한 그녀의 모습이 다각도로 비쳤다.

베렌차는 놀라는 그녀의 모습을 잠시 즐기는 듯 보였다. 그러더니 자기 팔을 잡고 있던 그녀의 손을 열정적으로 쥐며 말했다.

"내 사랑 빅토리아, 여기서 당신은 나의 유일한 연인이 될 거요. 자기 목숨보다도 더 그대를 흠모하는 남자로부터 더 이상 도망갈 필요는 없지."

"도망이라고요!" 빅토리아가 따라 말했다. "베렌차, 난 결코 당신을 피해 달아나지 않았어요."

"달아나지 않았다고? 그렇다면 좀 더 설명이 필요하겠군. 하지만 지금은 어려울 것 같아. 당신은 많이 지쳐 보여. 간단한 음식이 준비될 때까지 여기서 좀 쉬어요."

그렇게 말하며 그는 고풍스러운 소파에 빅토리아를 부드럽게 앉히고 잠시 혼자 쉬게 했다.

소파에 비스듬히 누워 베렌차가 돌아오기를 기다리는 동안 빅토리아의 머릿속은 가장 행복한 생각들로 넘쳤다. 피로, 난관, 심지어 감금까지, 그 모든 것이 오랫동안 고대했던 행복의 서막 앞에 잊혔다.

"잔인하고 비정한 어머니." 그녀는 한탄했다. "이젠 내 행복을 뺏을 수 없어요. 당신이 이기적으로 즐겼던 것과 비슷한 행복! **어머니가** 아니었다면 꿈꿀 리 없고 탐하지도 않았을 행복이죠. 아, 어머니! 당신은 나를 속이고 배신했어요. 하지만 나에게 사랑과 기쁨의 경로를 알려 줬으니 살아가면서 늘 감사할게요."

빅토리아는 자신의 상처받은 감정을 이렇게 비꼬아 표현했다. 베렌차는 들어오면서 그녀가 중얼거리는 소리를 들었다. 그는 그가 지나던 길에 이 흠모하는 숙녀를 떨구어 준 운명에 기뻐하면서도, 거침없이 드러나는 그녀의 소신을 보며, 품위 있고 섬세한 그의 마음에는 후회의 감정이 일었다. 그렇지만 베렌차는 이 재앙의 근원이 된 사람들에 대해서는 완강한 태도를 취했다. 옳지 않은 행실로 딸의 감성을 타락시킨 어머니. 그 어머니를 유혹해 욕보인 비열한 인간. 베렌차는 빅토리아의 비뚤어진 성품을 바로잡고 통제하기로 내심 다짐했다. 그는 비록 고품격 쾌락주의자였지만, 고결하고 도덕적이고 철학적인 영혼을 가졌으므로.

그는 빅토리아 옆에 앉아 그녀의 손을 부드럽게 잡았다. 손은 야위고 약간 달아올라 있었다. "무척 힘든 하루였지." 그녀의 얼굴을 넌지시 바라보며 그가 말했다. "그렇지, 내 사랑 빅토리아?"

빅토리아는 웃음 지었다. 베렌차는 그녀가 지난 스물네 시간 동안 입에 음식을 대 보지 못했다는 말을 듣고 경악을 금치 못했다. 기본 욕구가 충족될 때까지 그녀가 아무 말도 하지 못하게 했다. 준비한 음식이 들어오자 어서 먹으라며 다정하게 재촉했다. 그녀가 충분히 원기를 회복하기 전까지는 몬테벨로를 돌연 떠나게 된 실제 이유에 대해 아무리 심각하게 물어도 그는 대답하지 않을 참이었다.

이윽고 빅토리아가 음식을 다 먹자 베렌차는 그때 상황을 설명했다. 당시 그는 그녀가 원하는 대로 행동한다고 믿었노라고 말했다. 그들이 속았다는 사실을 알게 되면서 빅토리아의 분노는 극에 달했다. 베렌차는 그녀가 너무 과격하게 반응하는 것에 호응하거나 지지를 보내고 싶지 않았지만, 그녀가 표출하는 감정에 동조하지 않을 수 없었다. 베렌차는 그녀 어머니의 이중성이 불러일으킨 졸렬한 행위에 놀라고 역겨웠다. 조금 전까지 딸의 도주로 라우리나가 받을 상처에 대해 염려했다면, **지금은** 빅토리아가 탈출했다는, 그것도 자신에게 왔다는 기쁨에 연민의 감정이 일었다. 그가 빅토리아에게 설명한 내용은 이랬다. 그는 메모 내용으로 보아 그녀에게서 이내 소식이 올 것으로 기대했는데 오랫동안 기별이 없어 뜻밖이었고, 기다리다 지쳐 다시 몬테벨로로 찾아갔다. 거기서 그는 사랑하는 연인이 자발적으로 떠났고, 그 사실을 알리지 말라는 당부도 했다는 걸 알게 되었다. 그녀는 그의 관심을 끄는 일이 부적절하다고 확신하며 그렇게 하지 않으려고 애썼다. 그런 이유로 그곳을 떠나는 게 최선이라고, 아니 그렇게 하는 것만이 바람직한 방향이라고 생각했다. "고백하건대……." 베렌차 백작은 말을 이었다. "내가 아는 당신의 성품으론 그처럼 갑자기 변심하는 게 맞지 않다고 생각했지만, 다른 방도가 있어야지. 내가 당신 어머니나 백작에게 가서 따질 권리는 없는 것 같고. (법적으로도 당신은 나보다 그쪽에 속해 있으니까.) 나한테 던지던 차가운 표정도 그랬고. 그래서 떠났어. 상황이 미묘하다는 생각은 했지만, 시간이 명료하게 밝혀 주길 속으로 바라면서 말이야."

서로의 해명이 끝나기 전에 어느덧 밤이 꽤 깊어 있었다. 모데나 부인의 저택에서 받았던 빅토리아의 수난사, 탈출의 경로, 난관, 추적당하지 않기 위한 경계……. 그녀는 물러가기 전에 이 모든 부분들을 상세히 설명해야 했다. 마침내 베렌차가 그녀에게는 휴식이 필요하다고 조신하게 상기시켰다. 그의 세심한 배려에 빅토리아는 마지못해 그러겠노라고 대답했다. 그는 하녀들을 불러 그녀를 위해 마련된 침실을 보여 주라고 지시했다.

빅토리아는 침실에 들자 곧바로 하녀들을 내보냈다. 밀려오는 상념을 혼자 마음껏 즐기고 싶어서였다. 그녀는 기쁨과 환희에 흠뻑 젖었고, 손이 떨려 옷 벗는 것조차 힘이 들었다. 우아한 (반구형 지붕에 진한 황금 술로 장식된) 침대에 든 후에도 들뜬 기분으로 쉽게 잠을 이루지 못했다. 그러나 얼마 지나지 않아 그녀는 신나는 상상을 억누르고 잠에 빠져들었다. 황홀한 환상은 꿈속 이곳저곳을 뛰어다녔다.

베렌차 역시 휴식의 자리에 들었다. 근래에 원하던 바를 얻었음에도 불구하고, 그의 이성은 차분하고 산만하지 않았다. 그의 이성에는 로맨틱한 환상이 끼어들 수 없었다. 꾸미지도 차려입지도 않은 빅토리아의 본모습을 보며 그는 예리한 눈으로 그녀의 미모를 감지했지만 동시에 부족한 면도 보았다. 그녀의 성품을 관찰하면서 강한 자존심과 고지식함, 난폭함, **오만함**을 모두 보았다. '그게 가능할까?' 그는 자문했다. '지금처럼 불완전한 그녀와 내가 **온전히** 행복할 수 있을까? 아니야. 그녀의 강한 성품을 좀 더 **고상한** 인격으로 개조하지 못한다면, 나머지 매력만으로는 나의 목마른 영혼을 충족시킬 수 없어.' 이런 생각을 하면서 베렌차는 잠이 들었다. 빅토리아가 그의 지붕 아래, 그의 영향력 아래 **자발적으로** 들어왔기 때문에 그는 **쉬면서** 이런 결점에 대해 면밀히 **검토할** 수 있는 여유가 생겼다. 그녀의 결점을 고치는 일이 불가능해 보였지만, 그건 중요해 보이지 않았다. **이게 바로** 남자의 습성이다.

제9장

빅토리아가 눈을 떴을 때는 이미 해가 중천에 떠 있었다. 서둘러 일어나 보니 농부복은 사라지고 대신 그녀가 평소에 입었던 양식의 의복이 놓여 있었다. 베렌차의 세심한 배려였다. 그녀는 옷을 입고 하녀를 불렀다. 하녀는 베렌차 백작이 아침 식사를 같이하기 위해 기다리고 있으며, 그가 있는 방으로 안내하도록 지시했다고 알려 주었다. 그는 음식을 앞에 두고 앉아 있었다. 그녀가 들어가자, 일어나 그 옆에 앉도록 안내했다. 열렬한 애인이라기보다 신실하고 다정한 친구를 대하는 듯한 태도였다. 베렌차는 완벽주의를 지향했고, 그녀와 서약하기에 앞서 그 스스로 새로운 모범을 보여야겠다고 생각했다.

식사를 하면서 그는 일상적인 이야기를 나누었다. 그러면서도 태도와 시선에서 그녀 영혼의 움직임을 읽으려는 듯, 그녀를 주의 깊고 예민하게 관찰했다. 진정 베렌차는 쾌락주의자였다. 철학적이고 섬세하고 세련된 쾌락주의자. 그는 완벽한 **육체**와 더불어 완벽한 **영혼**을 원했다.

빅토리아의 눈에는 백작의 태도가 어딘지 모르게 부자연스러워 보였다. 그는 생각에 빠져 있었고, 그녀는 어떻게든 그를 그곳에서 빼내려 했다. 그녀는 다정하게 그의 손을 잡으며 말했다.

"베렌차, 왜 기운이 없나요? 내가 당신의 것이 되는 순간, 당신의 행복이 완성될 것이라고 곧잘 얘기했었죠. 이제 운명이 우리를 합쳐 놓았잖아요. 근데 당신은 나를 구하지 못해 절망할 때보다 덜 행복해 보이네요. 아니, 정말, 베렌차 씨, 당신이 사랑을 고백한 여인에게 꽤나 무관심하시군요."

빅토리아의 말이 채 끝나기도 전에 베렌차가 일어섰다. 그는 새로운 생각에 사로잡혔다. 어쩌면 빅토리아는 그를 특별한 사람으로 간주하지 않을 거라는, 그녀는 단지 불안과 억압의 피난처를 찾아 그에게 왔고, 만약 다른 남자가 그녀 앞에 나타났다면 그에게도 똑같이 행동했을 거라는, 괴롭고 쓸데없는 망상들이었다. 세심한 철학자는 이런 가능성에 가슴이 아렸다. 그럼에도 그는 감정을 억누르고 그녀의 손을 잡으며 말했다.

"방금처럼 내가 종종 별 이유 없이 멍하니 생각에 잠기는 건 당신도 알잖아. 그러니 신경 쓸 필요 없어요. 금세 본래의 자신을 찾아 돌아올 테니까."

"그럼 저는 제 방으로 물러갈게요, 백작님." 빅토리아는 자존심이 상하고 불쾌했다. 그녀는 **모든** 근심을 없애는 부적 같은 존재가 아니었다.

"그렇게 해요, 내 사랑. 안주인이라 생각하고 여기 있는 모든 것을 편할 대로 해요. 당신이 좋아하는 대로 마음껏 정리하고. 몇 시간 혼자 지내다가 저녁 식사 때 다시 봅시다. 저녁에는 라구나 호(湖)에 나가 봅시다. 그곳에선 당신이 가장 아름다울 거야."

빅토리아는 역력히 화난 모습으로 물러갔다. 베렌차도 그것을 알았다. 그는 그녀의 뒷모습을 바라보고 한숨지으면서 속으로 한탄했다. '빅토리아, 그대는 결점투성이로군. 내가 얼마나 어리석었던가.' 그는 생각을 이어 갔다. '나는 이 소녀의 마음이나 영혼을 결코 가진 적이 없었어. 단지 **상황이** 나에게 그녀를 몰고 온 거야. 아, 그녀의 생각을 꿰뚫어 볼 수만 있다면……. 그녀의 **진심을** 어떻게 알 수 있을까! 그럴 수만 있다면 안심할 텐데. 사랑을 확신할 수만 있다면 그녀의 성격을 쉽게 개선시킬 텐데. 사랑하는 사람들의 훈계나 소원은 가슴 깊이 남으니까. 어찌 되었거나 내 품에 안겼으니 친구든 오빠든 보호자가 되어야겠지. 그녀를 사랑하리라. 하지만 절대로 우발적인 상황을 이용하지는 않을 거야. 빅토리아의 애정을 확인해 봐야겠어. 절대적이고 특별한 애정. 완전히 확신이 설 때까지는 연인이 아닌 **친구로** 지내는 게 좋겠다.'

이것이 바로 논리적인 철학자의 판단이었다. 꼼꼼하고 까다로운 그는 머릿속으로 멋진 스토리를 만들었다가 그에 대해 불평하는 즐거움을 한참 즐겼다.

그들은 저녁때 다시 만났다. 한낮의 열기가 해 질 녘 시원한 바람에 쏠려 가는 동안 베렌차는 그 매혹적인 숙녀를 산마르코 광장으로 이끌었다. 광장은 곤돌라를 타려고 몰려든 활기찬 베네치아 사람들로 혼잡했다. 백작은 빅토리아를 부축하여 곤돌라에 오르게 했다. 화려하고 세련된 곤돌라였다. 철없는 빅토리아는 이처럼 신나는 세계에 들어와 있다는 것만으로도 마냥 즐거웠다. 호수는 셀 수 없이 많은 곤돌라로 덮여 있었고 여기저기서 감미로운 음악이 흘러나왔다. 가끔 달콤한 소프라노의 선율이 들리기도 했다. 이런 광경에 그녀는 기분이 달아올랐고, 그 불만투성이 고집쟁이 폭군으로부터 탈출한 것을 자축했다. 주변을 둘러보면서 그녀는 자신이 사람들의 관심과 찬사를 불러일으키고 있다는 걸 느꼈다. 그녀가 그토록 갈망하던 관심과 찬사. 심지어 그녀는 베네치아의 미녀들이 자신에게 질투의 눈길을 보내고 있다고 상상했다. 이런 상상으로 즐거움은 두 배가 되고 활력은 넘쳐 났다. 빅토리아는 그러한 질투가 그녀 옆에 앉은 동행 때문이란 것을 전혀 짐작하지 못했다. 사실 베렌차는 베네치아에서 가장 성공한 귀족으로 알려졌다. 넓은 아량과 고상한 품위의 불사조. 그의 견해와 감각과 인정은 유행의 표준이 되었다. 그가 가진 섬세함과 기품을 제대로 알거나 이해한 사람은 없었지만, 대체로 그는 가장 영화롭고 매혹적인 인물로 알려져 있었다. 세련되고 격조 높은 안목이 있어 아무하고나 어울리지 않았다. 사람들은 그것을 알면서도 그의 사교계에 들어가려고 사방에서 구애를 보냈다. 그중에는 여자들도 있었다. 그렇다고 그가 관능주의자의 영혼을 가진 것은 아니었다. 진정 관능주의자에게 영혼이 있다면 말이다. 그는 생김새와 피부색의 탁월한 조화에 감동하면서도, 조각한 듯한 손발 모양을 넋 잃고 바라보는 경우가 없었고, 시도 때도 없이 미모를 감상하느라 시간을 허비하지 않았으며, 자신의 주체성을 포기하지도 않았다. 또 아무리 분별없이 시간을 보낸다 할지라도 히죽거리며 교태를 부리는 여자 앞에서는 아니었다. 아니, 베렌차의 미인은 반드시 세련되어야 하고, 영혼에는 매력이 있어야 했다. 베렌차의 이런 취향은 잘 알려져 있었지만 그럼에도 여자들은 간절히 그의 환심을 사려 하고 사교계에 발을 들이고 싶어 했다. 그와 연을 맺는 걸 진정한 승리로 여기는데 어느 누가 시도하지 않겠는가?

그리하여 빅토리아는 여자들 사이에서 만인의 질투를 불러일으켰고, 남자들로부터는 만인의 찬사를 받았다. 그녀는 자신이 일으킨 현상들을 보면서 헛되이 우쭐대는 마음에 희열이 넘쳤다. 환락의 호수를 뒤로한 채 애인의 팔라초*로 돌아가는 게 무척 안타까웠다.

빅토리아가 관심을 받자 기세등등해진 철학자 베렌차는 은연중에 그녀를 더욱 인정하는 듯 바라보았다. 남자란 자신의 소유물에 대해 다른 사람이 어떻게 평가하는지를 중시하는 경향이 있다. 그의 의견 또한 대중의 구미에 맞는(더러 타락한) 기준에 영향을 받았다.

만찬이 준비되어 있었다. 백작은 그동안 절제해 왔던 태도를 모두 풀기 시작했다. 그는 행복에 겨운 빅토리아 옆에 다정히 앉았다. 빅토리아는 그가 기분이 좋아 거리낌 없이 대하는 모습을 보고 이따금 그녀 마음을 짓누르고 있던 것에 대해 물었다. 그녀는 백작의 얼굴을 보며 약간 짓궂게 말했다.

"베렌차, 하나 물을 테니 싫지 않으면 대답해 보세요. 처음 나를 알아보고 여기로 데려왔을 때는 굉장히 조심하고 숨기더니, 왜 지금은 나와 함께 외출하는 것에 개의치 않나요?"

"오, 여자란, 호기심이 많지!" 백작이 웃으며 대답했다. "내 알려 주지, 아가씨."

"내겐 프레데리크 알바레스라는 친구가 있어. 스페인의 고위 귀족인데, 피렌체 출신의 메갈리나 스트로치라는 애인이 있었지. 그는 그녀를 무척 좋아했어. 그래서 나에게 소개시켜 주겠다고 몇 번 압력을 가하곤 했는데, 나는 다른 일들이 많아서 언제나 싫다고 대답했지."

"그러던 어느 날, 그가 나를 붙잡더니 자신의 세이렌* 앞으로 끌고 가는 거요. 이 어색한 상황을 생각해 봐. 베네치아인의 명예를 걸고 맹세하지만, 그건 내가 원하던 게 아니었어. 나는 그녀에게 특별히 관심을 보이지 않았어. 그렇다고 친구를 난처하게 만드는 일은 절대로 없었고. 그런데 그 여자가 온갖 교태를 부리며 갖은 감언으로 나를 유혹하는 거야. 메갈리나는 아름다운 여자였지. 또 품위와 교양도 갖추었고. 내 생각에 난 철학자나 금욕주의자는 아니어도 감정을 절제할 줄 아는 남자거든. 근데 내가 메갈리나의 마력에 빠져 버렸어요. 그리 인정할 수밖에. 친구를 배반한 행위에 대해 양심의 가책 따윈 없었지. 내가 그의 애인을 유혹한 건 아니니까. 반대로 그 여자가 **내** 감정과 감각을 충동질한 거잖아. 그녀는 말 그대로 완전 요부였어. 얼마 지나지 않아, 질투심 많은 알바레스가 메갈리나의 불륜을 알게 됐고. 자기는 혼과 정성을 바친 여자였는데, 부정한 애정 행각을 알고 입에 거품을 물면서 나를 찾아왔더군. 명예 결투를 하든지 조용히 칼을 맞든지 선택하라는 거야. 그가 죽음과 복수를 내뿜는데, 어떻게 이성적인 대화가 되겠어. 그래서 내가 결투를 하자고 했지. 우린 만났어요. 그는 불같이 화가 나서 손을 떨더군. 내가 그의 팔을 벴고 피가 약간 흘렀지. 그러자 일의 내막을 알고 있던 친구들이 나서서 알바레스를 설득했어. 방탕한 요부를 놓고 싸움을 벌이는 건 어리석은 짓이라고 말이지. 알바레스는 친구들이 하는 말을 침통하게 듣더니 요점을 파악하는 것 같았어. 내가 그에게 손을 내밀었지만, 그는 성질을 내며 거절하더군. 그러고는 곧장 베네치아를 떠났고. 그 후로도 난 가끔 메갈리나를 만났는데, 하지만 그녀를 숙녀로 생각한 적은 한 번도 없었소. 나 때문에 신실하고 헌신적인 연인을 버릴 수 있는 여자라면, 주위를 어슬렁거리는 또 다른 놈한테 관심을 보이며 기꺼이 나를 버리겠지. 그건 틀림없이 뻔한 결말이니까. 메갈리나는 내가 앞에 있으면 애증의 양극을 오가며 질투로 발작을 일으켰어. 그래도 된다고 생각한 거야. 난 그것 때문에 한동안 무척 불편했어. 메갈리나는 종종 미친 듯이 악담을 퍼붓기도 했지. 그녀는 내가 무심해서 자존심 상하는 건 참아도, 그게 다른 여자 때문이라면 죽음만이 그녀의 복수심을 잠재울 수 있을 거라고 맹세했지. 그녀의 삶이 예측 불가능하고, 그녀가 방자한 열정에 스스로를 비참한 극단으로 몰고 간다는 건 나도 알고 있었어. 그건 무례하고 정당하지 않은 행동이야. 난 그녀가 미친 듯이 공격해서 내 생명이나 안전을 위협하는 건 싫었어. 그래서 당신을 찾았을 때 최대한 조심한 거요. 당신이 날 보지 못했을 때도 난 당신한테서 한시도 눈을 떼지 않았거든. 안대를 씌운 건 안대를 벗었을 때 깜짝 놀라는 당신 모습을 보고 싶어 그랬던 거고. 그래서 집에 올 때도 비밀 통로로 들어왔잖아. 빅토리아, 내 생각에……." 백작은 빙긋 웃으며 손을 잡고 말을 맺었다. "당신이 궁금해하던 것들은 이제 모두 설명됐지."

"그래요, 주인님." 빅토리아가 대답했다. "근데 아직도…… **아직도** 메갈리나를 만나시나요?" 그녀의 눈동자가 질투심에 흔들렸다.

"말했다시피……." 백작이 웃으며 말을 이었다. "그러곤 했었지."

"그럼…… 나의 주인님 베렌차, **계속** 그러실 생각이시고요."

"**앞으로의** 계획은……." 베렌차는 진중히 대답했다. "**당신에게** 달렸을 것 같은데."

"하지만 주인님." 교묘한 빅토리아는 순진한 척 말하는 걸 주저하며 물었다. "저를 사랑하지 않나요? 그러면 좋겠어요. **제가** 있는 동안엔 다른 여자를 생각할 수 없을 만큼요."

"사랑스러운 빅토리아." 베렌차는 한숨을 내쉬었다. "그건 당신이 할 법한 소리군. 메갈리나 부인은 지금 안정이 필요해. 절대 안정. 언젠가는 우리가 함께 있는 걸 그녀가 볼 거요. 그렇다고 우릴 갈라놓을 순 없지. 어제 그녀 집에 갔었어요. 내가 입었던 카니발 복장 색깔을 알고 있더군. 내가 어디를 가든 그녀의 눈을 피할 수는 없어요. 그건 의심할 여지가 없지. 내가 당신에게 관심 갖는 걸 보았다면, 당신을 가두었다가 내가 찾을 수 없는 곳으로 보내 버리거나 아니면 복수의 화신처럼 내 침실까지 따라왔을걸. 그래서 비밀 통로로 팔라초에 왔던 거요. 메갈리나는 그 통로를 모르거든. 이제 이런 하찮은 얘기는 그만둡시다. 빅토리아, 분명히 말하지만, 메갈리나는 당신한테서 나를 뺏어 갈 만한 능력이 없어요. 나는 그녀를 알지. 사실이야. 그녀는 내가 따분할 때 함께 시간을 보냈던 친구이지, 애인이었던 적은 없어. 베렌차가 허용한 사랑 친구. 남자들이 **부러워한다고** 해서 **내** 연인이 될 수는 없지. 내가 그 여자를 가졌을 때, 모두가 **선망할** 정도는 돼야지. 베렌차가 사랑하는 여자는 그 어떤 여자보다 월등해야 하거든. 낄낄거리며 아양을 떨거나 까다롭게 자존심을 부리고 무언가에 홀린 백치처럼 행동하는 건 용납이 안 돼. **육체**뿐 아니라 **마음**에도 기품이 넘쳐야 하고. 멋없이 **몸매**만 가지고 덤비는 건, 난 그런 여자는 별로야. 그런 건 완전 촌놈도 즐길 수 있는 거니까. 나의 연인은 오로지 나만 가질 수 있어야 해. 마음과 영혼까지. 다른 사람들은 그녀를 바라보며 한숨짓겠지. 그러나 감히 다가갈 수는 없어. 사람들이 그녀의 미모에 **관심을 주더라도** 그것을 무시할 정도의 품위는 있어야 해. 한순간이라도 **절제하지** 못한다면, 내 품에서 영원히 내보낼 거니까. 근데 만약에……." 베렌차는 한층 강도를 높이며 덧붙였다. "그녀가 명예를 실추시킬 가능성이 보이면, 아! 그땐 오직 피로써 그녀의 죗값을 치러야 할 거야! 빅토리아!" 그녀의 손을 움켜쥐었다. "내 말 알겠어? 확실히 베렌차의 연인, 친구가 될 수 있겠어? **당신에게** 그럴 용기가 있어?"

빅토리아는 미소를 머금었다. 거기에는 형언할 수 없는 기품이 배어 있었다. 베렌차의 팔에 손을 올려놓으며 그녀가 말했다.

"그럼요. 당신의 모든 것이 될 수 있어요. 이런 의심, 이런 조건이 무슨 소용 있나요, 베렌차?" 그녀는 진지한 모습을 보였다.

"하지만 나를 **사랑해야** 해, 빅토리아, 오직 **나만을**." 베렌차는 빅토리아의 얼굴에 시선을 고정한 채 말했다.

"내가 **당신만을** 사랑하지 않나요, 주인님?" 그녀가 물었다.

"확실치 않아, **충분하지** 않아." 그가 대답했다. '당신은 아직 **당신**의 마음 굽이굽이를 방황하는 낯선 방랑자 같아.' 그는 속으로 이렇게 덧붙이며 급히 일어나 빅토리아의 손을 잡았다. "물러가요." 그가 부드럽게 말했다. "가서 쉬고, 내일 다시 봅시다."

베렌차는 그녀를 문 쪽으로 이끌면서 손에 작별 인사를 했다. 베렌차와 비슷한 성품을 가진 이가 몇이나 될까! 하지만 어떤 사람들은 성품을 완벽하게 통제한다. 그들은 인내함으로써 더욱 강렬한 쾌감을 느낀다.

제10장

이렇게 시간이 조금 흘렀다. 베렌차는 여전히 빅토리아에게 사랑의 절대 확증을 요구하며 그녀를 운명적 연인이라기보다는 다정하고 순박한 누이처럼 대했다. 그는 간혹 넋 나간 애호가처럼 미인을 감상하는 심미안으로 그녀를 바라보았다. 그럼에도 불구하고 그는 까다롭고 치밀한 까닭에, 운명이 그에게 던진 특혜를 덥석 받지는 않았다. 어설프게 넘어가지도 않았고, 미래를 위해 아껴 둔 기쁨을 전혀 재촉하지도 않았다. 그녀 영혼이 완전히 그의 소유임을 **증명**했을 때 느낄 기쁨. (이 얼마나 즐거운 상상인가!) 그녀의 대담한 천성에 매료되고 고상한 용모와 자태에 끌렸지만, 베렌차는 **자존심 강한** 남자였다. 자신이 특히 민감한 부분에 거슬리는 행동을 용납하지 않았다. 그는 가끔 그녀의 얼굴에서 순결한 기색을 찾으려 했지만 허사였다. 그를 사랑한다는 **확신**을 줄 만한 무언가를 찾을 수가 없었다. 결단코 성모 마리아의 얼굴은 아니었다. 천사의 형상도 아니었다. 분명 혐오감을 주지는 않았지만, 사악한 면이 있었다. 사악한 아름다움. 음험하고 고상하고 표현이 거침없는. 그녀의 표정은 그런 것들이 역동하는 마음을 드러냈다. 거기에 온화함이나 유연함, 다정한 미덕은 없었다. 하지만 그녀를 지켜보면서 그는 그녀에게 더 이상의 매력은 필요하지 않다는 걸 알았다. 미소는 매혹 그 자체였다. 커다란 검은 눈은 비교할 수 없는 광채로 반짝였다. 그녀의 눈에선 결과에 연연하지 않고 무슨 일이든 벌일 수 있는, 강렬하고 굳은 의지의 흔적이 읽혔다. 정말 확실히 그렇게 보여 주고 있었다. 키는 평균 이상이었지만 체형은 조화를 잘 이루었다. 키가 큰 우아한 영양 같았다. 그녀는 경직되지 않고 기품과 위엄이 깃든 자세로 고개를 반듯이 세운 채, 안정되고 당당하게 움직였다. 경솔한 행동이나 가식적인 처신 때문에 그녀의 마차가 손가락질 받는 일은 없었다. 베렌차와 한집에 머물고 대부분의 시간을 함께 지내면서 그녀는 나날이 그의 평정과 인내를 흔들었다. 점점 위험한 상대가 되었다. 그즈음에는, 그가 이성에 따라 생각하지 못하거나 행동하지 못할 때면, 한순간 고통스러운 생각이 밀어닥쳤다. 어쩌면 그녀는 진솔하고 열정적인 애정을 가진 게 아닐 거라는 생각이었다. 그러면 그는 돌연 침울함에 사로잡혔고, 그게 얼굴에 드러났다.

빅토리아는 그의 기이한 태도에 아연해했다. 그래서 그 원인을 찾고 가능하면 그의 마음이 어떻게 움직이는지 추적하려고 애썼다. 예리한 눈으로 행동 하나하나, 표정 하나하나를 끝까지 관찰하고 그가 말하는 모든 낱말에 집중하며 귀담아 들었다. 머지않아 그녀는 그것을 종합해서 그의 감정을 짓누르고 있는 비밀이 무엇인지 알아냈다.

"그렇다면……." 잡다한 생각들을 베개에 묻으며 빅토리아는 한숨을 쉬었다. "베렌차는 내가 자기를 사랑하지 않는다고 염려하는 건가? 그래, 이게 바로 그가 나한테 미묘하게 절제된 태도를 보여준 근본적 원인이야." 그녀는 자신을 돌이켜 보며 그를 향한 마음을 점검했다.

"그럼 내가 그를 사랑하지 **않는** 걸까?" 그녀는 중얼거렸다. "잘 모르겠다. 사랑이란 게 정확히 뭔지 잘 모르지만, 이건 확실해. 내가 어떤 남자보다도 그를 더 좋아한다는 것. 그가 품위 있고 세련됐다고 생각한다는 것. 아, 그가 갑자기 세상을 떠난다면 나는 애통해할 거고. 〔……〕 맞아, 그를 향한 내 감정에는 열정이 없어. 그의 애착 때문에 정신적 압박이나 의심, 불안을 느끼는 것도 아니고. 물론 그는 그렇게 느끼는 것 같지만. 그래, 장래를 생각한다면 그가 내 애정에 대해 어떤 추호의 의심도 갖게 해선 안 돼. 내 머릿속을 떠도는 아직 모호하고 분명치 않은 계획과 구상에 대해서도. 그렇다면 내가 까다로운 그의 예민함에 맞춰 처신하도록 힘써야겠다."

명민한 빅토리아는 다방면에 걸친 추론을 거쳐 이런 결론을 내렸다. 그녀는 빈틈없고 정교한 베렌차를 **사랑하지** 않았다. 그런 사람을 사랑하는 건 그녀에게 있을 수 없는 일이었다. 아니, 천성적으로 그녀는 **순수한** 사랑처럼 부드럽고 순결한 감정을 받아들이기에 어울리지 않았다. 맞는 얘기였다. 관대하고 고결하고 우월한 감정에 관한 한 그녀는 이방인이었다. 대신 야욕이 넘치고 이기적이고 난폭하고 변덕스러웠다. 그녀는 파멸과 절망을 선동하는 **폭풍같은** 열정을 가진 영혼이었다. 반대로 베렌차는 당당하게 집요하면서도 온화하고 이성적이었다. 베렌차가 유유한 시내라면, 빅토리아는 절벽 끝까지 돌진해 깊은 연못 바닥으로 곤두박질치며 거품을 일으키는 폭포였다! 온화한 마음에서 흘러나오는 한 가닥의 감정도 그녀는 용납하지 않았다. 그녀는 감사할 줄 몰랐고, 따라서 애정도 없었다. 남에게 고통을 주면서도 양심의 가책을 느끼지 않았다. 그러나 자기에게 해가 된다면 소소한 도전이라도 가차 없이 보복했다. 극히 난폭한 열정이 그녀의 가슴을 지배하고 있었다. 그녀는 불굴의 잔혹한 정신으로 그것을 만족시켰다. 극악무도한 범죄에도 눈 하나 깜짝하지 않을 정신이었다. 불행한 소녀여! 그대는 인간에게 훼손당한 자연의 산물이었구나. **어쩌면** 교육으로 개선시켰을 수도 있었을 것이다. 그러나 교육은 결국 타락의 길만 다진 것처럼 보였다.

앞서 말했듯이 베렌차는 빅토리아에게 특별한 관심을 보인 유일한 남자였다. 그러다 보니 그녀가 품을 수 있는 애호의 감정은 자연스레 그에게 쏠렸다. 그녀는 달리 도움을 청할 만한 사람이 없었기 때문에 보호막을 찾아 그에게 갔고, 갈 곳이 없어서 그의 지붕 아래 머물렀다. 다른 여자 같았으면 한결같이 고상하고 세심한 그의 처신에 지대한 영향을 받았을 테지만, 그녀는 전혀 감동받지 않았다. 두 번 생각하지 않았으며, 어떠한 깨달음도 없었다. 그녀는 그저 적어도 신실하고 지조 있는 사랑에 버금가 **보이는** 정열과 성실로 화답하는 게 필연이고 도리에 맞는다고 생각했다. 사실 베렌차의 성격은 남달리 음울했다. 사교장에서의 그는 명랑하고 천진하게 보이지만, 평소에는 어둡고 생각이 깊었다. 그래서 빅토리아도 우울하고 소극적이고 망연해해야 했다. 그러면 베렌차가 그 이유를 캐려고 할 것이 분명했다. 이건 그녀에게 술책이지만 그에게는 타고난 자기애였다. 그는 그녀가 거칠고 답답한 사랑 때문에 그러는 거라고 쉬이 추정할 것이다. 그 결론이 답을 해 줄 것이다. 그리고 마침내 그가 가졌던 절제, 의심, 주저의 마음은 사라지리라.

빅토리아는 계획을 정리하고 하나씩 행동으로 옮겼다. 그녀의 눈동자는 더 이상 흥분하거나 산뜻한 생동감으로 넘치지 않았고, 뭔가를 갈망하듯 몇 시간이고 망연히 바닥을 응시했다. 위풍당당하던 걸음걸이는 풀이 죽어 주저주저했다. 그녀는 더 이상 대화를 주도하지 않았고 과묵하게 생각에 잠겨 넋을 놓고 있는 듯했다. 이제는 베렌차가 망연자실한 그녀를 깨워 마음을 갉아먹는 무슨 불안한 일이 있는지 물었다. 그녀는 내심 자기 계획이 착착 진행되는 것을 기뻐 흥분하며 지켜보았다. 베렌차의 영혼에는 황홀한 새로운 감정이 잦아들기 시작했다. 그 자신도 인정하기 어려운 감정이었다. 그걸 원한 것도 아니어서 그는 아무 말 하지 않았다. 그는 인정하기가 두려웠고, 그래서 천천히 움직였다.

그날도 빅토리아는 우울하고 의기소침한 역할을 잘 감당했다. 밤이 되어 그녀는 백작이 머무는 침실에서 나와 응접실 창문 근처의 소파에 몸을 기댄 채 한밤의 감미로운 상쾌함을 즐기고 있었다. 얼마 지나지 않아 베렌차는 그녀의 부재를 참지 못하고 응접실로 나와 소파에 누워 있는 그녀를 발견했다. 그녀가 잠들었다고 착각했다. 그는 소리 나지 않게 문을 닫고 조심조심 그녀 곁으로 다가갔다. 순간 빅토리아의 마음에는 생각 하나가 번득였다. 그녀는 이 상황을, 베렌차의 착각을 활용해야겠다고 생각했다. 눈을 지그시 감고 정말 잠이 든 척했다. 백작은 다가와 잠시 그녀를 바라보더니 옆에 앉았다.

"오, 빅토리아!" 그가 나지막한 음성으로 부드럽게 말했다. "왜, 어째서 우울한 거지? 아, 만약 그 이유가 나 때문이라면 부러울 게 없겠다! 아, 정말 그렇다면, 이 베렌차는 얼마나 행복할까!"

그는 말을 멈추었다. 빅토리아는 잠결에 뒤척이는 체하며 한숨 쉬듯 희미하게 "베렌차!" 하고 이름을 내뱉었다.

베렌차는 거의 숨이 멎는 듯했다.

"당신은 왜 나를 사랑하지 않는 건가요, 베렌차?" 그녀는 중얼거렸다.

베렌차는 심장 박동이 빨라졌다. 급히 숨을 들이마셨다.

빅토리아는 그의 감정을 알아챘다. '한마디만 더.' 그녀는 생각했다.

"진심…… 진심으로, 베렌차…… **당신을** 사랑해!" 그녀는 또렷하게 말한 뒤 마치 꿈속에서 그를 안으려 하는 것처럼 팔을 쭉 뻗으며 깨어났다. 그러고는 눈을 뜨면서 베렌차가 보이자 놀라 쑥스러운 척 얼굴을 손으로 가리고 돌아앉았다.

베렌차는 격한 감동으로 잠시 말을 하지 못했다. 심장에서 머리로 피가 쏠렸다. 감정이 쉴 새 없이 요동쳤다. 그는 간교한 빅토리아를 거칠게 품에 안으며 빠른 어조로 소리쳤다. "당신은 내 것이야! 그래, 당신이 내 것이란 걸 이제야 **깨달았어.**"

드디어 위업은 완성되었다. 이제 빅토리아의 관심사는 그녀의 연인이 이 착각에서 벗어나지 못하게 하는 것이었다. 빅토리아는 그녀가 맡은 역할을 잘 소화해 냈고, 다정하고 세련된 베렌차는 착하고 어여쁜 소녀의 순수하고 진솔한 첫사랑을 소유했다고 **확신했다.**

제11장

베렌차는 하루가 다르게 빅토리아와 가까워졌다. 자잘한 의심이나 유보적인 태도는 완전히 버린 상태였다. 베렌차는 자신을 향한 그녀의 애틋한 애정만큼이나 그도 그녀를 사랑한다고 자족했다. 비록 그의 사랑이 어느 정도 낭만의 고지에 올라와 있었지만, 결혼은 자존심이 허락하지 않았다. 모친의 비행으로 그녀에게 딸린 수치를 그는 머릿속에서 지울 수가 없었다. 그의 예민한 마음이 그것을 간과할 수는 없었다. 그러나 오만한 빅토리아는 이런 내막을 몰랐다. 빅토리아는 베렌차가 그의 헌신을 붙박을 만한 인위적인 매듭은 필요하지 않다는 걸 보여 주기 위해 일부러 지금 같은 결합 방식을 택한 거라고 추측했다. 이런 생각에 그녀의 공허한 영혼은 만족했다. 그 자존심 강한 베네치아인이 그녀를 **애인** 삼을 만하다고 여기면서도 **아내가** 되는 영예를 안겨 주기엔 부족하다고 생각한다는 걸 빅토리아는 전혀 상상하지 못했다.

저녁 해가 아름답게 지고 있었다. 베렌차는 빅토리아와 함께 멋진 곤돌라를 타고 라구나호의 활기찬 수로로 나갔다. 모두가 즐거워 보였다. 빅토리아는 주변을 넌지시 돌아보았다. 그녀를 향한 찬사가 끊이지 않았다. 그녀는 순간 기분이 너무 좋은 나머지 남자가 줄 수 있는 어떤 것도 더 이상 필요하지 않다고 느낄 정도였다.

그녀는 모든 이의 관심을 받자 시선을 어디에 두어야 할지 몰랐다. 옆으로 곤돌라 하나가 가까이 지나갔다. 사공과 여자 한 명이 타고 있었다. 빠르게 지나가는 순간에도 분노와 악의에 찬 그 여자의 눈은 빅토리아에게 고정되어 있었다. 흘끔 보는 것이었지만 그 눈초리가 묘하게 씁쓸해서 우연이라고 보기엔 어려웠다. 빅토리아는 곧바로 헛된 공상에서 깨어나 베렌차를 쳐다보았다. 얼굴 표정에 변화가 없는 걸 보니 방금 일어났던 일을 모르는 것 같았다. 그녀는 신경 쓸 만큼 심각한 일이 아니라고 판단했다. 그러고는 다른 사람들에게 정신이 팔려 금세 잊어버렸다.

그들은 집으로 돌아와 흥겨운 춤과 파티로 그날 저녁의 피날레를 장식했다. 일찍 참석하지 못했던 많은 사람들이 나중에 합류했다.

사람들은 늦은 시간이 되어서야 흩어졌다. 빅토리아와 백작도 물러나 잠자리에 들었다. 하지만 빅토리아는 잠이 오지 않았다. 축제 속 즐거운 장면들이 눈앞에 펼쳐졌다. 음악은 여전히 귓가를 맴돌고 사람들은 춤을 추고 있었다. 그녀에게 쏟아졌던 달콤한 말들과 우아하게 조율된 칭찬들이 머릿속에 스쳐 갔다. 그녀는 그 생각에 즐거워 빙긋이 웃었다. 저녁에 라구나호에서 가졌던 여흥을 되새겨 보았다. 그러다가 돌연, 빠르게 옆을 지나가던 그 여자의 눈빛을 기억했다. 백작을 깨워 그 일을 얘기할까 하다가, 자신의 마음을 혼잡하게 하는 잡념 때문에, 저녁에 마신 와인과 피로로 곯아떨어진 그를 깨우는 건 옳지 않다는 생각이 들었다. 하지만 악의에 찬 그 눈빛을 잊을 수가 없었다. 그 여자는 무엇 때문에 남다른 증오를 가지고 자신을 노려보았을까 궁리하다가 아무런 소득이 없자 그녀는 스스로 겸연쩍어졌다. 그때 침실 먼 끝에서 살짝 바스락거리는 소리가 들렸다. 거기서 그녀의 몽상은 끊어지고, 신경이 외부 상대로 옮겨 갔다. 그녀가 누워 있는 침대는 화려한 캐노피*에 맞춰 높이 들려 있었다. 사면이 커튼으로 드리워진 채 아래쪽은 열려 있었다. 바스락거리는 소리가 조금씩 더 크게 들렸다. 그녀는 반대편에, 즉 바깥 발코니 쪽으로 돌출되어 열려 있는 큰 창문 쪽에 시선을 고정시켰다. 창문은 두꺼운 커튼에 가려 있었다. 그 커튼이 한쪽으로 조금씩 움직였다. 한 남자의 형체가 절반쯤 보이다가, 이내 전신이 나타났다. 등잔불이 침실을 어렴풋이 밝히고 있었다. 보폭은 넓었지만 그 형체는 조심조심 다가왔다. 얼굴은 마스크에 가려 있었다. 잠시 후 그는 백작이 잠들어 있는 쪽 침대 가로 다가가 슬며시 커튼을 열었다.

빅토리아는 지금 뭔가 사악한 일이 벌어지고 있음을 확신했다. 그러나 베렌차를 깨우기가 두려웠다. 깜짝 놀라 일어나면 그에게는 이 상황을 극복할 만한 정신이 없을 것이다. 불상사만 앞당기게 될까 봐 걱정되었다. 그녀는 침착하게 혼자 처리할 수 있기를 바랐다. 침입자는 침대 옆에 멈춰 서더니 허리를 굽혀 백작의 얼굴을 유심히 살폈다. 빅토리아는 이 모든 것을 볼 수 있었지만, 그는 그녀의 얼굴을 볼 수 없었다. 그녀는 손으로 눈을 가리는 것처럼 머리 위에 팔을 올려놓고 있었다. 그리고 얼굴 아랫부분은 팔에 그늘져 있었다. 이방인은 그녀가 잔다고 믿는 것 같았다. 그가 품에서 단도를 꺼냈다. 베렌차의 감긴 눈에 단도를 가까이 대고 앞뒤로 흔들었다. 그러더니 조심스럽게 베렌차의 가슴을 열어젖히면서 칼끝을 가져갔다. 그의 손이 떨리는 게 보였다. 그는 호흡을 가다듬으며 몇 걸음 뒤로 물러났다. 그러다가 돌연 결단이라도 내린 듯 다시 다가와 왼손으로 커튼을 젖혔다. 그러고는 일격을 가하려고 오른손을 들어 올렸다. 단도가 내리꽂히려는 순간, 경계를 늦추지 않던 빅토리아가 담대하게 그의 팔목을 움켜잡았다. 그 바람에 타격을 가하려던 동작은 끊어졌다. 엉거주춤하던 암살자는 균형을 잃고 침대 건너편으로 넘어졌다. 순간 칼끝이 빅토리아의 어깨를 찔렀다. 때맞춰 백작이 깨어나 반사적으로 그 남자를 붙잡으려 했다. 침입자는 강하게 대항했고, 맞대면한 적의 체중에 눌려 힘을 쓰기가 어려웠던 베렌차는 그를 제대로 붙들 수 없었다. 침입자가 재빨리 떨어져 나가면서 동시에, 미처 손을 쓰기도 전에 마스크가 땅에 떨어졌다. 그는 황급히 마스크가 떨어진 곳으로 돌진했지만, 그것을 집어 들기 전에 빅토리아는 그 얼굴을 두 눈으로 똑똑히 보았다. 오빠였다! 상해를 입어 정신이 몽롱했지만 빅토리아는 그가 기억 속의 오빠라는 걸 한눈에 알아보았다. 어머니가 집을 나가자 부모의 울타리에서 뛰쳐나갔던 오빠가 살인자가 되어 나타나다니!

"흉악한 암살자!" 그녀는 힘없이 내뱉었다. 레오나르도의 얼굴에 두려움이 어렸다. 그는 침실을 가로질러 창문 쪽으로 재빨리 사라졌다.

베렌차는 침대에서 벌떡 일어났다. 암살자를 뒤쫓아 가려던 차에 빅토리아의 가냘픈 신음 소리를 들었다. 그는 고개를 돌려 피에 젖은 침대보를 보았다. 정신이 혼란스러웠다. "다쳤어! 오, 내 생명!" 그는 미친 듯이 소리쳤다.

"약간요, 백작님." 빅토리아는 속삭이듯 말했다. "하지만, 절대, 후회하지 않아요!"

베렌차는 괴로워하며 도와 달라고 소리를 질렀다. 그는 의료진을 찾아 하인들을 50군데로 보냈다. 그러고는 빅토리아를 품에 안고 상처를 살폈다. 사랑과 고통으로 흥건한 눈물이 그녀의 가슴에 떨어졌다.

"아, 울지 말아요, 베렌차!" 빅토리아는 힘없이 말을 흘렸다. "내 **사랑**을 증명할 수 있다면 천 번이라도 당하겠어요. 아니, 이렇게 증명할 수 있어 너무 기뻐요!" 빅토리아는 실제로 **정말** 기뻤다. 그녀는 연인의 생명을 지키며 얻은 상처로 그를 영원히 묶어 둘 수 있다고 생각했다. (그녀는 담대한 마음에 상처는 염려하지 않았다.) 자신의 부상보다 더한 고통으로 괴로워하는 그를 보면서 빅토리아는 승리감에 젖었다. 그녀는 그의 손을 잡아 가슴에 올렸다. 하지만 그녀의 굳은 의지도, 아픔에 대한 부정도, 자연의 한계를 극복할 수는 없었다. 그녀는 과다 출혈로 정신을 잃었다.

백작은 거의 미칠 지경이 되었다. 마침내 의료진이 도착했다. 상처에 조치를 취한 후, 생명에는 지장이 없다고 알려 왔다. 휴식과 안정을 취하면서 열이 오르는 걸 막아야 한다고 덧붙였다. 빅토리아는 일시적인 혼절 상태에서 서서히 깨어났다. 백작이 침대 옆에 앉아 고통스러운 눈빛으로 그녀를 바라보았다. 그녀는 그를 향해 고개를 돌렸다. 찬연히 빛나는 그녀의 눈동자가 베렌차의 영혼 깊은 곳에서 흐르던 유혹적인 권태감을 몰아냈다. 앞으로는 내 삶의 모든 것을 바쳐 그녀를 행복하게 해 주리라. 베렌차는 마음속으로 맹세했다. 그녀가 사랑스러웠다. 이제껏 생각했던 것보다 훨씬 더 사랑스러워 보였다. 빅토리아의 행동은, 고상하고 열정적인 베렌차의 영혼에 커다란 감동을 주었다. 그를 보호하기 위한 대담무쌍함과 헌신. 그녀는 인내하며, 아니 기쁜 마음으로, 자신의 용기가 가져온 고통스러운 결과를 받아들였다. '세상에 이런 여자가 또 있을까?' 그는 생각했다. '누가 날 위해 이렇게까지 할 수 있을까?' 이런 생각에 거의 맹신에 가까운 사랑이 그의 가슴에 부풀어 올랐다. 격한 감정은 억제할 수 없는 눈물로 분출되어 흘렀다.

빅토리아는 암살을 기도했던 자가 자기 오빠였다는 사실을 그에게는 비밀로 하리라 생각했다. 뭐라고 설명할 수 없는 어떤 느낌 때문에 그녀는 고백할 수 없었다. 빅토리아는 그가 도망간 것에 만족했다. 그가 어째서 그런 흉악한 일을 저지르려 했는지 그 이유를 전혀 추측할 수 없었다. 한편 베렌차는 단순히 겁 없고 주도면밀한 도둑일 거라고 결론지었다. 저녁 파티는 이미 많은 사람들이 알고 있었고, 그때 정신없는 틈을 타 쉽게 입구를 알아 놓았을 것이다. 지금은 그게 중요한 사항 같지 않아 그는 깊이 고민하지 않았다. 모든 신경을 빅토리아에게 집중하며, 그녀가 하루빨리 회복되기를 초조한 마음으로 기다렸다. 그녀의 침대 곁을 떠나지 않았다. 심지어 휴식이 필요할 때도 자리를 뜨지 않았다. 음식은 거의 입에 대지 않았고, 간혹 먹더라도 침실을 벗어나는 일이 없었다.

지칠 줄 모르던 염려에 보답이라도 하듯, 며칠 후 빅토리아는 침대에서 일어났다. 그녀는 더욱 친밀하게, 전보다 훨씬 강렬해진 태도로 연인의 간호와 연민에 보답했다. 빅토리아의 태도에 고무된 베렌차의 열정은 정점에 달했다. 그는 자존심을 접고, 건강이 회복되는 대로 그녀를 아내로 맞이하기로 결심했다.

빅토리아가 침실을 뜨지 못하게 하는 사건이 일어나고 2주 가까이 흘렀다. 하루는 그녀가 침실에 있는데, 하인이 서신을 가져와 베렌차의 손에 전했다. 그는 다음 글을 읽었다.

나쁜 놈! 당신이 이 서신을 받을 때쯤이면 난 이미 멀리 가 있을걸. 치졸함이나 복수심에 차서 나를 쫓아와도 어쩔 수 없지. 비록 실패했지만, 신의 없고 비열한 당신의 가슴에 손을 대라고 한 건 바로 **나였어**! 저주의 단도가 당신 가슴 깊은 곳에 피투성이 칼집을 만들기를 바란 것도 **나**고, 뜻대로 되지는 않았지만 그걸 계획한 것도 **나야**! 그래, 이 배신자야, **메갈리나 스트로치**라고. 라구나호에서 그 천한 년과 함께 있는 걸 보았지. 고것이 뻔뻔하게 당신 사랑을 훔쳤더군. 아, 눈빛으로 누군가를 **죽일** 수만 있다면 내가 **그 애**를 쏴 죽여 땅속에 파묻었을 텐데! 정말이지, 감히 신상품을 공공연히 전시하시다니. 그렇게 무모한 짓을 하고

도 무사할 줄 알았나? 내가 누군지 몰라? 최근에 얻은 보석이라면 잘 관리했어야지. 대낮에 스트로치 눈앞에서 반짝거리게 해선 안 되지! 이번에는 개나 당신이 내 복수를 피했지만, 참, 개는 피하지 **못했을 수도** 있겠군. 어렴풋이 그럴 거라 생각하니 심장이 뛰는데. 그렇지 않더라도 내가 그 애의 생사에 연연할 이유는 없지. 언젠가 때가 오기를 간절히 바라고 있으니까. 어떤 간섭도 없이 당신에게 일격을 가할 수 있을 때 말이야. 짜증 나게 생긴 당신의 새 애인도 막지 못할 그 순간. 이 메갈리나 스트로치의 열정을 멸시하고 또 감정을 욕보이고도, 정말 무사할 줄 알았나, 이 분별없는 얼간이야!　　　　　　　　　　—메갈리나 스트로치

"지긋지긋한 퇴물 같으니!" 베렌차는 개탄했다. "그래서 어쩌자는 거야? 당신이었군. 황당하고 무례한 당신의 질투 때문에 내가 이 고생을 한단 말이야? 어쨌든 잘됐어." 그는 말을 이었다. "이런 쓸데없는 분노로 우리가 더는 고생할 필요가 없으니……. 그 여잔 베네치아로 떠났어." 베렌차가 결론을 내리며 빅토리아에게 서신을 건넸다. 그녀는 빠르게 정독했다. 그리고 이렇게 말했다.

"그 눈빛, 그때 그 눈초리였어요! 내 마음에 강렬하게 부딪혔는데, 바로 메갈리나 스트로치였군요. 나를 땅속에 파묻겠다고." 빅토리아는 베렌차 쪽으로 돌아앉아 방금 언급한 상황을 설명했다. 그 대면의 순간에 시선을 피할 수 없었던, 또 계획된 암살 시도가 있기 바로 전에도 떠올랐던 상황. 빅토리아의 설명을 들으면서 베렌차는 앙심에 찬 피렌체 여자를 떠올렸다. 빅토리아는 조용히 초

조하게 기억을 더듬으며 그 여자와 오빠의 연관 가능성을 찾으려고 했다. 분명 시시한 관계는 아니었다. 그녀를 위해 **청탁 살인**을 자행할 만큼 그녀는 이미 오빠의 성격과 행동을 깊숙이 지배하고 파멸의 끝자락으로 내몰았을 것이다. 이 일에 대한 허황된 추측이 난무했다. 상처는 하루가 다르게 아물어 갔다. 여기서 잠깐 빅토리아는 놓아두고, 이 역사의 앞부분에 일어났던 사건으로 되돌아가 보자.

제12장

앞서 로데다니 가문에 불어닥친 재앙에 대해 상세히 설명했는데, 기억할 것이다. 당시 어린 레오나르도는 돌연 부모의 울타리를 벗어나 다신 돌아오지 않았다고 이야기했었다. 그건 라우리나가 남편과 자식을 버리고 간부의 품으로 떠난 결과였다. 이 부분은 그 후의 **레오나르도** 이야기이다. 그가 그 극악무도한 범행을 위임받기까지, 그간 있었던 사건들로 잠깐 돌아가 보자.

레오나르도는 겨우 열여섯 살이었다. 소년의 마음은 격앙된 예민한 감정에 자극을 받았다. 어머니가 명예의 길에서 탈선했다는 걸 알고 (절제할 수 없는 충격으로) 그는 곧바로 아버지 집을 뛰쳐나갔다. 감정을 추스르기엔 아직 어린 나이였다. 자연히 그는 혈기 왕성했다. 통제를 받아 움츠러든 적이 없었고, 가문의 영예에 대한 자부심이 강해서 한층 호기로웠다. 후작은 그 가문과 재산의 상속자에게 자부심을 심어 주었다. 그래서 그는 혼란스럽고 고통스러웠다. 몰락한 가족에게 어머니가 망신을 더한 그곳에 계속 머무는 것은 역겹고 비참한 일이었다. 이런 생각에 휩싸여 그는 성급한 결단을 내렸다. 베네치아를 떠나 다시는 이 꼴을 보지 않으리라! 레오나르도는 그 도시가 점점 싫어졌고, 최대한 빨리 멀어지려고 속력을 냈다. 거처를 옮기고 환경을 바꿔서, 그의 당당하고 숭고한 마음을 짓누르는 불편한 기억들을 지우고 싶었다. 베네치아를 벗어나는 것만으로는 충분하지 않았다. 그 근교에 머무는 것조차 그의 영혼이 느끼기에는 죽음과 같았다. 그는 빠른 발걸음을 한시도 멈추지 않았다. 미처 깨닫기도 전에 그는 토스카나라는 마을에 와 있었다. 물론 계획한 것은 아니었다. 정신을 가다듬으며 그는 "그래, 여기다!" 하고 소리쳤다. "여기라면 가슴 답답하지 않게 **숨을 쉴** 수 있겠다!" (그는 여기서 휴식을 취해야만 했다. 앞일을 예비하지 못한 이 피 끓는 청춘은 집을 나올 때 돈을 충분히 챙기지 못했고, 가져왔던 것은 이미 다 써 버렸던 것이다.) "그렇다면……." 그는 말했다. 냉정한 이성으로 생각했다. '영혼이 모멸하는 풍요 속에 사느니 차라리 지구 먼 구석에서 유랑자로 죽는 게 낫다. 가난과 빈곤 속에서 죽는 게 나아!'

해거름이 되어 레오나르도는 장엄한 아르노강(江) 둑에 비스듬히 누웠다. 서편으로 해가 저물어 가고 있었다. 산 위에는 안개 그림자가 내려앉았다. 그는 처음으로 상황을 정리하기 시작했다. 이렇게 친구 하나 없는 세상으로 뛰쳐나왔으니, 이제 어디로 발길을 돌려야 하고, 어떻게 생활을 꾸려야 할까. 그는 생각할수록 고통스럽고 당혹스러웠다. 모든 것을 잊기 위해서는 다시 움직여야 했다. 그는 비스듬한 자세에서 벌떡 일어났다. 멀리 가지 않아 저택 하나를 발견했다. 독보적으로 우뚝 서 있는 고매한 건축 양식에 그는 눈을 뗄 수가 없었다. 천천히 다가갔다. 근처에 이르러 그는 좀 더 자세히 보려고 무심결에 멈춰 섰다. 그가 그렇게 정신이 팔려 있을 때, 귀족 차림의 신사가 그 집에서 나왔다. 신사는 레오나르도의 고무된 얼굴과 풍채에 흥미를 보였다. 신사는 다가와, 이 변두리를 방황하는 연유가 무엇인지 그에게 물었다. 레오나르도는 설명하기 힘든 불행한 일로 가출한 젊은이인데, 길을 잘못 들어 여기가 어디인지, 어디로 가는지 모르겠다고 꾸밈없이 대답했다.

신사는 그 대답을 기이하게 여겼다. 거기에는 마음을 자극하는 무언가가 있었다. 차피 경이라 불리는 이 신사는 젊은이에 대해 좀 더 알고 싶어졌다. 운명은 이렇게 레오나르도를 신사의 관심 속으로 끌어들였다.

"그래, 젊은 친구⋯⋯." 신사가 말했다. "내가 보니 우리 저택에 관심이 있는 것 같은데, 들어와서 이야기 좀 하지 않겠나. 서로에게 만족스러운 대화가 될 것 같은데⋯⋯. 젊은이의 생김새나 태도가 맘에 들어. 자네에 대해 좀 더 알고 싶은 걸세."

젊은이는 이 진솔한 초대에 가슴이 뜨거워져 흔쾌히 응했다. 그는 차피 경이 내민 손을 스스럼없이 받아들였고, 그들은 함께 저택 안으로 들어갔다.

레오나르도는 품격 있는 방으로 안내되었다. 차피 경이 앉으라고 권하며, 기운을 차리려고 서 있느냐고 물었다. 그는 그게 아니라고 대답했다. 그다음엔 평범한 이야기가 오가기 시작했다. 교양을 갖춘 주인은 (아주 조심스럽게) 그의 이름을 알고 싶다고 했다.

젊은이는 얼굴을 붉혔다. "제 이름은……." 그가 대답했다. "레오나르도입니다. 가문의 이름은 밝힐 수 없으니 이해해 주십시오. 복잡한 사정으로 집을 떠나야만 했습니다. 제 생각엔, 죄송합니다만……." 그는 의자에서 벌떡 일어나며 덧붙였다. "경께서 저를 이 집에 초대하셨으니 관심을 보이시는 게 지극히 당연하고 자연스러운 일이지만, 저는 만족할 만한 답을 드릴 수가 없습니다. 죄송합니다. 원하신다면 당장 떠나겠습니다. 더 이상 경의 친절에 누를 끼치고 싶지 않습니다."

"그러지 말게, 젊은 친구." 차피 경은 대답했다. "이미 말했듯이 자네의 외모와 태도에 관심이 갔던 것뿐일세. 원하는 대로 비밀은 간직해 두게나. 자네가 지금 운명의 추종자라고 공공연히 인정한 것처럼, 어디로 가야 할지 모르고 어디든 상관없다면, 운명이 자네를 어디론가 인도할 때까지 잠시 여기에 머물도록 하게나. (젊고 혈기 왕성해 보이지만) 무정한 세상에 뛰어드는 것은 미뤄 두고."

자상한 신사의 친절한 말에 레오나르도는 깊은 감동을 받았다. 그가 수치스럽게 생각하는 끔찍한 가족의 비밀, 그것을 인정하면서 상처받은 자존심, 이 절망적인 처지에 그를 벗 삼고 싶어 하는 듯한 누군가를 만난 건 행운이라고, 순간 그는 느꼈다. 그는 차피 경의 발 앞에 몸을 던졌다. 눈물을 주체할 수 없었다. 훌륭한 신사는 크게 감동했다. 인정 많은 마음에 기회가 되는 대로 그와 우정을 나누며 가능한 한 악으로부터 보호해 주리라 생각했다. 신사는 젊은이의 본성이 고상하다는 걸 이내 알아차렸다. 높은 기상과 명예로운 성품 때문에(어쩌면 오도되었을 수도 있고) 그가 가출한 것이라 믿었다. 신사는 그를 부드럽게 안으며 말했다.

"자, 진정하게, 레오나르도. 성(姓)은 묻지 않겠네. 이제 이 방에서 나가세. 아내와 딸에게는 친구 아들이라고 소개하지."

공교롭게도 차피 경의 부인은 모든 면에서 남편과 정반대였다. 그녀는 의심 많은 영혼으로 마음이 방탕했다. 참, 여기서 레오나르도에게 그동안 있었던 일들을 모두 알아보려는 것은 아니다. 메갈리나 스트로치와 연관된 게 아니라면 지금은 전체적으로 대충 훑어볼 생각이다.

차피 경은 가족으로 받아들인 젊은이에 대한 애착이 나날이 강해졌다. 그가 없을 때면 부인과 대화하며 끊임없이 그를 칭찬했고, 함께 있을 때는 그의 성품을 계발할 방안을 지속적으로 강구했다. 레오나르도는 순진무구함으로, 호의적인 경의 마음에 따스한 인상을 남겼고, 거기에 경이 계발한 성품이 더해졌다.

유감스럽게도 그 일은 이렇게 시작되었다. 차피 경 혼자 젊은이를 좋아한 게 아니었다. 그곳에 거주한 지 얼마 되지 않아 차피 경부인도 레오나르도의 열광적인 찬미자가 되었다. 아니, 남편보다 더했다. 부인은 집중 이상의 관심을 보였다. 그러나 **부인이** 특히 관심을 가진 것은 열정적인 성격이나 재주, 도덕성이 아니라 풍채와 얼굴에서 비롯된 육체적 매력이었다. 사실 그는 나이에 비해 좀더 남자다웠고 기품이 흘렀다. 그를 향한 부인의 열정은 날로 커져 갔다. 하지만 뜻대로 되지 않았다. 레오나르도는 존경의 마음과 그가 아는 사랑의 모든 것을 아마미아에게 바쳤다. 더 다정하고 더 친근한 그녀의 딸. 놀랍게도 차피 경 부인은 그것을 금세 알아차렸다. 부인은 목적을 이루기 위해 온갖 화려한 드레스와 유혹적인 나약함, 극히 세심한 배려를 이용했다. 이 모든 것으로 그의 마음이 더욱 강렬하게 감동하길 바랐다. 또 잡다한 구실을 만들어 어여쁜 아마미아가 최대한 그의 눈에 띄지 않게 했다. 그러나 소용없는 일이었다. 젊은이는 후원자의 부인이 베푼 친절에 감사했지만, 그 이상은 아니었다.

어느덧 레오나르도가 차피 경의 집에 머문 지 근 1년이라는 시간이 흘렀다. 가출의 비밀은 여전히 그의 가슴 깊은 곳에 묻혀 있었다. 딱딱한 자존심과 예민함으로, 뚫을 수 없는 아이기스의 방패*에 막혀 있었다. 선한 차피 경은 그 문제를 캐 보려고 넌지시 물어보는 일조차 오래전에 그만두었다. 무엇보다 젊은이와 교제하는 게 즐거웠고, 그도 좋아하는 듯 보였다. 차피 경은 우정 때문에 그가 고통스럽게 털어놓는 걸 원하지 않았다. 이제까지 그의 행동이나 처신으로 인해 가족의 연을 맺은 것에 후회한 적도 없었다. 그의 성품에서 사악하거나 야비하고 배은망덕한 기질은 찾을 수 없었다. 차피는 인자한 사람일뿐더러 꾸밈없고 순박한 도덕 선생이었다. 만약 이 젊은 친구의 **마음에** 잘못된 구석이 있다는 의심이 들면 그를 집 밖으로 내보는 게 자신의 책무라고 생각했겠지만, 그러기는 쉽지 않았을 것이다. 하지만 그렇게 하지 않을 경우, 그는 악을 보호하고 인정하는 것처럼 보여 딸의 마음에 위험한 교훈을 심어 줄 게다. 피할 수 없는 상황으로 인해 사회에 **도움**을 주기는커녕 **해**를 끼칠 수도 있을 것이다.

차피 경 부인은 이 시점에서 욕망이 절정에 달했다. 자신이 원하는 상대에게 더 이상 숨길 수가 없었다. 결과가 어떻게 되든 간에 그녀는 고백하기로 결단했다. 부인은 이를 염두에 두고 기회를 엿보다가 남편과 아마미아가 없는 틈을 타 그를 쫓아 정원으로 나갔다. 레오나르도는 정원 구석에서 방해받지 않고 아마미아를 생각하고 있었다. 순수한 **첫**사랑의 연정이었다. 그는 의자에 비스듬히 앉아 있었다. 그때 연모하는 이의 어머니가 다가오는 것을 보았다. 그는 예의를 갖춰 일어나려 했다. 곁에 온 부인은 일어나지 말라며 어깨에 살포시 손을 얹고 그 옆에 앉았다.

"깊은 상념에 젖어 있군요, 레오나르도." 그녀가 말했다.

"정말 그랬나 봅니다." 젊은이는 얼굴을 붉히며 대답했다.

"사랑하는 여자를 생각하고 있었나 보군요. 맞죠?" 요염한 차피경 부인은 그를 빤히 쳐다보며 한숨을 내쉬었다. 요동치는 그녀 영혼의 복잡한 심경이 그 눈에 비쳤다. 레오나르도 역시 아마미아가 그리워 부인처럼 한숨을 쉬었다. 그 한숨은 자극적인 유동체가 되어 차피 경 부인의 가슴에 흘러들어 갔고, 그 안에서 애간장을 태우던 불길에 부채질을 했다. 부인이 그의 손을 격정적으로 움켜쥐며 말했다.

"그대도 사랑받고 있다오. 그래, 레오나르도. 가장 매혹적인 청춘. 진정 그대는 사랑받고 있지."

"정말로요?" 황홀해진 청년은 비스듬히 앉았던 자리에서 벌떡 일어나며 대답했다.

"오, 확실하다마다." 저속한 여자는 그의 발 앞에 완전히 몸을 던지며 미친 듯이 말했다. "당신도 사랑받고 있지, 그것도 아주 미친 듯이······ **나의 사랑을**."

"부인의 사랑이라고요?" 레오나르도는 깜짝 놀라며 외쳤다. "지금 장난하시는 거죠. 어서 일어나세요. 당신 격에 맞지 않아요. 저와는 격이 다르시잖아요." 그는 단호하게 덧붙였다.

"오, 레오나르도, 당신을 사랑해. 흠모한단 말이야!" 거절당한 부인은 소리쳤다. "간청하건대 나를 버리지 마오. 당신을 향한 이 숙명적 열정은 결코 억누를 수가 없어."

"부인, 저를 두려움에 떨게 만드시는군요!" 레오나르도는 크게 소리쳤다. "제가 사랑하는 사람은 부인의 **따님**이에요. 꽃처럼 피어나는 당신의 딸이라고요."

"뭐라고? 나를 사랑한 게 아니었어?" 분노에 찬 어조로 그녀는 부르짖었다.

"**아니에요**. 제가 살아 숨 쉬는 동안 절대 그럴 일은 없을 거예요, **절대로**!" 흥분한 그녀의 품에서 벗어나며 그는 힘주어 대답했다. "제발 제가 당신을 **존경할** 수 있도록 내버려 두세요."

"배신자, 저주받을 놈!" 분노와 낙담의 고뇌 속에 차피 경 부인은 난폭하게 그를 밀치고 비명을 질렀다. "내 목숨을 바쳐 복수해주마!"

"심히 부정한 여인이여!" 레오나르도는 거칠게 대꾸했다. "혐오스러운 당신이 있는 곳을 떠나겠어요. 넓은 세상에서 모욕과 수치의 피난처를 찾겠어요. 당신 애정의 대상이 된다는 건, 치욕입니다!"

이렇게 말하면서 레오나르도는 자리를 박차고 나갔다. 충동적으로 완전히 떠나 버렸을 수도 있었을 것이다. 하지만 아마미아에 대한 생각이 불현듯 그의 마음에 스쳐 지나갔다. 그는 오랫동안 머물렀던 저택을 떠나기 전에 그녀를 한 번 더 보고 싶었다. 그래서 그의 침실로 돌아갔다. 차피 경과 딸이 돌아올 때까지만 머무를 생각이었다.

한편 그에게 홀딱 빠진 부인은 낙담했다. 자신의 사랑 고백이 거절되자 그녀는 수치와 분개로 반쯤 미쳐 있었다. 그녀 영혼은 복수심에 들끓었다. 청년의 지조를 굽히지 못하자, 그녀는 그를 비방하여 파괴하기로 작심했다. 사실 지조 때문에 그런 것은 아니었다. 단지 그 유혹이 그를 매료시킬 만큼 충분치 않았다. 어느 쪽이든 간에, 그녀는 그 일을 떠올리면 화가 치밀고 창피했다. 어떻게 하면 그가 자신의 행동을 통렬히 후회하게 만들 수 있을까, 그녀는 온통 그 생각뿐이었다. 이윽고 증오와 복수의 악마가 그녀에게 가히 잔인한 계획 하나를 제안했다.

부인은 사악한 흥분과 승리감에 젖어 갑자기 옷을 갈기갈기 찢기 시작했다. 그리고 작은 돌들을 두 손에 움켜 들더니 복수심에 아픈 것도 아랑곳하지 않고 피가 흘러내릴 때까지 얼굴과 손에 거칠게 문질렀다. 그리고 이 상태로 남편이 오기를 기다렸다. 곧 그가 도착하는 소리가 들리자 그녀는 정원을 뛰쳐나갔다. 집 안으로 들어서는 그를 문에서 만났다. 그리고 마치 치욕과 공포의 전율에 떠는 것처럼 그 앞에 쓰러졌다.

부인을 애지중지하는 차피 경은 깜짝 놀랐다. 그녀를 안고 방으로 들어가 침대에 눕히고는, 어떻게 이런 참혹한 일이 일어났는지 몸을 부르르 떨며 물었다.

부인은 거짓되고 비열했다. 그녀는 다른 사람들에게 물러가라고 손짓했다. 사랑과 충격 속에 빠진 듯, 그녀는 그의 손을 끌어다 살짝 입 맞추었다. 그러곤 그가 초조하게 물은 질문에 대답했다.

"오, 사랑하는 당신! 우리가 오랫동안 전갈을 키웠더군요. 그 대가가 무엇인지 보세요! 뻔뻔하고 위선적인 그 젊은것이 저에게 한 짓을 잘 보시라고요. 내가 정원에 혼자 있는 걸 알고 처음에는 모욕적인 사랑 고백으로 나를 욕보이더니, 내가 건방진 놈이라고 야단치며 일어나려 하는데 갑자기 나를 잡더라고요. 나는 힘이 약해서 비명을 질렀죠. 발각될까 봐 무서워 그랬는지, 놈은 파렴치한 목적을 포기하고 정원을 뛰쳐나갑디다."

차피 경 부인은 수치심에 눌린 것처럼 말을 잇지 못하고 두 손으로 얼굴을 가리며 울음을 터뜨렸다.

"배은망덕한 놈, 타락한 독사 같은 놈!" 부인의 말에 속아 넘어간 차피 경은 큰 소리로 외쳤다. "당신이 이렇게 될 것이라 내 어찌 상상이나 했겠소? 이놈을 당장, 아니 먼저 이놈을 끌어다가 그 못된 소행이 갑작스러운 광기 때문인지 고의적인 악의 때문인지 들어 봅시다."

차피 경은 이렇게 말하고 하인을 불렀다. 레오나르도에게 가서 즉시 보잔다고 전하도록 명령했다.

이 명령에 파렴치한 부인은 내심 찔끔했으나 자신의 음모를 이루기 위해 반대하지 않았다. 몇 분 뒤에 청년이 방으로 들어왔다. 그는 상해 입은 고발자의 모습을 쳐다보았다. 그의 발걸음은 단호하고 망설임이 없었으며, 눈은 똑바로 뜨고 있었다. 건강미 넘치는 그의 볼에 죄책감의 흔적은 없었다.

"나쁜 놈!" 차피 경은 이미 폭로된 범죄와 그의 태도가 전혀 일치하지 않음을 눈치채지 못하고 포문을 열었다. "죽일 놈, 감히 내 앞에 뻔뻔한 얼굴로 나타나다니! 네가 저지른 일을 봐라. 어린것이 괴물처럼 지독히 뻔뻔하구나! 새파란 놈이 허랑방탕한 못된 짓에는 늙은이 못지않아. 네 눈에는 네 은인의 부인이 귀히 보이지 않더냐! 가장 친밀하고 다정한 남녀 관계를 어찌 감히 끊으려 했더냐! 명예와 감사의 원리 원칙을 이리 모두 짓밟으려 하다니! 윤리 질서를 뒤집고, 신성한 사회관계를 더럽혀? 무자비한 놈, 몰염치한 부랑아! 내가 너를 너무 오랫동안 거두었구나. 당장 나가라. 다시는 네 꼴도 보기 싫다."

이렇게 모진 말들이 쏟아지는 동안 레오나르도는 아무 대꾸도 하지 않았다. 그는 가슴 위로 팔짱을 끼었다. 부인의 농간에 넘어간 차피 경이 말하는 동안, 그는 이 타락한 부인이 그를 대적해 꾸며 낸 음모의 깊이를 가늠했다. 그에게 씌워진 부당한 오명과 동시에 가슴에 사무치는 비난은 천성적인 자긍심으로 무시했다. 그는 당당하게 변론을 거부했다. 어쩌면 친구이자 은인인 차피 경을 향한 깊은 감사의 마음으로 부인이 저지른 비행에 대한 정보를 주고 싶었으리라. 만약 그가 분노를 누그러뜨리고 그의 말을 들으려 한다면 말이다. 차피 경이 말을 마쳤다고 생각하자, 레오나르도는 부드러우면서도 진중한 목소리로 말했다.

"저는 떠날 준비가 되었습니다, 차피 경. 저에게 베풀어 주신 모든 호의에 감사드립니다. 부디 저보다 더 배은망덕한 꼴을 보지 않으시길 빕니다."

그는 이렇게 말하고 정중히 고개를 숙였다. 그리고 문 쪽으로 걸어갔다. 방을 나서기 전, 그는 눈을 돌려 차피 경의 부인을 정면으로 마주했다. 잠깐 동안 위엄과 냉소 섞인 눈빛으로 부인을 주시했다. 그녀의 영혼은 전율에 떨었고, 그녀는 자기도 모르게 손으로 눈을 가렸다. 레오나르도는 당당한 걸음으로 물러났다.

그는 충격을 받은 상태에서 자기 방이라 부르던 침실로 들어갔다. 너무 분해 가슴이 터질 것 같았지만 눈물은 흐르지 않았다. 그는 가지고 있던 자질구레한 장신구들을 탁자 위에 풀어 놓았다. 후원자가 깊은 애정으로 준 것들이었다. 돈이라고는 마라베디* 한 닢도 없었다. 레오나르도는 차피 경의 저택에 한집 식구로 들어오면서 당시 그가 입었던 옷과 소지품 몇 가지를 넣어 두었던 (왜 그랬는지는 모르겠지만) 서랍장을 열었다. 재빨리 입고 있던 옷을 벗어 던지고, 그간 커 버린 키와 몸에 들어가는 대로 자신의 옷으로 갈아입었다. 그동안 받았던 은혜를 도리에 맞게 갚지 못해 젊은이는 마음이 씁쓸했다. 그래서 자신이 받은 것은 그 무엇도 가져가지 않기로 마음먹었다. 그는 머리부터 발끝까지 훑어보고 나서 복잡한 심경으로 한탄했다. "이게 내 옷이구나. 이게 **내 것**이라 부를 수 있는 **전부**야. 오, 어머니, 어머니! **이게 다** 당신 덕분입니다!"

레오나르도는 연이어 떠오르는 기억 때문에 더욱 거칠게 흔들렸다. 그는 방을 벗어나 황급히 저택 밖으로 뛰쳐나가다 잠깐 멈쳐 섰다. 마지막으로 아름다운 아마미아를 한 번 더 보고 싶었다. 하지만 그녀를 만나면 부인의 비행을 폭로해야 한다. 그렇지 않으면 그를 죄인으로 볼 것이다. 이 생각에 그는 충동을 억제하고 빠르게 정원을 가로질러 그의 길을 좇았다.

그는 어서 빨리 저택이 보이지 않는 곳으로 벗어나고 싶었다. 거리가 꽤 멀어졌을 때까지 그는 멈추지 않고 빠른 걸음으로 서너 시간을 걸었다. 마침내 피로에 지쳐 잠시 쉬어야 했다. 지금껏 정신력으로 버틴 거였다. 그는 수 킬로미터를 걸어왔음을 깨달았다. 이제 인간의 한계에 부딪혔고 그는 어쩔 수 없이 나무 밑동에 앉았다. 거북한 회상이 점점 밀려들었다. 그는 본의 아니게 암울한 생각에 점령당하고 고통스러워 손으로 머리를 감쌌다. 차오르는 눈물을 막으려고 눈에 힘을 주었다. 정오를 넘은 시각에 차피 경의 거처를 떠났는데, 지금은 동녘에 어둠의 그림자가 깔리고 있었다. 그를 누르는 중압감은 더 심했지만, 마음 한편에서는 그에 맞서 싸워야 하는 필연성을 보았다. 그는 두 발로 일어나 서쪽으로 고개를 돌렸다. 장엄한 태양이 눈부신 빛을 뿌리며 서서히 기울어 가고 있었다. 주변 하늘에는 수천 개의 찬란한 모양이 어우러지고, 산 정상들은 저물어 가는 황혼에 각기 다른 수많은 음양의 조화를 자아내고 있었다. 청년은 더 이상 우울함에 억눌리지 않았다. 심장은 환호했고, 막연한 희망이 쓰라린 기억의 자리를 차지했다. 다시는 쓸모없는 후회로 나약함에 빠지지 않겠노라고 그는 다짐했다.

운명이 이끄는 대로 길을 좇다 보니 어느덧 아름다운 산들 사이의 꼬불꼬불한 길을 따라 걷고 있었다. 산들의 풍만한 가슴은 올리브와 흐드러진 포도나무로 가득했다. 멋진 주택 하나가 눈에 들어왔다. 그는 직감적으로 그쪽을 향해 걸었다. 해거름의 그늘은 더욱 깊어졌지만, 젊은 방랑자는 아직 누울 자리를 찾지 못했다. 이리저리 헤매며 나아가다가 그는 마침내 골짜기처럼 보이는 곳에서 지붕이 낮은 조그만 오두막 하나를 발견했다. 산기슭에 초라하게 서 있는 그 집을 완전히 보려면 산 위로 한참 올라가야 했다. 나무들 속에 파묻힌 집은 정원으로 둘러싸여 있었다. 낭만적인 은둔처라기보다는 부지런한 빈민들의 처소 같았다. 레오나르도는 그곳을 가까이서 살펴보고, 누가 사는지 확인해 보고 싶었다. 좀 더 다가가자, 비탄에 빠진 구슬픈 울음소리가 귓가에 들렸다. 그는 이 소리에 발걸음을 재촉하여 오두막 쪽으로 나 있는 좁다란 오솔길로 접어들었다. 거기에는 한 연로한 여인네가 문밖에 앉아 두 손을 움켜쥔 채 흐느껴 울고 있었다. 젊은이의 가슴에도 슬픔이 스며들었다. 그는 위로하고 도울 방법이 없는지 온화한 음성으로 물었다.

"아이고, 아니라우!" 그녀는 대답하며 더 크게 통곡했다. "죽어도 해결이 안 돼요. 이 세상 나의 유일한 희망이자 위안이었던 애를 빼앗겨 버렸으니. 소중한 내 아들, 가여운 유고. 아이고, 귀족 양반, 나보다 먼저 가 버렸다우! 이제 흐느적거리는 내 수발은 누가 들겠소? 얼마 남지 않은 내 생은 누가 돌봐 줄까? 혼자 남은 이 불쌍한 니나에게 누가 말벗이 되어 주고 봉사도 한단 말이우?"

"선한 어머니, 너무 슬퍼하지 마세요." 레오나르도가 말했다. "제가 오두막에 들어가게 해 주세요. 우유 한잔 주시는 친절을 베푸시면, 어머니의 슬픔에 대해 더 들어 보겠습니다. 어쩌면 지금 생각하시는 것보다 상황이 그리 나쁘지 않을지도 몰라요."

위로의 목소리는 언제나 달콤하다. 씩씩한 젊은이가 늙은이에게 말할 때는 더욱 그렇다. 가여운 니나는 최대한 기운을 내서 자리에서 일어난 뒤 절름거리며 오두막으로 들어갔다. 그러고는 가능한 한 좋은 것을 찾아 말없이 그의 앞에 내놓았다. (그녀는 계속 눈물을 흘렸지만, 그래도 다소 누그러졌다.)

지난 일고여덟 시간 동안 완전히 지쳐 버려서 무척 피곤했던 레오나르도는 허기가 약간 가라앉자 옆에 앉아 있던 늙은 여주인의 손을 잡고 물었다.

"선한 어머니, 아들 유고가 몇 살이었나요?"

"성 구알베르토 기념일에 스물이었다우."

"선한 어머니, 말해……."

하지만 니나가 그의 말을 끊었다.

"오, 산토 페드로!* 이 불쌍한 니나에겐 그 아들이 전부가 아니었던가? 나리, 나에겐 작은 정원이 하나 있다우. 그걸 쓸 만하게 만든 게 유고였지. 포도밭도 있는데, 그것도 유고가 돌봤고. 늙은 어미를 혼자 두지도 않았다오. 이렇게 말하곤 했지. '어머니, 이것 저것, 사소한 일들은 어머니가 하시는 것보다 피에트로나 바로에게 시키는 게 나아요. 어머니는 혼자 몸 가누시는 것도 힘들잖아요.' 나리, 그나마 이 늙은이 손발에 있던 지독한 통증이 요즘은 조금 나아졌지. 얼마나 다행이우! 지팡이도 쓰지 않으니, 아이고 내 새끼! 오, 나리! 그 녀석이 너무 과로한 것 같아 괴롭다우. 아기 때부터 약골이었거든."

가여운 니나는 아들이 자신에게 어떤 존재였는지를 회상하며 우느라 말을 잇지 못했다.

레오나르도의 머릿속에 한 가지 묘안이 떠올랐다. 노모가 말하는 동안 그 일의 적임자가 박차고 올라왔다. 정원을 가꾸는 일이나 포도밭을 관리하는 일은, 시장이나 시내에 나가도 되지 않으므로 남의 눈에 띌 일도 없었다. 허약한 체질을 가진 아들이 했던 일이라면. '분명 나도……'

레오나르도는 애처롭게 우는 노파를 향해 고개를 돌렸다.

"어머니, 그만 우세요. 제가 아들을 대신하면 어떨까요? 최선을 다할 테니 이 집에 머물도록 해 주시겠어요?"

"오, 하느님, 감사하나이다!" 니나는 기쁨에 차 무릎을 꿇고 땅에 입 맞추며 부르짖었다. "아, 나리를 보는 순간, 마음이 가벼워지기 시작했다우. 눈물을 멈출 수는 없었지만." 그녀는 다시 울음을 터뜨렸다. "유고를 잃어버려서 하늘에 따지기도 하고 맹세도 했어. 그래도 성모 마리아께서 보내신 한 줄기 빛이 가슴에 와닿는 걸 느꼈지."

"어서, 이제 일어나세요. 그리고 얘기를 해 주세요."

니나는 부들거리며 일어났다.

"제가 뭘 해야 되는지 알려 주세요. 정원을 가꾸는 방법은 잘 알고 있지만 그래도 설명해 주셔야 할 게 많아요."

니나는 기꺼이 그러겠노라고 약속했다. 니나는 기쁨과 회한이

한데 뭉쳐 가슴이 터질 것 같았다. 그것은 보호자를 찾았다는 기쁨과 잃어버린 아들에 대한 회한이었다. 당장 필요한 대화가 오갔다. 레오나르도는 새로운 환경에 성공적으로 안착했다고 생각했다. 그는 일단 물러나 휴식을 취하고 아침에 일찍 일어나기로 했다. 다사다난했던 하루였고, 그는 엄청난 피로를 느꼈다.

노파가 죽은 아들이 쓰던 작은 침실로 그를 안내했다. 레오나르도는 한결 홀가분한 마음으로 그 단출한 침대에 파고들었다.

그는 베개에 머리를 대며 탄식했다. "이번이 두 번째로구나. 로레다니의 후계자가 이방인의 도움으로 거처를 마련하고, 인도적인 낯선 사람들이 절망에 빠진 그를 동정하고 또 너그러움으로 아량을 베풀어 돌봐 주다니⋯⋯. 오, 어머니. 매정한 어머니! 이 모든 것이, 당신 때문입니다."

레오나르도는 쓸쓸하면서도 정당한 이런 회한으로 가슴을 끓이다가 잠이 들었다. 라우리나의 아들은 자다가 생이 **끊어지면** 가슴에 사무친 어머니를 고발하기 위해 천상의 법정에 나타나리라. 그러므로 어머니들이여, 이런 상상에 전율을 느끼고, 마음에 둔 죄가 있다면 그만두시라.

제2권

제13장

이튿날 아침, 일찍 일어난 레오나르도는 곧바로 정원으로 나가 자신이 계획한 일에 착수했다. 차피 경의 저택에 머무는 동안 그는 한가할 때마다 재미 삼아 정원에 나갔는데, 그곳에서 원예에 관한 정보를 꽤 많이 얻었다. 또한 차피 경도 그에게 뭐든 알려 주는 걸 좋아했다. 차피 경은 비옥한 땅에 식물을 심어 여러 실험을 하고 연구하며 많은 시간을 보냈다. 아직 미숙했던 레오나르도는 그 일을 하면서 부차적으로 인내심을 기르고 싶었다. 사실 뿌린 대로 거두는 법이지만, 그는 어떤 상황에서도(쓰라린 기억!) 자신의 행동으로 인해 다시는 비난받지 말아야 한다고 생각했다. 그는 자신이 할 수 있는 봉사로, 받은 은혜에 보답했다. 그렇게 함으로써 자존심을 지켰고, 당분간은 그 고뇌의 기억에서 해방되리라는 즐거운 기대감으로 기분이 들뜨기까지 했다. 그에게 고뇌는 현실이었다. 그는 묘한 감정(그게 상상이든 아니든 간에) 때문에 치욕과 오명으로 간주했을 법한 안락과 호사를 누리느니 차라리 고뇌에 시달리는 게 낫다고 믿었다.

굳은 결심만큼이나 확실히 마음을 차분하게 하는 것은 없다. 레오나르도는 일련의 노동과 활동에 매달리기로 마음먹었다. (형편상으로도 그게 상책이었다.) 날이 갈수록 그는 조금씩 편해졌다. 하는 일이 몸에 붙었고, 무익한 사회 구성원이 아니라는 자부심은 마음의 기쁨을 더했다. 레오나르도는 유고보다 아는 게 훨씬 많았다. 덕분에 가난하게 살던 니나는 오래지 않아 몇 곱절의 이익을 얻었다. 그의 관심 어린 손길과 효율적인 경영으로 모든 것이 번창했다. 레오나르도는 온화하고 열정적인 마음으로 목표를 달성하는 데 속도를 늦추지 않았다. 그런 삶을 통해 이 평화롭고 순박하고 부지런한 삶에, 그리고 세상으로부터 완전히 격리된 누추한 은둔처에 점점 매료되어 갔다. 그는 원하는 것도 없었고, 어떤 호의를 받는 경우도 없었다. 니나의 작은 창고가 하루하루 무언가로 채워지는 것을 보며 부단한 노동의 달콤한 열매를 맛보았다. 다른 누군가에게 도움을 주었다는 생각에 그는 몹시 기뻤고 처음으로 가슴이 뛰었다.

그렇지만 앞일을 생각하면 그는 침울해졌다. 가끔 불확실한 운명에 대한 상념에 잠겼다. '늘 이렇게 살 수 있을까?' 그는 한탄하곤 했다. "아니야! 알키오네*처럼 평온한 날을 보내곤 있지만, 아직 내 영혼에는 사그라지지 않은 감정이 있어. 그 감정이 나에게 말하지. 이렇게 사는 것은 (비록 이 자체로는 칭송할 만한 일이지만) 로레다니의 후계자에게 영원히 수치스러운 짓이야!" 〔……〕 내가 말했다. "이런, 로레다니의 **후계자가** 치욕을 당하다니! **어스름한 곳**

에 머물면 행복할지도 몰라. 존경받을 수도 있겠지. 하지만 배반의 빛 가운데로 나오려 한다면 멸시받고 무시당할걸! 아, 아니, 로레 다니, 이 세상에 **네가** 설 자리는 없어. 네 평판으로는 안 된단 말이야. 결코 사람들 앞에 나타나지 않길 바라!"

때때로 이런 생각들이 그의 마음을 음울하게 짓눌렀다. 일을 두 배로 하는 것 외에는 다른 피난처가 없었다. 그는 미래의 운명에 대한 쓸데없는 공상으로 보내는 시간을 없애야겠다고 결심했다.

그러던 어느 날 아침, 노쇠한 니나는 느낌이 별로 안 좋다며 푸념했다. 정오에 가까워지자 그녀의 몸 상태는 악화되어 거동이 불편해졌다. 니나는 레오나르도를 줄곧 아들이라 불렀다. 레오나르도가 그녀를 부축하여 침대로 옮겼다. 그녀는 그 침대에서 다시 일어나지 못할 운명이었다. 몇 시간 지나지 않아 덕이 많은 노모는 자신의 운명을 감지했다. 그녀는 죽음이 가까이 왔다는 느낌을 부정할 수 없었고, 그것이 무엇을 의미하는지 직감했다. "아이고!" 그녀는 레오나르도에게 힘없이 말했다. "사랑하는 아들아, 나의 둘째 아들. 내가 유고를 만날 시간이 얼마 남지 않았구나. 죽기 전에 네 잘생긴 얼굴 한 번 더 보자꾸나. 그리고 마지막 한숨으로 너를 축복하마."

레오나르도는 깊은 슬픔에 잠겨 노모를 바라보았다. 이제 그녀를 영원히 떠나보내야 할 시간이 다가오고 있었다. 누추한 처소에 주저 없이 그를 받아들였던 그녀는 보잘것없는 세간을 나누어 주고 사소한 것들까지도 모두 맡겨 온 터였다. 물론 그녀가 베푼 친절이 어느 정도 **보상받은** 것은 사실이었다. 하지만 그건 노모의 진심 어린 환대를 논하면서 언급할 사안이 아니었다. 그러니 그가 쓸쓸한 노모의 머리맡을 어찌 떠날 수 있었겠는가? 노모를 편하게 할 수 있는, 아니 연약하지만 아직 살아 있는 생의 불씨를 살릴 무언가가 남아 있다면, 어떻게든 도울 수만 있다면……. 하지만 그의 간호는 아무 소용이 없었고, 노력은 결실을 맺지 못했다. 이내 모든 희망이 꺼졌다. 몇 시간 동안 그는 가슴 아프게 침상을 바라보았다. 그녀는 아무 말도 하지 않았고, 오르내리는 숨소리만 들렸다. 마침내 노모가 거의 들리지 않는 작은 목소리로 자기를 팔에 안아 일으켜 달라고 말했다. 그는 심히 염려하며 그 말에 따랐다. "내가 가진 건 모두 네 것이다." 그녀는 가늘게 말했다. 그녀는 눈을 뜨고 마지막으로 그를 보려는 듯 안간힘을 썼다. 레오나르도의 순박한 얼굴을 보며 그녀는 소원을 이룬 듯 보였다. 그녀는 그의 가슴에 머리를 깊이 묻은 채 어린아이처럼 평온하게 숨을 거두었다.

레오나르도는 비통한 마음을 추스르고 노모의 친구들과 몇몇 이웃들을 불렀다. 그들은 산등성이 이곳저곳에 흩어진 오두막에 살았다. 그리고 초라하지만 다정했던 고인의 서글픈 마지막 의식을 치렀다. 레오나르도는 이제 그곳에 계속 머물 이유가 없었지만, 노모가 대지에 제대로 안치될 때까지만 출발을 늦추기로 했다.

2, 3일 뒤 레오나르도는 장례식에 참석했던 이들에게 노모가 남긴 소소한 유품들을 나누어 주었다. 자신을 위해서는 약간의 돈만 따로 떼어 놓았다. 그것은 그 지붕 아래 살면서 자신이 했던 노동의 산물이었다. 양식도 약간 챙겼다. 그리고 행복한 시간을 보냈

던 수수한 오두막을 떠나 다시 한 번 방랑의 길에 올랐다. 밤의 잠자리는 더 이상 걱정하지 않았다. 늦은 시각까지 일을 하고 규칙적인 생활 습관이 몸에 배다 보니 배짱과 기운이 커져 이제는 노천에서 자는 게 두렵지 않았다. 반나절 정도의 끼니만 남았을 때 그는 어쩔 수 없이 사람들이 사는 마을을 찾아야 했다.

시간은 흐르고 어둠이 몰려왔다. 그는 아무렇지도 않게 대지 위에 누워 회상에 잠겼다. 삶의 목적이 분명치 않고 인생이 종잡을 수 없음을 새삼 깨달았다. 그는 생각했다. '고향 베네치아를 떠난 게 2년하고도 3개월이구나. 수치스러운 아버지 집을 나왔지. 다정하고 인자하시던 아버지, 나를 무척 사랑하셨는데……. 무시무시한 범죄를 저질렀다고 비난받았어. 치욕스럽게 그 집을 나왔고. 나에겐 권리가 없었으니까. 그러고는 빈곤과 노동에 익숙해졌고, 천한 농부처럼 이마에 땀을 흘리며 양식을 벌었지. 지금은 다시 광활하게 펼쳐진 들판의 부랑아가 되었구나. 친구도 없고, 집도 없고, 내일 먹을 양식으로 빵 한 조각조차 구할 수 없다니. 아, 어머니! 이 모든 게 **당신** 때문이오.' 그는 두 손을 세게 맞잡으며 한탄했다. "당신 때문에, 이 모든 것을 참았소." 수천 가지 애틋한 기억들이 마음을 짓눌렀다. 어머니의 운명은 어떻게 되었는지, 아버지는 어머니를 보내고 어찌 사시는지, 또 어린 누이는 어떤지. 불현듯 집으로 돌아가고 싶다는 허황된 바람이 마음에 스쳤다. 처음엔 그걸 인정할 수 없었다. 하지만 그 바람은 마음을 떠나지 않았다. 피할 수가 없었다. "근데 왜 안 되지?" 그는 이내 목소리에 힘을 주어 말했다. "왜 안 돼?" 그는 달라진 자신의 모습을 찬찬히 살펴보았다. "누가 지금 건장한 이 레오나르도를 보고(노동으로 단단해지고 한낮의 강렬한 햇살에 가무잡잡해졌다. 게다가 농부의 초라한 복장이었다) 한때 화려했던 로레다니의 후계자라고 말할 수 있을까? 그래, 결정했어." 발걸음을 떼며 그는 중얼거렸다. "아무도 모르게 집에 들러 보는 거야. 불행한 우리 가족. 가족이 보고픈 이 마음을 달랠 수도 있겠지. 그러고 나선 영원히 떠나는 거야."

레오나르도는 순간 의욕에 넘쳐 밤이라는 사실도 잊은 채 급히 몇 걸음 옮겼다. 그러다가 곧 안정을 되찾았다. '아침 일찍 떠나는 게 좋겠군.' 그는 속으로 말했다. '그때까진 여기가 내 침대다.' 그가 다시 한 번 대지에 몸을 의탁하자, 잠이 숨어 들어와 금세 마음의 소요를 진정시켰다.

레오나르도는 결심한 것을 곧바로 실행으로 옮겼다. 이른 새벽 토스카나를 뒤로하고, 변변치 않은 그의 방법으로 최대한 빨리 여행길을 재촉했다. 사람들에게 의심을 사서 필요 이상의 시선을 받지 않으려고 조심했다. 베네치아에 가까이 왔을 때 그의 감회를 어떻게 묘사할 수 있을까! 하지만 그는 해가 있는 동안에는 시내에 들어가지 않기로 작정했다. 파도바에 도착하자, 어차피 해 질 녘까지 베네치아에 닿는 게 어려울 테니 걸어서 갈 수 있을 만큼 멀리 가 보기로 그는 마음먹었다.

조바심을 억누르고 잠깐 휴식을 취한 뒤 그는 계획대로 신중히 일을 진행했다. 적당한 속도로 걷는다고 생각하며 걸었지만 막상 테라피르마 근교에 이르니 태양은 아직 서반구 근처에도 도달하지 못했다. 그래서 호수 주변을 한가로이 거닐었다. 테라피르마에는 베네치아 귀족들이 더러 거주했는데, 저택이나 화려한 영지가 눈에 띄면 여유 있게 멈춰 서곤 했다. 어느 정도 시간이 지나고 조금 피곤해지자 그는 대지의 침상에 몸을 던졌다. 이런 행동이 더 이상 낯설지 않았다. 그는 평소처럼 사색의 마차에 올라탔다. 자기도 모르게 눈에 눈물이 차더니 볼을 타고 흘러내렸다. 눈물이 그득한 눈을 감으며 젊은 날의 비애를 반추했다. 오, 눈물! 고통스럽지만 오염되지 않은 마음에서 솟구치는 것이요, 비록 비탄에 잠겨도 죄로 얼룩지지 않은 영혼에서 나오는 것이라. 왜, 어찌하여 그 영혼은 변하고 망가져 수치와 오명의 심연으로 뛰어들려 하는가? 레오나르도, 어찌하여 그대는 라우리나의 죄가 기록된 페이지에 또 다른 오점을 남기려 하는가?

　인간은 간혹 스스로 만들어 내는 강렬한 감정에 지친다. 예민한 감성에 젖어 있던 레오나르도는 점점 일시적 무감각 상태로 빠져들었다. 신체 기능을 안락한 잠에 빼앗기고, 당분간 불행한 현실을 잊었다. 그가 잠에 취해 의식이 없는 동안 우연히 그곳을 배회하던 여인이 있었다. 그녀는 석양의 **산뜻함**을 만끽할 요량으로 집을 나와 호수 둑을 따라 산책하다가 앳된 레오나르도를 보고 관심을 갖게 되었다. 그녀는 조용히 다가가 그를 면밀히 관찰했다. 손은 머리 위로 깍지를 끼었고, 건강의 여신이 구릿빛 장미를 심어 놓은 볼에는 진주 같은 눈물방울이 매달려 있었다. 곱슬곱슬 우아한 적갈색 머리카락은 이마와 관자놀이 주변을 보기 좋게 덮고 있다가 스쳐 가는 미풍에 살짝 흔들렸다. 석류 같은 입술은 반쯤 열려 있으나 가지런한 이는 가려져 있었다. 시원한 바람을 쐬려고 풀어 헤친 가슴이 그대로 드러나고, 생기 도는 피부색은 백설과 대조를 이루었다.

호기심에 찬 여인은 누워 있는 젊은이를 보며 비록 초라한 농부의 옷차림이지만 잘생기고 매혹적이라 생각했다. 그녀는 흐뭇한 감탄에 사로잡혀 자리를 뜨지 못했다. 그때 갑자기 벌레 한 마리가 얼굴에 내려앉아 그는 뒤척이며 깨어났다. 눈부시게 아름다운 여인과 시선이 맞닿자 그는 어리둥절해하며 벌떡 일어났다. 여인이 미소를 머금고 앞으로 다가오더니 그의 팔에 손을 얹고 상냥하게 말했다.

"낯선 분처럼 보이시네요. 복장은 아랫사람 같은데, 제가 잘못 보았다면 용서를 구하죠. 주제넘게 궁금해한다 마시고, 어디로 가시는 길인지 물어도 될까요? 저녁이 이미 깊었고, 이 근처에는 당신이 하룻밤 신세질 만한 집이 없는 것으로 아는데……."

그에게 처음으로 다가온 아름답고 매력적인 여성이었다. (순결한 아마미아는 예외로 두자. 그녀의 매력은 지금 눈앞에 있는 여자와는 본질적으로 달랐으니까.) 그녀는 레오나르도의 화끈한 상상 속으로 들어왔다. 그는 볼이 벌겋게 달아올랐다. 눈은 그녀를 바라보길 원했지만, 수줍음으로 땅만 쳐다보고 있었다. 앞에 있는 상대를 빼곤 아무 생각도 할 수 없었다. 그는 더듬거리며 대답했다.

"아니, 오늘, 오늘 밤 딱히 정한 곳은 없습니다, 부인. (……) 하지, 하지만 이제 어디로 가야 할지 생각하고 있습니다. 적어도 고민 중이랍니다." 그는 생각이 혼란스러워 어떻게 말을 이어 갈지 몰랐다.

"그래요, 그렇다면……." 약간 우려하는 음성으로 메갈리나 스트로치가 대답했다. (그녀가 바로 젊은이에게 말을 걸었던 사람이다.) "확실히 정한 곳이 없다면, 이 밤에 여행하는 건 아니실 테고…… 그렇다면 우리 집은 어때요. 오늘 밤 당신에게 숙소를 제공하는 영광을 주시겠어요."

레오나르도는 눈을 들어 막 대답하려던 참이었다. "어서요, 거절하지 않는 걸로 알겠어요." 아리따운 피렌체 여인이 가볍게 그의 팔짱을 끼고 앞으로 이끌며 쾌활하게 말을 이어 갔다. "우리 집은 여기서 약간 떨어져 있지요. 보세요. 지금 서 있는 데서 볼 수도 있을 거예요." 누각처럼 지어진 작고 인상적인 건축물을 손가락으로 가리키며 그녀는 덧붙였다. "**당신에겐** 아무것도 거절할 수가 없군요, 친애하는 부인." 여자의 매력에 달아오른 젊은이는 친절한 태도에 감사하며 말했다. "정말 **당신에겐** 아무것도 거절할 수가 없어요."

아리따운 피렌체 여인은 그저 미소를 지으며, 마치 젊은이가 뒷걸음칠까 봐 우려하듯 빠르게 앞으로 나아갔다. 그들은 곧 별장에 다다랐다. 레오나르도는 그곳에 들어가며 한숨을 눌러 삼켰다. 그것으로 그는 옛집에 대한 기억을 떠나보냈다.

메갈리나 스트로치의 성품은 이미 드러났으니 여기서 부연 설명을 하는 것은 무의미하리라. 그 성품에 이끌려 그녀가 끊임없이 저질렀던 난폭한 행위도 추가할 필요가 없겠다. 그녀는 젊은 레오나르도의 참신한 기품에 매료되어 그가 계속 머물도록 온갖 간계와 유혹을 아끼지 않았다고만 해 두자. 그의 마음을 사로잡고 미혹하는 데 혼신의 노력을 기울였으며, 그가 떠나지 못하도록 매일매일 새로운 핑계를 만들어 냈다. 그녀가 바라던 대로, 시간이 지나면서 점차 그런 계략은 더 이상 쓸 일이 없었다. 레오나르도는 이제 그 화제를 꺼내는 것에 난처해했다. 그는 스스로 계속 머물 이유를 찾았고, 누가 출발의 필요성이라도 지적할까 봐 전전긍긍했다. 아름다운 메갈리나는 차피 경의 방탕한 부인과 달랐다. 타락의 깊이야 별 차이 없지만, 그럼에도 메갈리나는 가슴에서 요동치는 욕망들을 어떻게 거짓 세심과 절제로 포장해야 하는지 더 잘 알고 있었다. 그녀는 레오나르도의 마음을 유혹하고 젊은 촉각을 자극하려 했는데, 그건 효과가 있었다. 그녀의 시도에 그는 강렬하고 위험하게 호응했다. 감정은 고조되었고, 영혼은 민감하게 반응했다. 그는 감탄과 욕망이 한데 엉클어진 감정으로 메갈리나를 대했고, 그것은 청순한 아마미아에게 품었던 감정과는 매우 달랐다. 아마미아를 향한 감정은 순수하고 평온하고 기품이 있었지만, 메갈리나에 대해서는 불안하고 고통스럽고 난폭한 감정이 일었다. **메갈리나의** 매력은 그의 영혼에 불을 지폈다. 반면 아마미아는 알키오네의 평안함으로 그를 채우곤 했다. 한쪽은 사나운 정오 태양의 불타는 열기와 같았고, 다른 쪽은 여름날 해 질 녘의 잔잔한 고요와 같았다.

메갈리나는 며칠 쉴 요량으로 별장에 온 것이었다. (그건 베렌차 백작과 벌인 사소한 말다툼 때문이었다. 자신을 자주 방문하지 않는다고 그를 매몰차게 비난했었다.) 이제 그녀는 베네치아를 떠나야 했던 유감스러운 이유를 잊고 우연히 레오나르도를 만나게 되어 즐거웠다. 처음 계획했던 것보다 더 오래 머물고 싶어졌다.

이맘때쯤, 베렌차는 사랑하는 빅토리아를 되찾았다. 메갈리나가 떠났다는 사실조차 몰랐다. 반면 그녀는 베렌차의 무관심에 복수했다고 믿으며 남몰래 자축했다. 피렌체 여자는 베렌차처럼 무심했지만, 지금 레오나르도를 향한 열정만큼이나 그를 한때 사랑했었다는 사실을 잊을 수 없었다. 그녀는 **일찍이** 어떤 남자보다 그를 좋아했고, 그가 진심으로 그걸 감사해야 한다고 헛되이 꿈꿨다. 그녀의 관심은 움츠러들었다. 그가 그 관심에 감사하며 보답을 하든 말든 간에 다른 여자를 좋아하는 게 눈에 띄면 그 순간 **그는** 생을 마감해야 한다고 그녀는 작심했다.

그러나 자신의 품행에 있어서는 규범 없이 제멋대로였다. 그에게는 암묵적 헌신을 요구하면서도 자신의 변덕과 이중성은 괜찮다고 생각했다. 베렌차가 다른 곳에 정을 주면 안 되는 합당한 이유는 밝히지 못하면서도, 그가 모르게 해낼 재간만 있다면 **자신의** 방종은 전혀 문제 되지 않는다고 믿었다.

이런 정서로 그녀는 레오나르도를 향한 욕망에 경계를 두지 않았다. 욕망은 신속하게 경계를 넘었고, 그를 위해서라면 어떤 남자도 포기할 수 있을 것 같았다.

제14장

레오나르도가 세이렌 메갈리나를 만난 지 3개월이 흘렀다. 그에게는 치명적인 만남이었다. 그는 채 열아홉 살이 되지 않았고, 메갈리나는 그보다 서너 살 위였다. 지금까지 메갈리나는 성숙하지만 시들지 않은 매력으로, 장난스러우면서도 품위 있는 태도로, 그리고 마음을 끄는 온갖 감언으로 레오나르도의 마음을 지배했고, 결국 그는 이별을 살짝 생각하는 것만으로도 정신이 산만해졌다. 그녀는 그의 마음에 주술을 걸어 노예로 만들면서, 영혼에는 새로운 존재 의미를 일깨워 주었다. 세심한 아마미아의 모습은 기억에서 희미해지고, 더 거세고 더 끝없는 욕망이 메갈리나의 형상으로 그 자리를 채웠다.

간교한 피렌체 여자는 이전에 이루었던 어떤 정복보다 훌륭하고 참신한 즐거움으로 자신의 전리품을 보았다. 그리고 그 청순한 가슴에 사랑과 열정의 첫 번째 씨앗을 심었다. (그녀는 그렇게 믿었다.) 씨앗은 그녀의 격렬한 빛을 받으며 싹이 트고 성장했다. 그녀는 도발적인 쾌락으로 그 열매를 즐겼다.

하지만 얼마 지나지 않아 여자의 허영이 도드라졌다. 메갈리나는 레오나르도에게 전적으로 관심받고 있음을 확신했다. 그의 외모에 만족했고, 그를 정복한 것에 의기양양했다. 그럼에도 또 다른 갈증이 일었다. 그를 베네치아로 데려가 여자 친구들에게 보여 준 뒤 부러움과 찬사를 끌어내고 싶었다. 그들의 관심을 끄는 일이라면 아무것도 두렵지 않았다. 이 도도한 피렌체 여자에게 경쟁자에 대한 무서움은 없었다. 그러나 어떻게 이 소중한 새 애인을 베렌차의 눈에 띄지 않게 할 것인가. 그녀는 베네치아로 돌아가는 것을 베렌차에게 알리지 않기로 결정했다. 가능한 한 집 밖으로 나가지 않으면 될 일이었다. 결심이 서자 그녀는 레오나르도에게 베네치아로 돌아가고 싶다고 밝혔다.

베네치아라는 말을 듣고 그는 확연히 혼란스러워 보였다. 양 볼에는 혈색이 가시고 어두운 그늘이 드리웠다. 전에는 그가 너무 원하던 것이었지만, 지금은 두려움과 망설임 섞인 감정으로 고민했다. 이 매혹적인 여인의 청을 어찌 거절하겠는가? 그럴 수는 없다! 레오나르도는 그녀를 위해 마음에 새겼던 굳은 결심을 접고, 여태껏 그가 별일 없이 신중히 지켜 왔고 드러날까 봐 조마조마했던, 그의 이름과 가족에 얽힌 고통스러운 비밀을 털어놓았다.

레오나르도는 메갈리나의 품에 안겨 그가 밝힐 수 있는 범위 내에서 자신이 누구인지, 왜 베네치아에 돌아가기를 주저하는지 머뭇머뭇 설명했다.

"그렇다면 당신이……." 메갈리나는 탄성을 터뜨렸다. (솟구쳐

오르는 환희의 빛으로 그녀의 눈이 반짝였다.) "당신이 로레다니의 아들이라고요?"

"그래요, 아름다운 스트로치." 그는 대답했다. 그리고 무릎을 꿇고 두 손을 강하게 붙잡았다. "그렇지만, 당신의 매력에 제 비밀을 털어놓기는 했지만, 이 비밀을 꼭, 꼭 지켜 주세요. 제발 부탁이에요. 제 명예와 행복, 제 인생을 존중해 줘요. 어떤 경우에도, 내가 불운한 가문의 후손이어서 수치스럽다, 방종한다, 로레다니의 이름을 더 추하게 한다는 말이 당신 입술에서 흘러나와선 결코 안 돼요." 그의 음성이 떨렸다. "내가 **로레다니**의 수치를 더하다니!"

"절대로 안 할게요." 피렌체 여자는 진지하게 대답했다.

"사랑하는 여인이여, 맹세하시오! 내가 일어나기 전에 맹세해요." 레오나르도가 열정적으로 덧붙였다.

"**맹세하죠.** 나는 엄숙히 맹세해요." 한 손은 그의 어깨에 얹고 다른 손은 하늘을 향해 치켜들며 메갈리나가 대답했다. "어떤 불멸의 존재에게도 비밀을 누설하지 않겠다고 맹세해요. 서약을 잊어버리면 그 순간 내가 벼락을 맞지!"

"고마워요, 메갈리나." 레오나르도는 뜨겁게 소리를 높였다. 그는 눈물을 글썽거리며 일어나 숙연히 그녀를 안았다. "진심으로 감사해요. 이 비밀이 알려지면 난 결코 살 수 없을 거예요!"

"그래도 베네치아에는 갈 거죠, 레오나르도."

"오, 메갈리나, 그곳엔 아버지가 계시잖아요? 당신과 같이 가면, 어떻게 아버지 모르게 머물죠?"

"아니, 몰랐어요, 후작은 돌아가셨어요! 베네치아에서는 그 사건과 이후의 일을 다 아는데. 이제 당신 가족은 아무도 거기에 살지 않아요."

레오나르도에게는 오직 이 말만 들렸다. "후작은 돌아가셨어요!" 그는 말할 수 없는 고뇌에 빠져 하늘을 향해 두 손을 들었다. 감정에 복받친 눈물이 뺨 위로 흘러내렸다. 그는 힘주어 소리쳤다. "자비의 신이시여, **감사하나이다!**" 그러고는 메갈리나 쪽으로 몸을 돌리며 안정을 되찾으려는 듯한 음성으로 말했다. "뭐든 알고 있는 대로 말해 줘요. 조용히 들을게요."

피렌체 여자는 레오나르도의 뚜렷한 감정 변화에 크게 동요되는 것처럼 보였다. 그녀는 (그의 격앙되고 다감한 감정을 공감하고 그것을 최대한 존중하며) 로레다니 가문의 사건들에 대해 아는 대로 들려주었다. 이제 그 가문 사람은 아무도 베네치아에 거주하지 않는다는 소견을 (정확하다고 믿는 듯) 다시 한 번 말하고, (가능한 한 간결하고 마음 아프지 않게) 상세히 설명했다.

"오, 타락한…… 비정한 어머니!" 청년은 조용히 한탄했다. "그렇게 당신은 죄의 분량을 모두 채우셨군요. 자식들의 명예나 행복과는 영원히 담을 쌓고, 그들한테 돌이킬 수 없는 상처를 입히셨어요!"

레오나르도는 자존심이 너무 상하고 기분이 처참해 메갈리나에게 아무 말도 하지 못했다. 가슴이 꽉꽉 메고, 터질 것 같았다. 이런 슬픔 속에서는 아무것도 물을 수 없었다.

"그래서 나랑 베네치아에 가지 않을 거예요?" 메갈리나가 그의 손을 잡고 다정하게 얼굴을 바라보며 다시 물었다.

"아뇨, 가겠어요, 메갈리나." 그는 불안한 생각을 쫓듯 황급히 손으로 이마를 쓸며 대답했다. "그래요, **이제** 뭐든 할 수 있어요. 하지만 저는 그저 레오나르도일 뿐이라는 걸 기억해 두세요."

피렌체 여자는 자신의 목적을 이룬 데 기뻐하며, 그가 원하는 것은 모두 따르겠노라고 약속했다. 그녀는 곧장 실행에 옮겼다. 그의 바람을 기꺼이 수용했고, 그의 체류가 알려지지 않도록 꼼꼼히 계획을 세웠다. 레오나르도는 그녀의 제안을 모두 받아들였다. 그러고는 서둘러 자리를 떠나 잠시 음울한 회상에 잠긴 채 배회했다. 정신적 충격에서 금세 회복하는 일이 쉽지 않았다. 충격이 사라지고 마음을 짓누르는 우울증에서 벗어나기 위해서는 혼자만의 시간이 필요했다.

그러나 메갈리나는 애인이 마음을 바꿔서는 안 된다고 판단했다. 그를 만나자 마음에 두고 있던 화제를 다시 꺼냈고, 이튿날 돌체아쿠아 별장을 떠나기로 했다. 은둔하기 좋은 돌체아쿠아 덕분에 그동안 어느 때보다 큰 즐거움을 누릴 수 있었다고 그녀는 생각했다.

계획한 대로 다음 날 선선한 오후 나절에 베네치아로 출항해 땅거미가 질 즈음 도착했다. 그들은 곧장 호화로운 거처로 이동했다. 레오나르도의 내부에는 순간 중압감이 생겼다. 그것은 무엇으로도 제거할 수 없었고, 고향에 한 걸음 한 걸음 가까워질수록 점점 커졌다. 메갈리나가 이를 눈치채고 그것을 덜게 하고 분산시키려고 애썼다. 조신하게 부지런을 떨며 은근히 애교도 부렸다. 그녀는 젊은 애인을 집으로 기꺼이 맞아들이고, 성대한 만찬을 준비시켰다. 마침내 기운찬 노력의 효과가 나타나면서 레오나르도의 우울증도 그에 자리를 내주었다. 도수 높은 몇 잔의 와인이 그 효과를 더했다. 후회해 봐야 소용없다는 게 분명해지면서 그가 원기를 되찾는 모습이 보였다. 냉정한 철학적 이성 논리에 따른 것이라기보다는 와인과 고급 요리 덕분에 활기를 얻고 기분이 고조된 결과였다. 요부 메갈리나는 레오나르도를 진정시키는 데 무한한 마력을 쏟아부었다. 그의 눈앞에 새로운 세계를 열었고, 영혼에는 주술을 걸었다. 그 때문에 레오나르도는 쾌락의 몽상에서 아직 깨어나지 못했고, 전에는 알지 못했던 느낌과 생각들로 가슴이 부풀어 올랐다. 그의 영혼은 이성을 잃게 만드는 육욕의 바닷속으로 빠르게 가라앉고 있었다.

광적으로 달아오른 레오나르도의 환상 속 메갈리나는 정이 많고 아름다운 천사처럼 보였다. 메갈리나는 자기를 위한 생각이 아니라면 질투를 느꼈기 때문에, 그에게서 과거의 쓰린 기억을 몰아내려고 끈질기게 노력했다. 그에게 재미있는 일이나 놀이를 찾아주면 도움이 될 거라 생각했지만, 정황상 공개 모임은 할 수 없었다. 은신에 대한 그의 입장에는 흔들림이 없었고, 발각될 수 있다는 눈곱만큼의 가능성에도 그는 몸서리쳤다.

그에게 맞춰 메갈리나는 여자 친구와 남자 지인들을 집으로 불러들였다. 남자 지인들은 그녀가 없었을 때 그리웠다는 듯 말했지만 애인이라고 자처하지는 않았다. 메갈리나는 자신의 소중한 연인을 먼 친척 되는 피렌체 사람으로 소개했다. 뻔뻔하고 절조 없는 메갈리나였지만, 그럼에도 그녀는 레오나르도와의 실질적 관계를 밝히고 싶어 하지는 않았다.

경박하고 저속한 쾌락을 찾아 이곳을 자주 드나들던 손님들 가운데 과거에 로레다니 후작가(家)를 방문했던 사람을 찾기란 쉽지 않을 터였다. 설령 그런 사람이 있다 할지라도 레오나르도가 베네치아를 떠난 지 거의 3년이나 지난 데다, 그동안 토스카나 산언저리에 살면서 원래 허약하던 그의 모습은 강인하고 원기 왕성한 피렌체 사람으로 변해 있었다. 체격은 훤칠한 성인 남자만큼이나 컸다. 아주 가까운 친척이 아니라면 그 응석받이 소년 레오나르도를 알아보기란 좀처럼 쉽지 않았을 것이다. 그들의 관계는 아직 아무도 몰랐고 발각되지도 않았다. 메갈리나는 사람들이 자기 말을 그대로 믿었다고 생각하며 쓸데없이 우쭐해 있었다. 그녀는 빛을 발하는 청년의 자태를 한없이 흠모했다. 잠시라도 그가 보이지 않으면 평상심을 유지하기 어려운 것처럼 보였다. 그것은 가까운 친족 관계에서 볼 수 있는 것보다 훨씬 예민하고 생생해서 통찰력 없이도 쉽게 알 수 있었다.

일의 발단은 이랬다. 피렌체 여자는 허영심에 이끌려 자기 애인을 여자들에게 소개했다. 그중에는 테레사라 불리는 이가 있었다. 눈에 띄게 어여쁜 아가씨였는데, 그녀는 악덕과 방탕의 조류에 빠져 벗어나지 못하고 있었다. 메갈리나에게 더욱 수치스러운 것은, 테레사가 정숙함에서 추락한 것이 메갈리나 때문이라는 사실이었다. 이 불행한 아가씨도 (비록 메갈리나의 사교계에 관심을 보이고 우정과 애정으로 그녀를 환대했지만) 이 점을 가슴 깊이 의식하고 있었다. 뒤틀린 심사에 지난 기억이 덧없이 스며들 때면, 그녀는 살짝 후회하면서도 증오에 찬 영혼의 씁쓸함으로 자신을 배신한 원수를 소리 없이 저주했다.

테레사에게는 상대를 꿰뚫어 보고 예리하게 관찰하는 안목이 있었다. 그녀는 메갈리나 스트로치가 애인에게 보내는 잦은 애정 표현을 놓치지 않았다. 경계를 풀지 않던 테레사는 메갈리나가 기쁨을 감추며 자기 애인을 훔쳐보는 것을 목격했다. 그게 사랑이 아니라면(만약 그걸 사랑이라 부를 수 있다면) 어떤 관계도 될 수 없다고 테레사는 확신했다. 일찍이 그녀를 곤경에 빠뜨렸던 이 질투심 많고 타락한 여자에게 복수할 가능성을 발견하고 그녀는 기분이 들떴다. 게다가 매력적인 레오나르도에게는 열정적인 무언가가 있었다. 그녀는 할 수만 있다면 그 혐오스러운 여자에게서 그를 완전히 떼어 낸 뒤 구애할 작정이었다. 그녀는 혼신을 다해 이 음모를 실행에 옮기고 도움이 될 만한 계략을 총동원했다. 테레사는 메갈리나를 자주 집으로 초대했다. 그녀의 경계와 보호에도 불구하고, 그녀의 관심을 딴 데로 돌리고 레오나르도를 자기 옆으로 훔쳐 와 은밀히 대면할 획책을 꾸몄다. 피렌체 여자가 그랬던 것처럼, 테레사도 그의 마음과 감각에 호소했다. 테레사는 더 어렸기 때문에 더욱 청순한 매력이 있었다. 그리하여 메갈리나를 향한 레오나르도의 충절은 약해져 갔다. 테레사는 의심을 사지 않고 안전하게 꾀어냈다고 생각했지만, 사실 피렌체 여자는 질투의 화신에 사로잡혀 있었다. 자신이 목격한 것에 광분하며 복수심에 가슴이 불탔다. 하지만 그녀는 교활해서 태연스레 행동했다. 테레사가 그 대담한 배신을 어디까지 끌고 가는지 보기 위해 일단 모르는 체하기로 마음먹고, 감언이설로 유혹하는 그녀의 잡다한 전략에서 눈을 돌리며 인내했다. 테레사는 아무도 눈치채지 못했다고 믿었지만, 메갈리나는 미리 준비한 덫에 그녀를 빠뜨렸다.

테레사는 쉬지 않고 드러나게 정성을 다했다. 그 결과, 레오나르도가 관심을 보이기 시작했다. 그는 더 이상 유별나게 굴지 않았고, 물러서지도 않았다. 그녀가 부추긴 감정을 억제하지도 않았다. 사실 그 감정은 그렇게 의미심장한 것이 아니었다. 이미 메갈리나를 통해 경험한 바 있기 때문에 그리 새롭지 않았다. 하지만 상대가 참신해서, 조금씩 열기를 더해 갔다. 그는 점점 끌려가고 있었다. 테레사는 그의 시선과 언어를 통해 자신의 목적이 어느 정도 이루어졌다는 확신을 가졌다. 할 수 있다면 레오나르도를 확실히 소유하고 싶었다. 테레사는 흥분과 숨길 수 없는 기쁨에 싸여, 그녀가 계획한 대로, 그가 남몰래 그녀 집으로 올 수 있는 저녁 시간을 정했다. 레오나르도는 가문의 자부심이나 긍지에 관한 것이라면 신중히 여기고 전율이 흐르도록 민감하게 반응했지만, 사랑의 정절을 버리는 건 그리 대수롭지 않게 받아들였다. 유년기부터 원하는 것을 규제당한 적이 없는 데다, 일찍부터 예쁘고 상냥한 여자들의 관심을 끌면서 그는 자기애로 우쭐해 있었다. 본디 세심한 그의 마음은 그렇게 하는 게 다소 미숙한 행동이라고 말했지만, 그는 망설이지 않고 초대를 수락했다. 그럼 어쨌단 말인가? 그에게 처음 조악한 쾌락을 맛보인 건 바로 메갈리나였다. 그녀가 꼬여 알려 준 행로에서 또 다른 쾌락을 좇는 건 크게 수치스러운 일이 아닐 것이다.

그들은 함께 날짜를 잡고 저녁 시간도 정했다. 의연하고 간교한 메갈리나는 일이 진행되도록 내버려 두었다. 레오나르도는 가까스로 빠져나와 그녀 집으로 향했고, 여자가 마음 졸이며 기다리는 방으로 들어갔다. 그때, 철저하게 세운 계획대로, 피렌체 여자가 번개 구름처럼 홀연 그들 앞에 나타났다. 그녀는 곧 불어닥칠 폭풍을 예시하는 살벌한 침묵으로 둘을 잠시 훑어보았다.

테레사는 레오나르도를 격렬한 포옹으로 맞았는데, 여전히 그 자세였다. 메갈리나의 눈에는 심히 험악한 분노와 극도로 골이 깊은 복수심, 몹시 씁쓸한 냉소가 어려 있었다. 그녀는 한 발짝도 움직이지 않고 두 사람을 주시했다. 그러고는 단호하고 침착하게 레오나르도에게 다가가 팔을 잡았다. 그에 대한 메갈리나의 영향력은 변함이 없었다. 레오나르도는 자기도 모르게 경외와 공포에 휩싸였다. 그녀의 강렬한 눈빛에 당혹해하며 움츠러들었고, 치밀한 행동에 저항할 힘을 잃었다. 이 위태로운 상황에선 상대적으로 그녀를 상처받은 사람으로, 그를 몹쓸 약탈자로 보이게 하는 뭔가가 있었다. 심지어 그도 느낄 정도였다. 피렌체 여자는 질식할 것 같은 분노로 잡고 있던 팔을 거칠게 낚아챘고, 그는 아무런 저항도 하지 않았다. 허를 찔린 테레사는 부들거렸다. 메갈리나는 그 부들거리는 영혼에 많은 것을 시사하는 눈길을 보내며, 도도하고 분개한 발걸음으로 되찾은 포로를 끌고 방에서 나갔다.

집으로 돌아오는 길에서도 메갈리나는 음울하게 침묵을 지켰다. 레오나르도가 두어 번 말을 붙이려고 시도했지만, 혀는 말을 듣지 않았고, 소리는 목에 걸려 입술만 달싹거렸다. 그는 내심 놀라고 후회스러웠다. 정부(情婦)의 가슴에 분노가 들끓고 있는 걸 알면서도 그것을 가라앉힐 방법이 없었다. 마침내 그들은 집에 도착했고, 방으로 들어갔다. 그녀는 소파에 몸을 던지며 손으로 얼굴을 가렸다. 피렌체 여자의 침묵은 내내 이어졌고, 그녀는 분명 깊은 생각에 잠겨 있었다.

레오나르도는 이 끔찍한 행동을 더는 참을 수가 없어 괴로웠다. 그는 메갈리나를 변함없이 흠모했다. 그녀와 함께했던 행복한 기억들이 그의 뜨거운 가슴에 불끈 몰려왔다. 테레사에 대해서는 거의, 아니 전혀 아는 바가 없었다. 그녀를 생각하면 분노와 혐오에 경계한 어떤 감정이 일었다. 비록 잠깐이지만, 크게 신세지고 무척 좋아하는 메갈리나를 멀리했다는 자책감 때문이었다. 그는 더 이상 주체할 수가 없었다. 메갈리나에게 돌진하여 그녀 앞에 거칠게 몸을 던지고 발에 입 맞추었다. 눈물로 발을 적셨다. 이 것은 바로 간교한 피렌체 여자가 기대하던 바였다. 그녀는 그의 천성적인 도도함은 물론이고, 그의 감수성에 대해서도 잘 알고 있었다. 그래서 그가 짜증 내지 않도록 참았다. 그가 가슴을 달구는 유혹에 넘어갔어도, 그녀는 질책하지 않았다.

"오, 사랑하는, 오, 나의 메갈리나!" 회한에 찬 연인은 부르짖었다. "용서, 나를 용서하시오. 내가 느끼기엔…… 맞아요, 내가 사랑하는 건, 당신뿐이에요. 그걸 믿고, 당신의 간악한 노예를 용서해주세요!"

피렌체 여자는 대답하지 않았다.

"뭐요! 왜 말이 없는 거요, 왜 말이 없어. 오, 메갈리나!" 그는 혼란스러워하며 낚아채듯 단도를 꺼내 들었다. 그리고 다시 입을 열었다. "그래, 내가 너무 오래 살았나 보오. 가슴은 찢어지지만, 이 가치 없는 삶을 마쳐야겠소." 그렇게 말하면서 셔츠를 찢어 젖히고 미친 듯이 단도를 가슴에 꽂으려 했다.

순간 메갈리나는 그가 모질게 쥐고 있던 단도를 확 비틀어 빼앗아 멀리 던져 버렸다. 충직한 청년은 발아래 그대로 움직이지 않았다. 그녀는 숭고한 자태의 그를 내려다보며 자신의 유약한 영혼에 열 곱절의 연정이 밀려오는 걸 느꼈다. 그녀는 손을 내밀어 그를 일으켜 세웠다. 그녀의 음성은 그에게 생기를 불어넣었고, 그는 일어나서 열정적으로 그녀를 품에 안았다.

간교한 스트로치는 그를 포용하다가 갑자기 밀쳐 내며 큰 소리로 말했다.

"가서 단도를 가져와요." 그는 놀랐지만 근엄한 명령을 따랐다.

그의 손에서 단도를 재빨리 움켜쥐며 그녀가 엄숙하고 신중한 목소리로 물었다.

"레오나르도, 나를 **사랑해요**?"

"**사랑해요!**" 그는 격정적으로 따라 말했다.

"그렇다면 보여 줘요." 그녀가 말을 이었다. "이 단도로, **당신** 손으로, 테레사를 죽여요!"

청년은 몸을 떨며 몇 걸음 물러났다. 인간의 본성은 살인에 반사적으로 움츠러들기 마련이다.

"비열한 사람! 망설이는 건가요?" 피렌체 여자가 사납게 소리쳤다. "그럼 가세요! 테레사에게 가 버려요. 내 눈에서 영원히 사라져 버려요!"

"오, 메갈리나, 다른 방법으로 당신을 진정시킬 순 없을까!" 노예가 된 레오나르도는 더듬거렸다.

"개를 **사랑하는** 게 분명해." 앙심을 품은 스트로치는 암담하게 투덜거렸다.

"아, 아니요! 맹세코 아니야!" 레오나르도가 강하게 부인했다.

"그럼 **증명해** 봐요. 그 애 가슴에 이 단도를 찔러요! 다른 것으로는 당신이 그 애를 사랑하지 않는다는 걸 난 확신할 수 없어요. 그렇게 되지도 않을 거고."

"오! 메갈리나, 나의 첫 번째 여자, 유일한 연인! 그렇게 무시무시한 일로 증명하라고 해서는 안 돼요. 분명 할 수 있는 일도 아니고." 그가 애원하는 눈빛으로 그녀의 얼굴을 바라보았다.

그러나 표독스러운 얼굴은 표정 하나 변하지 않았다. '날 **따르든지** 아니면 **가 버려!**'라고 말하는 듯했다. 레오나르도는 그녀를 잃어버리지나 않을까 염려했고, 끔찍한 명령을 내린 그녀가 더욱 아름다워 보였다. 균형 잡힌 몸매는 몇 곱절 사랑스러운 모습으로 그의 격앙된 환상 속에 빛났다. 그녀를 응시하는 동안, 갈등은 사라졌다. 아니, 그를 짓누르던 감정에 밀려났다. 그가 타는 듯이 뜨거운 손을 내밀었다. 살인을 결심했는지 그의 손이 떨렸다. 그는 나약한 목소리로 더듬거렸다.

"단도를 줘요!"

"**따르겠다는 거죠.**" 요부 메갈리나는 말했다. "그 버릇없는 베네치아 년의 피를 뿌려 버려요."

"그래요…… 그래."

"그 애의 피가 뚝뚝 떨어지는 단도를 다시 가져와요."

"당신이 원하는 모든 것!" 레오나르도는 비참하게 신음했다. "당신을 사랑해…… 비정한 메갈리나. 오! 얼마나…… 언제…… 그걸 증명하기 위해 살인하리다."

피렌체 여자는 사납게 단도를 멀리 던지고 팔을 벌렸다. 레오나르도는 반미치광이처럼 그녀 품에 뛰어들어 가슴 깊이 안겼다.

"당신을 용서할게요." 그녀가 소리쳤다. "**이제** 용서해요, 레오나르도! 당신이 나를 잔인하게 버린 후로, 난 여전히 사랑받고 있다는 증거가 필요했어요. 그걸 확인했으니 당신을 다시 받아 줄게요!"

"아! 나는 언제나 당신 것이었어요." 얼이 빠진 젊은이는 눈물을 흘리며 대답했다.

"지금은 그랬다고 믿어요." 피렌체 여자가 흡족한 듯 희생양을 바라보며 대답했다. 그러고는 미소를 흘리며 그를 옆에 앉혔다.

이것이 바로 몰인정한 바람둥이 여자가 미숙하고 감수성 예민한 영혼에게 얻어 낸 **숙명적** 작업이었다. 이성적으로 따져 보기도 전에 이 작업은 이미 난폭한 기운에 휩싸였다. 그리하여 무시무시한 범죄에 조금씩 굴복해 버린 이의 장래 성품은 암울하게 채색되었다. 유년기에 제대로 된 지도를 받았다면, 인간 본성에 영예와 훈장을 더할 수도 있는 성품이 되었으리라.

제15장

　메갈리나 스트로치는 여자 친구에게 당했던 질투와 배반의 사건으로 베네치아에 역겨움을 느끼고 자신의 포로를 안전하게 지킬 수 있는 호수 둑 근처 별장으로 돌아가기로 결심했다. 그녀는 베네치아에 머무는 동안 외출한 적이 거의 없었다. 심지어 유명한 공공 휴양지도 가지 않았다. 덕분에 그녀가 원하던 대로 베렌차 백작의 시야에서 벗어날 수 있었다. 사실 베렌차는 그녀와 마주치더라도 아는 체하기보다는 도망가고 싶어 안달했을 것이다. 어쨌거나 그녀는 레오나르도와 함께 베네치아를 속히 떠나 돌체아쿠아로 돌아왔다. 그녀는 더 이상 애인을 다른 이의 유혹에 노출시키지 않고 독차지할 수 있게 되어 은근히 기뻤다.

　당분간 그녀는 조용히 지냈다. 주변 풍경을 다각도에서 살펴보고, 레오나르도의 젊은 취향에 맞춰 주변의 멋진 오솔길을 거닐기도 했다. 때로는 곤돌라를 타고 호수에 나가 상쾌함을 즐겼다. 그럼에도 불구하고, 자신이 좋아하는 레오나르도와 늘 함께 있었음에도 불구하고, 들썩거리는 그녀의 영혼을 통제할 수는 없었다. 그녀는 다시 도시의 생기 넘치는 쾌락이 그리워 방황했다. 어수선하고 따분한 그녀의 마음은 **권태감**에 사로잡혔다. 고독의 기쁨은 순수하고 **지적인** 영혼만 즐길 수 있는 것이다.

그녀의 눈에 베네치아는 위험 요소가 많았지만 무미건조한 일상보다는 더 좋아 보였다. 시골이 안전하다고는 해도 몇 주 그곳에서 지내 보니 그녀는 다시 도시의 유혹을 찾아 모험을 하고 싶어졌다. 레오나르도 역시 그녀와 마찬가지로 은거 생활에서 벗어나고 싶었다. 이제 그는 꾀를 낼 줄 알았고, 그래서 변화를 갖는 게 어떠냐는 제안에 무관심한 척했다. 메갈리나는 그의 반응에 흡족해하며, 이제는 그가 다른 이의 유혹이나 선동에 또다시 넘어가지 않을 만큼 확고부동하다고 자신했다. 그곳으로 들어왔을 때만큼이나 간절하게 그녀는 지겨운 벽지에서 벗어나려고 서둘렀다.

그녀는 다시 한 번 베네치아에 발을 디뎠다. 지난번에는 그녀가 즐기던 휴양지를 가지 못했지만 이번엔 가겠다고 단단히 별렀다. 그곳은 활기찬 베네치아인들이 많은 공공 휴양지였다. 그녀의 예상대로, 만약 베렌차가 젊은 레오나르도와의 관계에 대해 물으면 다른 사람들에게 했던 것과 똑같은 이야기를 들려주겠노라고 생각했다.

이런 생각으로 그녀는 산마르코 광장이나 라구나호에 나가는 걸 더 이상 주저하지 않았다. 하지만 레오나르도는 그녀와 함께 공공장소에 나가는 걸 번번이 거절했다. 그러자 교활한 피렌체 여자는 그가 집에서 할 수 있는 소일거리를 만들어 주고, 돌아와서는 그동안 무엇을 했는지 캐물었다.

어느 날 해 질 무렵, 그날도 호수에 바람을 쐬러 나갔던 그녀는 오랫동안 마주칠까 우려하던 베렌차를 대면하게 되었다. 예상치 못한 상황에서 그를 만나게 된 것이었다. 베렌차는 사랑스러운 어린 연적을 옆에 끼고 쾌활하고 다정하게 담소를 나누고 있었다. 질투심 강한 메갈리나는 불쾌하고 씁쓸했다. 그녀는 바실리스크*의 눈빛으로 연적을 째려보며 파멸과 복수의 한숨을 내쉬었다.

"그럼 겨우 이것 때문에……." 그녀는 한탄했다. "이제까지 나 자신을 초조하게 숨기고 있었던가? 그래서 그놈이 나를 찾아와 귀찮게 하지도 않고, 무관심했던 거야. 근데 왜 그랬지? 아, 모르겠다. 어쨌거나 그가 변심해 얻은 짧은 쾌락에 대한 대가는 반드시 치러야지."

복수심에 불타는 메갈리나는 분노를 터뜨리며 맹세했다. 그녀는 즉시 거처로 돌아가, 레오나르도가 그림을 마무리하고 있는 방으로 들어갔다. 그 옆 의자에 몸을 던지며 그녀는 소리쳤다.

"연필을 놔요. 그만둬, 레오나르도. 그리고 단도를 가져와요. 맹세코 그는 오늘 밤에 죽어야 해!"

"뭐라는 거요, 메갈리나?" 화들짝 놀란 젊은이가 그녀의 얼굴에 시선을 고정하며 물었다. "오늘 밤에 **누가** 죽는다는 거요? 그게 무슨 뜻이오?"

그녀는 분노로 볼이 달아오르고, 눈에서는 불꽃이 튀었다. 레오나르도는 뭔가 심상치 않은 일이 일어났음을 직감했다. 그녀의 손을 잡고 부드럽게 입 맞추며 말을 이었다. "메갈리나, 무엇이 당신을 모욕했다는 거요? 말해 봐요."

"맞아, 그는 **죽어야만** 해…… 구원받을 수 있기를 진심으로 바라며, 그놈은 **죽어야** 해!" 원한을 품은 피렌체 여자는 미친 듯이 떠들었다. "**당신**, 레오나르도, 그래, 당신이 복수를 해 줘요!"

다시 살인을! 레오나르도에게 그건 여전히 소름 끼치는 주제였다. 그는 또 한 번 몸서리치며 주춤했다.

"따르지 않을 건가요, 레오나르도?" 그녀가 동그랗고 사납게 번득이는 눈동자를 들이대며 차가운 목소리로 물었다.

"하지만 **누가** 죽어야 한단 말이오?" 젊은이는 큰 소리로 물었다. "당신에게 무슨 죄를 지었소?"

"배은망덕한, 파렴치한 배신자……! 당신은 모르는 사람이야, 레오나르도. 하지만 내 말을 들어요. 내 결심은 섰어. 그것의 실행 여부는 당신에게 달렸어! 우리 관계에 대한 당신의 헌신과 의지를 증명할 시간이 마침내 다가왔어요. 자, 그러니 내 말 잘 들어요. 베렌차 백작은 베네치아 귀족이에요. 배신자이고, 내 젊은 날의 사기꾼이지. 그 사람 때문이야…… 바로 그 사람이…….." 간교한 피렌체 여자는 덧붙였다. "내 영혼을 정숙한 길에서 타락시켰어요! 그 사람 때문에 나는 망가졌고." 그녀는 혼란스러워하는 연인의 가슴에 얼굴을 묻었다. "그래서 나는 레오나르도의 정부, 그 이상 어떤 것도 될 수가 없어요." 레오나르도는 마음이 심하게 흔들렸다. 메갈리나가 계속했다. "오늘 라구나호에서 그를 보았어요. 여자와 함께 있더군요. 그는 추악하고 더러운 욕을 내뱉으며 내 옆을 지나갔죠. 나는 두렵고 놀란 표정으로 그를 바라보았어요. 나를 보기만 해도 자기 애인의 순수함이 오염될까 봐 걱정하는 것처럼, 그는 무례하게 손을 흔들었지. 경멸에 찬 몸짓이었죠. 마치 '더러운 년, 감히 네가 쳐다볼 수도 없는 여인 앞에서 나를 아는 체하다니?'라고 말하는 듯했어요." 그녀는 자신이 꾸며 낸 거짓말에 스스로 감정이 격해져 화를 참지 못하고 의자에서 벌떡 일어났다. "레오나르도! 내가 이걸 온전히 받아들여야 할까요? **당신의** 여인한테 이랬는데도, **당신은** 순응하시겠어요? 그래서 그는 죽어야 해……. 당신은 사랑으로 나를 **고귀하게** 만들었는데. 난 이제 이런 모욕을 가만히 앉아서 당할 수는 없어요!"

레오나르도의 감수성은 이렇게 교묘히 자극되면서, 다시 불이 붙었다. 그녀는 여린 마음에 화가 잔뜩 난 체했고, 그는 자신의 허영에 우쭐해 동조했다. 하지만 여전히 그 복수라는 것은 무서운 것이었다. 그녀가 받은 모욕에 비해 너무 과했다.

그의 뺨은 분노로 달아오르고 눈은 열렬한 사랑으로 타오르는 듯했지만, 레오나르도는 그녀가 원하는 단계까지 처리하겠다는 말은 아직 하지 않았다. 그것을 아는 메갈리나가 다시 말문을 열었다.

"오, 레오나르도! 당신을 사랑하기 때문에 내가 정숙함과 올바른 처신의 경계를 벗어났다면, 오! 그대로 두면 안 돼요. 그런 이유로……." 그녀는 떨리는 목소리로 말을 이었다. "내가 다른 사람들에게 짓밟히고 욕을 먹도록 내버려 두지 말아요!"

"아니, 그럴 수는 없어요!" 메갈리나의 말에 압도된 레오나르도가 그녀를 껴안으며 소리쳤다. "결단코. 내 영혼의 달콤한 연인이

여, 내가 살아 있는 한 절대 그럴 순 없소! 당신에게 모욕을 준 그는 죽어야 해!"

"당신이야말로 진정 나의 편이군요." 피렌체 여자는 기뻐하며 소리를 질렀다. "당신의 확답이 낙담에 빠진 내 영혼에 생기를 불어넣었어요. 일단 내가 원하는 복수를 기억하고 있어요. 어떤 단계를 밟아 나갈지는 나중에 더 이야기하기로 하고. 자, 내 사랑 레오나르도, 저녁 먹으러 갑시다."

레오나르도는 그녀의 뜻에 따라 함께 식탁에 앉았다. 음흉한 피렌체 여자는 그의 열정이 식을까 염려한 나머지 도수 높은 와인을 권하며 몇 번이나 다짐을 받았다. 하지만 정작 그녀는 그에 대한 지배력을 잃지 않으려고 신경 쓰며 정도껏 마셨다. 그녀가 살벌한 악행을 사주했을 때, 레오나르도는 이 일이 숙명인 것처럼 그녀가 더없이 아름다워 보였다. 비록 살인은 본성을 거역하는 행위였지만, 그의 현혹된 눈에는 사랑을 잃는 것과는 비교할 수 없었다. 이를 아는 메갈리나는 마치 그에게 복수에 대한 약조를 받은 것처럼 말하고 행동하며, 그가 거절할 기회를 주지 않았다. 레오나르도는 살인에 대한 생각에 마음이 떨리고 움츠러들었지만, 그녀에게 어떻게 말해야 할지 몰랐다. 그녀의 성격을 알기에, 끔찍한 분노와 모진 비난, 분노한 모습을 대면할 생각에 그는 기가 꺾였다. 뿐만 아니라 버림받을 수도 있다는 상상에 마음이 더욱 위축되었다. 고민 끝에 그는 지금 상황을 묵인하고, 바꾸기 위해 노력하는 걸 체념했다. 술기운이 머리로 올라오면서, 레오나르도는 원리 원칙을 따지는 것은 제쳐 두고 환상의 착각 속으로 빠져들었다. 피렌

체 여인은 매 순간 아름다워 보였고, **그녀를** 위해서라면 어떤 범죄
도 틀림없이 정숙한 행위일 것이라고 믿기 시작했다. 절대적 사랑
으로 그를 유혹하며 우아함의 모든 원칙을 접어 두라고 설득하던
그녀, 그를 위해 세상의 비난과 굴욕을 감내하고, 그도 인정하듯,
오늘날까지 그와 함께 추잡한 모욕을 참아 온 그녀, 그녀가 한 일
은 단순히 그를 흥분시키는 다정한 연인의 행동이 아니었다. 그건
명예와 정의와 사의(謝意)의 본보기였다. 레오나르도는 취기가 올
라오면서 정신이 혼미해졌고, 착각에 빠져 그렇게 추론하고 믿었
다. 기쁨에 젖은 메갈리나는 작위적으로 보이지 않게 정교한 간계
를 쓰며 자신이 지핀 화염에 기름을 부었다. 이제 그 문제를 선도
하고 행동으로 옮길 이는 레오나르도였다.

　잠시 후 레오나르도는 메갈리나가 불붙인 분노를 참지 못하고,
잔에 넘치던 라크리마 크리스티*를 단숨에 들이켠 뒤 벌떡 일어났
다. 메갈리나의 압박에 그는 망토와 마스크의 보호도 없이 집을
뛰쳐나가려 했다. 메갈리나가 잠시 그의 흥분을 가라앉히고, 그
의 이런 격정이 성공에 이를 수 있도록 조율했다. 그녀는 그의 얼
굴에 마스크를 씌우고, 자신의 거들에서 빼낸 단도로 무장시켰다.
또 망토로 그의 모습을 감췄다. 그러고는 그를 품에 안으며 외쳤
다. "꼭 성공하소서!"

　레오나르도는 그녀의 매혹적인 포옹에 다시 힘을 얻었다. 그는
한 번도 자신에게 해를 끼친 적이 없는, 아니 본 적도 없는 남자
의 심장에 살상의 무기를 꽂기 위해 단도를 들고 서둘러 집을 나
섰다. 이것이 바로 방탕한 여자가 소외된 젊은이의 따스한 가슴에

미치는 영향력이다.

간교한 마녀의 안내를 받은 레오나르도는 어렵지 않게 베렌차의 팔라초를 찾았다. 때마침 축제가 있던 날 밤이어서 쉽게 접근할 수 있었다. 그는 아무도 모르게 침실로 들어가, 그녀에게 들은 대로, 발코니 쪽 창문의 넓은 커튼 뒤에 몸을 숨겼다. 베렌차와 빅토리아가 들어오는 소리가 들리자 그는 잔뜩 경계하며 안쪽으로 들어섰다. 여차하면 도망갈 수 있어 나쁘지 않다고 생각했다. 마음은 어지러웠지만, 이성적으로 생각하기는 두려웠다. 그는 그 상태로 목적을 이룰 기회가 올 때까지 조용히 기다렸다. 그 결과가 어땠는지는 앞서 이야기했다. 레오나르도는 손이 제대로 움직이지 않았고, 그들이 꾸민 범행에 정신이 혼란스러웠다. 누이의 가슴에 단도를 묻고(그는 그렇게 믿었다) 동시에 그녀를 알아보는 순간, 강렬하고 압도적인 공포가 밀려왔다. 그는 미친 듯이 경악하며 곤두박질치듯 도망쳤다. 실제론 그렇지 않더라도, 그의 생각에 자신은 살인자였다. 형언할 수 없는 심정으로, 악마처럼 앉아 죽음의 소식을 기다리는 표독스러운 스트로치에게 그는 돌아갔다.

"오오!" 비운의 레오나르도가 방으로 뛰어들어 오는 것을 보고 그녀가 외치면서 좌불안석하던 소파에서 일어났다. 그는 손에 마스크를 들었고, 타는 가슴에 바람이 스미도록 셔츠는 찢어 헤친 상태였다. "어떻게, 잘되었나요?"

"그래, 그래요. 원수 중 한 명에게 복수를 했죠." 그는 다급한 어투로 말했다.

"가식적이고 치욕스러운 베렌차한테 했겠죠." 메갈리나는 힘주어 대꾸했다. 그리고 핏기 없는 그의 얼굴을 응시하며 다가갔다.

"아니, 아니요. **내 누이**에게 하고 왔어요!" 레오나르도는 음울하게 대답했다.

"당신 누이라고! 헛소리를 하는군요. 철부지 겁쟁이 같으니라고." 그의 팔을 잡아 흔들며 메갈리나가 소리쳤다.

"아니야…… 내 누이 빅토리아 디 로레다니에게 치명적인 상처를 입혔어요! 내가 단도를 겨누었던 놈의 품에 안겨 있는 걸 찔렀어!"

"당신 누이라고, **당신의** 누이!" 파렴치한 스트로치는 환희에 찬 마귀의 음성으로 울부짖었다. 그녀는 베렌차가 죽지 않았다는 사실에 은근히 화가 났고 예기치 못한 실패에 분개했다. "그렇다면 세상에 타락한 여자는 메갈리나 스트로치 **혼자가** 아니군. 더는 부끄러워 땅바닥까지 고개를 숙일 필요가 없겠어요. 로레다니 후계자의 **모친** 라우리나를 위해! 그의 **누이** 빅토리아를 위해! **위세 높고 고상한** 여인들이여, 내 수준으로 내려와 나를 그들 수준으로 끌어올리라! 아, 이는 내 영혼에 위안을 주는 향유로다." 그녀는 사악한 웃음을 터뜨리고 손뼉을 치며 말했다. "베렌차, 오만하고 경험 많은 바람둥이! **당신을** 사랑하는 여자는 순결과 명예를 바쳐야 하지. 하지만 당신은 **그 여자를** 위해 결코 당신의 자유를 희생하지 않아. 그게 아니면, 당신의 그 **고상한** 사랑을 허락하지도 않겠지!" 비정한 피렌체 여자는 그 끔찍한 임무를 제대로 완수하지 못한 것에 대해, 참담한 레오나르도를 향해 복수의 전갈이 되어 혀를 날름거렸다. 두 사람의 부적절한 동거 이후, 그녀가 그 가족의 비운, 고통스러운 비밀에 대해 무언가를 내뱉은 것은 이번이 처음이었다. 그동안은 어떠한 힐책도 없었다. 하지만 지금 그녀가 무참히 빗대어 하는 말에 레오나르도의 높은 기상은 흔들렸고 몸은 움츠러들었다. 레오나르도는 비열한 스트로치를 잠깐 무섭게 노려보았다. 그는 무슨 말이든 하려 했지만, 격렬하고 복잡한 심경에 아무 말도 못하고 바닥에 엎드렸다.

메갈리나는 자기가 너무했다는 생각이 들었다. 아니, 분명 그랬다. 젊은이의 높은 기상에 잔인한 상처를 주고, 그녀를 향한 사랑을 산산조각 내며 완전히 부숴 버린 것은 아닌지 염려되었다. 그런 예감에 그녀는 곧바로 접근 방식을 수정하여 분노와 실망에서 비롯된 악의를 누그러뜨렸다. 지금 레오나르도의 관심과 장래 헌신을 잃어버리면 그녀로선 모든 것을 잃는다는 계산이 섰고, 자신의 이익에 맞춰 유연해졌다.

메갈리나는 그의 곁에 달라붙어 간절히 용서를 구했다. 그녀는 자신의 능한 술책을 다시 한 번 이용해 자기가 일으킨 소동을 가라앉히고 무력화시켰다. 그녀의 감언이 혼란스러운 젊은이에게 먹혀들기 시작했다. 그가 실제론 갈 곳 없는 수치스러운 탕자라는 끔찍한 사실을 그녀는 상기시켰다. 레오나르도는 자신이 누군지 알면서도 변함없이 사랑하고 자기 운명에 관심을 보여 준 그녀에게 더욱더 다가서지 않을 수가 없었다. 자기 영혼까지 아프게 했을지라도, 그는 그녀를 흠모했다. 그녀는 깊은 애정을 담아 열렬히 사랑을 고백하고, 그를 어루만지며 반응을 유도했다. 그가 무릎을 꿇자 그녀는 그에게 몸을 숙였다. 그는 그녀를 일으키며 거칠게 품에 안았다. 그러고는 열정적으로 부르짖었다.

"메갈리나, 나는 **변함없이** 당신 것이에요. 맞아요, 그렇게 느끼고 있고, 또 **영원히** 그럴 거요! 아, 매혹적인 여인이여, 난 영원히 당신의 포로예요. 그대를 버린다면 천벌을 받을 것이오!"

"그렇다면……." 이 확증의 기운과 진중함에 힘을 얻은 피렌체 여자가 목소리를 높였다. "이 순간부터 영원히 서로를 위해 헌신하기로 해요! 시간도, 어떤 사건도, 환경도 **결단코** 우리를 갈라놓지 못한다고 **맹세해요!**"

"맹세합니다." 레오나르도는 진심으로 동의했다. "내 다시 맹세할게요." 그렇게 말하고 메갈리나가 뻗은 손에 격렬하게 키스했다.

"사랑하는 이여, **당신을** 향한 **나의** 영원한 충절의 맹세도 받아 주세요." 피렌체 여자가 정열적으로 목소리를 높였다. "당신에게 늘 진실하고 헌신할 것을 근엄히 맹세합니다. 이제부터……." 그녀는 차분하게 덧붙였다. "지난 과거는 모두 망각의 늪에 묻고, 보다 실제적인 상황에 우리 생각을 모아요."

메갈리나는 그의 곁에 앉으며 그날 밤 사건에 대해 자세히 알고 싶다고 말했다. 설명을 듣다 보니 돌연 그에게 주었던 단도가 보이지 않았다. 벌겋게 달아올라 있던 그녀의 볼은 순간 전율을 느끼며 창백해졌고, 그녀는 강렬한 감정에 사로잡혀 말을 끊고 그에게 물었다. 레오나르도는 마스크를 챙기는 데 바빠 단도를 회수하는 일은 미처 신경 쓰지 못했던 것이 머릿속에 번득였다. 빅토리아의 가슴에 단도를 깊숙이 박았다고 생각했는데, 그것을 빼낸 기억이 없었다. 그 때문에 마음이 산란하고 두려웠지만, 딱히 기억나는 게 없었다. 단도를 그곳에 두고 온 것이 분명했다. 그것은 피렌체 여자를 심란하게 만들기에 충분했다.

"우리는 끝났다!" 그녀가 숨을 헐떡거리며 부르짖었다. "우리가 누군지 알려지고 말았어. 그 단도의 손잡이에 '메갈리나 스트로치'라는 이름이 온전히 새겨져 있으니!"

레오나르도는 말이 없었다. 그는 그녀의 말을 자기를 탓하는 비난으로 받아들였고, 그게 불편했다.

그녀는 이내 평정을 되찾으며 돌연 큰 소리로 말했다. "도망가요. 즉시 도망가야 해. 아직 밤이 끝나지 않았으니, 아침이 오기 전에 이 혐오스러운 도시에서 멀리 떠나요. 나의 정의로운 복수는 한동안 미뤄 두어야겠어! 당신, 떨고 있군요. 하지만 희망을 가져요." 그녀는 가증스러운 미소를 머금으며 덧붙였다. "피를 생각하면, 늘 그렇게 경악하지는 않을 거예요. 왜냐하면 레오나르도, 당신도 절반은 베네치아인이니까!"

"그렇게 생각해요, 메갈리나? 기회가 되면 내가 완전한 베네치아인임을 증명하죠. 하지만 내가 피 앞에 비굴하다면, 내 생각에 당신은 그에 상응하는 뭔가를 요구할 것 같은데." 그는 이렇게 말하면서도 피렌체 여자의 당당한 시선을 피했다.

"그럼 우리 함께 도망가요, 사랑하는 레오나르도." 그녀가 말했다. "이 즐거운 도시를 어쩔 수 없이 떠나게 돼도 크게 후회하지 않아요. 솔직히 말해, 내 사랑, 내 자원은 나날이 바닥을 드러내고 있어요. 난 이 도시에 질리지 않을 거라고 상상했는데, 이제 더 이상 그렇지 않아요. 베네치아인들은 신중해졌어요. 그게 아니라면, 내가 미인에서 흉물로 변한 걸까? 아무렴 어때요. 우리는 연연해하지 않고 그만둘 텐데. 다른 곳에서 더 큰 행운이 있기를 바랍시다."

레오나르도는 메갈리나가 하는 말에 일부 놀라기는 했지만 설명을 충분히 듣기 위해 (눈에 비친 그녀의 매력이 사라지는 게 아쉬워) 참고 있다가, 서둘러 그녀의 손을 잡으며 말했다.

"당신을 따를게요, 내 사랑. 우리가 서로 약조한 것처럼, 당신이 가는 곳이면 어디든, 인생의 끝까지라도 따를게요."

피렌체 여자의 이마에 어려 있던 분노와 실패한 복수의 암울한 흔적은 흐뭇함의 미소 속에 사라졌다. 그녀는 감사와 뜨거운 애정의 눈빛으로 레오나르도를 바라보았다. 그는 진실로 그녀의 전부, 그녀 장래 계획의 유일한 버팀목이었다. 그녀의 매력은 비록 그 절정기를 아직 지나지는 않았지만, 사악하고 방탕하고 불안정했으며 영혼을 망치는 난폭한 욕망에 맞서기에는 너무 멀리 있었다. 덕분에 질투와 의심이 강한 베네치아인들 중 겨우 한두 명만 그녀를 추종했다.

메갈리나는 서둘러 방을 나가 곧바로 떠날 준비를 했다. 두 시간도 채 되지 않아, 그녀는 소유물 중에서 가져갈 수 있는 값진 것들을 모두 챙겼다. 필요한 준비는 끝났다. 어스레한 아침의 눈동자가 베네치아 저 멀리에서 그들을 지켜보고 있었다.

비운의 라우리나! 그대는 자식들을 반인륜적으로 버리고 고통과 퇴락으로 몰고 갔도다. 그대가 흔쾌히 허락한 악하고 비천한 행동이 자식들의 청년기에 나타나는 것을 보라. 그러나 더 심각한 범죄로 추해지고 어두워지는 날들이 오리라. 그대가 흠 없는 모범을 보였다면, 도도하고 난폭한 성품을 지닌 딸자식은 부끄러워서라도 덕을 지키려 했을 것이다. 그러나 지금 한 치의 미련도 없이 그 교훈을 저버린 딸을 보라. 네 아들은 암울한 색조의 성품을 지녔구나. 간교하고 무익하고 음란한 여자의 노예라니. 그 여자는 자신이 **그대와 대등하다** 생각하지. 그게 당연하다고! 예기치 않은 끔찍한 사건으로 네 아들은 거의 누이의 살인자가 되었다! 비정하고 죄 많은 어미여, 그대의 죄는 더 길고 더 음울하게 기록될 터인즉, 떨지어다!

제16장

메갈리나 스트로치는 자신의 서신이 카프리섬에서 발송되어 베렌차에게 전달되도록 꾸몄다. 서신은 앞서 언급한 대로 레오나르도와 그녀가 출발하고 대략 2주 뒤에 도착했다. 베렌차가 그들을 쫓아와 봐야 소용이 없고, 탈출 경로도 (조심스럽게 택했기 때문에) 추적할 수 없다는 걸 그녀는 알고 있었다. 그들은 궁극적으로 어디에 머무를지 정하지 못한 터였다. 장래 계획은 그때그때 상황에 따르기로 했다. 이제 그들은 여기에 한동안 놓아두고, 우리 이야기의 실타래로 돌아가 보자.

빅토리아의 몸은 빠르게 회복되었다. 그녀에게는 젊음이 있었고, 심기 질환을 용인하지 않는 강한 정신력이 있었다. 어쩔 수 없이 갇혀 있는 동안에는 어떤 외적 요인도 그녀의 허영심을 자극할 수 없었다. 그녀에게는 충만한 에너지를 한곳에 집중할 수 있는 여유가 생겼다. 그가 그녀를 잃을 가능성은 낮았지만, 그래도 그가 마음 졸이는 대상이 되고 싶었다. 그녀를 끊을 수 없는 연분으로 묶어 완전히 자기 것으로 만들고 싶어 안달하는, 그런 상대가 되도록 그녀는 정신을 모았다.

그렇지만 베렌차는 이미 그 영향을 받고 있었다. 용기뿐 아니라 영웅적 사랑의 증표라고 볼 수 있는 행동에, 그는 이제 그녀를 시시한 연정의 대상으로만 보지 않고 깊은 감사와 헌신적인 존경심으로 대했다.

어떤 여자가 자의로, 아니 열정적으로 자신의 삶을 희생하면서까지 그를 보호하겠는가? 그 순간 어느 누가 빅토리아보다 섬세하고 고결한 감정을 갖겠는가? 진실을 의심하면 그녀의 사랑이 보여준 영웅적 충정을 모독하는 것이라고 그는 생각했다. 경이로우면서도 자연스러운 격랑이 그의 마음에 일었다. 그는 더 이상 거만한 베렌차가 아니었다. 결함 없는 귀족 혈통의 강한 자부심으로 그 혈통에 불명예의 티를 묻힐까 두려워하는 베렌차가 아니었다. 사랑하는 그녀를 더 이상 **경멸하지** 않았다. 우월한 고관 신분으로 두둔하는 듯한 자세를 취하지도 않았다. 그는 일찍이 그녀를 **동등하게** 여기지 않았다. 실제로 그녀는 순수했지만, 그의 눈엔 치욕과 수치의 어린 가지로 보였다. 여인은 그의 영예로운 사랑을 받을 자격이 없다고 그는 생각했으리라. 그러나 지금 베렌차는 마음이 지나치게 여려져서 심장이 두근거렸고 양심의 가책을 느꼈다. **스스로** 찬란하게 영광의 빛을 발하는 여인! 이제 그는 그녀보다 더 열등함을 느꼈다. 빅토리아의 행동은 그의 마음을 완전히 강하게 지배했다. 그의 **거만하고** 형식적이던 태도는 맹목적이고 경배하는 사랑으로 유연해졌다. 그는 치밀한 철학자가 아니라 헌신적인 연인이 되었다. 지나칠 정도로 열정적인 연인! 간단히 말하자면, 행복을 위해, 양심의 가책을 달래기 위해, 그리고 과거 그녀에게 잘못했던 일들을 속죄하기 위해, **이제** 그는 반드시 그녀를 아내로 맞아들여야 한다고 느꼈다.

이렇게 마음이 정해지자, 베렌차는 모든 것에서 위안을 찾았다. 지금껏 알지 못했던 순수한 기쁨을 경험하게 되었다. 그는 가슴에 이는 강한 충동을 오랫동안 억누르고 있기가 힘들었다. 그녀의 발 아래 온 마음을 쏟아 놓고 자신을 부끄러운 선물로 바치기 위해 베렌차는 빅토리아의 건강이 회복되기만을 기다렸다.

자못 충격적인 화제를 꺼내도 충분히 소화할 만큼 빅토리아가 건강해졌다는 판단이 섰을 때, 베렌차는 최근 가슴에서 흘러넘쳐 입술까지 올라왔던 말들을 주저 없이 고백했다. 빅토리아는 자족하는 표정으로 그가 하는 말을 들었다. 완벽하게 온화한 모습, 그녀는 그걸 어떻게 연출하는지 잘 알았다. 그때까지 베렌차는 그녀가 자기 **아내로는** 충분치 않다 여겼고, 그래서 **남편이** 되겠다고 생각한 적이 없었다. 하지만 그녀는 우월감에 싸여 베렌차의 갈등을 전혀 짐작하지 못했다. 그런 생각을 해 본 적이 없었던 빅토리아는 어떤 즉각적 반응이나 말할 수 없는 기쁨 따위를 보이지 않았다. 감격스러운 황홀감도, 놀라는 기색도 없었다. 그녀는 그저 묵인의 미소를 띤 채 조용히 들었다. 베렌차는 그녀의 냉랭한 태도가 이 상황과 잘 맞지 않는다고 생각했다. 그가 **더 일찍** 청혼하지 않아 그녀가 자존심에 상처를 받았기 때문이라고 내심 짐작했다. 그는 사려 깊은 마음에 이상 기운을 느꼈고, 관대한 그의 영혼은 그녀가 그렇게 느끼는 것도 정당하다고 인정했다. 베렌차는 그녀의 마음에서 모든 불안감을 지우고 싶었다. 그의 바람은 점점 커져 갔다. 마침내 그는 자신의 비열한 과거 윤리관에 대해 빅토리아에게 용서를 구했다.

베렌차가 일을 그르친 건 바로 그 때문이었다. 빅토리아에게 간단히 손을 내민 것으로 그쳤다면 괜찮았을 것이다. 그러나 마지막에 그가 암시한 말은 비록 횡설수설하고 모호했지만, 도도한 가슴에 파고든 세 날의 단검이 되어 그녀의 뇌리에 번개처럼 꽂혔다! 자존심 강한 그녀의 마음에는 이제 그가 상상할 수 없을 정도의 경계심이 들어섰다. 앙심 깊은 영혼에 증오와 복수의 욕망이 솟구쳐 올라오면서 그녀의 얼굴은 잿빛으로 창백해져 고개를 숙였다. 이제껏 베렌차가 자기를 아내로는 부족한 사람으로 여겼다는 확신이 그녀 안에서 번쩍였다.

'이제야 속내를 드러내는군.' 빅토리아는 생각했다. '우리의 결합이라고 한 것을 나는 사랑의 증표라고 믿었는데, 멍청한 짓이었어. 그건 품위와 자존심을 지키려는 그의 방편이었던 거야…… 잘도 했군.'

순간 이런 생각들이 빅토리아의 머릿속에 스쳐 지나갔다. 이 모욕을 절대 잊지 않겠노라 속으로 맹세하면서도 그녀는 다시 정신을 가다듬고 상황에 맞게 미소를 지었다. 베렌차가 그렇게 생각하고 있었다는 사실을 안 이상, 그녀는 더더욱 그의 아내가 되어야만 했다. 온갖 방법을 동원해 혐오스러운 그의 준엄한 자존심을 짓밟는 것도 의미가 있겠지만, 그렇다고 감히 그녀를 아랫것 보듯한 죄를 간과할 순 없었다. 불행한 베렌차! 그대의 세심함과 인내심과 고상한 심성을 모두 더한다 해도, 일이 이렇게 된 결과를 피할 수는 없으리라.

베렌차는 빅토리아의 표정이 변한 것을 보며 억제할 수 없는 감정 때문이라고 생각했다. 그가 볼 때, 그녀는 부정할 수 없는 사랑의 증표 앞에 그 감정을 숨기려 애쓰고 있었다. 그녀가 원래 모습으로 되돌아오길 초조하게 바라며 그는 진심으로 청혼을 받아 달라고 간청했다. 빅토리아는 평소와 다른 표정으로 그에게 시선을 고정했다. 그녀는 그를 어떻게 처리할지 분주히 고심하고 있었다.

"왜 그렇게 쳐다보는 거지, 내 사랑?" 베렌차가 물었다.

"당신을 사랑하니까 보는 거예요!" 빅토리아가 답했다.

"그럼 내 사람이 되어 주겠어? 명예롭고 숭엄하게 말이야." 베렌차는 열정적으로 말했다.

"그러지요." 빅토리아는 대답했다. "정말 당신의 아내가 되고 **싶어요.**"

베렌차는 그녀의 표정을 전혀 이해하지 못하고 귀에 와닿는 말만 알아들었다. 그는 한층 고조된 친절과 경외심으로 그녀를 대했다. 우리는 마음속에 누군가를 총애하고 높이기로 마음먹으면 그 사람을 격찬한다. 그게 인간 본성의 원리이다.

얼마 지나지 않아 빅토리아 디 로레다니는 베렌차 백작 부인이 되었다. 그리고 남편을 존경하던 사람들은 그녀의 허물을 보지 않았다. 그녀 성품의 훌륭한 부분은 갑절의 효력을 발휘하는 듯 보였다.

베렌차는 **이제** 색다르고 좀 더 기품 있는 모습으로 그녀와 함께 산마르코 광장을 걸었다. 수천 명의 활기찬 베네치아인들이 곤돌라에 몸을 싣고 있는 라구나호에도 보란 듯이 나갔다. 그는 대단히 쾌활하고 당당했다. **이제** 베렌차는 덕망 있는 고품격 사교계에 그녀를 **아내**라고 소개했다. 그렇지 않았다면, 허랑방탕한 이들에게 그녀를 **애인**이라고 소개하며 마냥 시시한 승리감에 젖어 있었으리라! 빅토리아가 존중받는 아내가 되면서 그는 숭고하고 관대한 만족감을 경험했다. 그가 그녀를 사교계 바닥으로 추락시킬 수도 있었지만 그러지 않고 상류층으로 끌어올렸다는 뿌듯함에 기인한 거였다.

베렌차의 세심한 처신은 감사와 사랑을 받을 만하고, 또 기대할 만했다. 그럼에도 앙심을 품은 빅토리아는 그가 **한때** 그녀를 그와 견줄 수 없는 계층으로 간주했다는 걸 잊지 않았다. 혼자 있을 때면 그녀는 이 생각을 하며 용서할 수 없는 증오로 가슴이 부풀어올랐고, 그녀가 누리는 편의를 평가 절하하고 경멸했다. 그가 그녀에 대한 감정을 무심히 드러내던 순간을 떠올리며 그녀는 마음속에 해갈되지 않은 불평을 키웠다. 수치심이 몰려오는 상황이면, 가끔 청혼을 수락한 것조차 후회했다. 착각에 빠져 생색내는 그에게 이별을 고함으로써 자신이 얼마나 화가 났는지 보여 주겠다고 그녀는 다짐하곤 했다. 이럴 때, 아무것도 모르는 남편이 우연히 참견할라치면, 그는 암울하고 불만스러운 눈치를 받았다. 왜 그런지 물으면 그녀는 두통 탓으로 돌리거나 갑작스러운 우울증 때문이라고 둘러댔다.

우리는 마음에 불만이 있으면, 그게 정당하든 그렇지 않든 간에, 과장된 매체를 통해 상대를 보게 된다. 평상시에는 인식하지 못했을 하찮은 일도 그와 비슷한 사소함으로 뒤틀려 혼란을 일으키는 상상의 재료가 된다. 바로 빅토리아의 경우가 그랬다. 그녀는 베렌차가 자기보다 우월하다는 걸 알았고, 그렇게 느꼈다. 그 또한 그렇게 느낄 것이라 그녀는 추측했다. 말, 시선, 행동 하나하나가 그녀에게는 한때 타락했던 것에 대한 비난으로 다가왔고, 베렌차가 자신을 구제한 것에 비굴하게 자족하고 있다고 생각했다. 그녀는 점점 음울해지고 얼이 나갈 때가 많았다. 사교 모임에도 나가지 않았다. 마치 심장 속 벌레처럼 소중히 지키려 하면 더 갉아먹는, 더럽혀진 자존심 때문이었다. 운이 다한 베렌차는 종종 실패한 희망의 기억으로 괴로웠다. 비록 아내라는 지위가 그녀를 더 **존경받는** 사랑의 대상으로 만들었을지라도, 애인으로서의 매력과 감흥은 영원히 사라져 버렸다. 그는 그걸 인정해야만 했다. 그럼에도 그는 여전히 세심함과 충직한 애정으로 그녀를 사랑했다.

결혼하고 어느덧 5년의 시간이 흘렀다. 하지만 두 사람 다 진정한 행복을 만드는 데 그리 생산적이지 못했다. 어느 날 저녁 팔라초 정문의 초인종이 요란하게 울리며 성질 급한 방문객의 도착을 알렸다. 손님이 왔다는 전갈과 거의 동시에 곧 그가 살롱으로 들어왔다. 베렌차는 그를 보자마자 의자에서 일어나 양팔을 벌리고, 소리치며 훌쩍 뛰어갔다. "베네치아에 온 걸 환영한다! 우리 집에 잘 왔어, 엔리케!" 그러고는 놀람과 흥분을 가라앉히고 빅토리아 쪽으로 돌아섰다. "내 동생이야. 멋지지 않아, 빅토리아." 그리고 덧붙였다. "동생, 여기는 사랑하는 내 아내지. 자, 이제 정말로, 진정한 행복을 누릴 수 있겠군."

엔리케가 형의 손을 꼭 잡으며, 빅토리아에게 정중히 예의를 표했다. 빅토리아는 의아해하며 그를 응시했다. 그는 장난스럽게 두 사람의 성격을 비교하며 남편을 비하했다. 그녀는 그걸 결점으로 보지 **않았을** 터였다. 다정하고 순진해 보이는 엔리케는 아무렇지 않게 부부 사이에 앉으며 흡족해했다.

지금까지는 베렌차의 동생이 왜 베네치아를 떠나 있어야 했는지에 대해 실리적으로 확대할 필요가 없어 보인다. 그러나 알려진 바에 의하면, 환경과 하던 일에 변화를 주어 그가 어느 아가씨에게 품었던 정열적 욕망을 다른 데로 돌리려고 했단다. 아가씨의 부친은 두 사람의 간청에도 결혼을 반대했다. 사실 그 부친은 이제 갓 열세 살을 넘긴, 한창나이의 딸 릴라가 더 높은 상류층과 만나기를 바랐던 것이다. 비록 혼인 지참금을 줄 수는 없어도, 태생적으로 릴라에게는 베네치아의 수석 공작 지위가 있다고 그는 생각했다. 릴라는 최근에 부친이 세상을 떠났다는 서신을 엔리케에게 보냈다. 그는 초조한 열망으로 베네치아에 돌아왔다. 그들의 결합, 그의 가장 소중한 소원을 막는 모든 장애가 사라졌기를 진정 바라는 마음이었다. 그건 시간이 흐르고 해가 바뀌어도 변하지 않았다. 어리고 다정한 연인의 가슴에는 아직 때 묻지 않은 순결과 순수가 있다고 그는 믿었다. 그는 진지하게 자문했다. 어디서 릴라만큼 순결하고 순수한 여인을 찾겠는가?

엔리케는 저녁 식사를 하면서 베렌차에게 자신이 갑자기 돌아오게 된 기쁜 배경을 풀어놓았다. 그는 사랑에 빠진 이가 가질 만한 온갖 열정으로, 곧 릴라를 자기 사람이라 부를 수 있을 거라는 행복한 희망 속에 살고 있었다. 베렌차가 이제는 어떤 것도 그의 소원을 좌절시키지 못할 것이라며 유쾌하게 발림 말을 했다. 빅토리아는 그들의 대화를 조용히 들으며, 젊은 엔리케에게 깊은 애착이 가는 걸 느꼈다. 회한 비슷한, 모호한 감정이 그녀의 가슴을 훑었다.

어느덧 시간이 지나고 밤이 깊어 제각각 흩어졌다. 사랑에 빠진 이는 아침이 오면 아리따운 피조물을 품에 안길 바라며 꿈속으로 떠났고, 심란한 빅토리아는 마음에 떠도는 혼란스러운 잡념을 정리하고 싶었다.

아침의 첫 햇살이 동녘에 드리우기 무섭게 엔리케는 눈을 떴고, 연인을 방문할 생각에 마음이 조급했다. 예의를 벗어나지 않는 최소한의 범주를 지키며 그는 서둘러 그녀의 거처를 향해 출발했다. 어여쁜 릴라는 그가 바라던 대로 온전한 애정과 따스함으로 그를 맞았다. 하지만 그의 들뜬 바람은 아내가 되어 달라는 간절한 청혼에 대한 그녀의 답변에 즉각 가라앉았다.

그녀의 부친이 세상을 떠난 것은 사실이었다. 그럼에도 장애는 아직 남아 있었다. 부친은 임종까지 그 곁을 지킨 나이 든 친척 부인에게 그녀를 맡겼다. 부친은 (죽는 순간까지도 잔인하고 무정하게) 그가 땅에 묻히고 1년이 지날 때까지는 결혼하지 말라는 유언, 아니 명령을 남겼다. 그녀는 이에 대해 엄중히, 절대 순종하기로 약속하고, 이 명령을 지키는 게 어려운 만큼, 자신은 이 확고한 결심을 고수하겠노라고 엔리케에게 공언했다.

엄격한 교육을 받은 릴라는 고인과의 약속을 지키는 것을 성스럽고 경건한 의무로 여겼다. 아니, 그녀는 그런 의무를 수행하지 않거나 약간 망설이는 것조차도 끔찍한 신성 모독으로 간주했다. 사랑에 빠진 엔리케는 그것이 독단적이고 심히 부당한 명령이라고 생각하며 릴라에게 온갖 간청을 했지만, 그런 노력은 오히려 그녀로 하여금 그의 윤리관을 의심하게 하고 오랫동안 깊이 뿌리내렸던 존경심까지 흔들었다. 폭군 같은 부친을 땅에 묻은 건 불과 1개월 전 일이었다. 그들이 결혼하려면 아직도 근 1년의 세월이 머리 위로 굴러가야만 한다. 엔리케는 마치 불가피하게 그 소원을 영원히 포기해야 할 것처럼 죽을 듯이 비통한 모습을 보였으나, 경건한 릴라는 난공불락이었다. 가여운 구혼자는 형의 팔라초로 돌아갔다.

그는 곧바로 형을 찾아 릴라와의 계획이 좌절된 것을 이야기했다. 다정한 베렌차는 동정심을 품고 귀 기울여 듣다 문득 이런 생각을 했다. 릴라가 쉽게 엔리케의 아내가 될 수 없는 이상, 팔라초에 자주 방문한다면 기다림의 고통을 상당히 덜 수 있으리라. 지금은 베렌차가 결혼을 했고, 릴라는 친척 부인과 늘 함께 지내며 보호받을 수 있다. 분명 그리 나쁘지 않은 대안이었다. 이것은 진정 엔리케의 상처에 향유(香蠹)를 바르는 것이었다. 열정과 감격의 젊은이는 형이 말을 끝낼 때까지 간신히 기다렸다. 그는 곧바로 그 자리를 떠나 사랑하는 릴라에게 달려가 베렌차의 제안을 설명하고 그녀의 허락을 구했다. 이에 대해 신중하고 순수한 소녀는 반대하지 않았다. 구혼자의 마음은 다시 한 번 가벼워졌다.

릴라는 그날 저녁에 친척과 함께 빅토리아를 방문하기로 약속했다. 엔리케는 단지 이 같은 형식으로만 릴라에게 형의 팔라초에서 만나자고 감히 제안할 수 있었다. 그리고 다시 그곳을 떠나 돌아왔다. 베렌차에게 두 번째 시도에 대해 풀어놓으며, 그는 애인의 진중함과 세심함 덕분에 성공했노라고 말했다.

해 질 녘이 되자 약속대로 아리따운 소녀가 모습을 드러냈다. 엔리케는 백작과 빅토리아에게 그녀를 자신의 운명적 아내라고 소개했다. 아, 이를 어쩌나, 순진한 릴라는 느낌이나 생각에서 빅토리아의 적대감을 전혀 의식하지 못하는 손님이었다! 한편 이 능숙한 위선자는 절제된 미소를 띠며, 손을 내밀어 환영 인사를 표했다.

빅토리아는 저녁 시간 내내 어여쁜 손님의 마음에 수줍은 감사와 존경을 불러일으키고, 행복한 엔리케의 눈에 그녀가 돋보이게 하려는 듯 행동했다. 어찌하여 이처럼 순수하고 느긋이 흡족해하는 모습들이 가식적으로 보이는 걸까? 빅토리아처럼 비천해지는 순간, 얽히고설킨 인간의 마음은 어둡고 두려워진다. 빅토리아는 어느 순간 자신도 모르게 부모를 잃은 릴라에게 증오심을 품었다. 그녀가 사랑스럽기 때문이었다. 엔리케의 사랑을 받으며, 또한 선망의 눈빛으로 그를 바라보기 때문이었다. 새로 형성된 이 감정의 초기 조짐은 이렇듯 비열한 것이었다. 그리고 빅토리아는, 용인해선 안 되는 부적절한 감정들과 대적할 만큼 고결하고 영예로운 영혼이 아니었다. 오히려 그녀는 다른 사람들을 비참하게 만드는 데 개의치 않고, 그에 따른 희열을 추구했을 것이다.

제17장

마치 라우리나의 저주가 딸에게 이어진 듯했다. (악하고 파괴적인 분노로 점철된 저주. 여기엔 한 가지 특이한 점이 있었다. 라우리나가 간교한 사기꾼에게 정신과 마음을 **은연중에** 농락당한 반면, 그녀의 딸은 그렇지 않은 남자에게 다가가 기꺼이 연정을 달구었다. 상식적으로 그러면 안 된다는 걸 배웠을 법한데도 말이다.) 빅토리아의 마음은 변덕스럽고 종잡을 수 없었다. 누군가 자신을 유혹하면 그와 더불어 거침없이 쾌락을 즐겼다. 그녀는 유아기 때부터 제대로 배우지 못한 탓에 자신을 통제하는 데 익숙하지 않았다. 그녀는 자제함으로써 이룰 수 있는 **고상한** 정숙함이란 것에 대해 전혀 관심이 없었다. 약점을 극복하면서 생기는 자긍심을 느껴 본 적도 없고, 교육을 통해 천성적으로 타고난 사악한 성질을 고치지도 못했다. 어린 그녀의 성품은 더욱 암울한 욕정과 복수, 증오, 잔혹의 강렬한 색조와 더불어 오만, 고집, 자기만족 그리고 고상한 품성에 대한 무지와 반항심을 한데 모은 집합체였다.

빅토리아가 목격한 본보기, 어머니의 본보기는 악의 모든 성향을 명확히 보여 주는 것 이상이었다. 불행한 빅토리아는 마음에 드는 대상을 막연히 좇으려는 성향이 있었지만, 그것을 억제하는, 죄책감이 들게 하는 행동 윤리는 하나도 없었다. 아아, 그녀의 영혼은 영원한 암흑이라, 그곳에선 정숙함이 빛을 발하지 못하는도다.

빅토리아는 엔리케에 대한 생각으로 가득했다. 낮에는 그녀의 생각 중에, 밤에는 환상 속에 그가 나타났다. 깨어 있는 동안에는 그의 형상이 눈앞에 아른거렸고, 살짝 잠이 들면 꿈속에서 모습을 드러냈다. 고삐 풀린 욕망은 매일, 아니 매 순간 점점 강해졌다. 베렌차가 한때 그녀에게 품었던 감정이 떠오르고, 그 잊히지 않는 기억이 또렷해지면서, 그녀가 감사와 애정으로 보살폈던 그 존재는 이미 넌더리가 났다.

빅토리아는 어린 릴라를 아무 이유 없이 지독히 증오했다. 그녀는 릴라가 파멸하기를 바라는 마음으로 더운 한숨을 내쉬었다. 하지만 그들 모두, 각자가 품은 감정을 깨닫지 못했다. 베렌차 경에게는 평범한 철학이 있었는데, 그는 사랑이 사랑을 불러온다는 확신을 가지고 한결같은 마음으로 아내에게 친절했다. 그건 보은의 증표였다. 순수한 릴라는 자신감이 깃든 미소를 지으며 예의 바르게 행동했다. 한편 엔리케는 그가 흠모하는 여인에 대한 상념에 사로잡혀, 다른 사람이 그에게 보내는 뜨거운 눈빛이나 특별한 관심을 눈치채지 못했다.

외톨이 릴라의 마음과 성품은 젊은이를 격렬한 사랑에 빠지게 하는 완벽한 타입이었다. 아주 미세한 타락의 기미도 없는 순정한,

순수한 마음이었다. 섬세하고 균형 잡힌, 요정 같은 아름다움. 체구는 작지만 비율은 안성맞춤인. 천사 같은 얼굴은 청순한 영혼이 드러나 어여쁘고, 순결한 장미의 새하얀 색조가 은은히 감돌았다. 기다란 금발 머리는 어깨 위로 흘러내렸다. (이게 가능하다면) 그녀는 어린 시절의 순수를 체현한 듯했다. 그녀에게는 감수성을 자극하는 힘이 있었다. 한창 성숙해 가는 릴라에겐 가족이 없었고, 하늘 아래 내세울 만한 보호자 하나 없었다. 노약한 친척 부인이 그 일을 담당한다고 보기는 어려웠다. 친척 부인은 하루하루를 위태롭게 연명하고 있었다. 정 많은 베렌차는 이런 상황에 강한 연민을 느꼈다. 하루속히 그녀가 정한 시간이 흘러, 동생의 품에서 안전하고 품위 있는 안식처를 찾길 바랐다.

시간이 지날수록 빅토리아의 마음속에 끓어오르던 욕망은 거의 광기를 띠었다. 그녀는 오직 엔리케와 릴라의 예정된 혼인만을 생각했다. 릴라에게 그것은 종교적 윤리관에 따른 결혼이었다. 빅토리아는 분별력을 잃지 않으려고 노력했다. 자신의 목적을 이루기 위해서라도 그러는 게 필요했다. 그러나 시간이 흘러도 그녀의 우상인 엔리케는 그녀에게 관심을 주지 않았다. 그녀가 넌지시 감정을 표현하거나 거지반 드러내며 말을 할 때도 그는 전혀 눈치채지 못했다. 그녀는 절망적으로 점점 미쳐 갔고, 원하는 걸 얻기 위해선 어떤 위험도 감수하리라 작정했다.

그녀는 몹시 험악한 생각들로 머릿속이 복잡했다. 극악한 범죄도 그녀의 상상 속에서는 아무 일 아닌 것처럼 다가왔다. 엔리케의 사랑을 되돌려 받지 못할 수도 있었다. 그를 보면서, 질투 나는 릴라에게 다정한 애착을 보이는 그를 보면서 빅토리아는 울화통이 터져 미칠 지경이었다. 이제 그녀가 상처받은 베렌차를 결코 **사랑한** 적이 없었음이 확실해졌다. 그건 당시 환경, 그 순간의 상황, 그리고 일련의 사건들 때문이었다. 그래서 처음에 그를 따랐고, 종국에는 그에게로 도피한 거였다. 그가 유일한 피난처였다. 이제 그녀는 그를 단지 능숙한 호색가로 간주했다. 그녀를 위한 행동은 모두 이기적인 동기에 따른 것이었다. 그녀보다 나이가 상당히 많지 않았던가? 그가 그녀에게 관심을 보인 것은 부끄러운 짓이었다. 그녀가 자처한 상황에 편승하기 전, 그가 그녀의 사랑을 확인하겠다고 노심초사했던 건 가식적이고 추잡한 술책이었다. 하지만 사랑스러운 엔리케는 그녀와 더 급이 맞았다. 이기적인 베렌차는 동생을 위해 그녀를 예비해 두었어야만 했다.

그랬다. 그녀로서는 백작의 세심하고 고결한 행실을 회상하자니 달갑지 않았다! 존경할 만한 그의 인내를 잊었고, 절제되고 무미건조한 애착은 경멸했다. 그렇다. 선호하는 대상을 좇다 보면 악한 인간은 그동안 받은 혜택을 평가 절하한다.

어느 날 밤, 그녀는 어느 때보다 침울하게 투덜거리며 침실로 물러가 침대에 몸을 던졌다. 베렌차, 릴라, 아니 세상 모든 것이 (그녀가 원하는 상대를 가로막는 어떤 것이든) 즉각 사라져 버렸으면 하고 그녀는 은밀히 바랐다. 극도로 난폭한 상상들이 진을 빼며 부딪치는 바람에 그녀는 가슴이 쑤셨다. 죽음과 파멸이 그녀의 생각 속으로 들어왔다. 무시무시한 결심을, 그것이 무엇인지도 모르는데 실행에 옮기라는 충동 때문에 그녀는 두 번이나 흠칫했다.

끔찍한 장면들로 머리가 복잡해지고, 꺼지지 않는 강렬한 화염으로 심장이 타는 듯했다. 그녀는 난폭한 흥분으로 흔들렸고, 이 때문에 심지어 그녀 스스로도 놀랐다. 그녀는 잠시 알 수 없는 어떤 월등한 힘에 사로잡힌 것 같았다.

빅토리아는 이성의 테두리를 거의 벗어나 있었다. 어지러운 상상의 정글 속에서 그녀 생각을 확증하고, 어쩌면 속 응어리까지도 풀 수 있는 무언가를 본 듯했다. 그녀는 가시밭 같은 베개에서 벌떡 일어났다! 가슴속 분노와 혼란을 빼면 모든 게 평화로웠다. 침실 끝 구석에선 희미한 등불이 몇 가닥 외로운 빛을 발하며 주변에 쓸쓸함과 우울함을 더했다. 그녀는 두근대는 관자놀이를 손으로 지그시 눌렀다. 심장이 난폭하게 펄떡거렸다. 그러고는 다시 한 번 무력감이 몰려와 그녀는 베개에 머리를 뉘었다.

빅토리아는 혼란스러운 잠에 빠져들었다. 불가사의한 꿈이 감은 눈 위에 펼쳐졌다. 처음에는 아름답고 화려한 정원에 릴라와 엔리케가 보였다. 그는 그녀의 허리를 팔로 감쌌고, 그녀는 그의 어깨에 머리를 기대고 있었다. 그는 말로 형용할 수 없는 사랑의 눈빛으로 천사 같은 그녀 얼굴을 응시했다. 이 장면에서 비참한 빅토리아는 깊은 탄식을 터뜨렸다. 빅토리아는 눈을 돌리고 싶었지만 그럴 수가 없었다. 지독히 끔찍하고 사나운 통증이 그녀의 가슴을 찔렀다. 그러다 갑자기 그들이 눈앞에서 사라졌고, 그녀는 정원 외진 곳에 홀로 남아 있었다. 그리고 한 무리의 어두운 그림자가 다가오는 것을 보았다. 그들은 땅에서 약간 떨어진 채 공중에 떠 있었다. 그들이 가까이 오자 얼굴을 볼 수 있었다. 비록 죽은 사람처럼 창백했지만 아름답고 엄숙한 얼굴들이었다. 그들은 천천히 지나갔다. 그중 품위와 위엄을 갖춘 무어인이 앞장서 가는 것을 보았다. 그는 하얗고 금빛 나는 복장을 하고 있었다. 머리에는 에메랄드로 번쩍이는 하얀 터번을 썼고, 그 위에서 초록색 깃털이 흔들거렸다. 맨살이 드러난 팔과 다리는 무척 세련되고 값진 진주로 치장을 했다. 목에는 황금 목걸이를 둘렀고, 귀는 커다란 황금 귀걸이로 장식했다.

빅토리아는 설명할 수 없는 경외감에 사로잡혀 그를 관찰했다. 그녀가 바라보자, 그는 무릎을 꿇고 그녀를 향해 팔을 내밀었다. 그녀는 두려운 마음으로 불안하게 그를 쳐다보았다. 그러고는 도망을 가려다 넘어져 잠에서 깼다.

곰곰이 되새겨 보니 그런 꿈을 꾼 건 마음이 불안했기 때문인 듯싶었다. 그래서 그녀는 잠시 근심을 버리려고 애쓰며 잠을 청했다.

비몽사몽간에 다시 환상이 찾아왔다. 이번에는 화려하게 장식된 교회 안에 있었다. 그렇지만 그녀의 눈에는 장식들이 끔찍해 보였다. 그녀가 서 있던 제단 앞에 릴라가 보였는데, 신랑 복장을 한 엔리케가 인도하고 있었다. 두 사람이 손을 잡으려는 순간, 앞선 꿈에서 보았던 무어인이 그들 사이로 얼굴을 내밀며 그녀에게 손짓했다. 그녀는 무심결에 다가가 그의 손을 만졌다. 베렌차가 그녀 옆에서 팔을 잡아끌며 그녀를 떼어 놓으려고 안간힘을 썼다. "그대는 내 사람이 되겠는가?" 무어인은 조급한 음성으로 그녀의 귀에 속삭였다. "그러면 누구도 너에게 대항하지 못하리라." 빅토리아는 선뜻 대답하지 못하고 엔리케에게 시선을 던졌다. 무어인은 뒤로 물러서고, 엔리케가 다시 릴라의 손을 잡았다. "그대는 내 사람이 되겠는가?" 무어인이 크게 고함쳤다. "그러면 이 결혼은 **이루어지지 않으리.**" "오, 네, 네, 그러겠습니다!" 빅토리아는 그들의 결혼이라는 말에 오싹해하며 간절히 울부짖었다. 순간 **그녀는** 릴라의 자리를 차지했다. 릴라는 더 이상 청초한 신부가 아니었다. 그녀는 핼쑥한 요괴로 돌변해 비명을 지르며 교회 복도로 달아났다. 그때 베렌차는 홀연 보이지 않는 손에 상처를 입고 피에 흠뻑 젖어 제단 앞에 꺼꾸러졌다! 빅토리아는 환희로 가슴이 벅차올랐다. 엔리케의 손을 잡으려고 시선을 돌렸는데, 그는 끔찍한 해골로 변해 있었다. 빅토리아는 깜짝 놀라 잠에서 깼다!

빅토리아는 마음이 초조하고, 소름이 돋도록 혼란스러웠다. 안정을 되찾기가 쉽지 않았지만 흩어진 생각들을 정리하는 데 온 힘을 쏟았다. 그녀는 평소의 견고함을 회복하기 위해 꿈에 나온 인물들을 하나하나 되새겨 보았다.

생각해 보니 그녀의 기억 속에 가장 강하게 자리 잡은 이미지는 무어인이었다. 정확하진 않으나, 전에 자주 보았던 사람 같았다. 좀 더 고심한 뒤에야 그가 엔리케의 하인 조플로야라는 걸 기억해 냈다. 깨어 있는 동안 한 번도 그를 마음에 둔 적이 없었는데, **그가** 어떻게 그녀의 꿈에 나타난 걸까. 그녀는 그 이유를 추측조차 할 수 없었다. 비록 세련된 상류층의 모습이었지만, 그녀의 불안한 시야에 모습을 드러낸 건 그와 똑같이 생긴 사람이었다. 다음으로 그녀는 릴라와 엔리케가 손을 맞잡던 끔찍한 순간을 회상했다. 꿈속에서 조플로야는 그 결혼을 막겠다고 제안했다. 그녀는 그 장면을 상상하자 기분이 좋았다. 베렌차는 발 앞에서 피를 흘리며 죽어 가고 있었다. 그건 그녀 계획의 성공을 암시하는 황홀한 전조일 것이다. 생각을 이어 나갈수록 추론이 점점 늘었고, 그날 밤 환상을 해석하면서 그녀는 점차 비이성적이 되었다. 급기야 그녀의 소원을 방해하는 장벽은 궁극적으로 모두 파괴될 것이고, 마지막엔 그녀가 엔리케를 차지할 것이라는 결론을 내렸다. 나머지 다른 것들은 그 꿈의 본질적 의도나 혼잡한 마음의 몽환적 분출과는 무관하다고 그녀는 생각했다. 조플로야가 자주 출현한 것은 단지 식사 시간에 주인의 의자 뒤에서 시중을 들거나 다른 일로 매일 그를 보기 때문이라 판단했고, 손을 잡았을 때 엔리케가 해골로 변한 건 죽을 때까지 그녀의 남자로 남아 있을 것이라는 상징적 의미로 해석했다.

다음 날 늦은 시각에 그녀가 평소 식사하는 방으로 들어갔을 때, 맨 처음 눈에 들어온 상대는 주인의 의자 가까이 서 있는 준엄한 형상의 키 큰 무어인이었다. 그를 보는 순간 꿈속 이미지가 떠올라 그녀는 흠칫할 뻔했다. 체형이나 용모, 복장이 얼마나 흡사한지, 놀라웠다. 테이블에 앉아서는 본의 아니게 그를 자주 흘끗거렸다. 그가 한두 번 얼굴에 특이한 표정을 지으며 그녀를 본다고 느꼈을 때 앞뒤가 맞지 않는 미묘한 생각이 뇌리에 와 박혔다. 그녀 자신에게도 명확하지 않은 생각들이었다. 자신이 느낀 바를 정리할 수 없게 되자, 마침내 그녀는 멍하고 침울해졌다. 최근 들어 그녀에게 찾아오는 그런 상태는 특이한 일이 아니었다. 누구에게

나 자명해 보였다. 베렌차 경은 사랑하는 빅토리아의 이런 변화에 내심 안타까워했다. 그는 경박한 비난도 참아 내며, 지극히 친절하고 세심한 관심을 쏟았다. 그녀의 우울증을 해소시켜 보려고 안간힘을 썼다. 착한 릴라 또한 일조하겠다며 흔연히 다가가 그녀와 다정한 대화를 나누곤 했다.

그러나 착한 소녀의 노력은 빅토리아에게 도움은커녕 고통을 주는 것처럼 보였다. 진정 빅토리아를 실의에서 깨우기는 했으나, 동시에 그녀의 추악한 성품의 예민한 부분을 자극했다. 그녀에게는 고독이 쾌락인 것처럼 보였다. 빅토리아는 어떤 이유가 있어서 우울한 게 아니라고 베렌차에게 말했고, 그래서 그는 내버려 두었다. 그는 그녀의 마음이 사악하다고는 의심하지 않았다. 그녀가 스스로 노력해서 회복되길 바랐다.

엔리케는 형수로서 우정과 존경으로 그녀를 대했을 뿐, 그 이상은 아니었다. 첫째, 그는 릴라에게 빠져 있었고, 둘째, 그녀와 릴라를 동등한 급으로 보지 않았다. 빅토리아의 마음과 성품은 그 순수하고 세심한 존재와는 정반대였다. 그녀의 분위기는 그의 애인과 완전 딴판이었다. 그래서 약간 싫은 느낌마저 들었다.

제18장

한 명을 제외하고, 베렌차의 팔라초에 머무는 사람은 누구나 무어인 조플로야를 좋아했다. 그 전반적인 분위기에 반하는 유일한 예외는 라토니라고 불리는 남자였는데, 수년 동안 백작을 섬겨 온 집사였다. 조플로야의 우월함을 생각할 때면 그는 질투와 증오가 일었다. 조플로야의 품격과는 조금도 어울리고 싶지 않았다. 조플로야는 흉내 낼 수 없는 우아함으로 춤을 추었고, 음악적 자질로 따지자면 종종 바람 쐬러 나가는 라구나호에서 곤돌라 끄트머리를 차지하고 있다가, 주인이 요청하면 절묘한 하모니로 함께 나온 사람들을 매료시켰다. 이런 탁월한 재주 덕분에 무어인은 사람들에게 인기가 많았고, 라토니를 짜증 나게 했다. 그런 이유로 라토니는 그를 만나면 치를 떨었고 어떻게든 자극해서 치명상을 입힐 수 있는 싸움이나 결투로 끌어들이려 했다. 하지만 무어인은 라토니를 업신여겼다. 추잡한 언어 대신 경멸적인 냉소로 훈계하며 군림하듯 그에게 모욕을 주었다. 그의 태도에 라토니는 화가 나서 미쳐 버릴 지경이었다. 하지만 누구나 좋아하는 그에게 감히 분풀이 할 수는 없었다. 그가 할 수 있는 일이라곤 재빨리 그 장소에서 벗어나 가슴에 맺힌 지독한 응어리를 욕설로 토해 내는 것뿐이었다.

빅토리아가 묘한 꿈을 꾸고 며칠 지나지 않아, 그 당시의 감정과 기류가 아직 마음을 지배하고 있을 때 일이 일어났다. 무어인 조플로야가 홀연 사라져 버린 것이었다! 엔리케가 그를 무척 높이 평가하고 모두가 좋아했기 때문에, 이 사건은 팔라초 사람들을 대단히 당혹하게 했다. 그중에서도 가장 큰 충격을 받은 사람은 빅토리아였다. (그녀는 정말 믿기 어려웠다.) 그들은 그가 있을 법한 곳에서부터 가능성이 희박한 곳까지 샅샅이 뒤졌고, 그에 대한 정보를 얻기 위해 베네치아 전역 사방으로 사람들을 파견했다. 며칠이 흘렀지만 하찮은 소식 하나 건지지 못했다.

마침내 그들은 추측하는 것도 지쳤고, 희망을 잃기 시작했다. 그 후에도 조플로야의 행방을 찾기 위한 시도를 했지만 모두 허사였다. 시간만이 갑자기 그가 사라지게 된 원인 불명의 배경을 해결해 줄 것이었다. 그사이 집사 라토니는 병마에 사로잡혀 침대에 누워 있었다. 베렌차는 그를 오랫동안 충실했던 하인으로 여기고, 치료하기 위해 백방으로 노력했다. 그러나 병은 급속히 악화되었고, 의사는 약으로 구하기는 힘들다고 토로했다. 의사의 소견을 전해 듣고 라토니는 극심한 혼수상태에 빠졌다. 라토니는 마지막 숨을 내쉬기 전, 잠깐 깨어나 고해 신부와 주인 그리고 엔리케 경을 불러 달라고 했다.

베렌차는 안타까운 마음에 임종을 앞둔 집사의 요구를 신속히 따랐다. 엔리케가 기꺼이 함께 가겠다고 했다. 이유는 알 수 없지만 빅토리아도 그곳에 있고 싶어 했다. 모두 침실로 들어가자, 라토니는 힘들게 숨을 쉬면서 몸을 일으켰다. 그리고 다음과 같이 말했다.

"베렌차 주인님, 엔리케 경, 숨이 얼마 남지 않은 참회자를 나무라지 마시고, 자비와 용서로 저의 고백을 들어 주십시오. 무어인 조플로야가 사라진 사건은, **저** 라토니가 모두 알고 있습니다. 저는 잘생긴 그의 외모나 그의 재주를 질투했습니다. 그것으로 사람들의 칭찬을 받는 것도 꼴 보기 싫었습니다. 그를 충동해 결투하려고 기회를 엿보곤 했는데, 저를 완전히 무시하더군요. 그래서 화가 너무 끓어올라, 그를 없애기로 작정한 겁니다!"

"나쁜 놈!" 빅토리아가 탄성을 내뱉었다.

"부인, 제발 잠깐만, 시간이 없습니다. 지금 겪는 고통으로 제 죄가 용서되기를……

어느 날 저녁, 그가 팔라초를 나서는 걸 보고 따라갔습니다. 적당한 거리를 유지하며 그가 가는 길을 살폈습니다. 산마르코로 가더군요. 그놈 때문에 쏠쏠했던 순간을 생각하니 분노 조절이 안되고 복수심에 심장이 쿵쾅거렸죠. 그는 수로 끝자락에 서서, 눈을 들어 반짝이는 밤하늘을 보며 명상을 하더군요. 난 앞뒤 가리지 않고 그를 밀어 버리려고 기다렸습니다. 처음부터 죽일 생각은 아니었습니다. 그가 수영을 잘해서 헤엄쳐 나올 줄 알았거든요. 저는 부들거리는 손을 진정시키며 조심조심 그의 뒤로 다가갔습니다. 그는 제 발소리를 못 들었고요. 저는 들킬까 봐 부들거리면서도 허리춤에서 단도를 꺼내 그의 등을 몇 차례 찔렀습니다. 그는 방어할 엄두조차 내지 못했죠. 그러고 나선 틀림없이 끝났다 생각하고, 그를 물속으로 굴러 떨어뜨렸습니다. 그가 일어나지 못하는 걸 보고 신속히 자리를 떴습죠! 하지만 보복에 대한 죄책감이 달라붙었어요. 제 죄의 열매를 즐길 수는 없었죠. 아, 죽음이 다가오고, 고난의 지옥문이 열리는 게 보입니다.”

라토니는 말을 마치더니 급성 발작을 일으키며 베개로 떨어졌다. 자백은 마음에 평화를 가져왔지만 생명을 연장시키지는 못했다. 간신히 몇 시간을 더 버티며, 비록 용서받을 것 같지는 않았지만 그럼에도 자비를 호소하다가 결국 숨을 거뒀다.

빅토리아는 내심 꽤나 관심을 가졌던 사람의 실종과 종말에 대해 전후 자세한 이야기를 듣고 깊은 시름에 잠겼다. 그러나 그녀가 얼마나 많은 영향을 받았는지 가늠하기는 어려웠다. 그녀는 무어인이 꿈에 나타나 깊은 인상을 남기기 전까지 특별히 생각해 본 적이 없었고, 보통 이상의 관심을 준 적도 없었다. 하지만 그 일 이후 이상하게 그에게 관심이 갔고, 한동안 마음에서 그를 지울 수가 없었다.

그의 비극적 운명을 떠올리지 않으려는 그녀의 노력은 허사로 끝났다. 마치 가슴이 찢어지는 상실을 경험한 사람처럼 그녀는 마음이 무거웠고 그 생각을 멈출 수 없었다.

조플로야는 여러 사건과 전쟁의 결과로 (그라나다의 무어인들은 결국 스페인에 패했다) 비천한 신분으로 강등되었지만, 태생적으로 귀족이었고 압둘라만가(家)의 일원이었다. 그는 파란만장한 삶을 살다가 젊었을 때 스페인 귀족의 손에 떨어졌다. 귀족은 그의 불행에 연민을 느껴 하인이라기보다는 친구로 대했고, 그의 지식도 존중했다. 엔리케는 연애의 슬픔을 잊기 위해 여행을 하다가 그 귀족과 친분을 맺게 되었고, 감성이나 상황이 서로 비슷하다는 것을 알고 진심 어린 우정을 쌓았다. 그러나 안타깝게도 그들의 우정이 절정에 달했을 때, 스페인 귀족은 누군가와 결투를 벌여 피투성이가 되었다. 그의 상처가 깊어 생명이 위태로웠다. 엔리케는 친구의 임종을 지키는 서글픈 책무를 다했다. 이 끔찍한 순간에 친구는 다른 부탁과 함께, 엔리케에게 차후 하인으로 무어인 조플로야를 추천했고 엔리케는 모든 요청을 암묵적으로 수용했다. 그 결과 첫 번째 주인이며 후견인이었던 귀족이 눈을 감자, 조플로야는 곧바로 그의 수하로 들어왔다.

매사에 탁월하고 꾸밈없는 성품과 이런 특이한 인연 때문에 그는 무어인을 총애했다. 먼저 떠나보낸 친구를 생각해서 그런 면도 있지만 그의 타고난 재능도 한몫했다. 그 때문에 엔리케에게 그를 잃어버린 아픔은 극히 예리하고 심히 애통한 것이었다. 뜻밖의 죽음에 대한 이야기를 듣고 그는 고통스러운 비탄에 빠졌다.

라토니가 세상을 떠나고 아흐레가 흘렀다. 조플로야의 최후에 대해 죽음의 침상에서 들었던 것 말고는 그 어떤 소식도 들리지 않았다. 열흘째 되던 날 밤, 조플로야가 성한 몸으로 베렌차의 저택에 들어오는 것이 아닌가! 모두 깜짝 놀라 자리에서 벌떡 일어났다. 빅토리아는 정신이 혼미해 다시 털썩 주저앉았다. 주인은 전혀 기대하지 못했는데 어찌 된 일인지 설명해 달라고 재촉했다.

무어인은 예의 바르게 고개 숙여 인사하고는 말문을 열었다.

"라토니가 왜 저를 증오하는지 전혀 모르겠습니다. 자주 저를 위협했지요. 제 뒤를 미행하다가 단검으로 여러 번 찌르던 날 밤, 저는 누구의 손인지 알고 있었습니다. 그렇지만 어떤 무기도 가지고 있지 않았고, 알고 계신 대로, 실제로 반항하지도 못했습니다. 그 비열한 암살자와 싸우면서도, 왜 그러는지 몰랐습니다. 제가 피를 너무 흘려 정신이 없을 때, 그자는 저를 처음 공격했을 때 서 있던 계단 가장자리에서 수로 아래로 밀어 버렸습니다. 저는 거기서 여지없이 죽었을 겁니다. 그런데 파도바로 돌아가던 어느 착한 어부가 저를 물에서 건져 냈죠. 그때까지 겨우 붙어 있던 제 생명줄이 끊기지 않도록 도와준 겁니다. 그는 제 생명의 은인입니다. 다행히 심각한 상처는 아니었고, 저는 위태로운 상태에서 빨리 회복할 수 있는 비방을 조상에게 물려받아 가지고 있었습니다. 완전히 회복될 때까지 그 어부의 오두막에 머물렀고, 이렇게 다시 제가 심히 감사하고 존경하는 고결한 가족 앞에 설 수 있게 된 것입니다."

조플로야가 설명을 마치자, 그가 절멸의 상태에서 기적적으로 도망친 것에 모두 함께 기뻐했다. 그는 라토니가 죽었다는 소식에 놀라는 듯하면서도 좋아하는 게 눈에 보였다. 사람들이 그에게 보여 준 친절에 그는 겸손하면서도 위엄을 갖추어 사의를 표했다. 조신하게 방을 나가면서 그는 빅토리아에게 고마워하는 표정을 생생하게 지었다. 그의 이야기에 관심을 보인 데 대해 **진심으로** 감사하는 것 같았지만, 그건 그의 신분에서 표현할 수 있는 것 이상이었다.

빅토리아는 그가 실종되었을 때 비참했던 만큼이나 그를 다시 보게 되어 무척 기뻤다. 표현할 수 없는 희열로 가슴이 벅찼다. 그런데 이는 엔리케의 모습과 깊이 연관된 것이었다. 그녀는 질투로 인한 번민보다는 믿음과 희망 속에서 그를 생각했다. 이상해 보이지만, 조플로야가 돌아온 것이 그녀의 소원을 이뤄 주기 위해서라는 묘한 느낌을 받았기 때문이었다. 이 상상은 그녀의 영혼으로 흘러들어 얼굴에 활력을 주었다. 한동안 그녀의 얼굴에선 볼 수 없었던 그런 활력이었다. 베렌차도 별 의심 없이 이런 변화에 기뻐하며, 마침내 건강한 분별력이 그 섬뜩한 병적 환상을 함락시키기 시작했다고 여겼다. 아무것도 모르는 릴라 역시 진심 어린 기쁨으로 빅토리아를 포옹했고, 빅토리아는 마치 귀여운 아이의 생명을 빼앗기로 작정한 살인자가 그 아이와 장난이라도 하려는 듯 음험한 열정으로 그녀를 안았다. 엔리케는 늘 연인의 기쁨과 슬픔에 동참하기 바빴지만, 빅토리아에게 평소보다 더 관심을 보였다. 하지만 그건 사랑하는 형이나 릴라에게 인사하면서 곁들여진 것이었고, 그녀만을 향한 마음에서 우러나온 자발적인 표현은 아니었다.

그날 밤 빅토리아는 즐거운 마음으로 잠자리에 들었다. 그런데 그 즐거움이란 것이 다른 사람들에게는 큰 화를 부르는 거였다. 그것은 가슴속 깊은 곳의 순수함과 온건함에서 우러나온 꾸밈없는 활기와는 달랐다. 그것은 아랫사람을 힐난하고 고문하고 그들이 고통받는 것을 보며 재밌어 하는, 거칠고 무서운 독재자의 유희였다. 그건 경이로움 속에서조차 파멸을 잉태한, 끔찍한 화산의 눈부신 섬광이었다!

그녀가 베개에 머리를 대면 곧바로 조플로야의 형상이 눈앞에 어른거렸고, 잠이 들면 꿈속에 나타났다. 때로는 그와 함께 꽃밭을, 때로는 울퉁불퉁한 바위들 사이를, 때로는 눈부시게 신록이 우거진 들판을, 때로는 타는 듯이 뜨거운 모래밭을 배회했고, 아래로 깊이를 알 수 없는 강물이 험악하게 흐르는 깎아지른 절벽 능선을 따라 흐늘흐늘 걸었다. 그 상황이 너무 생생해서 환상 속에 있다는 것을 잊곤 했다. 불현듯 눈을 뜨면 조플로야가 침대 옆에 없다는 게 믿기지가 않았다! 한번은 그 환상이 너무 강렬해, 1분 넘게 멍하니 앉아 있다가, 조플로야가 침대에서 몇 걸음 떨어지지 않은 곳에 머물다 천천히 돌아서서 위엄 있게 문 쪽으로 걸어 나가는 것을 보았다고 상상했다. 이에 그녀는 더 이상 가만히 있지 못하고, 일어나 그의 이름을 불렀다. 그러자, 그가 내내 닫혀 있던 문을 통해 사라지는 것처럼 보였다. 그녀는 놀라서 손으로 눈을 비비며 침실을 둘러보았다. 모든 것이 그대로였고 그녀는 더 이상 그의 자취를 보지 못했다. 그녀는 이 모든 것이 진짜라고 확신할 수 없었다. 그래서 망상 속의 꿈이라고 믿으려 애썼다.

얼마 후 그녀는 다시 누워 눈을 감았다. 움직이기 힘들 정도로 잠의 노곤함이 그녀를 짓눌렀다. 그럼에도 그녀는 무심결에 반쯤 눈을 떴다. 침실은 희뿌연 안개로 가득했고, 황혼의 빛 같은 것이 스며들고 있었다. 침대 아래 커튼이 활짝 열려 있는데 그곳에 조플로야의 형체가 있는 게 아닌가! 그는 한 손으로 베렌차를 잡고 있는 듯 보였다. 베렌차는 죽음의 고통 속에 몸부림치고 있는 것처럼 얼굴색이 창백했다. 드러난 가슴에는 시퍼런 자국이 커다랗게 있었고, 부릅뜬 두 눈은 잠에 취한 빅토리아를 애처롭게 바라보고 있었다. 조플로야는 다른 손으로 외톨이 릴라의 아름다운 금발 머리를 잡고 있었다. 유령같이 여린 형체는 투명한 천으로 둘러싸여 있는 듯했다. 그녀는 머리를 떨구고 있는데 한쪽에는 깊은 상처가 나 있었다. 거기에서 피가 흘러 그녀의 가운을 적셨다. 아직 정신을 제대로 차리지 못한 빅토리아가 다시 보았을 때, 베렌차와 릴라는 사라지고 자신을 닮은 형체와 엔리케의 형체가 무어인의 양옆에 서 있었다. 그녀는 엔리케 쪽으로 팔을 뻗다가 그의 가슴이 무시무시한 상처로 심하게 손상된 것을 보고 황급히 팔을 거두었다. 불현듯 베렌차와 릴라가 가까이 다가왔다. 릴라의 어깨에서는 눈이 부실 만큼 찬란한 날개가 뻗쳐 나왔다. 그녀는 천사의 미소를 지으며 베렌차와 엔리케에게 손을 내밀었고, 그들과 함께 하늘로 올라갔다. 빅토리아는 이제 그들을 볼 수 없었다. 심장은 심하게 요동쳤고 머리는 욱신거렸다. 그녀도 날아오르려 해 보았지만 더 이상 움직일 수가 없었다.

제19장

　빅토리아는 뒤척이며 심란한 밤을 보내다 새벽녘에 겨우 잠이 들었다. 그리고 늦은 오후가 되어서야 눈을 떴다. 가족들과 함께 만찬을 나누려고 다이닝 룸에 들어가자 조플로야가 민첩하게 의자를 준비해 주었다. 그녀는 조플로야에게서 눈을 떼지 못했다. 식사를 하면서도 그녀는 말이 없었고 주위가 산만했다. 무심결에 그를 쳐다보곤 했다. 자존심이 허락하는 한 슬쩍슬쩍 훔쳐보다 문득 무어인에게서 이전에는 보지 못했던 위엄과 품위가 풍기는 것을 깨달았다. 그의 얼굴 또한 이제껏 느끼지 못했던 매력으로 활기를 띠고 있었다. 옷차림은 더욱 화려하고 세련된 고상함을 자아내고 있었다. 지나치게 매력적이고 균형이 잘 잡힌 몸매와 빛을 발하는 고품격 의상 그리고 극도로 절제된 표정을 담은 얼굴. 피부는 비록 검은색이었지만 멋진 남성미가 흘렀다. 커다란 눈동자는 묘사할 수 없는 불꽃으로 번쩍거렸다. 입술과 코에는 우아함이 있었다. 그가 미소를 지을 때면 이 생김생김이 어우러져 기분 좋게 만드는 놀랄 만한 아름다움을 자아냈다. 그러나 여태껏, 그 순간까지, 빅토리아는 이 모든 것을 모르고 있었다. 그를 보면 볼수록 그동안 그것을 알아차리지 못했다는 사실이 더 놀라웠다. 실종되기 전의 조플로야와 다시 돌아온 후의 조플로야가 서로 너무 달랐다. 그녀로선 그렇게 생각하지 않을 수가 없었다.

그녀가 무어인에게 시선을 둘 때면 그도 그녀를 바라보고 있음을 감지했다. 그저 단순히 바라보는 게 아니라 부드러우면서도 진지하게 신경 쓰며 주시하는 것이었다. 빅토리아는 약간 불편하면서도 즐거운 기분으로 마음이 들떴다. 심지어 가끔은 그가 특별히 역동적으로 그녀를 주목한다고 생각했다. 그러나 오만한 그녀는 어떤 경고 신호도 감지하지 못했다. 아니, 오히려 그가 바라보는 것을 즐겼다. 그는 엔리케의 의자 옆에 자리했지만, 빅토리아를 시중드는 것도 게을리하지 않았다. 그가 하는 모든 행동에서 새로운 매력을 찾았고, 허영심 강한 빅토리아의 눈에 비친 조플로야는 매 순간 매혹적이었다.

그녀의 마음과 영혼에는 엔리케가 있었으나, 이 순간엔 다른 이에게 관심이 갔다. 그녀는 다른 사람들에게 관심을 돌리려 했지만 쉽지 않았다. 그녀는 (마치 자석의 불가항력적인 끌림처럼) 영속적으로 그를 향하고 있었다. 자신을 짓누르는 설명할 수 없는 중압감에서 벗어나기 위해, 그녀는 테이블에서 일어나 정원을 돌아다녔다. 그녀는 벤치에 주저앉아 죄스러운 욕망에 대해 곰곰이 따져 보았다. 머릿속에서는 혼란스러운 생각들이 서로 먼저 튀어나오려고 시위를 벌였다.

"아, 지겨운 베렌차!" 그녀는 갑자기 야비한 증오와 배신감에 젖어 탄식했다. "혐오스러운 인간, 이기적이고 쓸모없는 놈. 어린 나를 가지고 놀다 적당히 속여서 불행한 마누라로 만들다니! 당신만 아니었다면, 당신의 사악한 기교가 아니었다면 나는 엔리케의 사람이 되었을 텐데. 엔리케의 마음에서 릴라라는 아이를 몰아내야지. 거기서, 아니 이 땅에서 그년의 뿌리를 뽑아 버려야 해. 아, 부인이라는 역겨운 호칭. 역량은 사로잡혀 있고, 능력은 묶여 있으니. 엔리케는 내 연인이 되었어야 했어. 그것도 영광스럽게 생각하면서 말이야. 보잘것없는 애, 릴라가 누구야? 친구 하나 없는 어정뱅이 년! **그년은** 나의 장애가 될 수 없어. 생각할 필요도 없지. 혐오스러운 인간 베렌차! 정말 비열한 계산적인 철학가. 다시 말하지만, 난 그대가 없어졌으면 정말 좋겠어!" 이런 결론을 내렸을 때 저 멀리서 가느다란 메아리가 마치 바람이 이는 소리처럼 낮고 공허한 음조로 마지막 말을 따라 했다.

'뭐지?' 빅토리아는 속으로 물었다. 그러나 아무 대답도 돌아오지 않았다. "아, 착각이었구나!" 죄책감에 깊은 한숨을 터뜨리며 그녀는 덧붙였다. 그리고 아무 생각 없이 잠깐 손을 눈에 댔다가 떼었다. 홀연 조플로야가 그녀 앞에 적당한 거리를 두고 떨어져 서 있었다. 그녀는 깜짝 놀라면서도, 휴식을 취하는 데 아랫사람이 방해했다는 사실에 화가 났다. 그러나 무어인의 품위 있는 모습에 화는 금세 가라앉았다. 그녀는 초조하게 그를 바라보았지만 어떤 말도 하지 않았다. 그의 손에 들린 장미꽃 다발이 눈에 들어왔다.

"아름다운 부인!" 그는 공손히 몸을 숙이며 부드럽게 말했다. "호출하시지도 않았는데 갑자기 제가 나서서 죄송합니다. 부인을 위해 장미를 모았습니다. 발 앞에 뿌리도록 허락해 주십시오." 그렇게 말하면서 그녀 앞에 장미를 펼쳐 놓으려 했다.

"조플로야!" 빅토리아는 큰 소리로 이름을 불렀다. 그녀는 그의 풍채에 감탄하며 시선을 어디에 둬야 할지 몰랐다. "아니, 발 앞에 뿌리지 말고 나에게 줘. 내가 품에 안을게."

"품에 안기에는 너무 많습니다, 부인! 제가 조금 골라서 드리고 나머지는 융단처럼 깔겠습니다." 그는 가장 아름다운 장미를 다발에서 뽑아내고 나머지는 빅토리아의 발 앞에 펼쳐 놓았다. 그러고는 손을 뻗어 자기가 고른 장미를 내밀었다.

빅토리아는 손을 내밀어 그것을 받았다. 그러다 가시에 손가락이 찔려 커다란 핏방울이 맺혔다. 조플로야가 소스라치게 놀라며 조끼 안쪽 가슴을 덮고 있던 천을 찢었다. 그는 무릎을 꿇고 떨리는 손으로 정성을 다해 상처를 처치했다. 빅토리아도 놀랐다. 하마터면 그를 밀쳐 버릴 뻔했다. 그러나 무어인은 눈치채지 못하고 손가락에 흐르는 피를 천으로 눌러 빨아들였다. 잠시 후 피가 멎었다. 조플로야는 붉게 물든 천 조각에서 피가 묻지 않은 부분을 모두 찢어 내고 가슴에 눌렀다. 그리고 마치 성스러운 유물처럼 접어서 가슴속에 넣었다. 문득 깨달은 듯, 그는 자신의 대담한 행동에 어쩔 줄 몰라 하는 것 같았다. 감히 눈을 들어 빅토리아를 보지도 못했다. 그의 흙빛 얼굴에 진홍색 홍조가 퍼지면서 활기가 돌았다.

빅토리아가 그의 어깨에 손을 얹고 차분하게 말했다. 꼭 그래야

할 것만 같았다. "일어나, 조플로야. 부끄러워하지 말고. 네가 잘못한 건 없으니까."

"부인, **당신께서** 그리 말씀하시니, 그럼 담대히 일어나겠습니다." 이렇게 말하면서 일어나더니 그는 공손히 몇 걸음 뒤로 물러났다.

"근데, 조플로야······." 빅토리아는 미소를 머금고 물었다. "그 천 조각이 무슨 가치가 있다고 간직하려는 거지?"

"존경하는, 다정하신 부인!" 무어인이 가슴 앞으로 팔을 모으고 잘생긴 눈으로 그녀의 얼굴을 보며 대답했다. "저에게 그것의 가치는 말로 형용할 수 없습니다. 그것은 당신처럼 소중합니다. 왜냐하면 당신의 일부이니까요······ 당신의 소중한 피! 저는 그걸 제 품에 안전하게 모셔 놓고 보물로 간직할 것입니다. 세상의 어떤 권력도 그걸 포기하게 만들지는 못할 겁니다." 말을 마친 그의 얼굴에 발랄한 생기가 돌았고, 품위 있는 자태에는 활력이 퍼졌다.

빅토리아의 허영심은 자극되었다. 아첨을 싫어하는 티를 냈지만, 이런 뜻밖의 상황에서는 너무 달콤해 그녀 스스로도 경이로웠다. 그녀는 적의에 찬 모든 생각을 버리고 싶었다. 매혹적인 무어인을 바라보면서 억누를 수 없는 끌림을 느꼈다. 마음속 생각이 밖으로 드러날까 두려워 그녀는 땅으로 시선을 돌렸다.

"조플로야, 무엇 때문에······." 그녀의 목소리가 떨렸다. "그렇게 멀찍이 있는 거야?"

"제가 **감히** 다가가도 되겠습니까, 부인?"

"그럼."

무어인은 가까이 다가왔다. 그러나 빅토리아가 비스듬한 자세

그대로 있자 그는 그녀의 발 앞 땅바닥에 앉았다.

마침 빅토리아는 음울한 기분에 사로잡혔다. 무거운 고뇌가 가슴을 눌렀다. 그녀는 두 손으로 얼굴을 감싸며 깊은 한숨을 내쉬었다.

"한숨을 쉬시네요, 부인!" 무어인이 위로하듯 말했다. "무엇 때문에 그러시는지 이 조플로야가 물어도 되겠습니까?"

"무엇 때문이라, 조플로야…… 아! 네가 해결할 수 있는 게 아니야. 진통제가 없는 아픔이지."

"부인, 어쩌면 그렇지 않을지도 몰라요."

조플로야의 말에는 그녀에게 희망을 줄 만한 것이 거의 없었지만 그럼에도 희망의 기운이 그녀의 가슴을 관통했다. 그녀는 비스듬한 자세에서 반쯤 일어났다.

"조플로야." 그녀는 그가 더 이상 말을 하지 않자 미심쩍은 어조로 물었다. "네가 무슨 희망을 줄 수 있지?"

"어쩌면 조금이라도, 부인…… 근심을 말씀해 보세요."

그녀는 자리에서 벌떡 일어서며 소리쳤다. "조플로야! 네 말에는 무게가 있어. 귀를 즐겁게 하는 것 이상이야! 어서 하고 싶은 말을 모두 해 봐."

조플로야는 바닥에서 일어나 빅토리아의 손을 잡고 그녀를 의자에 앉혔다. 순간 그녀는 차분해졌다. "부인, 그럼 어떤 은밀한 문제가 짓누르는지, 당신의 영혼을 그토록 오랫동안 짓눌렀던 문제가 무엇인지 말씀해 주십시오. 무어인 조플로야가 부인의 자존심을 회복시켜 드리겠습니다."

빅토리아의 비밀이 입안에서 맴돌았다. 그녀는 여태껏 살아 있는 누구에게도 고백해 본 적이 없었다. 지금까지 그것을 심란한 마음, 암울한 고독 속 독벌레처럼 간직하고 있었다. 그리고 그것은 점점 그녀를 갉아먹고 있었다. 드디어 그녀는 속마음, 진정한 소원, 음산한 불만, 절망적인 욕망을 털어놓을 참이었다. 그것도 이교도 하인에게! 거의 용납하기 어려운 일이었다. 그리 생각하자 빅토리아는 어처구니가 없었다. 그러나 다음 순간, 그녀는 무어인의 귀족 같은 풍모에 눈을 돌렸다. 그는 자기 종족 중에서 우월할 뿐 아니라 상류층에 속한 사람 같았다. 갈등은 점차 사라지고 그녀는 은연중에 빠르게 탄식했다. "오, 엔리케! 엔리케!"

무어인이 생글거렸다.

"왜 웃는 거야, 조플로야?" 빅토리아는 순간 화가 나서 소리를 질렀다.

"엔리케를 사랑하시는군요, 부인."

"그래, 그렇다고…… 미치도록 말이야! 정신이 없을 정도로! 이런 무심한 무어인! 근데 너는 어떻게 웃을 수 있지?"

"부인은 정결한 가톨릭 신도가 아니신가요? 그런데 세속적 존재를 그리 사랑하시다니……."

"지금 비웃는 거야, 조플로야. 난 **그** 사람을 위해 천국의 소망을 버릴 거야! 다시 한 번 웃어 봐. 감히 내 근심으로 장난을 치다니, 내가 너무 친절하게 대해 준 것 같구나."

"아니, 아닙니다, 아리따운 부인! 단지 부인이 순진해서 미소를 지은 것뿐입니다."

"내가 순진하다고!" 그녀는 놀라며 따라 말했다. 그녀가 몰래 도망 나온 이후 양심은 오랫동안 그렇게 속삭여 왔다.

"그렇습니다, 부인. 정말 순진하시지요. 아무리 절실한 소망이라지만, 순진해서 그걸 이루진 못할 테니까요."

"그럼 네가 가르쳐 줄 수 있어? 정리할 수 있겠어? 내 머릿속의 복잡한 생각들을 정리할 수 있냐고?"

"제가 **도와 드릴** 수 있을 것 같습니다, 아름다운 부인!"

"오, 조플로야, 날 영원히 너에게 묶어 두렴!" 빅토리아는 열정적으로 외쳤다.

"그거면 충분합니다, 부인. 괜찮으시다면 내일 해거름에 여기서 다시 뵙지요. 저기 베렌차 백작과 엔리케 경이 오시는군요."

"아, 그러네⋯⋯. 지겨운 베렌차." 그녀는 말했다. 마음속에선 더욱 강렬한 증오가 일었다.

"내일까지 안녕히 계십시오, 부인." 조플로야는 말하고 돌연 나무 뒤로 사라지더니 베렌차와 엔리케가 오는 방향과 반대로 난 오솔길로 떠났다.

빅토리아는 미묘한 감정으로 그의 단아한 풍채를 응시하다가 시야에서 사라지자 마지못해 나무 그늘을 떠나 백작과 엔리케에게 갔다. 그녀는 고통이 사라지는 듯한 느낌, 전율이 이는 기쁨으로 그를 흘낏흘낏 훔쳐보았다. 그녀의 영혼을 가졌으나 그걸 알지 못하는 남자. 그는 그녀에게 관심을 두지 않았다. 활짝 핀 꽃 같은 릴라가 다가오고 있었기 때문이었다. 순간 그는 빅토리아 옆을 떠나 그녀에게로 뛰어갔다. 이 광경을 본 빅토리아의 가슴은 증오로 더욱 뜨겁게 달궈졌다. 그녀는 바실리스크의 눈으로 그 어여쁜 고아를 쳐다보았다. 바실리스크처럼 무엇이든 파괴할 수 있는 능력이 있다면……. 릴라가 친근하게 구는 것도 이때만큼은 가식적으로 보였다. 그래서 빅토리아는 그녀를 거만하게 물리쳤다. 가슴에 차오르는 분노가 너무 강렬해 그녀의 친절을 받아들일 수가 없었다. 조플로야와 나눈 대화에서 희망을 보는 듯했고, 어느 정도 번민은 가라앉았지만, 그럼에도 릴라의 친절은 짜증이 극에 달할 만큼 모든 냉혹한 감정을 증폭시켰다.

제20장

이튿날 저녁, 멀리 보이는 산들의 커다란 윤곽이 가공한 듯한 황혼의 그림자로 늘어지기 전에 빅토리아는 무어인 조플로야가 기다리겠다고 말한 곳으로 서둘러 나갔다. 그는 이미 와 있다가 그녀를 알아보고 앞으로 나왔다.

"앉으세요, 어여쁜 부인." 그는 넓게 드리운 아카시아 그늘 아래 경사진 제방으로 그녀를 정중히 이끌며 말했다.

그녀는 그를 따랐다. 조플로야의 태도에는 알 수 없는 경외감 같은 것이 있었다. 그가 그녀 옆에 앉았다.

빅토리아의 영혼은 두려움이란 걸 몰랐다. 그러나 무어인이 가까이 앉자 그녀의 마음에는 평소와 다른 감정이 일었다. 어스레한 황혼이 점차 어두워지면서 주변에 거무스름한 그림자를 퍼뜨리기 시작했다. 그 빛에 조플로야의 모습은 더욱 빛났다. 팔과 다리에 두른 기다란 진주 장식과 머리에 두른 순백의 눈처럼 하얀 터번은 그의 검은 피부색과 극명한 대조를 이루었다. 그럼에도 그의 풍채와 자세에는 위엄과 근엄한 아름다움이 깃들어 있었다. 그것은 누구에게서나 쉽게 찾을 수 있는 미(美)가 아니라, 경외감을 불러일으키고 말로는 형용할 수 없는 감동을 주는 미였다.

"부인." 균형 잡힌 음성으로 그가 입을 열자, 빅토리아의 마음에 있던 불편한 감정들이 사라졌다. "난 부인의 영혼을 무겁게 바닥으로 짓누르는 게 무엇인지 모릅니다. 당신을 불행하게 만드는 원인이 무엇인지, 전에 말씀하셨던 것보다 좀 더 자세히 듣고 싶군요. 아름다운 빅토리아, 단순히 헛된 호기심 때문에 제가 당신 가슴 깊은 곳까지 파고들려 한다고 생각지는 마십시오. 아니, 내겐 원하는 것을 거의 모두 이룰 수 있는 능력이 있습니다. 그래서 당신이 참고 있는 비애를 덜어 주려고 그러는 겁니다. 설령 제게 그런 능력이 없다 해도, 공감해 주는 누군가에게 털어놓는 것은 좋은 일이지요. 당신도 이내 실감할 것입니다."

빅토리아는 머뭇거렸다. 무어인은 말을 이어 갔다.

"부인은 무어인 조플로야가 피부색처럼 검은 마음을 가졌다고 생각하시나요? 오, 부인, 저를 외모로 평가하지 말아 주세요! 문제 해결을 원하신다면, 당신의 고민 창고 안으로 저를 들여보내시고, 맡기세요."

조플로야가 입술을 떼자마자, 전에도 그랬던 것처럼 빅토리아는 마음에서 불안감이 사라졌다. 그는 말을 이어 갔다. 그의 말은 강한 공감대를 형성하며 그녀의 온몸에서 퍼덕거렸다. 장차 경험하게 될 행복의 환상적인 장면들이 머릿속에 흘렀다. 그러나 너무 빨리 지나가서 제대로 볼 수가 없었다. 그의 은빛 음조가 짜릿한 운율로 귓가에 닿기도 전에, 그녀는 마음에 품었던 생각들을 서둘러 무어인에게 풀어내고 싶어졌다. 마음이 혼란스러웠으나 기분은 좋았다. 빅토리아는 그를 빤히 바라보았다. 비록 어두웠지만 아직 그의 형체를 구별할 수는 있었다. 얼굴에는 자체 발광하는 에너지로 반짝이는 다이아몬드처럼 두 개의 눈동자가 묘한 불꽃을 발했다. 은연중에 태도를 누그러뜨리며 그녀가 말했다.

"조플로야, 네가 날 도울 수 있을지 모르겠어. 그러나 내 영혼의 작은 움직임까지도 너에겐 꼭 보여 주어야 할 것만 같아. 내 고뇌는 숙명적이어서 해결책이 없어. 난 그게 두려워. 너에게 모든 것을 알려 줄게. 이미 내 사랑에 대한 힌트는 주었지. 난 베렌차 백작의 부인이지만, 내 영혼은 싱그러운 엔리케에게 미칠 듯이 홀딱 빠져 있거든. 부모도 없는 릴라는 그렇지 않아도 희망 없는 나의 방황에 마침표를 찍었지. 그 뻔뻔하고 의존적인 침입자가 오랫동안 그의 마음을 차지하고 있어. 그 마음의 가치도 제대로 모르면서 말이야. 걔의 인격이나 생각이나 철이 없기는 매한가지지. 그렇다고 그 계집애가 교활하게 하찮은 주도권을 쥐고 있어서 내가 절망한 건 아니야. 정말 절망스러운 건······ 내가 꼴도 보기 싫은 놈과 결혼했다는 사실이야! 그가 내 행복을 가로막고 있어. 그는 단지 나를 비참하게 만들려고 이 땅에 내려온 인간이지. 다시 자유를 찾는다면, 지겨운 베렌차의 족쇄에서 벗어날 수 있다면, 엔리케의 훌륭한 마음에서 그 어리석은 순정을 당장 몰아낼 수 있을 텐데. 최상의 행복을 주고받으며, 그가 더 고결한 운명을 타고났다고 느끼게 해 줄 텐데. 소년기 환상의 희생양이 되지 않도록 말이야.

그 시절엔 판단력이 흐리니까. 오, 조플로야! 기회만 된다면……. 이게 내가 하고 싶은 일이야. 그러나 그런 행복은 절대, 아, 절대 오지 않겠지!"

그녀는 머리를 숙여 손으로 감싸고 잠시 멈췄다가 곧 다시 이어 갔다. "이게 내 영혼을 황폐하게 하는 번민이야. 소원도 말하고, 절망도 말했지. 자, 이번에는 **네가** 어떤 위안을 줄 수 있는지 말해 볼래?"

"부인, 실망하지 마십시오."

"그게 **다야**, 조플로야?"

"부인, 당신은 강인하고 인내심 있는 정신력을 가지셨나요?"

"내 심장은 움츠러들지 않아." 그녀는 강하게 가슴을 치며 대답했다. 그녀의 눈에서 불꽃이 튀었다. "목표가 있다면 부서질 때까지라도 참을 수 있어!"

"그런 성품이셨던가요, 부인? 강인함과 인내가 결합하여 힘을 낸다면 세상에 이루지 못할 소원이 뭐가 있겠습니까?"

"강인함과 인내가 어떻게 나를 구할지 모르겠네. 그 성품이 얼마나 가치가 있을지도."

"아름다운 빅토리아, 그렇지 않아요."

"무슨 말인지 모르겠는데. 조플로야, 자세히 설명해 줄래."

"부인이 방금 말했던 것처럼 그런 자세로 내 말을 따른다면, 어떤 우발적인 일도 부인의 간절한 소원을 막지 못할 텐데, 내 말을 고려해 보시겠습니까?"

"정말 그렇게 될까, 마법의 무어인?" 빅토리아는 그가 했던 말들을 되새기며, 반쯤 미친 것처럼 좋아 소리쳤다. 희망과 의심이 서로 부딪혀 두근거렸다. 그녀는 그의 손을 잡아 가슴에 대고 꼭 쥐었다.

"부인, 진정하고 흥분을 가라앉히세요." 조플로야가 말했다. "천한 종 앞에서 부끄럽지 않게 체통을 지키셔야죠."

"그럼 어서 말해 봐, 조플로야. 네가 하는 말은 마술 같아. 영혼이 평안해지거든. **희망이 느껴져!**"

"내가 말할 때는 막지 말아요, 부인. 뒤로 물러나지도 말고."

빅토리아가 알겠다는 미소와 몸짓으로 대답했다.

조플로야는 다시 말을 이어 갔다.

"부인, 우리 그라나다 민족이 아라곤의 페르디난드에게 비극적으로 패하면서 나는 스페인 사람의 노예가 되었습니다. 그가 죽을 때 엔리케 경에게 나를 추천했고요. 난 어려서부터 예술과 무기 분야의 학문에 흠뻑 빠져 있었죠. 특히 식물학, 화학, 천문학을 좋아했습니다. 그라나다의 무어인 스승들에게 격려를 받고, 많이 배웠어요. 그분들은 내 취향을 계발하도록 도와주었고, 궁극적으로는 다양한 분야에서 놀라울 정도로 광범위한 지식을 전해 주었죠. 작고한 주인을 따라 아라곤 왕국에 머물면서도 시간 날 때마다 제가 좋아하는 학문의 세부 분야를 끊임없이 연구했답니다. 주인은 저를 포로나 하인으로 대하지 않고 친구나 동료처럼 대했죠."

"오, 조플로야, 조플로야!" 빅토리아가 성급하게 조플로야의 말을 끊었다. "그건 상관없는 일이잖아."

"가만히 들어 봐요, 부인." 무어인이 험악한 감정을 억누르듯 빅토리아를 근엄하게 바라보며 잘 들으라고 호령했다.

"말했듯이 자유로운 덕분에 내가 좋아하는 분야에 몰두했습니다. 약초와 산화물(酸化物)에 대해 더할 나위 없는 지식을 습득했고, 그것들을 이용해 어떻게 약을 만드는지도 알게 됐어요. 그 효과로 따지자면, 누구도 완벽한 내 예측을 따라갈 수 없죠. 특히 화학에 집중했습니다. 그렇다고 천문학을 소홀히 한 것은 아니에요. 다양한 화학 실험을 통해 배운 것을 세밀하게 적용하면서 때맞춰 어떻게 독성분을 조합하는지 알게 됐지요. (꾹 참고 실험하다 보면 우연히 발견한 것으로도 훌륭한 추론을 할 수 있게 되죠.) 아주 천천히 아무도 눈치채지 못하게 처치하려면 신속하면서도 미묘한 절대적 기술이 필요하거든요. (실험적으로) 동물에게 시험해 봤어요. 그리고 나를 화나게 했던 놈들에게도!"

빅토리아는 흠칫 놀랐다. 그러나 무어인은 알아차리지 못한 듯했다.

"즉각 반응하는 독과 서서히 진행되는 독을 교대로 시험해 보았어요. 내 발치에서 까불던 그레이하운드 강아지는 다음 순간에 보니 몸부림치지도 않고 푹 꼬꾸라져 가만히 있었죠. 내가 증오하는 놈이 있었는데, 내 기분을 상하게 한 줄도 모르고 면전에서 히죽거리다가 내가 처방한 독약에 뻗어 버리는 것도 보았죠. 느낄 수는 없지만 혈관을 타고 돌면서 그 효과가 서서히 나타나거든요. 부드럽게 그놈을 끌고 가는 거죠, 죽음의 문턱으로! 나보다 **다른 남자**를 더 좋아하는 여자는, 먼저 남자 놈에게 분풀이를 하고, 그다음은 여자에게 했어요. 내가 준 약으로 그들의 사랑은 증오로 변했죠. 망상에서 벗어났을 때는, 그 효과로 둘 다 끝장났죠! 어떤 경우에도 내 예측이 틀린 적은 없어요. 내가 없애기로 마음먹은 것은 내가 마음먹은 **방식**으로 사라지죠! 난 놀라운 비밀 기술과 특성을 많이 발견했습니다. 그걸 상세히 설명하는 건, 당신 말대로 지금 주제와는 연관성이 없는 것 같군요. 그래서 다시 본론으로 돌아와, 부인, 이제 묻겠습니다. **부인은** 천천히 진행되는 독을 고르시겠습니까, 아니면 신속한 것을 고르시겠습니까?"

뜬금없는 질문에 빅토리아는 잠깐 머뭇거렸지만 무어인은 모르는 척하고 호주머니에서 작은 금빛 상자를 꺼내 열었다. 빅토리아는 여러 칸으로 나누어진 상자를 보았다. 그는 그중 하나에서 조그맣게 접힌 종이를 꺼내며 말을 이어 갔다.

"이 종이에는 미묘하면서도 정교한 독약이 있습니다. 숙련된 기술로 만든 거죠. 이건 뜻밖의 죽음을 불러옵니다. 그것도 아주 조금씩. 와인이나 음식에 넣어도 되고, 몸속에 완전히 흡수되게 할 수도 있죠. 아주 작은 바늘로 콕! 첫 단계에서는 이걸 추천하고 싶네요, 부인. 가져가서 기회가 오면 사용해 보세요. 만약 기회가 자주 오지 않는다면, 기회를 만드는 방법이야 당신이 더 잘 알겠죠."

빅토리아는 손을 뻗어 그 종이를 받았다. 그리고 잠시 숨을 멈추었다가 입을 열었다.

"그렇다면 이건 베렌차에게 줘야겠군."

무어인은 환히 웃으며, '그건 말할 필요도 없지.'라고 말하는 것처럼 손을 흔들었다. 그러고 나선 심각한 분위기를 자아내며 냉정하게 말했다.

"좋아하는 대상을 차지하는 데 장벽이 있으면, 그것을 낮추든지 아니면 대상을 포기해야죠. 악성을 제거하려면 그 뿌리를 쳐야 합니다. 가지만 잘라서는 아무것도 얻을 수 없어요. 당신이 통상적인 영역이나 기품 있는 여성의 범주를 벗어나, 엔리케에게 공개적으로 고백했다고 합시다. 엔리케는 (그런 일을 싫어하겠지만) 반응을 보일 겁니다. 자, 어떻게 생각하시나요? 당신은 다른 남자의 아내인데, 당신이 마음 가는 대로 결정한다고 해서 그게 뜻대로 될까요? 아리따운 부인, 소원을 이루는 아주 간단한 방법을 원하시나요?" 그는 비꼬듯 덧붙였다. "제가 부인의 성품을 잘못 알고 있는 건가요?"

"해결책을 원하는 게 아니야." 빅토리아는 살짝 기분이 상한 듯 대꾸했다. "내가 원하는 건, 음, 정말 원하는 건, 죽음이지. 베렌차의 죽음. 허, 이런 방식으로 생명을 빼앗는다! 어쨌든 난 망설이지 않겠어!" 자신이 비겁하다는 생각에 부끄럽고 혼란스러워 그녀는 말을 멈췄다.

"부인, 설마 망설이는 건 아니겠죠." 반쯤 신중하고 반쯤 경멸하는 투로 무어인이 대꾸했다. "망설일 필요가 있나요? **그는** 자기 욕구를 채우려고 어린 당신을 희생시켰는데, 지금 당신은 당신을 위해 그를 희생시키는 걸 왜 주저해야 하죠? 당신은 그를 증오해요. 그러면서도 그가 당신에게 쏟아붓는 애정은 안 그런 척하면서 즐기지요. 차라리 생명을 빼앗는 게 더 나을 겁니다. 빅토리아가 양심적으로 고해 신부의 말을 듣는 건 분명 아닐 테고? 그렇다면 언제부터 이리 점잖아지셨나요? 자기 우월은 동물의 본성이 아닌가요? 옳고 그름을 따지는 학문적 개념이나 현란한 정의 같은, 그런 지질한 의견 때문에 우리가 행복을 포기해야 한다면, 인간이 우월하다고 떠벌리는 게 무슨 의미가 있죠? 그러니 이성이란 건 인간에게 골칫거리만 안겨 주죠. 행복하지 못하도록 시비를 걸기도 하고요. 우리의 미래에 **다른 것**이 끼어들어 절망적인 침울함으로 어둡게 하는데, 왜 내버려 둬야만 합니까? 무엇 땜에 그래야 하죠? 무슨 논리로 그를 없애는 데 반대할 수 있냔 말입니까? 우리가 말하는 그 사람은 이미 수년 동안 실질적인 쾌락을 즐겼죠. 이제 다른 사람에게 그 자리를 양보할 때가 됐어요. 왜냐하면 다른 사람의 쾌락까지 독점할 권리는 없으니까요. 설사 그가 천 년을 더 산다 해도, 하루하루가 무미건조한 지난날의 반복일 겁니다. 시간이 지나면서, 쾌락도 그 맛을 잃기 마련이죠. 우리가 심도 있게 장시간 숙고했는데, 중대한 결정이라고 하는 것을 생각해 보세요. 인간의 호흡은 보통 당신 곁에 붙어 있지만, 질병이나 사고로 얼마간 단축되기도 하고, 수많은 사고로 빨리 멈추기도 해요. 하지만 이중 어떤 일도 일어나지 않는다면, 그리고 그가 진취적인 기상을 가진 사람이라면 바른 이성의 힘과 능력의 도움을 받아, 일상적인 관례에서 살짝 벗어나 대담한 발걸음을 뗄 겁니다."

조플로야가 말을 멈추었다. 그리고 심사숙고하는 자세를 취했다. 그의 말이 방금 조작한 억지스러운 구성이 아니라, 뛰어난 이성적인 사고와 정확한 분석에 따른 결과임을 믿도록 유도했다. 그 느낌을 받은 빅토리아는 이렇게 말하지 않을 수 없었다.

"조플로야, 네 사고력은 대단해. 설득력이 있어."

"매혹적인 부인이여⋯⋯." 무어인은 부드러운 목소리로 대답했다. "제가 설득력을 타고난 게 아닙니다. 그저 당신이 행복하길 바랄 뿐이죠."

빅토리아는 우쭐한 마음에 미소를 지었다.

"오!" 무어인이 말을 이었다. "그 아름다운 형체가 절망적인 사랑으로 수척해져서는 절대 안 됩니다! 불만에 휩싸여 바닥으로 가라앉거나, 절박한 상황의 제물로 굴복하는 것도, 추락하는 것도 안 돼요. 오, 빅토리아, 아름다운 빅토리아! **조플로야의 제안을 무시하지 않는다면, 그가 반드시 당신을 절망에서 구해 낼 것입니다.**"

오, 아첨의 말, 천상에서 땅에 내리는 이슬처럼 우아하게 여자의 귀에 내려앉는도다! 무어인의 꿀처럼 달콤한 목소리를 들으며 빅토리아는 형언할 수 없는 기쁨으로 가슴이 부풀어 올랐다. 그녀는 그를 향해 손을 내밀었고, 그는 부드럽게 잡아 입술에 강하게 대었다. 도도한 빅토리아는 기분이 나쁘지 않았다.

"그렇다면 말해 봐, 조플로야." 그녀는 약간 주저하면서 말문을 열었다. "지루하고 위험한 원수를 내가 어떻게 처리하면 좋을까?"

"밤에는 와인에, 아침에는 음료수에. 할 수 있으면 어느 때나 어떤 방식으로든 괜찮아요, 부인. 얼마 지나지 않아 그 효과가 눈에 보일 겁니다."

"백작은 특정한 시간에 레모네이드를 마셔." 그녀는 말했다. "내가 규칙적으로 그것을 타 주었는데, 그는 내가 타 주면 더 맛있다고 했거든."

"그 일을 다시 시작하세요." 의미심장한 미소를 띠며 조플로야가 말했다. "그래서 기회를 더 늘리는 거죠. 내가 준 분말, 아주 소량이면 됩니다. 한 번에 티끌처럼 적은 양으로도 충분하죠. 하루에 두 번 정도 사용하면 최소한 열흘은 쓸 수 있을 겁니다. 베렌차에게 효과가 나타나면 다음 단계로 가는 거죠. 부인, 오늘은 여기까지만 하죠." 조플로야는 이렇게 말하고 부드럽게, 공손하면서 거침없이 빅토리아의 팔을 잡아끌며 자리를 떠났다.

제21장

빅토리아는 아무것도 모르는 가족들과 함께 저녁 식사를 했다. 그녀의 영혼은 전혀 위축되지 않았고, 눈빛에서도 양심의 가책이라곤 찾아볼 수 없었다. 음험한 볼에는 보통 때보다 더욱 활기가 돌아 진한 홍조를 띠었다. 눈동자는 마귀 같은 광희(狂喜)로 번득였고, 신경 조직은 끔찍한 목적을 실행할 요량으로 새롭게 엮어 놓은 듯 보였다.

베렌차는 그녀를 보고 기뻐했다. 그 속셈은 짐작하지 못한 채, 그는 충만한 사랑으로 다가가 그녀를 안았다. 그녀는 재빨리 포옹에 화답한 뒤, 야릇한 미소를 띠고 그를 뒤로 밀며 머리에서 발끝까지 훑어보았다.

아무것도 모르는 베렌차는 그것을 열정적인 애정이 담긴, 지난번에 냉랭했던 것을 후회하는 포옹으로 착각했다. 포옹 후 동작은 그저 재밌는 장난이라고만 생각했다. 그러나 그게 아니었다. 빅토리아가 재빨리 포옹한 것은, 그가 이렇게 애정을 표현할 수 있는 날도 얼마 남지 않았을 거라는, 잔인한 생각 때문이었다. 그녀는 애정을 느끼지도 못했고, 그것을 허용하고 싶지도 않았다. 아니, 그를 밀어내면서 그녀는 가슴에 이는 증오의 충동을 짓눌러야 했다. 거짓 미소를 짓고 그를 바라보면서도, 한 가지 생각으로 위안을 삼았다. 그는 조만간 사라지리라!

그녀는 저녁 식사를 하면서 머지않아 누릴 행복에 젖어, 참지 못하고 엔리케에게 간절한 눈빛을 보내곤 했다. 반면에 엔리케는 여느 때와 마찬가지로 요정처럼 청순한 릴라만 바라보았다. 빅토리아는 그녀를 경멸적으로 보았다. 릴라는 너무 쉽게 부서지는 티끌이라 자기에게 눈곱만큼의 고통도 줄 수 없다고 그녀는 생각했다. 그럼에도 릴라는 전혀 눈치채지 못하고 모든 이에게 관심을 보였다. 늘 그랬듯이 생기 있는 태도와 재기 발랄함으로 사람들의 찬사를 한 몸에 받았다.

"오, 나의 인생!" 거나하게 취한 베렌차가 잔을 입술 쪽으로 올리며 소리쳤다. "당신의 행복과 **모든 소원이** 이루어지길. 모두 함께 마십시다." 식탁을 둘러보며 그는 덧붙였다.

그 말에 따라 모두 빅토리아의 행복을 기원하며 마셨다. 그러나 그 순간, 그녀는 그들의 파멸을 계획하고 있었다.

"자, 이제……." 빅토리아가 장난스럽게 외쳤다. "내 차례군요." 그녀는 테이블에서 술잔 두 개를 들고 살롱 끝 구석으로 날아갔다. 작은 대리석 테이블 위에는 와인과 얼음이 놓여 있었다. 두 잔에 비노 그레코를 가득 따르고, 그녀의 잔에는 소량의 독을 섞었다. (독은 와인과 섞이면서 즉시 사라졌다.) 그녀는 순진하게 장난치는 것처럼 딴청을 부리며 식탁으로 돌아와 크게 말했다.

"모두 잔을 채우세요."

다들 그렇게 하고 손에 잔을 들었다.

"베렌차, 여기 **내** 잔이 있어요." 그녀는 소리쳤다. "내가 당신 잔을 마실 테니, 당신은 내 잔을 마셔요. **속히 이루어질 우리의 소원을 위하여!**"

치명적인 건배 잔이 오가고, 식탁에서는 "속히 이루어질 우리의 소원을 위하여!"라는 말이 메아리쳤다. 헌신적인 베렌차는 오직 빅토리아를 기쁘게 해 주려는 일념으로 단번에 잔을 비웠다. 첫 번째 죽음의 잔! 그는 애정에 찬 눈으로 그녀를 바라보며 "속히 이루어질 **당신의** 소원을 위하여!"라고 외쳤다. 그렇게 그는 자신의 파멸을 힘주어 부르고 있었다.

빅토리아는 그에게 시선을 고정한 채 미소를 지었다. 조금 후에는 그가 창백하게 변할 것이라고 상상했다. 그는 갑자기 가벼운 두통이 있는 것처럼 허둥대며 손으로 눈을 훔쳤다. 그녀는 첫 번째 투여량으로 너무 많이 넣어 들통나지 않을까 염려했다. 신중했어야 했는데……. 그러나 베렌차의 볼은 금세 제 색을 되찾았고, 두통은 지나갔다. 그녀는 마음을 놓았다. 식사가 진행되는 동안 끊임없이 활기가 돌았는데, 헤어질 시간이 되었다고 통고할 때까지도 그랬다.

다사다난했던 이 시간에도, 빅토리아는 의심 없는 베렌차에게 음험한 죽음을 선사하기 위해 기회를 놓치지 않았다. 그녀는 간혹 작은 과도를 만지작거렸다. 칼끝에 독을 묻힌 뒤 과일을 찔러 그에게 주면, 그는 제 발로 죽음의 사신에게 가리라.

한두 번 이후부터는 독이 곧바로 눈에 띄게 반응하지 않았다. 위장은 조금씩 손상되며 익숙해져 갔고, 으레 나타나는 역겨움은 더 이상 보이지 않았다. 독은 매일 다양한 음료에 섞여 베란차의 몸속으로 흘러들어 갔다. 여드레인가 열흘이 지나자, 가여운 베렌차에게 확연히 변화가 생겼다. 다른 사람들은 거의 눈치채지 못했지만, 빅토리아는 분명히 알 수 있었다. 처음 독을 먹었을 때는 얼굴 혈색이 잠깐 창백했는데, 이것이 반복되다 보니 점차 혈액 순환에 활력이 떨어져 예전에 보였던 건강한 주홍빛은 더 이상 찾아볼 수 없었다. 근육은 경련하기 시작했고, 가냘픈 마른기침은 재앙이 시작되었음을 알리는 전조가 되었다.

그 모습에 만족한 빅토리아는 (이제 위험한 작전을 개시하여) 독분말을 남김없이 사용했다. 열흘째 되던 날 저녁, 그녀는 전에 약속했던 장소로 조플로야를 찾아 나섰다. 그는 그곳에 없었다. 빅토리아는 일이 지연되지 않을까 하는 염려로 벌써부터 걱정되었다. "조플로야! 조플로야!" 그녀는 낮은 소리로 불렀다. "어디 있어?"

"여기 있습니다." 서풍이 살랑거릴 때 은은히 들려오는 에올리언 하프*의 달콤한 울림 같은 목소리였다. 돌아보니 무어인의 커다란 형체가 옆에 있었다.

빅토리아는 그가 오는 것을 보지도 듣지도 못했다. 그녀는 내심 의심하고 초조하게 보였던 자신이 부끄러웠다. 그가 위엄 있는 시선으로 내려다보자, 그녀는 순간 말을 할 수가 없었다.

"자, 어여쁜 빅토리아." 그가 말했다. "나 여기 있어요. 하나 물어

보겠습니다. 오랫동안 암담했던 당신의 가슴에 희망이 꿈틀거리기 시작했나요?"

"그래." 빅토리아가 대답했다. "희망이 생겼지, 조플로야, 즐거운 희망. 네가 연민을 보이며 재촉했을 때, 나는 거부하지 못하고 슬펐던 이유를 털어놓았지. 그날을 **기억할** 이유가 생긴 거잖아."

"부인, 나 역시 기꺼이 그날을 기억해야겠죠. 이 하찮은 노예 조플로야에게 가장 아름다우면서도 가장 모험적인 여인이 다가온 날이니까요."

"내가 친구가 되어 줄게, 조플로야, 정말로." 빅토리아는 내심 놀라며 말했다. "내 감사의 표시야. 너도 알다시피, 난 돌이킬 수 없을 정도로 다른 사람에게 푹 빠져 있으니까, 나를 줄 수는 없고."

"아름다운 빅토리아, 관계를 정의하면서 감정을 해치거나 아까운 시간을 낭비하지는 말아요. 엔리케 경이 저를 불렀습니다. 전 오직 당신을 위해 경의 명령에 따르죠. 당신이 아니라면, 조플로야는 천한 머슴이라는 걸맞지 않은 자리에 더 이상 나타나지 않을 겁니다."

"그게 아니라면, 고결한 조플로야는 뭐가 되었을까? 나를 알기 전엔 분명 엔리케의 하인이었는데."

"과거의 **당신이** **지금**과 달랐다면, 어여쁜 빅토리아, 저는 지금 여기 없겠지요."

"설마 그러겠어? 그렇다면 내가 훌륭한 무어인에게 빚을 졌네. 나를 위해 네가 치른 희생을 어떻게 보상할 수 있을까. 절대, 절대 그렇게 할 수는 없을 거야."

"그렇게 할 겁니다, 친절한 부인. 당신은 꼭 보상합니다. 시간이 없으니, 당신에게 필요한 두 번째 분말을 드리죠. 그것은……" 그는 뒷말을 의미심장한 웃음으로 마무리했다. 그리고 호주머니에서 상자를 꺼내 두 번째 분말을 빅토리아에게 건네며 말했다.

"이 분말은 저번 것보다 훨씬 강합니다. 같은 방식으로 주는데, 그 효과가 강해질 것입니다. 이것도 마찬가지로 열흘 정도 갈 겁니다. 그동안 베렌차에게서 생명의 불꽃이 점점 약해지는 것을 볼 수 있을 거예요. 다른 사람들은 그가 병에 걸려 무기력하고 조금씩 쇠약해진다고 생각하겠죠. 누구도 죽음이 임박했다고는 의심하지 못할 겁니다. 당신은, 증상을 보니 감기인 것 같다고 할 테고. 세심함과 끝없는 관심으로 위로하고 달래면서, 그가 위험한 상황임을 눈치채지 못하게 하고, 독약을 주면서 허황된 희망을 심어주는 거예요. 그의 체질상 이 병을 극복할 것이라고 하면서요. 다른 충고나, 가능할지는 모르겠지만, 어떤 약을 주어서도 안 됩니다. 그것들이 정교한 독의 효과를 방해하거나 지연시켜서는 안 되니까. 그렇게 당신은, 꽃술에 해충이 숨어 사는 장미처럼 혹은 번개에 맞아 다시 생기를 회복할 수 없는 나무처럼, 그가 죽어 가는 것을 보게 될 겁니다."

무어인이 말을 멈췄다. 빅토리아는 문득 떠오른 생각이나 회상에 빠진 것처럼 살짝 동요하는 듯 보였지만 가만히 있었다.

조플로야는 빅토리아가 초조해하는 것을 놓치지 않았다. 그러나 이유를 묻지 않았고, 그녀 스스로 마음의 문제를 드러내도록 가만히 응시했다.

이윽고 빅토리아가 그의 얼굴에 시선을 두고 빠르게 말했다.

"조플로야, 베네치아에서는 결코 성공할 수 없을 거야. 이런 시도는 어리석은 짓이야. 미친 짓이지. 우리의 계획이 성공한다 할지라도 결국 파멸에 이르게 될 거야. 어떤 것도 10인의 평의회의 눈을 피할 수 없다는 걸 너도 알잖아, 조플로야. 그렇지 않니?"

"그렇지만 부인은 국가를 상대로 죄를 범하는 게 아니에요. 반역을 한 게 아니란 거죠."

"맞아. 하지만 종종 이런 범죄를 핑계 삼아 다른 범법 행위를 처벌하기도 하잖아. 증오나 의심, 원한은 사자의 입으로 들어가는 길이거든. 이름이 없는 그 길. 종교 재판에 익숙한 사람들은 어디에나 있어. 비록 오해로 인해 무시무시한 법정에 호출을 당했다 할지라도, 고문이 시작되면 곧 네가 진정 죄책감을 느끼는 위법 사실을 불게 되지. 안 돼, 조플로야. 승리의 기쁨은 짧고 곧바로 파멸이 따라온다면, 내가 원하는 상대를 가질 수가 없잖아."

"음, 부인은 너무 두려운 나머지 위험을 과장해 생각하는데, 간단한 방법이 있지요. 백작을 설득해 베네치아를 떠나는 겁니다."

"어디로?" 그녀가 당혹스러워하며 말했다. "이탈리아라면 어느 곳이나 마찬가지로 위험하잖아."

조플로야가 주저하는 빅토리아를 꾸짖는 것처럼 성마른 몸짓을 취했다. 잠시 후 그녀는 말을 계속했다.

"베렌차가 토레 알토에 대해 얘기하는 걸 들었어. 아펜니노산맥* 가운데 있는 그의 성(城)이지."

"그곳에 칩거하는 것이 부인의 목적에 합당할 것 같네요. 호기심에 엿보기를 좋아하는 발걸음도 부인을 따라가지는 못할 겁니다. 그럼 발각되지도 않을 거고."

"근데 그곳에 가는 걸 베렌차가 반대하지 않을까? 지금껏 **내가** 그랬던 것처럼."

"그러면 부인은 수천 가지 이유를 만들겠죠. 조용한 곳이나 아직 가 보지 못한 곳에 가 보고 싶다고 할 수도 있고, 마지막으로 그의 건강을 빨리 회복시키려면 환경의 변화가 필요하다고 제안할 수도 있고요."

"그렇게, 조플로야. 이 가여운 여자가 혼란스러워하는 것에 동정심을 가지렴. 비참한 신세에 마음이 나약해진 것이니까. 나 스스로 행복을 얻으려고 노력할 수도 없으니, 네가 조언해 주고 도와줘야 성공할 수 있어."

무어인은 미소를 지었다. "어여쁜 부인, 부인의 운명과 성공은 부인 스스로 만드는 겁니다. 저는 단지 부인의 소원을 이루는 데 필요한 노예이자 보잘것없는 도구일 뿐이지요. 당신과 함께 일하는 것만으로도 저는 힘이 납니다. 그러나 당신이 나를 떠나시면, 제 도움을 경멸하고 우정을 무시하면, 저는 **당혹스러워 힘을 잃게 됩니다!** 부인, 안녕히. 너무 오래 머물렀네요. 당신은 지금 내가 필요한 게 아닌데." 말을 마치자마자 조플로야는 급히 돌아서서 빅토리아를 떠났다. 그녀는 꿈을 꾸듯 집을 향해 발걸음을 내디뎠다.

저녁 식사를 하는 동안 베렌차는 와인과 대화에 취해 기분이 좋아 보였다. 그녀는 마음에 두었던 화제를 꺼낼 기회를 교묘히 붙잡았다. 토레 알토를 언급하며 인적이 드문 장엄한 그곳에 가

보고 싶다고 말한 것이다. 더불어 환경의 변화와 좀 더 상쾌한 장소가 그의 몸에 기운을 돋우어 건강을 되찾을 가능성이 높아질 거라는 얘기를 들었노라고 덧붙였다. (그녀는 베렌차를 지그시 바라보며 단언했다.)

빅토리아가 원하는 것을 말하면, 의심 없고 점잖은 베렌차는 조금도 망설이지 않고 받아들였다. 그가 어떻게 생각하는지는 문제되지 않았다. 그의 헌신적인 마음에 반가운, 그러나 거짓인 소망 하나가 들어왔다. 빅토리아는 환락적인 도시의 허무한 쾌락과 여흥을 미련 없이 버렸고, 그걸 그에게 증명하고 싶다고 했다. 고독하게 사는 것도 이제 나쁘지 않다고 그녀는 말했다. 베렌차는 이성적이고 합리적으로 변한 그녀의 모습에 기분이 좋았다. 인생의 황혼이 서편 하늘, 밤의 그림자 속으로 저무는 찬란한 아름다움으로 마무리되리라고 그는 확신했다. 행여 그녀가 마음을 바꿀까 염려되어 성곽의 주변 환경과 절경에 대해 설명을 덧붙였다. 그녀가 변심하지 못하도록 그는 가능한 한 모든 구실을 동원할 요량으로 엔리케와 그의 어여쁜 애인 그리고 그녀의 친척 노부인에게 함께 가자고 간청했다.

형과 우애가 깊은 엔리케는 그 요청에 흔쾌히 따랐고, 릴라와 친척 부인에게 미소를 지으며 그들도 절대 거절하지 못하게 만들겠노라고 감히 맹세했다.

비운의 베렌차가 그녀의 계획에 뜻밖의 열의를 보이자, 빅토리아도 더 이상 재촉하지 않았다. 문득 릴라가 그 여행을 반대해서 엔리케가 베네치아에 머물게 되면 어쩌나 (이건 참을 수 없는 상상이었다) 걱정이 되었다. 그래서 빅토리아는 그녀에게 지극정성을 다하며 즐거운 체했고, 마치 그녀가 암묵적으로 동의한 것처럼, 이 변화가 그녀의 건강에도 얼마나 많은 혜택을 줄 것인지 떠들어 댔다.

초라한 노부인은 전적으로 동의하지는 않았다. 그러나 빅토리아가 평소와 다른 관심을 보이며 짐짓 겸손하게 의견이 있으면 지체 없이 말하라고 하자, 노부인은 굳이 끼어들고 싶어 하지 않았다. 게다가 나이 든 사람에게도 젊은 사람 못지않게 자존심이 있는지라, 그녀는 중요한 손님 대접을 받은 것으로 적지 않은 만족을 느꼈다.

모든 준비 사항이 금세 정리되었다. 식탁에서 일어나기 전에, 약간의 부족한 부분은 다음 날 마무리하는 것으로 결론지었다. 그리고 이튿날 아침 그들은 화류계의 도시 베네치아를 떠나 아펜니노산맥의 토레 알토 성으로 향했다.

제22장

청명한 봄날 아침 일찍이 그들은 산마르코 항구의 계단을 내려와 아펜니노로 흐르는 브렌타강*에서 배에 올랐다. 빅토리아는 옆에 앉아 베렌차를 정성껏 돌보았지만, 사실은 가식적인 행동이었다. 하얀 피부의 아름다운 릴라는 엔리케 옆에 앉아 있었다. 요정 같은 그녀의 얼굴은 길게 땋은 금발 머리에 대부분 가려 있었다. 릴라는 그를 바라보지는 않았지만, 부드러운 사랑의 숨결을 맞으며 따스한 시선이 자신에게 머무는 것을 느꼈다. 순진한 그녀의 영혼은 잔잔한 욕망에 전율을 느꼈다. 노부인은 젊은 사람들과 동행하는 것이 기분 좋아, 그들이 즐거워하는 모습을 보고 흡족해하며 앉아 있었다. 그렇지만 그녀는 고아 릴라 말고는 다른 것에 관심이 없었다. 노년에는 나이에 걸맞은 대접을 거의 받지 못하는 법이다. 조플로야는 머리에 깃털로 장식한 터번을 쓰고 있었다. 그는 검은 피부색과 대조적인 진주 목걸이로 치장하고, 눈처럼 하얀 복장으로 뱃고물 가까이에 반신반인(半神半人)처럼 우뚝 서 있었다.

주변 사람들은 절묘하게 조화를 이루는 그의 모습에 매료되었다. 환상에 홀린 사람들에게는 물결 소리조차 경의를 표하는 음악으로 들렸다.

이 운명적 여행은 더할 수 없이 조짐이 좋았다. 가여운 베렌차는 부정한 빅토리아를 산으로 둘러싸인 고독 속으로 이끌며 승리감에 젖어 있었다. 그것은 오랫동안 흠모하던 여인을 혼인 제단으로 이끄는 신랑에게서도 찾을 수 없는 승리감이었다. 그녀가 곁에 있으면 그는 결코 외롭지 않았다. 그에게 그녀는 기쁨으로 가득 찬 세상이었다. 그의 가슴에 활력이 넘쳤다. 질병이 찾아와 아내의 애정을 잃어버릴까 염려하던 차에, 회복할 수 있는 기회를 얻은 것 같아 고마웠다.

간략히 요약하자면, 그들은 무사히 토레 알토에 도착했다. 빅토리아는 음산하고 은밀한 쾌락을 느꼈다. 베렌차의 성은 숲의 경계선에 있는 깊은 골짜기에 위치한 데다, 주변에는 마을도 작은 부락도 없었다. 그곳은 깊은 적막에 휩싸여 있었다. 성의 뾰족한 꼭대기 위에 양옆으로 솟아난 커다란 바위가 등골을 오싹하게 하는 장엄한 분위기를 자아내며 성을 반쯤 둘러싸고 있었다. 어떤 소리도 그 정경의 숭엄한 침묵을 방해하지 않았고, 단지 가파른 경사를 달려와 아래 깊숙한 바닥으로 맹렬히 떨어지는 폭포 소리만 들렸다. 가장 가까이 있는 수도원에서 저녁 기도 시간을 알리는 엄숙한 종소리가 아득히 울렸다. 간간이 성 쪽으로 바람이 불어올 때면 신성한 오르간의 나직한 울림이 바람 사이사이에 끼어들었다. 그것은 인간이 만든 소리라기보다 대기 중에 떠도는 영혼들의 신비한 음악 같았다.

"드디어 왔어." 도착 다음 날 아침, 빅토리아는 침실 창밖의 경이로운 정경과 그것이 자아내는 광활한 사막처럼 끝없이 펼쳐진 호젓함을 보며 말했다. "여기서는 내 소원을 이룰 때까지 걱정 없이 갈 수 있을 거야. 여기선 누구도 은밀한 행동을 엿보지 못할 테니까. 영혼의 욕망을 이루는 데 필요한 행동들. 자, 행복한 고독이여, 어서 오너라, 어서. 너는 내가 기다려 온 사랑이 결실을 맺는 걸 처음으로 목격하리라. 이런 사랑에 반대하는 것들은 모두 파멸할지어다!"

그녀는 이렇게 말하면서, 눈으로는 산속 세상을 이리저리 방황하고 있었다. 그리고 생각은 그보다 훨씬 더 먼 곳에 있었다. 베렌차의 감미로운 음성이 그녀를 깨웠다. 베렌차가 그녀의 팔을 부드럽게 잡더니, 무슨 공상에 그리 잠겨 있었는지 웃으며 물었다.

빅토리아는 작은 소리로 겨우 대답했다. 죄책감에 물든 그녀의 구릿빛 볼이 살짝 달아올랐다. "주변 경치의 웅장함을 감상하고 있었어요, 주인님."

"사랑하는 빅토리아, 그거 알아." 베렌차가 대꾸했다. "이렇게 아름다운 곳에 머무르며 깨끗한 공기를 마시니, 이번 여행 덕분에 벌써 건강해진 것 같은 착각이 들어."

빅토리아는 그 생각이 진정 착각이라는 것을 알았다. 전날 저녁 그녀는 그가 피로에 지쳐 있을 때 죽음을 부르는 묘약을 주었다. 그때의 상황이나 창백한 그의 얼굴을 보고 분명히 알 수 있었다. 그럼에도 아프지 않다고 말하는, 뻔한 그의 주장이 잠시 마음에 걸렸지만 그녀는 다음에 더 많은 독약을 섞어야겠다고 생각했다. 당장은 그와 함께 창문을 뒤로하고 아침 식사를 하기 위해 가족들에게 갔다.

빅토리아는 혹독하게 미개한 생활을 참아 내며 열흘이 가기 전에 독약의 마지막 가루를 백작에게 투여했다. 그리고 저녁에는 무어인을 만날 요량으로 산책을 나갔다. 토레 알토에 도착한 후로 그와 대화할 기회가 거의 없었다.

그녀는 오솔길이 거의 보이지 않는 숲속으로 접어들었다. 숲이 우거지고 적막함이 더해 갈수록 조플로야가 은신처로 택했을 가능성이 높을 것이라고 생각했다.

더 멀리 가기 전에 마치 그녀가 원하는 바를 감지한 듯, 조플로야가 오솔길 건너편 나무들 사이로 진중하게 나타났다. 빅토리아는 큰 소리로 불렀다. 그가 걸음을 멈추더니 살짝 고개를 숙였다. 그리고 그녀가 다가올 때까지 그대로 있었다.

빅토리아는 보다 중요한 화제를 꺼내기에 급급해 조플로야의 냉랭하고 도도한 태도를 의식하지 못했다. 그는 그녀에게 서둘러 다가가지 않고, 그가 서 있는 곳으로 그녀가 올 때까지 느긋이 기다렸다.

"조플로야." 그녀는 그의 팔을 잡고 앞으로 속히 나아가며 말했다. "내가 참고 있는 이 고통에서 즉시 구해 줄 수 있겠니? 이렇게 멀리 왔는데, 기다리는 게 너무 지겨워. 네가 진심으로 도움을 주고 싶다면, 바라건대 빠르고 효과적인 방법을 부탁해."

"부인." 무어인은 근엄하게 대답했다. "당신은 내가 지시한 것보다 앞서가고 있어요. 경솔한 행동 때문에 계획이 거의 무산될 지경이죠. 지금 백작이 앓고 있는 병은 조금씩 자연스럽게 종말의 순간으로 이어져야 합니다. 그 과정에서 급작스러운 사망 사건의 근거가 될 수 있는 것이 그의 **외관**에 나타나선 안 돼요. 그럴 경우 즉각 의심을 살 테니까. 그리고 이후엔 온갖 색깔의 법복을 입은 판사들을 만나겠죠. 그러니 조심해야 합니다. 제가 퉁명스러운 것은 이해하시고⋯⋯." 그는 덧붙였다. "자, 받아요. 백작을 확실히 변화시킬 겁니다. 7일분이에요. 그보다 빨리 써 버리면 안 됩니다. 부인, 경고하지만, 내 지시를 약간이라도 어기면, 내가 계획한 효과를 약화시킬 겁니다. 지시를 정확히 따랐을 때의 효과보다 못하다는 거죠." 그러고 나서는 빅토리아의 손에 작은 종이를 건넨 뒤, 냉랭한 태도로 고개를 숙이고, 놀랄 정도로 재빨리 깊은 숲속 은신처로 사라졌다.

'범상치 않아.' 빅토리아는 성으로 돌아오는 오솔길을 걸으며 생각했다. '묻고 싶은 질문은 많은데, 물어볼 시간이 없으니 어쩌지? 그에게 부탁할 것이 수천 가지인데, 혀는 제 역할을 못하고, 나는 여전히 불만스러우니 어찌할까?' 그녀는 이렇게 되새기며 발걸음을 재촉했다. 해가 지면서 어둠의 그림자가 내려앉고 있었다. 성에 가까워지자, 엔리케가 보였다. 그는 마치 그녀를 찾아 나선 것처럼 다가오고 있었다. 그는 그녀를 사로잡는 파괴적인 정열의 대상이었다. 하지만 그는 그런 사정을 몰랐다. 그를 보자, 빅토리아는 가슴이 두근거리고 만감이 교차했다.

"형수님." 그가 다가오면서 소리쳤다. "형이 가 보라고 해서 나왔습니다. 시간이 늦어지자, 걱정되나 봐요. 형수님이 없으니 형이 조급해하네요. 내가 찾아서 모셔 오겠노라고 했죠."

"고생이네요." 빅토리아는 비난조로 말했다. "안 했으면 더 좋았을 일을 하고 있으니 말예요."

"아니, 그렇지 않습니다. 정말이에요." 엔리케는 냉정하면서도 정중하게 말했다. "사랑하는 형의 마음을 잠깐이나마 편하게 해 주는 일인데, 고생이라고 할 수도 없죠. 형의 부탁을 들어주는 것도 그렇고, 하찮은 요청을 받드는 것도 절대 고생은 아니에요."

"나를 위해 나왔길 바란다면, 그건 심히 하찮은 바람이겠죠." 빅토리아가 우울하게 말했다.

"그렇게 말하지 마세요, 형수님."

그가 말할 때, 빅토리아가 불쑥 튀어나온 돌부리에 걸려 주춤거렸다. 엔리케는 반사적으로 그녀의 팔을 잡았지만, 빅토리아는 거칠게 뿌리쳤다. 그녀는 눈물을 글썽이며 말했다.

"상관없어요, 엔리케 경. 내가 넘어지든 말든 상관없다고요."

"무슨 말씀이세요, 형수님! 왜 그렇게 생각하세요? 그런 결론을 내리도록 제가 무례하게 굴었나요?"

"아시잖아요. 당신이 싫어하는 걸 알아요." 빅토리아는 완전히 무방비 상태로 자신을 내던지며 울먹이는 음성으로 소리쳤다.

엔리케가 놀라 그녀를 보았다. 그는 어떻게 대답해야 할지 몰라 당혹스러운 분위기에 고개를 숙였다.

빅토리아는 잠시 아무 말 없이 가만히 있었다. 그러고는 좀 더 안정된 목소리로 말을 이었다.

"만약 백작이 릴라를 찾으라고 했다면 얼마나 민첩하게 그 말에 따랐겠어요."

"아!" 엔리케는 가볍게 대답했다. "누가 나한테 릴라를 찾으라고 말하겠어요? 내 시선은 늘 그녀에게 붙잡혀 있어서, 이미 일상이 된 그 기쁨을 금세 찾아 나섰겠죠."

빅토리아는 분노와 질투가 뒤섞인 눈빛으로 엔리케를 매섭게 쏘아보았다. 그는 그녀 쪽을 보지 않았다. 그랬더라도 그 시간에는 너무 어두워 끔찍한 그녀의 표정을 보지 못하고 그저 감으로 느꼈을 것이다. 그녀는 난폭한 감정을 조금씩 가라앉히고 절제된 목소리로 물었다.

"엔리케, 당신은 릴라를 사랑하죠?"

"사랑이라고요!" 그는 단호하게 대답했다. "그녀를 동경합니다! 숭배하죠! 그녀는 내 눈의 등(燈)이요, 내 영혼의 빛이요, 내 삶을 발동시키는 생명수예요. 그녀가 없다면, 나에게 삶이란 서글픈 공터일 겁니다. 운명이 그녀를 이 세상에서 가로채 간다면, 나는 죽을 겁니다. 정말로요. 내 영혼이 다음 세상에서 그녀를 만날 수 있도록 속히 죽을 겁니다. 육체는 무덤 속 순결한 그녀의 형체 옆에 안치되겠죠."

"아아, 미쳤군, 미쳤어!" 빅토리아는 무심결에 엔리케의 팔을 잡으며 중얼거렸다.

"형수님, 어디가 불편하신가요?" 그가 걸음을 멈추고 물었다.

"아니, 아니, 아니에요. 나는…… 나는 다시 넘어질 뻔했어요." 그녀는 호흡을 가다듬으며 대답했다. 순간 그녀는 가슴에 숨긴 분

말을 릴라에게 사용하면 안 될까 망설였다.

그 생각이 스쳐 갈 때 빅토리아는 한 소녀가 어스름한 곳에서 나와 그들 쪽으로 뛰어오는 걸 보았다. 천상의 요정 같았다. 날이 어스름해 그 우아한 움직임은 거의 땅에 닿지 않는 것처럼 보였다. 가슴속 분노는 이내 냉소적인 경멸로 바뀌었다. 그녀는 가장 나약한 자연의 산물이었다. 언제라도 전혀 힘들이지 않고 파괴할 수 있을 것이다. 저렇듯 티끌처럼 보잘것없는 애에게 신경을 썼다니. 빅토리아는 자신이 한심스럽기까지 했다.

엔리케는 곧장 그녀에게 다가갔고, 빅토리아는 그 뒤를 따랐다. 그리고 모두 함께 성으로 돌아왔다. 다정한 릴라는 왼손으로 빅토리아의 허리를 감싸고 오른손으로는 그녀의 손을 잡고 걸었다. 그들은 베렌차가 기다리는 방으로 들어갔다. 그는 심홍색 소파 위에 누워 있었다. 창백한 안색에는 죽음의 기색이 더욱 짙게 감돌았다. 그는 빅토리아를 보자 그녀에게 손을 뻗으며 탄식했다.

"오, 내 사랑, 어디 갔던 거요? 상냥한 간호사가 레모네이드 한 잔 타 주길 고대하고 있었는데."

"숲속을 거닐었어요, 여보." 빅토리아가 대답했다. "생각했던 것보다 더 멀리 갔나 봐요. 빨리 마실 것을 준비해 올게요."

그녀는 그렇게 말하면서 방을 나갔다. 그리고 몇 분 후 레모네이드 한 잔을 가지고 돌아왔다. 잔에는 충분한 양의 독약이 첨가되어 있었다. 비운의 베렌차는 목이 타는 듯 그것을 바닥까지 마셨고, 쇠약해진 위장은 더해진 충격에 손상을 입었다. 그는 빈혈이 있다고 투덜대며 빅토리아에게 옆에 앉으라고 손짓했다. 부정한 그녀의 가슴에 머리를 기대고 이내 깊은 잠에 빠져드는 것처럼 보였다. 그러나 곧 격렬한 경련을 지속적으로 일으키며 뒤척였다. 아무것도 모르는 순진한 숨결이 그의 입술을 떠나 빅토리아의 얼굴에 스쳤다. 그는 그녀의 냉혹한 마음을 전혀 비난하지 않았다. 그의 볼은 열기가 지나가고 이제는 창백하게 변했다. 손이 무의식적으로 떨렸다. 육체의 다른 부분도 주체할 수 없이 경련을 일으켰다. 입술은 덜덜거렸고, 눈꺼풀은 신경과민으로 흔들렸다. 눈을 반쯤 뜨자 엷은 안개가 긴 것처럼 흐릿하게 보였다. 빅토리아는 독약을 너무 많이 탄 게 아닌가 걱정되어 심장이 두근거렸다. 베렌차는 눈을 반쯤 뜬 채 깨어나지는 않았다. 그녀는 타는 듯이 뜨거운 그의 손을 꼭 잡았다. 자기만 아는 두려움 때문이었다. 이 행동이 베렌차의 떠돌던 감각을 한순간 깨웠다. 그는 뒤척이며 눈을 떴다. 안개는 걷혔다. 빅토리아가 자기 쪽으로 몸을 숙이고 있는 것을 깨닫고 그는 뭐라 불평하려 했지만 입술 주변에서 맴돌았다. 그의 생명을 부러 소멸시키고 있는 이 가식적인 여자를 불편하게 할까 봐, 그는 다정한 미소를 지으며 고통스러운 표정마저도 그 미소 안에 숨기려 했다. 그리고 가슴에서 터져 나오는 고통의 한숨도 꾹 눌러 삼켰다.

"사랑하는 베렌차, 무척 안 좋아 보여요." 관심을 쏟는 것처럼 그를 응시하며 빅토리아는 말했다.

"약간 기운이 없는 것뿐이야, 여보." 그는 대답했다. "와인 몇 잔이면 활력을 되찾을 거야." 이렇게 말하며 그는 일어났다. 체력이 크게 떨어져 경련이 이는 것을 느꼈다. 하지만 아무도 그것을 보지 못하게 하려고, 특히 빅토리아의 눈에 띄지 않게 하려고 애쓰며, 그는 모두 다이닝 룸으로 가라고 종용했다. 그날 밤 그는 해로운 독을 섞지 않은 와인을 마실 수 있었다. 그녀가 연민을 느껴서가 아니라 간사한 책략에 따른 조치였다. 그녀는 간격을 두어야한다는 사실이 유감스러워 씁쓸했다.

제23장

약이 할당된 그 주(週)가 다 가기 전에 비운의 베렌차에게는 뚜렷한 변화가 일었다. 죄 없는 남편의 피에 목말라하는 빅토리아의 영혼도 그 변화에 만족했다. 베렌차는 절실한 애정으로 그녀를 바라보았으나 허망한 짓이었다. 불타는 갈증에 마실 것을 달라고 하는 것도 무익한 일이었다. 그는 빅토리아가 아닌 다른 사람의 도움을 받을 수가 없었다. 하지만 이런 처지도 그녀의 잔악한 결심을 되돌리진 못했다. 연민이나 회한의 감정 역시 그녀를 건드리지 못했다. 그녀는 오직 자신이 위험에 빠지지 않도록 주의하며 그가 탐욕스럽게 마시는 잔에 파괴적인 독을 섞었다. 그것은 활활 타오르는 불꽃에 기름을 붓는 것과 같아서 그의 혈관에 흐르는 열기를 결코 식힐 수가 없었다.

그러나 베렌차는 자신이 곧 죽으리라는 것을 상상도 하지 못했다. 그는 종종 예전 물건들이 싫증 나고 지루했다. 마음속에 이는 무기력함으로 공허했고, 자기 기분을 제대로 가늠할 수 없었다.

또 수시로 변했다. 가끔 정신을 차리기도 했지만, 그것이 심장 박동을 통해 생동감 있는 기류로 확산되지는 못했다. 원기를 북돋우지도 못했고, 활력이 남아 있지도 않았다. 와인의 힘을 빌려 억지로 만든 일시적인 생동감처럼 모든 것이 그와는 무관해 보였다. 와인이 만들어 준 야수의 기운이 떠나면 그는 언제나 더 약해졌고, 고군분투의 긴장감이 풀리면서 더욱 기가 빠졌다. 빅토리아는 그 모습을 보면서, 와인은 그에게 잠시 활력을 주지만 동시에 생기를 태워 없애 버린다는 결론을 내렸다. 그래서 더 많이 마시도록 권했다. 그것은 일석이조의 효과가 있었다. 그가 위험한 현실을 깨닫지 못하게 하면서 동시에 죽음을 재촉했다.

그는 기침이 점점 더 심해지고 있었다. 운동하는 게 피곤했고, 빅토리아를 제외한 누군가를 만나는 것도 싫었다. 결국 전적으로 그녀에게 의지하게 되었다. 그럼에도 그녀는 조플로야가 지시한 범위를 감히 넘어서지는 않았다. 아직도 백작의 용모에는 의미심장한 변화가 나타나지 않고 있었다. 피부는 윤기가 없어 보였지만 종종 붉은빛이 감돌며 빛났고, 많이 약해졌다고는 하나 약간 여윈 정도였다. 식욕은 게걸스럽다고 할 정도까지 늘었다.

상황이 이런 까닭에, 베렌차는 자신이 실로 위험한 지경에 이르렀다고는 생각하지 않았다. 대신 당시에 빅토리아가 꾸며 낸 희망에 부응해, 이 질환은 (빅토리아가 제안하듯) 감기를 방치해서 걸린 것이라고 확신하며 타고난 튼튼한 체질로 극복하리라 생각했다. 그는 아펜니노의 숲속을 거닐고 싶지 않았다. 꽤 먼 거리에 음울한 성들이 여기저기 흩어져 있었는데 그곳 거주민들과 전혀 교제하지 않았다. 빅토리아도 그들에게 관심받는 위험을 피하고 그를 더욱 안전하게 관리하기 위해, 그가 회복하려면 정숙과 안식이 절대적으로 필요하다고 강조했다.

그녀가 무엇을 하든지 간에, 그게 좋든 그렇지 않든, 베렌차에 게는 모두 법이 되었다. 그는 절박했고 그녀를 맹신했다. 그녀는 사랑스러워 보였으나 손으로는 그를 배신했다. 그에게 파멸의 잔을 건넬 때면 어느 때보다 다정했고, 그는 그녀의 가식적인 친절과 그럴듯한 헌신에 속아 예전에 가졌던 냉정함이나 불만을 모두 잊어버렸다. 그래서 가끔 바싹 마른 입술로 잔을 가져가기 전에, 빨리 마시고 싶었지만, 그 잔을 전하는 거짓된 손에 입을 맞추었다.

엔리케가 형에게 의사를 만나 증세를 설명하고 소견이라도 들어 보자고 간청했으나 소용없는 일이었다. 베렌차는 분별력이 없었고, 완강히 거절했다. 빅토리아만 있으면 충분하니 정성스러운 그녀의 간호에만 의지하겠노라고 했다.

독약은 바닥을 드러내고 있었다. 그 주가 다 지나갔다. 베렌차는 아직 살아 있을 뿐만 아니라 어제 그제는 위축되어 보이지도 않았다. 빅토리아는 야만인처럼 극도로 성말라 갔다. 허물어져 가는 육체를 어떻게든 살려 보려고 버둥거리는 그 유약한 생명을 저주했다. 그래서 그녀는 다시 조플로야를 만날 때가 되었다고 생각하며 지난번에 만났던 숲속 장소로 향했다. 그녀가 가까이 가자 이번에는 무어인이 그녀를 기다리고 있었던 것처럼 금세 앞에 나타났다. 그가 말했다.

"백작이 기운 있는 걸 보고 조급해하시는군요, 부인. 그렇죠? 그러나 앞으로는 만족할 겁니다. 당신의 목적이 이루어질 테니까요. 그는 오래 살지 못합니다."

"그렇지만 오늘 저녁에는 8일 전보다 나빠 보이지 않던데……."

"그럴 수도 있겠죠, 부인. 그건 불치병으로 악화되어 가는 과정이니까요. 이제는 그를 완전히 파멸시키겠다며 더 이상 뭘 하려고 해선 안 됩니다. 비록 어떤 약물 치료가 시도되더라도 그는 결코 회복되지 못할 겁니다. 그는 빠르게 사멸되어야 하니까."

"얼마나 빨리? 아니면 몇 년 동안 숨이 붙어 있어? 늙어서 지금 내 속에서 활활 타고 있는 불길이 식어 버릴 때까지, 아니면 내 열정이 말라비틀어질 때까지, 내 체력의 기세가 꺾여 버릴 때까지! 오, 조플로야! 나를 돕고 싶다면 당장 하는 게 어때. 넌 여태껏 별일 아닌 것처럼 하고 있잖아."

무어인이 뒤로 물러서며 빅토리아를 매섭게 노려보았다. 빅토리아는 그렇게 오싹한 모습을 한 번도 본 적이 없었다. 순간 그녀는 득의만만하던 분노를 가라앉히고 눈을 내리깔았다. 입술로 터져 나오려는 말을 삼키느라 그녀는 부들거렸다. 그랬다. 빅토리아는 어떤 인간 앞에서도 이렇게 떨었던 적이 없었다. 아버지를 모욕하고 괴롭힐 때도, 어머니에게 욕을 퍼부을 때도, 남편을 무덤으로 보내려고 작심할 때도 떨지 않던 빅토리아가 지금 조플로야 앞에서 떨고 있었다. 그녀는 지금 느끼는 그 감정을 자기 자신에게도 표현할 수 없었다. 그녀는 멀찍이 서 있는 무어인에게 엉겁결에 다가가 그의 손을 잡으며 말했다. "용서해 줘, 조플로야. 퉁명스럽게 말해서 미안해. 원하는 게 자꾸 미뤄지니까 짜증이 나서 그랬나 봐. 머리가 혼란스럽고 산만해서."

"괜찮습니다, 부인." 무어인이 정중하면서도 도도하게 몸을 굽히고 손을 흔들며 대답했다.

"용서해 주는 거지, 조플로야. 그럼 감히 조언을 부탁해도 될까."

"부인, 내 말은 조언이 아니라 명령입니다. 내가 완전히 확신할때까지는 지켜보아야만 합니다. 내가 속인 적이 없다는 걸 당신도잘 알잖아요. 그러니 아직 비난하기엔 이르죠. 내가 속인 걸 발견하면 모를까, 그때까지는 참으셔야죠. 그동안은 의심하지도 말고.내 도움이 필요하다면, 잘 계산된 계획에 맞춰 내가 효과적으로진행할 수 있도록 가만히 내버려 둬요. 내가 준 약이 백작을 파멸시킬 것이라고 얘기했죠. 서서히 작용할 것이라고 덧붙이지 않았나요? 당신의 서두름 때문에 당신이 바라는 것을 영영 망쳐 버리고, 내가 여기서 당장 그만두기를 원하십니까?"

"알았어, 조플로야. 이제부턴 네 명령만 따를게. 이마의 인상 풀고, 평소처럼 좀 웃어."

"아름다운 빅토리아! 당신은 미워할 수가 없군요." 한쪽 무릎을굽히며 조플로야는 말했다. "이제 제가 용서를 구하지요. 약속하건대, 당신을 온 마음으로 섬기겠나이다."

"공손하기도 하셔라, 조플로야. 일어나 내 손을 잡아." 헛되이 우쭐해진 빅토리아가 말했다. "그대에게 어떻게 보상할 수 있을까."

"부인이 제 시중을 받아 주시는 게 보상입니다. 이제 제 얘기를 들어주세요. 부인은 베렌차가 이 땅에서 당장 사라지기를 원합니다. 저

는 그가 마신 독의 효과가 끝을 볼 때까지 기다려야 한다고 조언하고 싶습니다. 하지만 당신이 원하는 바를 만족시키고, 무엇보다 당신을 실망시키지 않기 위해 즉각 효과가 나타나는 약을 가지고 왔지요. 이번 경우에는 뜻밖의 실패를 범하지 않도록 양을 정확하게 재서 약간 추가해야 할 겁니다. 아니면 투여량을 늘리든지. 다른 사람에게 미리 시험해 봐도 좋을 것 같은데……." 그는 여기까지 말하고 입을 닫았다.

"그럴 사람이 없어." 빅토리아는 의아해하며 말했다.

"고아 릴라를 돌보는 나이 든 친척 부인이 있지 않나요?" 조플로야가 말했다. "내가 보기에 그 부인은 쓸모없는 식객 같던데. 그리고 나중에 문제를 일으킬 수도 있고."

"맞아." 빅토리아는 대꾸했다. "시험하기에 딱 맞아."

무어인은 음흉스럽게 히죽거렸다. "그럼, 부인, 참견하기 좋아하는 그 부인을 숲속으로 데려오세요. 그러면 당신이 미리 부탁한 것처럼, 내가 와인이나 레모네이드 두 잔을 가지고 나올게요. 부인 옆에 놓인 잔은 부인이 드시고, 다른 잔은 노부인에게 주세요. 그녀는 무덤가에서 비틀거리는 사람처럼 허약하죠. **그녀가** 마시고 효과가 즉각 나타나지 않으면, 백작에게는 알약 하나를 더해야 합니다."

"만약 즉효를 보이지 않는다면 우린 들통날 거야, 조플로야."

"그건 나한테 맡겨 두세요, 부인. 내가 해결하지요. 내가 물러가면 속히 성으로 달려가 귀부인이 구덩이에 빠졌다고 도움을 청하세요. 사람들이 쉽게 믿을 겁니다."

"부인이 죽으면 독의 흔적이 남지 않을까?" 자기중심적인 빅토리아가 말을 가로챘다.

"그건 죽은 뒤에 나타나는 자연스러운 **현상**이라고 할 겁니다. 다들 그렇게 믿고 의심하지 않겠죠. 날 믿어요, 어여쁜 빅토리아. 당신이 발각되지 않도록 제가 신중하게 신경을 쓸 겁니다."

"좋아, 그럼 그 가루를 줘. 무조건 너만 믿을게." 무어인은 독이 든 작은 종이를 그녀의 손에 건넸다. 다음 날 아침에 그 효과를 시험하기로 그들은 합의했다. 그리고 헤어져 각기 다른 길을 이용해 성으로 돌아갔다.

이튿날 아침 빅토리아는 기회를 엿보다가 늙은 부인이 있는 작은 방으로 갔다. 다른 사람을 간섭하지 않는 부인은 조용히 창가에 앉아 산에서 불어오는 신선한 미풍이 창틈으로 들어오는 것을 즐기고 있었다. 젊은 가족들이나 다정한 릴라도 엔리케에 빠져 있어서 그녀에게는 관심이 없었다. 그래서 외로웠던 부인은 빅토리아가 들어오자 반갑게 웃으며 맞았다. 특히 빅토리아는 다른 사람들보다 더 무심했었다.

"정말이지, 항상 혼자시네요, 부인." 그녀는 들어오면서 큰 소리로 말했다. "그럼……." 환심을 사려는 듯 명랑한 어조로 말을 이었다. "제가 밖으로 모실게요. 방 안보다는 탁 트인 곳에서 공기를 들이마시는 게 훨씬 더 좋을 거예요."

가여운 부인은 뜻밖의 정중한 호의에 놀라고 우쭐해져 일어났다. 그녀의 수족이 부들거렸다. 그러나 부인은 할 수 있는 한 민첩하게 행동했다.

"나한테 기대세요, 부인." 빅토리아가 말했다. "제가 도울게요."

심약한 부인은 고마워하며 정중하게 빅토리아의 제안을 받아들였다. 허약해서 숨차 하면서도 마침내 그녀는 숲 근처에 다다랐다. 빅토리아는 지연되는 게 짜증 나고 괴로웠지만, 부인을 몇 분 정도 그녀의 팔에 기대어 쉬게 해야 했다. 사악한 목적을 이루는 데 그녀의 사악한 재능은 유용했다. 주변에는 아무도 보이지 않았다. 자신을 의심하지 않는 동반자가 신선한 공기를 마시며 조금이나마 허약한 기운을 회복하자, 빅토리아는 여느 때와 다른 경의를 표하며 더 음침한 숲속으로 들어가자고 설득했다. 마침내 그녀를 유인하는 데 성공했다. 그곳 한쪽 면으로는 경사진 암벽이 있고, 그 아래에는 불쑥 튀어나온 공간이 있었다. 빅토리아는 햇빛과 바람을 막아 줘 안락하고 둘이 앉을 만한 자리가 있으니 그곳에서 쉬자고 제안했다. 그리고 위선적인 친절을 베풀며 부인을 도와 자리를 잡았다.

가여운 부인은 공손하고 고마운 마음에 불평하지 않았지만, 빅토리아는 부인이 힘들어 하는 것을 무한히 동정하는 것처럼 말을 건넸다. "정말 많이 지쳐 보이시네요. 이건 부인에게 너무 힘든 운동 같아요. 성으로 돌아가 드실 것을 약간 챙겨 올게요. 보통 때 같으면 이 시간에 무어인 조플로야가 과일 주스나 레모네이드를 가지고 올 텐데."

"오, 산타 마리아,* 당치도 않은 소리야!" 부인이 대꾸했다. "그런 일로 무리하지 마시구려! 잠깐 쉬고 나면 괜찮아질 거야. 근데 내가 이제 젊지는 않은가 봐, 부인."

그때 빅토리아는 나무들 사이로 조플로야의 터번을 보았다. 에메랄드로 장식된 터번은 햇빛에 반짝거렸다. 그녀는 심장이 두근거렸다. 그가 은빛 쟁반에 가져온 레모네이드 잔을 받으려고 그녀는 일어났다. 무어인이 그녀 쪽에 준 잔은 착실히 챙겨 놓고 아무것도 모르는 부인에겐 다른 잔을 건넸다. 부인은 감사의 미소를 지으며 허약한 손으로 받았다. 빅토리아를 바라보는 그녀의 흐릿한 눈에 고마움이 어렸다.

그러나 그녀는 치명적인 잔을 입술에서 떼기도 전에 지독한 고통을 느끼며 고개를 떨어뜨렸다. 무언가를 말하려 했고, 움푹 들어간 눈동자는 끔찍하게 흔들렸다. 그리고 격렬한 발작을 일으키며 어렵게 입술을 떼었다. "이건…… 이건 독약이구나!"

"죽지 않을 것 같아." 빅토리아는 낮은 목소리로 무어인에게 투덜거렸다.

조플로야는 대꾸하지 않고 웅크려 앉더니, 괴로워하는 노부인의 비쩍 마른 목을 거무스름한 손으로 조였다. 소리가 제대로 나오지 못하고 그 안에서 가르랑거렸다. 그는 일어나서 차분한 표정으로 입술 위에 손가락을 댔다. 그러고는 성 쪽을 가리키고 뒤로 사라졌다.

빅토리아는 그 동작을 이해했다. 무시무시한 범죄가 일어났지만 그녀는 놀라거나 충격을 받지도 않고 그 후미진 곳을 벗어나 달렸다. 성에 다다르자 그녀는 큰 소리로 도움을 청했다. 하인들이 즉각 사방에서 튀어나왔고, 노부인이 끔찍한 참변을 당했다는 소식에 곧장 그곳으로 달려갔다. 베렌차조차 고통과 피로를 잊고 떨리는 마음으로 그보다 앞서간 서글픈 운명을 지켜보았다. 아무것도 모르는 릴라는 하나뿐인 피붙이의 생기 없는 육체에 기댄 채 넋을 잃고 번민하며 탄식했다. 이제 그녀는 친구 하나 없는 세상에 버려진 애처로운 외톨이가 되었다.

"매정하기는." 엔리케가 고통스러운 현장에서 그녀의 주의를 돌리려고 안간힘 쓰며 말했다. "릴라, 당신에겐 내가 있는데, 어떻게 친구가 없다는 거야?"

그러나 릴라는 대답하지 않았다. 창백한 뺨에는 괴로움의 눈물이 줄줄 흘러내렸다. 그녀의 가슴은 불길한 예감으로 그득했다.

엔리케는 릴라의 허리를 감싸 안고 그곳에서 벗어났다. 빅토리아가 적의에 찬 눈빛을 보내며 지나가는 그들을 지켜보았다.

사람들은 노부인이 구덩이에 빠져 숨졌다고 믿었다. 어떤 이는 허약해진 체질에 산 공기의 영향이 너무 강렬했다고 말하고, 또 어떤 이는 갑작스러운 발작이 덮쳤을 것이라고 했다. 더 똑똑한 사람들은 노환으로 삶의 무거운 짐을 더 이상 질 수 없게 되자 신의 섭리가 개입한 것이라고 했다. 누구도 진짜 사인을 짐작하지 못했다. 생명이 끊어졌던 끔찍한 현장에는 냉혹한 가해자 외에 다른 목격자가 없었다. 공범의 음침한 은거지에서 그 범죄는 구상되었고, 실행되었다.

제24장

　가여운 부인이 끔찍한 참사를 당하고 약간의 시간이 흘렀다. 그 사이에도 빅토리아는 투덜대며 독약을 계속 사용했다. 투약은 느리게 진행되었다. (무어인 조플로야는 마지막 투약을 단호히 거부하고 있었다.) 빅토리아의 욕망이 한층 강해졌다. 그녀는 자기 소원이 지연되는 것에 미칠 지경이었다. 그래서 다시 범행을 지도한 검은 교사자를 찾아갔다. 어느 해 질 녘이었다. 약속도 하지 않았고, 무어인을 만나곤 했던 시간보다 한 시간 정도 이른 시각이었다. 마음속에서는 사악한 마귀들이 격정적으로 날뛰었고, 그녀는 그들의 영향력에 압도되어 아무 생각도 할 수 없었다. 빌어먹을 베렌차는 아직도 방해물로 살아 있었다. 죽음, 그의 죽음만이 그녀의 목마른 영혼을 해갈시킬 수 있었다.

　그녀는 숲속의 가장 울창한 곳으로 발걸음을 돌렸다. 음침한 삼나무와 키 큰 소나무, 높이 솟은 백양나무가 장엄한 음영 속에 뒤섞여 있었다. 건너편에는 가파르게 쌓아 올린 듯한 바위들과 근접하기 힘든 산들이 있었다. 산 정상 여기저기에 시들시들한 참나무가 서 있었다. 멀리서 보니 참나무는 제대로 성장하지 못한 관목 같았다. 거대한 벼랑 아래로는 급류가 쏟아 내려 부딪히면서 격렬한 거품을 일으키며, 바닥을 볼 수 없는 깊은 연못을 만들어 내고 있었다. 적막에 둘러싸인 산골, 가장 외진 이곳은 메아리가 더해지면서 생기는 신비한 속삭임으로 가득했다.

빅토리아는 잠시 멈춰 서서 주변을 둘러보았다. 야생의 음산한 분위기가 음험하고 사나운 욕망에 찬 그녀의 영혼과 어울리는 듯했다. 마음속에 억눌러 왔던 일련의 생각들을 풀어놓자 그녀는 정신이 혼란스럽고 뭔가 못된 짓을 하고 싶었다. 지금까지 그녀가 바라는 행복을 가로막고 있는 것을 참아 왔다는 게 후회되었다. '단도를 썼으면…….' 그녀는 생각했다. '벌써 모든 일을 해치웠을 텐데. 내가 얼마나 어리석었나. 아, 한심해. 신중에 신중을 기하려다 이렇게 오랫동안 사소한 두려움에 손이 묶여 있었다니.' 미칠 듯이 흥분한 그녀는 죄가 드러났을 때의 위험 따위는 생각하지 않았다. 죄의 유혹은 이성의 눈을 멀게 했다. 악마는 그녀의 마음을 포악하게 통치하는 데 성공했다.

"오! 조플로야, 조플로야." 그녀는 몹시 다급하게 그 이름을 불렀다. "너는 왜 여기 없는 거야. 오직 너만이 내 머릿속에서 훨훨 타오르는 광기를 누그러뜨릴 수 있는데!"

그녀는 말을 마치면서 이마를 손으로 세게 치고는 땅바닥에 쓰러져 얼굴을 묻었다.

돌연 매혹적인 선율이 그녀의 귓가를 스쳤다. 전율이 흐르는 플

루트의 이중 화음 같았다. 그녀는 아름다운 멜로디를 들으며 기분이 누그러지다가 짜증 내기를 되풀이했다. 근처 수도원의 오르간에서 나는 엄숙한 음률 같지는 않았다. 아니, 인간이 만들어 낸 화음이 아닌 듯싶었다. 그리고 수도원은 성의 반대편, 거대한 바위를 내려가는 길 중간에 있었다. 성 쪽으로 바람이 불어와도 묵직하게 울려 퍼지는 음악의 낮은 키를 듣기에는 그녀가 너무 멀리 나와 있었다. 부드러운 선율은 계속되었고 그녀는 번뇌와 쾌락 사이를 오가며 괴로워했다. 어느 순간에는 엔리케가 젊은 날의 아름다움을 지닌 멋진 모습으로 품위 있게 눈앞에 나타났다. 그는 강렬한 욕망의 대상이 되어 그녀의 사랑을 갈구했다. 뒤이어 들려오는 서글픈 곡조를 들으며 그녀는 미치도록 흠모하는 남자를 영원히 소유하지 못하리라는 생각에 몸부림쳤다. 그들 사이를 가로막는 장애물을 결코 극복할 수 없을 것 같았다. 요동치던 감정이 다시 가라앉으면서 그녀의 머릿속에는 보다 덜 위태로운 생각이 들었다. 그럼에도 그 소리에 신경을 쓰지 않을 수 없었다. 드디어 멜로디가 잠깐 멈추었다.

"감미로운 천상의 소리로다." 그녀는 감탄했다. "그렇지만 나에겐 고통스러운 감동을 준다. 복잡한 심상을 위로하기보다는 더욱 산란케 하는구나! 어서, 어서 빨리, 조플로야의 발소리가 들렸으면. 목소리, 이 모든 음악보다 더 달콤한 그의 목소리가 들렸으면."

"발소리는 아니지만, 여기에 목소리가 있습니다, 세상에서 가장 아름다운 부인." 진정으로 음악의 감미로운 선율에 견줄 만한 음성이었다. 빅토리아는 옆에 장중하게 서 있는 무어인을 보았다.

"넌 정말 놀라워." 그녀는 감탄했다. "오는 소리를 전혀 못 들었어. 언제 온 거야?"

"저는 여기 있습니다, 빅토리아. 그거면 충분하지 않나요?"

"내가 너를 기다리는 줄 어떻게 알았어?"

"교감이랍니다, 다정한 빅토리아. 당신에게는 단지 **생각만으로도** 나를 끌어당기는 힘이 있지요. 방금처럼 간절히 몰두하면 이 지구상 아무리 멀리 떨어진 곳에서도 나를 불러낼 수 있답니다."

"좀 더 말해 줘, 조플로야!"

"그 생각들은 역동적이고 또렷해서 당신이 나를 필요로 하는 게 느껴지죠. 당장 내 시중이 필요하구나 하고요. 그런 확신이 들면 저는 분명히 알 수 있습니다."

"그런데 어떻게 **내** 생각을 꿰뚫어 보는 능력을 갖게 된 거지?"

조플로야는 그녀를 빤히 쳐다보다 살짝 웃었다. "지금도 생각을 읽을 수 있죠, 어여쁜 빅토리아! 붉게 달아오른 볼이며 흔들리는 눈동자는 놓칠 수 없는 증표니까요."

그 관찰력을 부정하지 못하고 빅토리아는 깊은 한숨을 내쉬었다. 그녀는 더 이상 묻지 않았다.

교활한 무어인은 교묘하게 환심을 사면서 빅토리아의 관심을 그녀의 내적 감정으로 돌렸다. 그것만으로도 그녀를 사로잡기에 충분했다. 그녀에게 나머지 일들은 대수롭지 않게 보였다.

"오, 조플로야!" 그녀는 탄성을 질렀다. "넌 진짜 비범해. 내 마음은 너무 혼잡스러워서, 네 도움이 없다면 나는 뭘 해야 할지 모를 거야."

"걱정 마세요." 무어인이 그녀 곁으로 다가가며 말했다. 그녀는 바닥에 팔꿈치를 대고 반쯤 일어나 머리를 손에 기댔다. "걱정 말아요." 그는 거듭 말하면서 축 늘어진 손을 잡았다. 그녀는 가만히 있었다. "사랑스러운 부인에게 필요한 것이 무엇인지 말씀만 하세요. 이 조플로야가 얼마나 헌신적인지 시험해 봐요."

"아! 조플로야. 너도 알잖아, 너는 알아." 그녀는 조급하게 말문을 열었다. 무어인이 진중하면서도 사려 깊은 표정을 짓자, 그녀는 차분히 말을 이었다. "조플로야, 여태껏 네 조언을 따랐잖아. 근데 너는, 네 멋대로, 지금까지 나를 얽매고 있어. 베렌차는 아직도 숨을 쉬면서, 변함없이 내 행복을 가로막고 있지! 내가 불같이 타오르는 초조함을 억누르고 있다는 건 너도 잘 알잖아. 혈관 속의 피가 거품을 내면서 끓어올라. 짝사랑만 하며 오랫동안 질질 끌어온 것에 열불이 나고, 그 속에서 삶의 기력은 시들해지고 타들어 가고 말라비틀어지는 것 같단 말야. 오, 무어인, 너는 친절하고 이해심이 깊으니, 부탁할게⋯⋯. 정말 부탁이야. 그는 과거보다 많이 쇠약해졌어. 하지만 여전히 살아서 내 소원을 비웃고 있잖아. 당장 끝내 버려. 지금 간신히 버티고 있는 고통에서 그를 풀어 줘. 그럼 불평도 멎을 거고, 나도 새 인생을 가질 수 있어!"

빅토리아는 말을 멈추고 무어인을 바라보았다. 그의 눈동자는 마치 불꽃이 튀는 것처럼 번득거려 쳐다볼 수가 없었다. 그녀는 그가 이내 대답해 주길 기다렸다.

"빅토리아." 마침내 그가 입을 열었다. 감미로운 음성이었다. 빅토리아의 가슴속에서 요동치던 감정이 가라앉기 시작했다. "불충

한 내 고집 때문에 당신의 소원을 거절했다고는 생각하지 말아 주세요. 당신을 안전하게 지키려고 그런 거니까요. 저는 근본적으로 당신의 소원을 이루는 데에만 신경 쓰고 있어요. 고아 릴라의 연로한 친척에게 독약을 시험했을 때 그 나약한 생명의 불꽃은 한순간에 꺼져 버렸죠. 당신이 판단을 잘못해서 다음 날 비슷한 양을 백작에게 투여했다면, 그게 유익했을까요? 그 순간 어떤 끔찍하고 위험한 상황이 벌어져 당신의 소망을 모두 망치고, 어쩌면 영원히 마침표를 찍어 버리지는 않았을까요? 잠시나마 시간을 흘려보내는 게 필요했죠. 그렇다고 우리가 손해 본 것은 없어요. 하루라도 그가 무덤에 더 가까이 가지 않는 날은 없었으니까. 아직 숨을 쉬고 생을 연명하고 있어서 그의 호흡과 생기가 거의 바닥까지 와 있다는 걸 당신은 믿지 않지만 실제론 그렇지 않아요. 살짝만 건드려도 그는 저승사자의 품 안으로 굴러 떨어져 머리를 축 늘어뜨리고 있을 겁니다. 먼저 노부인에게 그 약의 효력을 시험하지 않고 경솔하게 그에게 투여했다면 한동안 녹초가 되어 있었겠지요. 그랬다면 분명 의심을 불러일으켰을 겁니다. 이제 맹세하건대, 우리의 계획을 당장 마무리하겠습니다. 저를 믿으세요, 아리따운 빅토리아. 조플로야에게 절대적인 신뢰를 실어 주세요. 베렌차는 한마디 말도 하지 못하고 죽을 것입니다."

"아, 그렇게 내 의중을 받들겠다면, 조플로야." 빅토리아는 무어인의 마지막 말에 기분이 좋아진 듯 웃으면서 말했다. "왜 곧장 나를 찾지 않았어? 끝없이 내달리는 이 고민을 빨리 해결해 줬어야지."

"부인께서 절박한 마음으로 저를 찾으시면 저는 더 만족스럽고 기분이 좋습니다. 그래서 곧바로 나타나지 않았던 겁니다. 부인의 소원을 이뤄 드리는 것도 기쁘지만, 부인께서 몸소 저를 찾으시면 그 기쁨이 배가되니까요. 또⋯⋯." 그는 덧붙였다. "잠깐만이라도 미루는 게 좋을 거라 확신했고⋯⋯."

"오, 그렇게 말하지 마." 빅토리아가 말을 끊었다. "왜, 무엇 때문에 미룬다는 거야?"

"의심을 사지 않도록 조심하는 게 좋아요." 무어인이 대답했다.

"오, 나를 파멸로 몰아갈 작정이구나, 조플로야." 무어인의 얼굴이 찌푸려지는 것을 보면서 그녀는 서둘러 덧붙였다. "그렇게 인상 쓰지는 마, 조플로야. 그냥 나를 빨리 도와줘. 그래서 더 많은 혜택을 보고, 또 영원히 너에게 고마워할 수 있도록 말이야."

"그렇게 될 겁니다." 무어인은 매혹적이면서도 야릇하게 웃으며 대답했다. "당신이 원하는 대로 따르겠습니다. 당신의 계획을 돕고, **그에 따른 결과**는 모두 제가 보호막을 치죠. 이 밤이 물러가면, 누군가 한 사람은 당신 눈에 밉살스러운 존재가 될 겁니다."

"이 밤이라고! 조플로야, 그렇게 말했어?" 빅토리아가 신이 난 목소리로 외쳤다.

"오늘 밤입니다." 무어인이 대꾸했다. "오늘이 가기 전에 부인은 소원이 성취되는 것을 볼 것입니다. 당신에게 쏟아질 위험이나 의심될 만한 것은 모두 제가 처리하겠습니다."

"오! 무어인, 고마워." 빅토리아는 기뻐서 그의 손을 잡고 가슴에 누르며 탄복했다.

그녀를 바라보는 무어인의 눈동자가 번득거렸다. "그 마음을 제가 가질 수 있나요, 빅토리아?" 그는 감격한 어투로 말했다.

"물론이지. 기꺼이 너에게 주지, 조플로야." 그녀는 어색한 표정으로 그를 바라보며 대꾸했다.

"이건 **나의 것**이야, 빅토리아." 그는 응답했다. "하지만……" 비웃듯이 덧붙였다. "염려하지 마. 당신이 다른 사람에게 품은 열정을 질투하지는 않을 테니까."

빅토리아는 어이가 없었다. 무어인의 얼굴을 올려다보았지만 그의 눈빛이 섬뜩해 이내 시선을 아래로 떨구었다. 한마디 했을 법한데 무슨 감정이 얽히고설켰는지 혀가 말을 듣지 않았다. 그녀는 그의 불손함을 꾸짖고 싶었지만 아직은 도움이 필요한지라 감히 그러지 못했다. 죄의 비굴함에 갇혀 조종당하는 자신을 발견하고 그녀는 부들거렸다.

조플로야가 그녀의 가슴에 손을 둔 채 히죽거렸다. 그녀는 그의 손이 무겁게 느껴졌다. 그가 손을 빼자 그녀는 혼란스러운 감정으로 들썩거렸다. 마치 쇠사슬에서 풀려난 것처럼 안도감을 느꼈다. 그녀는 다시 한 번 그에게 눈길을 돌렸다. 얼굴빛이 전처럼 활기를 띠면서도 진중해 보였다. 폭풍이 몰아치려는 듯 어두침침하다가 평온을 되찾은 여름날의 찬란한 하늘 같았다. 순간 그가 했던 모호한 말들이 머릿속에서 사라졌고 여운도 남기지 않았다. 거부할 수 없는 조플로야는 무슨 일이든 사면을 받았다. 그녀는 살짝 미소를 머금었다.

"빅토리아." 그가 말했다. "해가 아직 남아 있네요. 온화하고 멋진 저녁입니다. 산들바람이 날갯짓하며 유혹하고, 건강한 이들에게는 기쁨을 약속하고, 허약한 이들에게는 원기를 회복시킬 것 같아요. 내 생각에는, 베렌차도 위험을 무릅쓰고 밖으로 나오고 싶어 할 겁니다. 여길 떠나 성으로 돌아가는 길에 그를 만날지도 모르죠. 만약 그를 만나면, 저도 같이 볼 것입니다. 베렌차가 아프면 저를 쳐다보세요. 저와 시선이 마주치면 손을 내밀어 제가 주는 걸 받아요. 그걸 베렌차에게 주면 결과를 확연히 볼 수 있을 겁니다! 그럼 안녕히 가십시오."

이렇게 말한 그는 불현듯 뒤돌아서더니 순식간에 멀어졌다. 눈 깜짝할 사이에 그는 보이지 않았다. 행동이 너무 빠르고 갑작스러워 방금 전까지 그와 마주하고 있었다는 사실을 믿을 수가 없었다. 그녀는 천천히 발걸음을 옮기며 출발 준비를 했다. 무어인이 했던 말이 여전히 귓가에 맴돌았지만 그 뜻은 분명하지 않았다. 그녀는 이해하기 어려운 그의 행동이 마음에 걸렸다. 그와 함께 있을 때는 가슴속에 희망과 좋은 느낌이 가득했지만, 그가 보이지 않으면 그 일시적인 평안이 두려움을 증폭시키며 그녀를 어지럽혔다. 극도로 격앙된 욕망, 결코 절제할 수 없는 증오, 모든 반대하는 자들의 피에 대한 갈증. 그녀는 암울하게 혼란스러운 마음으로 숲속을 가로지르며 발걸음을 재촉하다 말다 했다. 이윽고 성으로 향하는 오솔길에 접어들었을 때 누군가가 가냘픈 목소리로 그녀를 불렀다.

고개를 들어 보니 한때 그녀의 마음을 들뜨게 했던 남자의 모습이 희미하게 보였다. 자신의 임종이 임박했음을 모르는 베렌차가 릴라와 엔리케의 부축을 받으며 서 있었다. 그의 형체는 정말 그녀 앞에서 사그라져 가고 있었다. 빅토리아는 그를 보지 않았다. 대신 한창 성숙해진 그의 동생에게 음험한 눈길을 보냈다. 반짝이는 눈과 건강미 넘치는 외모는 그 옆의 허약한 존재와 너무나도 극명한 대조를 이루고 있었다. 한때 명석하게 빛나던 눈동자는 쑥 들어가고, 장미처럼 불그레하던 볼은 그 기색을 잃고 지금은 창백했다. 탄탄하던 건강미는 약탈당했고, 손발은 핏기 하나 없이 삐쩍 말랐다. 일찍이 쩍 벌어졌던 어깨는 숨 쉬기가 힘들어 쪼그라들었고, 담대하고 의기양양하던 발걸음과 활력 넘치던 체구는 오랜 시간 이어진 고통에 찌들어 변형되고 풀이 죽었다. 저주받은 베렌차에게서 옛 모습이라곤 흔적조차 찾을 수 없었다. 남아 있는 것이라고는 한결같이 정중한 태도와 끔찍이 비루한 상태에서도 변함없는 품격뿐이었다. 그는 세상을 달관한 것 같은 기품과 타고난 강인한 정신력을 통해, 매사에 그렇게 살아왔듯이, 자포자기하지 않고 육체의 질병을 넘어서는 법을 배웠다. 아직까지는, 치료하지 못하는 질병은 없다며 그는 공허하게 자위하고 있었다. 가식적인 애정을 담은 빅토리아의 눈빛에서 변함없이 희망을 보았고, 능숙하게 염려하는 척하는 그녀의 모습에 위로를 받았다. 그녀가 관심과 사랑을 주는 한 죽음이 다가오지 못할 것처럼 느꼈다. 그녀의 사랑과 호의는 화살이 뚫지 못하는 방패 같았다. 심장 박동 하나하나가 그녀를 향한 한결같은 사랑으로 고동쳤다. 그녀가 다가오는 것이 보이자, 그는 서 있는 것조차 위태로워 보였지만 그럼에도 엔리케의 팔을 놓고 그녀를 향해 서둘러 갔다. 그리고 부들거리는 손으로 빅토리아의 어깨를 짚고 기대며 낮은 음성으로 말했다.

"당신을 만난다는 기대감에 여기까지 나왔는데, 여보, 지금 나는 탈진 상태인 것 같아. 잠깐 쉴 만한 곳으로 갑시다."

"몇 걸음 더 갈 수 있겠어요?" 빅토리아는 노부인이 비극적인 죽음을 맞은 곳으로 그를 이끌며 물었다. 그곳까진 그리 멀지 않았다. 베렌차는 제대로 대답하지 못하고, 거기서 쉬겠다는 몸짓을 했다.

엔리케와 릴라가 함께 도왔다. 몇 분 후 그는 그늘진 휴식처에 다다랐고, 앞서 섬뜩한 일이 벌어졌던 그 자리에 앉았다. 그는 빅토리아의 어깨에 팔을 두르고 그녀 가슴에 머리를 기댔다.

"너무 피곤해서 그래요, 여보." 옆에 앉은 그녀가 걱정스럽다는 투로 말했다.

"그래요, 빅토리아. 목이 말라 쓰러질 것 같아. 성안에 있었다면 좋았을 텐데."

"뭐가 좋아요, 베렌차. 내가 그걸 서둘러 가져올게요." 빅토리아는 말했다.

"마실 것 말이야, 마실 것. 뭐라도 좋을 텐데." 베렌차는 대답했다. "정신이 가물가물해. 기운을 얻을 수만 있다면."

"형!" 엔리케가 소리쳤다. "아무거나 마시면 안 돼. 와인은 열을 심하게 할 뿐이야. 형을 지치게 한다고."

"뭐라고, 엔리케!" 오랜 투병 생활에 신경질적으로 변한 베렌차는 짜증을 내며 야단치듯 되받아쳤다. "내가 와인이라고 했어? 설령 그랬다 해도, 나한테 위안을 주는 걸 **전부** 빼앗을 작정이야, 내가 원하는 것은 다 거절할 거냐고?"

베렌차는 힘들게 살아오면서도 각별히 사랑하는 동생을 그렇게 쏘아붙인 적이 결코 없었다. 엔리케가 감정적으로 상처받은 것을 깨닫는 순간, 그는 눈물을 글썽거리며 앞으로 손을 뻗었다. 그리고 말했다.

"미안하다, 동생아. 용서해 주렴. 예전의 내가 아닌가 보다. 그렇지 않으면 어떻게 내가 그러겠니. 와인을 마시지 않으면 고약한 놈이 되는가 봐. 와인은 내장을 바싹 마르게 하는, 참기 어려운 갈증을 해소하지. 허약해진 골격에 기력을 줘. 축 처진 영혼에 새 생명을 주는 거야. 끝났다는 생각이 들 때 회복될 수 있다는 희망을 다시……" 너무 지친 나머지, 그는 이 부분에서 겨우 손만 흔들었다. 엔리케는 그 손짓을 이해했다. 그는 사소한 것일지라도 가여운 형에게 상심 주는 말을 한 게 화가 났다. 그는 크게 소리쳤다.

"릴라, 어서 성으로 뛰어가서 와인 좀 가져와요. 도움이 필요할지도 모르니 나는 여기 있을게."

어여쁜 릴라는 그 임무를 수행하기 위해 총총히 사라졌다. 베렌차는 약간 기운을 차렸다. 그러나 그의 심장은 약하면서도 빨리 뛰었고, 기력은 더 떨어져 몸이 부들거렸다.

어느새 릴라가 돌아오고 있었다. "조플로야를 만났어요." 그녀가 다가오면서 말했다. "그가 와인을 가지고 우리 쪽으로 황급히 오고 있었어요. 그래서 **백작님**을 위해 한잔 따르라고 했지요." 그녀는 환하게 웃으며 베렌차에게 말했다.

"그랬군요, 귀여운 아가씨?" 그녀의 순박한 배려에 감사하며 베렌차는 힘겹게 미소 지었다.

그러는 동안 조플로야가 빠른 걸음으로 다가왔다. 빅토리아는 그를 보자 마음속에 격한 감정이 일었다. 그가 마지막으로 했던 말이 그제야 분명해지기 시작했다. 그녀는 침묵을 지키며 어떻게 해야 할지 생각했다.

조플로야는 자신이 가져온 와인 잔을 백작에게 건네주려고 접근했다.

"어서 줘, 빅토리아." 베렌차가 말했다. "당신에게 받고 싶어." 그러곤 지끈거리는 머리를 그녀의 가슴에서 어렵게 들어 올렸다.

빅토리아는 손을 뻗어 와인을 받았다. 그 와중에 조플로야와 눈이 마주쳤다. 그의 눈빛에는 끔찍한 계략이 숨어 있었다. 그녀가 받아 든 잔에는 **죽음**이 들어 있다고 눈빛은 말하고 있었다.

잔혹한 일을 벌이면서도 눈 하나 꿈쩍하지 않았던 빅토리아는 조플로야의 얼굴에서 미묘하고 무서운 표정을 보자 마음이 흔들렸다. 그럼에도 그녀는 손에 힘을 주어 아무 일도 없는 것처럼 흔들리지 않게 저주의 잔을 받았다. 그러고는 애타게 기다리는 베렌차에게 건네주었다. 그는 퀭한 눈으로 그녀를 멀거니 바라보며 잔을 높이 들었다. 그녀의 머리에 축복이라도 기원하는 것처럼 하늘을 올려다보며 그 잔을 입술로 가져가 단숨에 마셔 버렸다. 바닥에 남은 독까지도!

빈 잔을 내려놓기 무섭게 그는 발작을 일으키며 가슴을 움켜쥐었다. 갑자기 날카로운 것이 가슴을 찌르는 듯 아팠다. 그는 한마디도 할 수 없었다. 에트나 화산*의 화염이 그의 내장을 집어삼키는 바람에 그는 거의 숨을 쉴 수 없어 헉헉거렸다. 입술과 볼이 죽은 사람처럼 하얗게 변했고, 눈은 감긴 채 양손이 옆으로 축 늘어졌다. 감각을 잃어버린 그는 다시 풀썩 주저앉았다! 검은 피부의 조플로야만큼 침착한 사람이 있을까? 그는 백작의 조끼를 느슨하게 한 뒤 손과 관자놀이를 문질렀다. 엔리케는 공포에 휩싸였고, 죄를 범한 빅토리아조차도 소원이 갑자기 성취된 것에 이기적인 두려움을 느꼈다. 조플로야는 슬퍼 보이면서도 차분하게, 백작이 너무 지쳐서 정신을 잃은 것 같으니 성안으로 옮겨 적당한 처방을 받으면 회복될 것이라고, 자기 생각을 말했다. 충격으로 제정신이 아닌 엔리케는 이 말에 처량하게 동의했다. 무어인이 근육질의 팔로 백작을 들어 올렸다. 그는 백작이 결코 다시 회복될 수 없음을 잘 알면서도 서둘러 집으로 향했다.

힘없이 소파 위에 늘어진 베렌차는 충실한 종 안토니오를 불러 즉시 수도원으로 가서 어떤 수사(修士)를 찾으라고 지시했다. 그 수사는 인간의 육체 장애와 의술에 능통하다고 알려져 있었다. 엔리케도 그 의도를 간파하고 넉넉히 후사할 테니 민첩하게 다녀오라며 급히 안토니오를 내보냈다. 그리고 형에게 다가가, 그를 회복시키려고 안간힘 쓰는 체하는 간교한 하인과 빅토리아를 도왔다.

하지만 모든 노력이 허사였음은 굳이 말할 필요가 없을 것이다. 그럼에도 빅토리아는 이 평판 좋은 수도사가 독약의 치명적인 **효력**을 막지는 못하더라도 독약이 사용되었음을 밝혀내지 않을까 무척 불안했다. 이런 염려로 그녀는 공황 상태에 빠졌다. 조플로야를 믿는 마음도, 때때로 용기를 북돋우기 위해 보내는 그의 꺼림칙한 눈빛도 그녀를 안정시키지는 못했다.

　모두 각기 다른 이유로 몹시 괴로운 근심의 시간을 잠시 보내고, 마침내 안토니오가 수사와 함께 돌아왔다. 하지만 그가 찾던 수사는 아니었다. 그 성직자는 멀리 떨어진 마을에 자선 활동을 나가고 수도원에 없었다. 그는 안셀모 신부의 대리로 온 것이었다. 수도원에서는 그가 안셀모 신부 다음으로 의학 지식이 출중하고 인간에 대한 경애심이나 연민, 선한 뜻이 버금간다고 칭송하며 추천했다.

　수사는 베렌차에게 다가가 잠시 바라보더니, 팔의 맨살을 보고 싶다고 했다. 그는 호주머니에서 피침을 꺼내 혈관에 살짝 찔렀다. 빅토리아는 슬픈 표정으로 백작 위에서 굽어보고 있었다. 엔리케는 꿈쩍도 하지 않는 형의 손을 움켜쥐었다. 갑자기 (처음에는 피가 한 방울도 맺히지 않는 것 같았지만) 피가 솟구치면서 빅토리아의 얼굴에 튀었다!

　양심에 걸려 마음이 편치 않던 부인은 공포와 경악으로 압도되었다. 베렌차는 살인자에게 복수의 피를 뿌렸고, 붉게 타오르는 증거는 그녀의 얼굴을 덮었다! 사람들이 자책감 어린 자신의 눈을 보게 될까 봐 그녀는 감히 고개도 들지 못하고 떨리는 손으로 손수건을 집어 얼굴의 검붉은 얼룩을 지웠다. 그리고 죽은 듯한 그의 몸 위로 다시 머리를 숙였다. 그녀는 또 다른 우려스러운 일이 벌어질까 봐 떨고 있었다. 하지만 그게 전부였다. 방금 전에 솟구쳤던 피는 이내 멎었다. 생기가 일시 정지된 것이 아니었다. 영원히 떠났다!

어느 누구도 그녀를 의심하지 않았다. 사람들은 그녀가 불안해하는 것은 괴로워 예민해진 탓에 그저 섬뜩한 일로 흥분해 생기는 자연스러운 현상이라고 생각했다. 모두의 관심과 생각이 베렌차에게 쏠려 있는 동안 그녀는 위험을 무릅쓰고 고개를 들었다. 그녀가 맞닥뜨린 건 조플로야의 소름 끼친 눈빛뿐이었다. 그녀는 그 눈빛에서 계획한 범죄의 단호하고 음험한 의지를 읽었다. 그를 똑바로 쳐다볼 수가 없어 그녀는 서둘러 눈길을 돌렸다.

수사는 그 보잘것없는 시도에 별 효과가 없자 실망하면서도 다른 팔 정맥에도 피를 냈다. 빅토리아는 다시 한 번 움찔했지만 별다른 일은 일어나지 않았다. 피침 바늘에는 생명의 온기가 묻어나지 않았다. 그의 심장은 영원히 뛰지 않았고, 한창때는 건강하여 우쭐하게 불쑥 내밀던 가슴도 활기를 잃고 차가웠다. 더 이상 희망이 없었다. 베렌차를 사로잡은 것은 잠시 정신을 잃은 잠이 아니었다. 그는 영원히 깨지 않는 잠에 들었다.

빅토리아를 제외한 모든 이들이 너무나 급작스러운, 너무나도 끔찍하게 인간의 안위를 거스르는 이 사건으로 깊은 슬픔에 빠졌다. 하지만 그토록 애통해하던 사람들도 이것이 뜻밖의 일이라고는 생각하지 않았다. 이처럼 빨리 운명하리라고는 예상하지 못했지만, 아무도 많은 시간이 남았을 거라는 희망을 갖지 않은 터였다. 그가 정력적으로 건강한 상태에서 쓰러진 것이 아니기 때문이었다. 그는 순식간에 기력을 잃었고 결국 죽음을 앞당겼다. 엔리케는 일이 이렇게 된 것은 말도 안 되는 형의 고집 때문이라 생각했다. 사랑하는 형은 시간이 지나면 틀림없이 자연스럽게 치유될 것이라 믿었고, 이 이상하고 그릇된 논리에 빠져 모든 의학적 조언을 거부했다. 아무리 간절히 호소해도 형은 정말 위험이 임박했다는 의견에 귀 기울이지 않았다. 이와 관련해 엔리케가 내심 빅토리아를 책망한 것은 당연한 일이었다. 그녀는 백작의 지극한 사랑을 받으면서도 한 번도 다른 사람들처럼 잘못된 판단을 바꾸라고 말하지 않았다. 그녀의 말 한마디면, 아니 조금만 설득했어도 그의 완강한 고집을 바로 꺾을 수 있었을 텐데, 그녀는 그것을 잘 알면서도 그러지 않았던 것이다. 엔리케는 그 점이 놀랍고, 화가 났다. 오히려 빅토리아는, 의사들이야말로 무지하고 위험한 실험주의자라며 가끔 그와 논쟁을 벌였다. 그녀는 자연 치유에 모든 것을 맡기는 위태로운 방식을 신봉하는 사람처럼 행동했다. 이런 일들을 회상하면서 엔리케는 은연중에 이 형편없는 형수로부터 마음이 돌아섰다. 그는 결단코 그녀에게 호감을 가져 본 적도 없었지만, 이제는 더욱더 꼴도 보기 싫어졌다. 설명할 수 없는 여러 생각들이 엮이면서 그는 그녀를 베렌차의 죽음과 밀접하게 연관시켰다. 이 그릇된 판단에 확신이 들자 그는 몸이 오싹해지면서 반사적으로 그녀로부터 물러섰다. 불쌍한 형! 형은 가슴에 느끼는 감정이 올바른 것인지, 타당한 것인지, 제대로 감을 잡지 못했어. 그저 자연의 순리만 따랐을 뿐이지.

제25장

저택에 머물던 사람들은 밤이 깊어 각자의 방으로 돌아갔다. 방금 전까지만 해도 베렌차가 주인이던 저택이었다. 그들은 휴식을 취한다기보다 고독 속에서 그를 잃어버린 슬픔을 삭였다. 한편, 진정 훌륭한 인간을 잔인하게 죽음으로 몰아넣고도 일말의 후회나 통한을 느끼지 않던 빅토리아는 잠자리에 들자마자 어지럽고 흉측한 꿈에 눈을 떴다. 그녀는 침대에서 뒤척이다 침실을 둘러보았다. 무서운 기분이 들면서 살짝 떨렸다. 꿈에 그녀는 백작의 주검이 누워 있는 방에 들어갔었다. 침대 커튼이 한쪽으로 걷혀 있었다. 백작의 얼굴과 몸은 군데군데 검푸른 얼룩으로 변색되고 크게 손상되어 있었다. 독약의 흔적이었다. 미칠 것 같은 절망과 두려움 속에 그녀는 조플로야를 찾아가 비난을 퍼부었다. 그는 준엄하면서도 씁쓸한 미소만 지을 뿐 딱히 대꾸하지 않았다. 이렇게 곤혹스러운 기분으로 심란한 상태에서 그녀는 눈을 떴다. 그날 사건 때문이라고 생각하며 그녀가 보았던 것을 대수롭지 않게 여기려고 노력했지만 꿈속의 느낌이 너무 생생해 마음이 좀처럼 진정되지 않았다. 독의 영향으로 피부색이 변한 베렌차의 모습이 계속해서 눈앞에 아른거렸다.

결국 그녀는 백작의 침실로 가서 그 꿈이 근거가 없는, 단지 병적인 망상에서 비롯된 환영임을 직접 확인함으로써 미신에 가까운 공포를 끝내야겠다고 마음먹었다.

그녀는 침대에서 일어나 느슨한 흰 드레스를 걸치고 방 한쪽에 놓인 대리석 테이블 위에 타고 있던 램프를 손에 들었다. 방을 나설 때 문득 그녀가 의심받지 않도록 보호하겠다던 조플로야의 말이 떠올랐다. 어쩌면 그건 백작을 죽게 **만드는** 과정만을 뜻하는 것이라고 그녀는 생각했다. 그는 백작이 어떻게 사망에 이르게 되었는지 **사후에** 밝힐 수 없을 것이라고는 분명 말하지 않았다. 이런 생각에 그녀의 발걸음이 조급해졌다. 백작의 주검이 안치된 방에 이르자 심장이 요동쳤고 얼굴의 핏기가 가셨다. 그곳은 소름 끼치도록 적막했다. 무엇을 보게 될지 모르는 불안감에 그녀는 백작이 누워 있는 침대로 조심조심 다가가다 멈칫거리고, 걸음을 내디딜 때마다 오들거렸다. 침대 둘레에는 얇은 천으로 만든 커튼이 드리워져 있었다. 그녀는 여전히 주저하며 커튼을 그대로 둔 채 보려 했지만, 희뿌연 안개 사이로 보는 것처럼 망인이 된 베렌차의 윤곽만 분별할 수 있었다. 좀 더 명확히 보기 위해 그녀는 커튼을 한쪽으로 걷었다. 그의 얼굴은 연한 덮개로 가려져 있었다. 그녀는 신경질적으로 그것을 사납게 걷어 버렸다. 그녀의 우려가 끔찍한 현실로 드러났다. 그의 형체는 몹시 추하게 손상되어 알아보기 힘들 정도로 변해 있었다. 그녀가 어지러운 환상 속에서 보았던, 그 당혹스러운 모습이었다! 그녀는 몇 분간 꼼짝하지 않았다. 경악과 절망에 더 깊이 빠질지언정 그녀는 확인하지 않을 수 없었다. 그리고 이내 최악의 상황과 맞닥뜨렸다. 자는 듯이 평온한 그의 가슴을 열어젖히자 커다랗고 검푸른 반점들이 나타났다. 그녀는 엄청난 불안감에 짓눌려 거의 감각을 잃었다! 사법 심판에 대한 불안감 때문만은 아니었다. 범죄가 의심받거나 발각되면 그녀가 죽기 **전에** 소원을 이루지 못할까, 그것을 위해 벌였던 잔학무도한 행위들이 무의미하고 헛된 짓이 되지 않을까, 그것이 더 불안하고 무서웠다.

머릿속에서 이런 생각들이 스쳐 지나가는 동안, 그녀는 침대 옆에 서서 자신이 파괴한, 추하게 변색된 그의 창백한 이목구비를 빤히 바라보았다. 그녀가 양심에 민감하게 반응했다면 자신이 저지른 범죄에 대해 비통한 마음으로 수천 가지 회한을 쏟아 놓으리라. 한데 그녀는 이런 결과로 인해 자기에게 닥칠 일만 걱정하기에 바빴다. 아침이 다가오고 있었다. 백작의 변한 모습을 보고 이내 억측이 무성할 것이라는 생각에 심장 박동이 빨라졌다. 무시무시한 심문! 소름 끼치는 고문과 스라소니 눈빛처럼 날카로운 조사를 받을 것이다. 그녀는 머리가 무거웠다. 그때 조플로야가 떠올랐다. 이 복잡한 상황을 정리할 수 있도록 그가 도와줄 것이라는 가느다란 희망. 그에게 부탁해야겠다고 생각했다. 그런데 그를 어떻게 찾을 것인가? 어떻게 이 시간에, 무례하기 짝이 없는 무어인을 꼴사납지 않게 호출할 수 있을까?

사내 기질을 가진 빅토리아에게 이런 고민은 별 의미가 없었다. 지금 그녀 앞에는 더 어려운 문제가 있었다. 서둘러 고민을 접고 곧장 그를 찾아 나서기로 결심했다. 그녀는 엔리케의 침실 근처에 그가 머문다는 것을 알고 있었다. 그녀는 조심스레 적막이 흐르는 죽음의 침실을 떠나 희미하게 빛을 발하는 등불로 발 앞을 비추며 어두침침한 회랑을 따라 되돌아 나갔다. 천천히 나아가는데 갑자기 램프 불빛이 조플로야의 반짝거리는 조끼에 부딪혔다. 우뚝 솟은 그의 모습이 온전히 보이지는 않았다.

"널 찾고 있었어. 네 충고가 필요해. 어서 와 봐. 부탁이야." 빅토리아는 낮은 목소리로 간청했다. 그녀는 그와 마주치자 너무 반가운 나머지 갑작스러운 그의 출현에도 놀라지 않았다.

"그럼 인도하시지요." 무어인이 대답했다. "내가 따르겠습니다."

빅토리아는 입술에 손가락을 대고 백작의 침실을 향해 돌아섰다. 함께 움직이는 그들은 특이하게 강렬한 대조를 이루었다. 빅토리아는 검게 윤기 흐르는 긴 머리가 어깨 위로 흘러내리면서 호리호리하고 우아하게 균형 잡힌 몸매에 흰 드레스를 드리운 반면, 조플로야는 무척 거대하고 복장도 달랐다. 등불의 희끄무레한 불빛에 그림자가 짙게 깔리면서 인간이라고 보기에는 어려울 만큼 그의 형체가 커졌다. 벽에 비친 검은 그림자의 허상이 너무 커서 대담한 빅토리아조차도 순간순간 움찔할 때가 한두 번 있었다. 그것에 더 주의를 기울일 법한데도 그녀는 지금 다른 데 정신이 팔려 있었다.

그들은 곧 베렌차의 적막하고 음산한 침실에 다다랐다. "들어와,

조플로야." 빅토리아가 속삭였다. "침대로 가까이 와."

무어인은 시키는 대로 했다.

"커튼을 열고 얼굴을 쳐다봐."

무어인은 커튼을 젖히고 베렌차의 얼굴을 보았다. 그러고는 곧 빅토리아에게 시선을 돌렸다. 그의 표정을 보자 (약간은 덜 악하고 덜 심각해 보였지만) 그녀의 머릿속에 지난밤 꿈이 다시 떠올랐다.

"어떻게 할 거야, 무어인." 그녀는 조플로야의 팔을 거칠게 움켜잡았다. 두려움에 휩싸인 채 필사적인 감정을 드러내며 그녀는 한탄했다. "이 끔찍한 난국에서 어떻게 벗어날 건지 말해 보라고."

무어인은 답이 없었다.

"나에게 말하지 않았어?" 빅토리아는 계속했다. "의심받지 않도록 보호해 주겠다고 했잖아? 검게 변한 얼굴을 봐. 가슴도 칙칙하게 색이 변했어. 독약이라는 걸, 베렌차가 독살되었다는 걸 금방 알아채지 못할 사람이 어디 있겠어?"

"백작을 보면 누구든 그 사실을 쉽게 발견하겠죠." 무어인은 냉랭하게 답했다.

"조플로야, 조플로야!" 빅토리아가 숨도 제대로 못 쉴 정도로 경악하며 소리를 질렀다. "대체 무슨 말을 하는 거야?"

"제 말은, 아리따운 빅토리아, 백작을 보는 사람은 누구라도 한눈에 그가 독살되었다고 말할 거라는 겁니다!"

빅토리아는 두 손을 맞잡고 무어인에게 시선을 고정한 채 경악과 분노에 차 아무 말도 하지 못했다.

"빅토리아!" 마침내 그가 입을 열었다. "내가 강조했듯이 다시 한 번 말하지만, 내 시중을 받고 싶으면 나를 **절대적으로 신뢰해야만 해요.** 확고부동한 신뢰. 내일 일은 걱정하지 말고 이제 방으로 돌아가요!"

"베렌차는……."

"당신의 안전 문제는 온전히 나한테 맡겨 두고."

"하지만 이 자국들은!"

무어인이 이마를 찌푸렸다. "내가 **말했잖아.**" 그는 무례하게 문을 가리키며 험악하고 고압적으로 소리쳤다.

빅토리아의 어깨가 떨렸다. 그녀는 문 쪽으로 물러났다. 공포와 외경, 무어인의 불가해한 성격에 그녀는 완전히 사로잡혔다. 베렌차의 주검을 어떻게 할 것인지 설명해 달라고 말하기 위해 오래 기다렸지만, 감히 그러질 못했다. 먹구름 사이로 빛나는 두 개의 별처럼 번득거리는 그의 까만 눈동자가 고압적인 빛을 내뿜으며 문지방까지 그녀를 쫓았다. 그녀는 뭔가 말하려고 멈칫거렸지만 그런 노력은 허사였다. 그녀에게는 반항할 힘이 없었다. 그냥 방을 나갔다.

빅토리아의 마음에는 공포만큼이나 강렬한 희망도 있었다. 그녀는 무어인의 말을 신뢰했다. 그는 한 번도 그녀를 속인 적이 없었다. 하지만 그녀는, 시신을 보면 누구든 사인을 알아챌 것이라고 버젓이 말하던 그, 그리고 그의 모호한 약속을 생각하면서 다시 의심과 공포의 도가니로 빠져들었다. 침실에 돌아와서는 자신이 줄곧 두려워했던 일들이 현실로 나타날 것이라고 걱정하며 시간을 보냈다. 그 시간은 그녀처럼 암흑 같은 죄 속에 함몰된 자의 몫이었다.

동이 막 틀 무렵, 갈팡질팡하는 소리가 한데 섞여 성안이 소란스러웠다. 죄의식에 떨고 있던 빅토리아는 무엇 때문에 그러는지 알아보려고 일어나지 못했다. 그녀가 혼미하다 못해 거의 빈사 상태로 기별을 기다리는 동안, 그녀의 일그러진 이마에는 고뇌의 섬뜩한 결정체가 박혔다. 마침내 문을 세게 두드리는 소리가 들렸고, 그녀는 자리에서 일어났다. 요 며칠 창백했던 볼에 핏기가 도는 듯하더니 돌연 심장으로 되돌아가고 그녀의 얼굴은 다시 납빛으로 하얘졌다. 노크 소리가 그치질 않았는데, 그 소리는 점점 생동감을 잃어 가고 있었다. 그녀는 비틀거리며 나아가 문을 열었다. 성안의 하인들이 방으로 뛰어들어 왔다. 그들은 경악에 찬 표정을 하고 있었다. 그리고 비통하게 외쳤다. **백작님의 시신이 사라졌어요!**

제3권

제26장

이 흉악하고 이례적인 사건으로 성 전체가 심한 충격에 휩싸였다. 빅토리아는 혼자 그것을 유추할 수도 있었겠지만, 그 추측들은 가슴속에 조심히 묻어 두었다.

"오, 교활한 조플로야!" 방 안에 홀로 있던 그녀는 불쑥 내뱉었다. "백작의 시신을 **보는 사람**은 한눈에 사인을 알 수 있을 것이라는 네 말이 맞았어. 넌 어차피 아무도 그 시신을 보지 못하게 할 계획이었으니까! 정말…… 내 안전을 돌보지 않는다고 다시는 널 의심하지 않을게. 술수가 뛰어난 조플로야, 어찌 내가 너의 깊은 속뜻과 지혜를 알까."

위험에서 간신히 벗어났다는 첫 기쁨이 가라앉자 그녀는 시신이 갑자기 어디로 사라졌는지 궁금했다. 그 짧은 시간에 시신을 어디로 빼돌린 것일까? 바닥을 알 수 없는 나락으로 떨어뜨려 거품이 이는 급류 속에 영원히 숨겨 버린 걸까! 그렇지 않다면 어떻게 처리한 것일까? 어찌 되었든 그것은 결코 다시 빛을 보지 못할 것이다. '무익하고 쓸모없는 추측들이여, 이젠 안녕.' 그녀는 생각했다. '이 결과에 만족하고 조금 쉬어야겠다.'

사건이란 발생할 당시엔 제아무리 끔찍하고 기묘할지라도 점차 그 충격을 잃게 마련이다. 핵심을 제대로 파악하지 못한 추측들은 쉽게 동력이 떨어지고, 보다 친숙한 것에 대한 생각으로 회귀한다. 따라서 놀라움과 회한이 종종 사람들의 마음을 파고들지만 어느 정도 시간이 지나면 강렬했던 근심과 공포는 점점 사라진다. 마치 모두가 백작에게 닥친 끔찍한 불행의 **기억**을 안고 사는 것처럼 집 안에는 침울한 적막감이 흘렀다. 그 기억도 시간이 흐르면서 작은 슬픔으로 누그러졌다.

엔리케는 형의 서글픈 죽음을 마음에서 떠나보내지 못했고, 주변 환경도 축 처져 있었다. 그의 눈에는 최근까지 형이 머물던 성이 서글픈 유물로 보였다. 이유를 설명할 수는 없었지만 빅토리아의 존재가 나날이 싫어졌다. 그래서 이탈리아를 떠나 먼 지방, 이 불행한 기억을 떨쳐 버릴 수 있는 곳으로 옮겨 갈까 고심했다. 감탄을 자아내면서도 음산한 수천 가지 풍경 속에서 그 기억이 그를 계속 괴롭히고 있었다.

한편 순결한 릴라가 더 이상 종교나 의무 때문에 결혼을 미루지 않을 시점이 빠르게 다가오고 있었다. 그래서 그때까지만 역겨운 감정은 가슴속에 묻어 두고 움직이지 않기로 엔리케는 마음먹었다. 빅토리아가 한 지붕 아래 머물지 않는다면 릴라는 그와의 교제를 거부할지도 몰랐다. 그녀는 올바른 처신에 대한 분별력과 흔들리지 않는 정절을 갖춘 터라 다른 곳에서 그와 함께 지내는 것은 부적절하다고 여길 게 뻔했다.

빅토리아의 욕망은 극에 달해 통제하기가 어려웠다. 그녀가 꿈꿔 왔던 것처럼, 그녀를 방해하는 장애물은 더 이상 없었다. 그녀는 교활한 감언과 유혹으로 엔리케의 관심을 끌려고 몸부림쳤다. 그러나 그녀의 계략은 실패로 끝났다. 엔리케는 싱그러운 릴라의 수수함과 순수함의 노예가 되어 넋을 놓고 있었다. 그의 눈에 다른 여성은 모두 혐오스럽게 보였다. 전율이 흐르는 듯한 우아함, 부드러운 상냥함, 천상의 요정처럼 연약한 체구. 릴라는 그 무엇과도 비교할 수 없었다. 그는 이처럼 달콤한 사랑스러움을 보는 데 익숙해지면서, 다른 여자가 그녀 옆에 나타나면 마치 다른 세계의 존재인 양 쳐다보았다. 그리고 누구보다도 빅토리아를 맹목적으로 적대했다. 강인하면서도 귀족적인 그녀의 외모, 당당한 행동거지, 권위적인 말투. 대담함, 무정함, 폭력성. 이 모든 것이 릴라와는 완벽한 대조를 이루었고, 그는 직감적으로 공포를 느꼈다. 그녀가 상냥한 체하며 릴라를 쓰다듬을 때면, 탐욕스러운 독수리가 백설 같은 비둘기를 어루만지는 장면을 상상하면서 그 가냘픈 생명이 염려되어 몸이 오들거릴 정도였다.

빅토리아는 엔리케가 자기에게 관심이 없을 뿐 아니라, 자기를 경멸하고 증오한다는 사실을 절대 인정하고 싶지 않았다. 그러나 자존심이 씁쓸하게 굴욕당하는 걸 느끼면서도 결국 받아들여야만 했다. 이 씁쓸한 확신에 머리가 어지러웠다. "그래, 그는 날 몹시 싫어해." 그녀는 분노의 고뇌 속에서 한탄했다. "그렇지만 그는 내 것이 될 거야, 반드시 그래야만 돼. 남자아이처럼 변덕스러운 성격은 그에게 전혀 도움이 안 될걸…… 아!" 그녀는 안정을 되찾으며 혼잣말을 이어 갔다. "그 품에 내 운명, 나 자신을 맡길 텐데. 다시 한 번 내 자유를 희생하면서 그의 아내가 될 수 있는데."

도도한 빅토리아는 이렇게 생각하며 엔리케가 릴라에게 애착을 갖고 있어 그녀에게 무관심하다는 걸 인정하지 않으려 했다. 그리하여 그녀는 일단 털어놓기로 결심했다. 가능한 한 빨리 기회를 잡아 제안할 계획이었다. 그가 꿈에도 거절하지 못할 제안이 될 거라고 그녀는 상상했다.

그날 저녁, 릴라는 마치 빅토리아의 계획에 동조하는 것처럼 몸이 불편하다며 일찍 물러갔다. 엔리케는 자신이 혐오하는 여자와 함께 있고 싶은 생각이 전혀 없었다. 그래서 릴라가 방을 나가고 잠시 후 멀찍이 서서 빅토리아에게 목례를 하고 떠나려 했다. "잠깐만요, 엔리케." 결심을 굳힌 빅토리아가 자리에서 일어나며 말했다. "이야기 좀 나누었으면 해요." 엔리케는 목례하고 그 자리에 섰다.

"앉아요. 부탁이에요."

"전달해야 될 사안이라도 있나요, 형수님?" 엔리케는 그녀와 엮이는 게 탐탁지 않음을 드러내며 물었다. "내일 해도 되지 않을까요?"

"아니에요." 심각한 말투로 빅토리아는 대답했다. "부탁이에요, 엔리케. 자리에 앉아 주세요."

엔리케는 마지못해 다시 앉았다. 이때 여자는 감정을 추스르지 못하고 흥분하여 그의 발 앞에 몸을 던지며 손을 잡았다. "엔리케!" 그녀는 울부짖었다. "엔리케, 제 영혼은 당신에게 빠져 있어요! 당신 발 앞에 있는 저를 봐 주세요. 당신에게 모든 것을 바칠게요.

제가 가진 모든 것을. 혼인 서약까지도. 제 사랑을 받아 주세요!"

"형수님." 엔리케는 그녀가 움켜잡은 손에서 벗어나며 태연한 척 대답했다. "형수님이니까 참았던 거지, 나는 결코 당신을 인정하지 않았어요. 형을 **떠나보내고**, 당신에 대한 감정이 더 험악해지는 상황이었는데……. 지금, 난……." 그는 순간 평정을 지키려 했던 것도 잊고 소리쳤다. "지금 당신을 혐오하고 경멸해! 나쁜 여자! 당신은 무익하고 한심해. 자길 흠모하던 남편을 이렇게 빨리 잊어버리다니. 그리고 내 영혼이 순전히 다른 여인에게 속한 것을 뻔히 알면서도 그 부정한 생각을 나에게 고백하다니, 이런 빌어먹을!"

빅토리아는 마음을 뒤흔드는 감정을 억제하지 못하고 굴욕적인 자세에서 벌떡 일어났다. 이렇듯 미숙하게 사랑의 맹세를 할 의도가 아니었다. 그러나 열정이 너무 격한 나머지 신중함을 잃어버렸다! 그래서 엔리케의 반응에 자극받은 감정도 마찬가지로 절제할 수가 없었다.

"가소로운 것들!" 그녀가 외쳤다. "충분해. 당신의 모욕적인 냉대나 달갑지 않은 비난은 내가 참았을 거야. 자존심이 강한 만큼 참았겠지! 그런데 당신은 감히, 거리낌 없이, 내 앞에서 다른 여자를 사랑한다고 말해."

"사랑이라고!" 엔리케는 격정적으로 가로막았다. "사랑! 동경과 숭배! 이렇게 불결한 지붕 아래서 순수한 빛을 발하기에는, 맹세코 나의 **릴라**는 너무나 휘황찬란한 보석이지. 오, 타락한 빅토리아." 그는 씁쓸하게 웃으며 말을 이어 갔다. "어찌 당신이 **릴라**의 연인에게 사랑을 말할 수 있겠어?"

빅토리아의 기분을 어찌 언어로 묘사할 수 있을까? 빅토리아의 머릿속에선 사나운 분노가 폭발하면서 거의 동시에 광기가 일었다! 그러나 복수, 다른 모든 것을 집어삼키는 복수에 대한 갈망이 무엇보다 압도적이었다! 그녀는 자기 절제와 부단한 노력으로, 반란을 일으키는 욕망에 고삐를 채우고, 엔리케의 비판에 맞서지 않았다. [……] 제기랄! 그를 성 밖으로 내쫓아 버릴까? 그래서 혐오스러운 릴라를 복수의 제물로 삼지 말까? 생각할 가치도 없는 하찮은 얼룩 같은, 소인족 피그미 같은 년! 그렇게, 지독히 무심한 엔리케를 고분고분하게 할(아니, 굴복시킬) 가능성도 날려 버려? 그건 안 되지. 여기서 광분하면 잃어버릴 게 너무 많아! [……] 그녀는 즉각, 지체 없이 결단을 내렸다. 그러고는 두 손으로 얼굴을 가리고 의자에 주저앉아 크게 울었다!

엔리케는 그녀의 폭력성을 익히 알고 있던 터라, 예상했던 것과는 너무 다른 반응에 놀라고 흔들렸다. 순간 그는 매섭게 쏘아붙인 것을 후회했다. 그를 사랑한 죄밖에 없는 여인에게 당연히, 적어도 온화하게 응대했어야 했다는 생각이 불쑥 끼어들었다. 그는 잠시 머뭇거렸다. 그의 마음에 선함이 퍼졌다. 그는 간교한 빅토리아에게 다가갔다.

"형수님. 내가……." (그녀의 손을 잡으며) 그는 부드러운 어조로 말했다. "열을 낸 것에 대해 사과할게요. 그럴 의도가, 분명히 말하지만, 그렇게 가혹하게 말할 생각은 아니었어요. 그러니 형수님이……." 그는 덧붙였다. "용서해 주세요. 내가 실수한 것을 인정하니, 받아 주실래요?"

"오, 엔리케!" 빅토리아는 울음소리를 높이며 대답했다. "모두 내 잘못이에요. 지금 이 순간, 내 행실이 비난받을 만하다는 걸 절 감하고 있어요! 내가 입 밖에 내놓은 말로, 난 정말 창피하고 두 려워요. 충동적으로 발언할 수밖에 없었던 이유를 어떻게 설명할 수 있을까요! 당신은 고결하고 관대하니까, 할 수만 있다면 그 격 분의 순간을 잊어 주세요. 그리고 절대, 절대로……." 그녀는 그의 발 앞에 엎드리며 말을 이었다. "제가 생각하기에 마땅하다고 여 기는 정도 이상으로는 경멸하지 말아 주세요."

엔리케는 마음이 한없이 흔들렸다. 두 팔로 빅토리아를 일으켰 다. 그는 그녀가 진심으로 부끄러워하고 후회한다고 믿으며, 그녀 에게 마음을 가라앉히고 그가 초래한 아픔을 용서해 달라고 간 청했다.

"아, 제가 바라는 건 **당신의** 용서뿐이에요." 빅토리아가 말했다. "그 리고 오늘 밤 일로 트집을 잡지 않겠다는 약속. 오, 엔리케! 빅토리 아가 잠깐 용서받지 못할 나약함에 굴복했다면, 그것을 어떻게 극 복하고 자신을 되찾는지 보여 줄게요."

엔리케는 그녀에게 일말의 불편한 감정도 마음에 두지 않겠노 라고 확신시켰다. 그녀가 솔직하게 잘못을 시인하고 양심에 고결 한 감정을 즉각 소생시킴으로써 불완전했던 행실을 충분히 벌충 한 것이라고 그는 덧붙였다.

이 확언에 기분이 풀리고 흡족해진 빅토리아는 잘 가장된 망설 임과 겸손으로 엔리케의 손을 잡아 입술에 대고, 마치 자신의 감 정을 추스를 수 없는 것처럼, 그를 뒤로하고 황급히 방을 나갔다.

제27장

　침실로 돌아온 빅토리아는 죄책감에 비참한 기분이 들어 침대에 몸을 던졌다. 이루 말할 수 없을 정도로 고통스러웠다. 엔리케 앞에서 겨우 참았던 극도로 격앙된 울분이 그녀의 마음을 요동치게 했고, 끝내 소름 끼치는 저주로 쏟아져 나왔다. 그녀는 자신을 저주하고, 자신을 낳은 어머니와 자신이 세상에 나온 시간을 저주했다. 격분한 자존심으로 심장은 터질 듯 부풀었고, 탐욕스러운 분노는 요란하게 복수를, 피를, 순결한 릴라의 피를 요구했다.

　"오! 제일 먼저 그년을 없애리라." 그녀는 침대에서 일어나 평소 가슴에 품고 다니던 단도를 빼내며 거칠게 내뱉었다. "그년은 요주의 인물이 되어 스스로 파멸을 자초했어. 흐음, 그 조그만 년을 단칼에 죽여 버릴 거야."

　"아직은 아닙니다, 빅토리아." 감미로운 목소리가 말했다. 무어인이 그녀 앞에 서서, 그녀의 어깨를 부드럽게 잡으며 웃었다.

　"어떻게 여기에 왔지, 조플로야?" 그녀는 소리쳤다. "네 웃음이

나 약속은 그렇게 하지 못하지만, 네 목소리는 나를 금방 차분하게 만드는 힘이 있지."

"아리따운 빅토리아." 그가 대답했다. "저는 상담을 하고 위로하기 위해 온 겁니다."

"무어인, 너도 어쩔 수 없어. 엔리케는 나를 미워해. 너는 사람의 본심을 바꿀 수도 있니? 증오를 사랑으로 바꿀 수도 있어?"

"당신이 나를 신뢰한다면, 빅토리아, 난 많은 것을 할 수 있죠."

"그렇지만 넌 마법사가 아니잖아!"

"의사가 아니어도 의학 지식은 갖출 수 있죠."

"오, 그래, 넌 무한한 지식이 있지, 조플로야. 그걸 나날이 증명하고 있으니, 의심할 여지가 없어. 하지만 너도 할 수 없을 거야. 할 수 없어. 너도 다른 여인에게 빠진 사랑의 마음을 **나에게 돌리도록** 마법을 부릴 수는 없을 테니까."

"다른 사람이 개입하는 동안엔 쉽지 않죠, 어여쁜 빅토리아."

"나를 도와줄 수 있어? 조플로야, 어서 말해 봐, 나를 도와줄 수 있냐고?"

"사랑스러운 빅토리아!"

무어인의 능변은 빅토리아의 심중을 꿰뚫었다. 그의 교활한 어투는 서글프게 감미로웠다. 눈물, 그녀의 눈에서 하염없이 눈물이 솟구쳤다. 조플로야가 팔을 벌리자 그녀는 무심결에 그의 품에 안겨 큰 소리로 울었다. 조플로야는 두 팔로 그녀를 부드럽게 안았다.

빅토리아의 착각은 오래가지 않았다. 그녀는 서둘러 그의 품에서 빠져나와 멈칫거리며 말했다.

"이상해, 조플로야! 이유는 모르겠지만, 너는 나를 가장 잘 진정시키고, 저항할 수 없게 만들어. 정말, 믿을게." 그녀는 신실하게 웃으며 덧붙였다. "너는 진짜 마법사야!"

무어인도 미소를 지었다. 그는 인정받은 것에 감사하며 우아하게 허리를 굽혔다. 이 신묘한 존재의 동작에는 매력적인 구석이 있었다. 무엇보다도 빅토리아의 자존심 강한 마음에 드리운 그의 영향력이 분명히 그걸 증명하고 있었다.

"누구와도 비교할 수 없는 사랑스러운 여인이여……." 한쪽 무릎을 굽히고 손을 가슴에 얹으며 그는 부르짖었다. "당신이 원하는 게 무엇인지, 이 비천한 노예에게 말씀하소서. 일단 말씀하신 뒤에는 그가 행할 것으로 믿으소서."

"그럼 일어나, 조플로야." 빅토리아는 말했다. 무어인이 최근에는 보지 못했던 공손한 태도를 보이자 그녀는 우쭐하고 기분이 좋아졌다. "일어나서 나한테 얘기해 봐. 아! 조플로야, 신처럼 이룰 수는 없어? (……) 릴라…… 릴라!"

"외톨이 릴라가 당신과 당신의 사랑 사이에 서 있군요, 그렇지 않나요?"

"그래, 맞아."

"그리고 당신은 그녀를……."

"죽여!" 다시 격앙된 빅토리아가 소리쳤다.

"진정하세요, 진정해요." 무어인은 조용히 말했다. "외톨이 릴라가 죽어서는 안 됩니다, 부인."

"안 된다고!"

"안 됩니다. 순식간에 사람들의 의심을 살 테니까요. 그러면 당신의 소원들도 영원히 멀어지고……. 어여쁜 빅토리아, 그건 바로 잊어버려요."

"그래, 맞아." 빅토리아는 재빨리 대꾸했다. "그럼 어떻게 할까?"

"그건 안 됩니다."

"아, 미칠 것 같아! 그렇게 할 거야, 아니 그래야만 돼. 네가 도와주지 않더라도."

조플로야는 신중했다. "그럼 마음대로 하세요, 부인." 그는 말을 마치고 당당하게 문 쪽으로 향했다.

"아아, 가지 마, 변덕쟁이!" 빅토리아가 큰 소리로 말했다. "낙담해서 미안해."

"낙담! **내가** 당신에게 희망을 주는데 낙담이라니. 당신은, 신뢰해야만 해요."

"오, 지금 바로 숨김없이 말해 **봐.**"

"정 그러시다면, 릴라는 죽어서는 안 됩니다. 대신 그녀를 당신 손에 맡겨 두지요. 그녀를 아주 비참하게 만들 수도 있겠죠."

"고문이라!" 빅토리아가 순간 악마처럼 눈을 번득이며 끼어들었다. "맞아, 그년이 나한테 준 것들을 돌려줘야지, 고문으로! 그럼 언제, 언제 할 수 있을까, 조플로야?"

"내일 새벽에 숲속으로 오세요. 당신 왼쪽으로 난 좁은 틈새를 따라 나와서, 나무들이 보이는 가파른 바위 위로 올라와요. 대수롭지 않은 골짜기처럼 보일 겁니다. 정상에 이르면 거기서 나를 기다려요."

"꼭 그렇게 할게. 그런데 릴라는?"

"그녀는 나와 함께 갈 겁니다. 더 이상 묻지 마세요, 빅토리아."

빅토리아는 기쁨과 역겨운 승리감으로 가슴이 벅찼다. 그녀는 이제 꽤 익숙해져서 무어인의 모호한 대답도 이해할 수 있었다.

"조플로야." 환희에 찬 목소리로 그녀는 외쳤다. "훌륭한 조플로야, 내가 어떻게 보상해 줄까, 말해 봐?" 그러고는 손가락에서 값비싼 보석을 힘주어 빼며 덧붙였다. "이걸 받아 줘. 날 생각하며 가지고 있어. 사람들 눈에 안 띄도록 가슴 안에 차고."

조플로야는 득의만만하면서도 품위 있게 그 선물을 손으로 밀어냈다.

"다이아몬드는 가지고 계세요, 부인. 세상의 재물은 나에게 별 의미가 없습니다. 나는 더 높은 것을 향하죠."

"그럼 넌 뭘 원하는 거야, 조플로야?"

"**당신의** 우정. **당신의** 믿음. **당신의** 신뢰. 바로 **당신**이에요, 부인!"

빅토리아는 무어인이 대담하다고 여기며 미소 지었다. 무어인도 같이 웃었다. 하지만 그 기류가 달랐다. 빅토리아에게 정중히 고개를 숙이고 문 쪽으로 나아가며 그가 말했다. "일단은 작별을 고하지요, 부인. 동이 터 오는 것을 잘 살피시고."

"잠이 올 것 같지 않아. 하늘을 쳐다보고 있다가 별빛이 약해지면 방을 나설게."

무어인은 우아하게 손을 흔들며 퇴장했다.

그가 나가자마자 빅토리아는 램프의 불을 껐다. 인위적인 불빛으로 새벽이 오는 것을 놓칠 수 있기 때문이었다. 그리고 창문을 열고 그 옆에 앉았다. 그녀는 평온한 위엄을 드러낸, 구름 한 점 없는 하늘을 부끄럼 없이 응시하며 잠을 제대로 자지 못하는 상황을 느긋하게 견뎠다. 자기 내부에 흐르는 맹렬한 긴장감으로 외적 고난을 인내하는 피에 굶주린 살인자가 그의 운명적 희생양이 부지불식중에 내딛는 발걸음을 기습하기 위해 적요한 밤 내내 매복하고 있는 것처럼, 그녀는 느긋하게 기다렸다. 더불어 복수의 희열과, 사랑하는 엔리케와 장차 만들어 갈 행복한 장면들을 번갈아 상상하며 하늘을 바라보았다. 그녀의 환상을 건방지게 가로막는 튼튼한 방패막이처럼 기어이 싱그러운 릴라의 모습이 눈앞에 나타났다. 그녀는 자존심과 증오로 심장이 움츠러들었다. 원한이나 복수가 만들어 낼 수 있는 모든 것을 그 순정한 소녀에게 짊어 주리라 작심했다.

한편 엔리케는 홀로 조용히 사색에 잠겨 빅토리아의 행동을 되새겨 보았다. 마지막에 너무 너그러이 관용을 베풀지 않았나 싶었다. 그녀에 대한 역겨움이 의식 위로 올라왔다. 뻔뻔하고 부도덕한 그녀의 고백은 외톨이 소녀 릴라의 얼굴 붉히는 다정함이며 수줍음 타는 겸양과 비교되었다. 아직 자연 그대로 순결한 릴라는 이 부정한 지붕 아래 살고 있었다. 그는 그녀를 이곳에서 빼낼 날이 오길 고대하고 있었다. 이제 며칠만 지나면 그의 순수한 사랑 때문에 느꼈던 양심의 가책을 끝낼 수 있으리라. 그때가 되면 그녀가 합법적으로 영원히 그의 것이라고 말할 수 있으리라. 환희와 자족이 뒤섞이면서 그의 가슴에 퍼졌다. 기다림의 해는 거의 끝나가고 있었다. 그것이 종료되는 시점에서 릴라를 아내로 맞고, 우상처럼 섬기던 유일한 형을 잃어버린 곳, 그의 고향이지만 지금은 그를 매우 불쾌하게 만드는 기류가 흐르는 그곳을 영원히 떠나기로 마음먹었다. 그의 마음은 바야흐로 기대되는 즐거운 장면 속을 떠돌아다녔다. 그는 한창 예쁘게 자라는 아이의 아버지이자 아름다운 아내의 행복한 남편이 된 자신의 모습을 그려 보았다. 그러다가 죽은 형이 떠올라 미안한 마음이 들었다. 형은 그가 기분 좋게 상상하는, 행복을 누리는 축복된 가정을 결코 이룰 수 없을 것이다.

아, 불쌍한 엔리케! 동화 속 환상 같은 사랑과 행복은 단 한 번도 경험하지 못하고, 반대로 마지막까지 공포와 좌절 속에 살리라고는 꿈에서도 상상하지 못했으리라.

거무스름한 구름 사이로 희미한 빛줄기를 드러내며 지평선이 밝아 오고 저 멀리 바다에서 피어오른 푸릇한 안개가 서서히 퍼질 때까지, 빅토리아는 우울한 사색에 잠긴 채 창가에 앉아 있었다. 별빛이 흐려지고 동쪽에서 선선한 미풍이 불어올 즈음, 그녀는 사악한 목표를 이루기 위해 살금살금 발걸음을 떼며 아무도 모르게 방을 나섰다. 떨리는 마음으로 뜰을 지나 숲으로 향했고, 조플로야가 말했던 오솔길 쪽으로 서둘렀다. 쓸쓸하게 뻗은 길과 그가 일러 준 왼쪽 틈새는 빛이 투과하지 못해 무척 어두웠다. 앞으로 나아가면서 점점 더 어두워지는 것을 보고 그녀는 제대로 들어섰음을 확신했다. 주변에 짙은 그림자를 드리운 위압적인 바위 쪽으로 다가갔다. 대낮에도 이곳까지 들어와 본 적은 없었지만, 그녀는 조플로야가 일러 준 방향을 굳건히 믿고 가파른 바윗길을 오르기 시작했다.

아침이 조금씩 밝아 오고 있었다. 그러나 안개가 짙어서 주변 사물들이 잘 보이지 않았다. 바윗길로 한참 올라가자, 맞은편 갈라진 틈을 따라 거품을 일으키며 벼랑 아래로 돌진하는 폭포의 장엄한 굉음이 귀를 찢는 듯했다. 그녀는 정상에 이를 때까지 겁 없이 나아갔다. 폭포 소리가 커지면서 경이로움을 더했다. 그녀는 거기서 잠시 머물 생각이었다. 날은 아직 어둑해서 길게 늘어진 바위를 명확하게 볼 수는 없었다. 멀리 땅끝 마지막 산등성이까지 거대한 윤곽을 그리며 뻗어 나간 안개 속의 산들은 서로 올라가려고 경쟁하는 듯 보였고, 그곳 너머 세상은 보이지 않았다.

별들이 모두 물러가고, 구름은 너무 많은 죄의식을 보이는 게 부끄러워 움츠리듯 낮게 드리우며 하늘의 안면을 가렸다. 바람은 숲속 나무들 사이로 공허한 한숨을 내쉬었다. 적막한 곳에 장엄한 위풍을 드러내는 정경이었다. 선한 사람이라면 마음에 깊은 경외와 헌신의 영감을 받고, 그의 영혼은 사색에 잠겼을 것이다. 그러나 영원한 암흑이 깔린 악한 마음에는 이 정경이 칙칙하고 달갑지가 않았다. 이 음침한 자연이 불편하고 섬뜩했다.

빅토리아의 마음이 바로 그랬다. 날이 밝아 오면서 조바심이 나고 들썩거렸다. 빛이 더 강해지자 그녀는 앉았던 자리에서 일어나 주변을 둘러보았다. 한쪽에는 아직 그림자가 짙게 드리운 숲이 있었다. 조플로야가 일러 준 것처럼, 그녀의 발아래 한참 떨어진 곳에 작은 골짜기가 있었고, 맞은편에는 비스듬히 상승하며 창공과 맞닿은 바다가 진청색 안개를 뿌리면서 멀리 경고 신호를 보내고 있었다.

그녀는 바위 꼭대기에 서서 완전히 노출된 탓에 제일 먼저 아침 햇살을 받았다. 아래 사물들은 아직 부분적으로 어두웠지만, 유일하게 관심을 끄는 그것을 첫눈에 발견하려고 그녀는 퀭한 눈동자에 잔뜩 힘을 주었다. 시간이 흐를수록, 피를 갈망하는 그녀의 영혼은 복수할 시간을 도난당한 것처럼 느꼈다. 드디어, 그토록 바라던 모습이 시야에 들어왔다. 그녀는 한없이 기뻤다. 방금 전에 가로질러 왔던 굽이진 오솔길을 큰 걸음으로 내달리는 무어인의 우람한 형체가 보였다. 점점 줄어드는 높이와 거리에서도 그는 거대하게 보였다. 어깨 위에는 릴라가 그의 억센 팔에 감긴 채축 늘어져 있었다. 더 이상 생기는 없었고, 백장미보다 더 하얬다! 그는 무거운 짐에도 아랑곳하지 않고 울퉁불퉁한 바위를 번개처럼 튀어 오르며 빠르게 다가왔다. 빅토리아는 환희에 젖어 그 무력하고 저주받은 고아를 찬찬히 살펴보았다. 가냘픈 몸뚱이는 맥없이 뻗어 있고, 어깨까지 맨살을 드러낸(얇은 잠옷 드레스만 걸치고 있었다) 백설 같은 팔은 무어인의 등 뒤로 늘어져 있었다. 설화석고로 조각한 듯한 다리와 발도 마찬가지로 드러나 있고, 머리는 의식을 잃고 힘없이 처져 있었다. 길게 땋은 금발은 그것을 감싸고 있던 헤어네트에서 풀려 나와 하얀 볼 위에 흩어져 있는데, 미풍에 가볍게 헝클어져 날렸다.

"그 앨 벼랑에서 던져 버릴까?" 흠 없는 희생양의 망가진 모습을 시기에 찬 사나운 눈빛으로 흘끗거리며 빅토리아가 소리쳤다.

"안 돼요!" 조플로야가 말했다. "나를 따라오세요." 그러고는 바위 맞은편으로 난 우둘투둘한 오솔길로 쏜살같이 내려갔다. 빅토리아는 그만큼 빠르지는 못했지만 그의 발걸음을 쫓았다. 이내 그는 절벽 가장자리에서 배회하더니 산처럼 경사진 곳으로 올라갔다. 엄청나게 높은 두 산 사이에 마치 바위가 갈라진 것 같은 좁은 협곡에 이르자 그는 잠깐 멈추었다. 급한 경사에 꼬불꼬불 굽은 길이 바닥 없는 심연으로 치닫는 것처럼 보였다. 조플로야는 빅토리아가 자신을 놓치지 않으려고 안간힘을 쓰다 거의 탈진 상태에 이른 것을 의식했다.

"힘내요." 그가 소리쳤다. "몇 걸음만 더 가면 됩니다."

빅토리아는 힘겹게 웃어 보이고 다시 그를 따랐다. 그녀는 영혼 속 비열한 열정으로부터 필사적인 강인함을 주입받았다.

갑자기 조플로야가 멈춰 서더니 돌투성이 길 위에 여전히 생기 없는 짐을 내려놓았다. 초인적인 힘이 필요할 것처럼 보였지만 그는 한층 가벼워진 몸으로 바위의 돌출된 부분을 움직였다. 빅토리아는 곧 그것이 바위의 거대한 조각이라는 걸 깨달았다. 그 아래로 좁고 어두운 틈새가 열렸다. 무어인은 다시 릴라를 안아 들고 몸을 구부려 그 틈새로 들어갔다. 뒤를 따라가던 빅토리아는 널찍한 동굴에 들어왔음을 알게 되었다. 그들이 들어왔던 통로로만 빛이 들어와서 그곳은 음침했다.

"여기예요, 빅토리아." 무어인은 크게 말했다. "적어도 이 원수가 당신을 희롱할 가능성은 더 이상 없겠군요. 이제 엔리케의 마음만 차지한다면, 어떤 것도 당신의 행복을 방해하지 못해요."

"그렇지만……." 빅토리아는 우울한 기분으로 대꾸했다. "릴라가 **살아 있다면**, 여기서 도망가는 것이 확실히 불가능할까?"

"여길 봐요." 무어인이 말했다. "이게 그런 쓸데없는 걱정을 깨끗이 없애 줄 겁니다." 그렇게 말하면서 그는 동굴 바닥에서 육중한 쇠사슬을 들어 올렸다. 맞은편 벽에 고정된 사슬은 틈새 입구로 향하는 평탄치 않은 가파른 비탈까지 뻗어 있었다.

"끝에 있는 고리를……." 그는 이어서 말했다. "이 계집이 정신없을 때 팔목에 조여 놓죠. 빅토리아, 이제 만족하십니까?"

"노력해 볼게." 빅토리아는 시원치 않게 대답했다. 무엇보다도 그녀는 눈이 부시도록 아름다운 연적이 죽기를 바랐다.

"자, 다 됐습니다." 조플로야는 말했다. "이럴 필요까진 없을 텐데. 이 계집이 정신을 차렸을 때 자기가 왜 이곳에 있는지 그 상황을 추측이나 하겠습니까? 어떻게 여기 오게 되었는지도 모를 겁니다. 내가 그녀를 안을 때 깨어나 나를 보았죠. (그녀는 깊은 잠에 빠져서 미소를 지었는데, 분명 사랑 꿈을 꾸었을 겁니다. 나는 당신과의 약속을 지키려고 이 팔로 옮겨 죄었죠.) 내가 꽉 죄니까 잠깐 몸부림치다가 기절했어요. 그러고는 지금까지 의식이 없는 거예요. 의심 많고 걱정 많은 빅토리아, 그러니 어떻게 그녀가 아무 도움도 없이, 눈여겨볼 힘도 없이 지나온 좁은 길을 찾아 나설 수 있겠습니까? 염려 말아요. 더 조심할 것 없이 그녀를 여기에 놔두는 것만으로도 충분해요."

"그래도 난 쇠사슬을 썼으면 좋겠어." 빅토리아는 투덜거렸다. "조심할 필요가 없다면, 그걸로 벌을 줄 수 있잖아. 자, 어서, 착한 조플로야." 그녀는 생기 없는 릴라의 창백한 손을 그에게 쥐여 주며 말을 이었다. "우리가 사라진 게 들통나기 전에 여기서 빨리 나가자."

조플로야는 능청스럽게 히죽거리며 한 손으로 릴라의 손을 잡고 다른 손으로는 쇠사슬을 집었다. 그러고 나선 비아냥거리듯 말했다.

"빅토리아, 10인의 평의회가 그들의 희생자를 이런 동굴 같은 곳에 가두어 두었을까요? 어떻게 생각해요? 이 고리나 무거운 사슬이 증명하는 것처럼 보이는데."

빅토리아는 그 무시무시한 이름을 듣자 얼굴색이 변했다.

"그건 이 시점에 적절치 않은, 잔인한 비유야." 무어인이 심술궂게 빗대어 하는 말을 가로막으며 그녀는 소리 질렀다. "왜 이 상황에서 아무 상관도 없는 말을 꺼내는 거야? 어서 사슬에 묶고 가자. 부탁이야."

그는 여전히 얼굴에 조소를 머금은 채 빅토리아가 두려움에 떨며 부탁하는 말을 들어주었다. 이내 릴라의 연약한 손목에 오래된 사슬이 채워졌다. 빅토리아가 틈새 입구 쪽으로 발걸음을 서두르며 크게 말했다.

"이제 여길 뜨자. 조플로야, 어서 앞장서."

저주받은 고아가 딱딱한 바닥에 널브러진 채 괴로워하는 동안, 두 사람은 동굴을 벗어날 채비를 했다. 가여운 릴라가 눈을 떴을 때 그들은 이미 비탈을 올라가고 있었다. 그녀는 아직 제 감각을 찾지 못한 상태에서 그 상황을 급박하게 받아들였다. 말을 하려 했지만 쉽지 않았다. 그녀는 일어나 체념하듯 무릎을 꿇고 결백한 손을 들어 고통스럽게 애원했다. 쇠사슬 움직이는 소리에 빅토리아가 고개를 돌렸다. 고아는 대책 없이, 무릎을 꿇고 있었다. 하지만 빅토리아의 눈에는 원수만 보일 뿐이었다. 그녀는 잠깐 멈춰 서서 릴라의 꼴을 보고 사악한 조소를 흘렸다. 그러고는 조롱하듯 손을 흔들더니, 곧 다시 서둘러 움직였다. 릴라는 빅토리아를 알아보고 경악하며 살을 에는 듯한 날카로운 비명을 질렀다. 그 소리가 빅토리아의 귀청을 때렸지만 가슴속 연민까지 자아내지는 못했다. 릴라를 버렸기 때문이었다. 동굴 입구에 다다르자 그녀는 버림받은 소녀에게서 눈을 돌렸다.

"부인." 조플로야가 말했다. 그들은 또다시 산들을 가로지르는 좁은 길에 접어들었다. "조금 있다가 저 애한테 줄 음식하고, 침대와 담요 대용으로 쓰라고 내 표범 가죽 망토를 가져다줄 생각인데. 그리고 또……."

"내 생각엔 네가 어설프게 친절을 베푸는 것 같아." 빅토리아가 성내며 말을 끊었다.

"아니, 나는……." 무어인은 차분하게 반박했다. "부인의 원수를 굶겨 죽일 계획은 아니오. 음식은 있겠지만, 그녀는 그곳에서 남은 생을 보낼 운명이지. 오랜 시간에 걸쳐 그녀는 점점 사멸하게 되겠죠."

"그래, 정말 재미있겠네." 빅토리아가 독살스럽게 빈정댔다. "오랜 고난 속의 투쟁이라, 좋아, 네 계획을 받아들이지."

"가끔 여자애를 보러 오시겠죠, 부인, 그렇죠?"

"그건 나 자신에게 주는 특별한 기쁨이 될 거야." 그녀는 대답했다. "그렇지만 엔리케가 고분고분하지 않는다면, 그 애는 내가 오는 걸 반기지 않겠지."

"공평하고 훌륭한 조합입니다." 무어인이 비꼬듯 말했다. "백작이 다정하게 굴지 않는다면, 그녀에 대한 기억 때문에 그럴 테니 마땅히 벌을 받아야겠죠. 저는 당신의 의지를 존경합니다, 부인. 복수의 갈증을 결코 해소할 수 없는, 굴하지 않는 영혼."

빅토리아는 그가 진심으로 말하는지 보려고 고개를 돌렸다. 그가 말을 맺는 순간, 그녀는 그의 눈동자 위 이글거리는 정열 속에 무자비한 잔인함과 짓궂은 장난기를 보고 흡족해했다.

어느새 완연한 아침이었다. 그러나 하늘은 활력을 불어넣는 태양 광선으로 빛나지 않았다. 빛을 머금은 구름은 숲속 깊숙이 외진 곳까지 음침하게 덮으며 마치 아래로 내려가는 듯 보였다. 모든 것이 징그러울 정도로 고요했다. 지저귀는 새소리조차 감히 그 중후한 적막을 깨지 못했다. 여명의 눈동자가 새벽에 일어난 범죄로 인해 비탄에 빠져 잠시 멈춘 것 같았다.

무어인은 말이 없었다. 빅토리아는 소원을 이루기 위해 어떻게 행동해야 할지 정신없이 따져 보느라 그에게 말을 걸지 않았다.

이렇게 그들은 하늘이 보이는 숲으로 나왔다. 조플로야는 성이 나타나기 전에 각기 다른 길로 가는 것이 좋겠다고 말했다. 그녀도 좋은 생각이라고 말없이 동의했다. 그녀는 성을 향해 발걸음을 재촉했고, 그는 반대편 방향으로 내달렸다.

제28장

　엔리케는 꿈속에서 만났던 그녀를 볼 수 있을 거라는 들뜬 기대감으로 잠에서 깨어났다. 그리고 그녀가 자주 가는 나무숲 쪽으로 서둘러 나갔다. 가장 확 트이고 활력이 넘치는 곳이었다. 릴라는 아침 이른 시간에 산에서 내려오는 신선한 공기를 마시려고 자주 그곳에 나왔다.

　그녀가 평소보다 늦잠을 잔다 생각하며 그는 인내심을 가지고 한동안 그곳을 오락가락했다. 하지만 아침 시간이 한참 지나면서 시시각각 자신의 예상이 틀렸다는 느낌이 들었다. 그래서 집으로 돌아가기로 마음먹었다. 그는 여전히 흠모하는 여인의 자취를 찾을 수 없었다. 초조하게 여종을 불러 릴라 아가씨의 침실로 가서 그녀를 깨우라고 명했다. 여종이 돌아와, 침대에 아가씨는 없고, 나간 지 한참 된 것처럼 보이며, 그녀의 옷은 지난밤에 벗어 놓은 그대로 침대 옆 의자에 걸려 있다고 말했다. 순간 그는 얼마나 극심한 불안감에 사로잡혔던가.

천성적으로 충동적인 엔리케는 아무 대꾸도 하지 않고 자리에서 벌떡 일어나, 그녀의 침실로 정신없이 뛰어갔다. 정말 그녀는 그곳에 없었다. 미칠 듯이 성마른 엔리케는 성내 사람이 갈 만한 곳을 구석구석 모두 뒤졌다. 말할 필요도 없이, 소용없는 일이었다. 그는 사라진 연인 외에는 어떤 것에도 괘념치 않았다. 빅토리아의 침실 문이 눈에 들어왔다. 그는 미친 사람처럼 문을 박차고 나가 그녀의 방으로 돌진했다.

교활한 빅토리아는 뒤이어 일어날 장면들을 충분히 예상한 터라, 이른 아침 끔찍한 일을 벌이고 돌아와 침대로 들어갔다. 엔리케가 침실 문을 박차고 들어오자, 그녀는 마치 평온한 잠에서 깜짝 놀라 깨어난 것처럼 일어났다. 엔리케는 그녀가 무서워하는 것처럼 보이든 놀라는 것처럼 보이든 신경 쓰지 않고 곧장 침대로 다가가, 자신이 무슨 일을 저지르고 있는지도 모르는 듯, 그녀를 팔로 잡고 광기에 찬 목소리로 고함쳤다.

"내 릴라가 사라졌어! 어디 있는지 말해요, 제발 부탁이야, 어서 말해요."

"릴라가 사라져요?" 빅토리아가 놀라는 척 대답했다. "그럴 리가요." 그녀는 자신을 대하는 엔리케의 기분을 살피며 덧붙였다. "정말 그랬다면, 내가 그녀를 어디서 찾을 수 있는지, 알 수만 있다면 당신에게 알렸겠죠."

"릴라를 찾지 못하면……" 엔리케가 울부짖었다. "아, 난, 괴로움에 미쳐 죽을 거예요!"

"잠깐만 나가 주세요, 엔리케 경." 빅토리아는 연민에 찬 어조로 말했다. "내가 일어나 옷을 입은 뒤에, 우리 함께 사랑하는 어린 친구를 찾아봐요." 엔리케의 눈빛에 어린 절망과 고통을 감지하며 그녀는 말을 이었다. "평정을 찾으세요, 제발. 그 고운 소녀가 멀리 가진 않았을 테니, 안심해요."

엔리케가 손바닥으로 이마를 치며 방을 뛰쳐나갔다. 빅토리아는 급히 일어나 옷을 입고, 그들이 자주 모이는 방으로 그를 따라갔다. 그리고 혼란에 빠진 구혼자에게 함께 릴라를 찾아보자고 제안했다. 다시 성 구석구석을 뒤지고 숲을 조사했다. 엔리케가 릴라의 이름을 고통스럽게 부르짖을 때마다 그 이름이 숲속에서 울려 퍼졌다. 그러나 아름답고 결백한 소녀는 대답할 수 없는 머나먼 곳에 외로이 벌거벗은 채 사슬에 묶여 있었다.

다시 한 번 그들은 릴라의 방으로 갔다. 전날 입은 옷들이 그녀가 벗어 던져 놓은 것처럼 보이는 곳에 그대로 있었다. 한쪽으로 끌려 나온 듯한 잠옷은 일부가 침대 바닥에 닿아 있었다. 커튼 한 곳은 꼬인 채 찢겨 있고, 그녀가 밤에 머리에 둘렀을 법한 헤어네트는 문 옆 바닥에 떨어진 것처럼 놓여 있었다. 면밀한 조사가 진행되면서 엔리케는 끝없는 절망에 빠졌다. 그의 순결한 연인은 침대에서 대책 없이 찢겨 나간 듯 보였다. 이 끔찍한 생각에 가슴이 너무 아파 그 괴로움이 한계에 이르렀다. 그는 무의식적으로 번개처럼 집을 뛰쳐나갔다. 숲속 가장 으슥한 곳까지, 심지어 그 산들을 횡단하며 그녀를 찾아 나설 작정이었다.

많은 시간이 지나고 밤이 깊어 갈 즈음, 그는 피가 끓는 듯 극심한 고열을 내며 돌아왔다. 그는 자신이 어디를 돌아다니다 왔느지 전혀 설명할 수 없었다. 정신이 산만하고 기력이 없었다. 그 새 릴라에 대한 소식이 있었는지 그는 힘겹게 물었다. 부정적인 대답을 듣기도 전에 그는 크게 낙심하며 의식을 잃고 땅바닥으로 쓰러졌다.

빅토리아가 즉시 그를 침대로 옮기도록 지시했다. 그는 심각한 정신 착란을 일으켰다. 자신을 둘러싼 것들로부터 도망가려고 미친 듯이 발버둥 치는 모습은 듣기에도 보기에도 끔찍했다. 3주 동안 그의 삶은 절망적이었고, 그를 사로잡은 광기가 떠나도 예전의 온전함을 회복할 가능성은 거의 없어 보였다.

그사이, 의도치 않게 엄청난 혼란을 일으킨 가여운 릴라는 여전히 유폐되어 있었다. 무어인 조플로야가 그녀를 돌봤다. 음식을 가져다주고, 그녀가 앉아 있는 땅바닥이 딱딱한 걸 보곤 표범 모피 망토를 가져와 어느 정도 편안하게 해 주었다. 치욕스러웠지만 그녀는 그 위에 지친 손과 발을 폈다. 그러나 이처럼 비루한 상황에서도 그녀는 티 없이 청순한 마음에 실낱같은 희망을 간직하며 살았다. 언젠가는 이 비참한 시간이 끝나고 세상에 돌아가 자신이 흠모하는 엔리케를 만나리라. 때로는 찔러도 피 한 방울 나올 것 같지 않은 무어인을 설득할 수 있을 것이라 생각했다. 하지만 그가 나타나면 그런 희망은 금세 사라졌다. 그는 음식을 가져와서도 말 한마디 하지 않았다. 우연히 눈이라도 마주치면 음침하게 포악한 표정으로 그녀의 순결한 영혼 속에서 싹트던 용기를 짓밟아 버렸다. 그가 떠나면, 다른 해결책을 찾을 수가 없었다.

불운의 엔리케에게도 마침내 분별력이 되돌아오고, 삶이 소생하는 징조가 서서히 보이기 시작했다. 그가 병상에 있는 동안 빅토리아는 한 번도 그의 방을 떠나지 않았다. 그녀는 직접 약을 먹이고, 밤에는 하인과 함께 그의 침실을 지켰다. 그가 주변 사물을 알아볼 수 있을 만큼 정신이 들었을 때는 몇 배로 더 정성을 기울였다. 그렇게 함으로써 엔리케는 그녀에게 가졌던 억누를 수 없는 혐오감을 벗어 버릴 수도 있었을 것이고, 마음속에는 그녀의 비범한 관심과 간호에 대한 깊은 사의와 존경이 분명 일었을 것이다.

하지만 그녀의 노력은 무의미했다. 그것은 엔리케에게 기쁨보다는 고통을 주었다. 아주 드문 일이지만 그녀가 자리를 비울 때면, 그제야 비로소 그의 곤고한 마음은 견딜 수 없는 고뇌로부터 큰 안식을 얻었다. 그러나 빅토리아는 그의 냉담이나 반감을 눈치채지 못했고, 신경 쓰지도 않았다. 그녀는 나날이 정성을 더하며 간호했다. 그를 대하는 태도는 더욱 진솔해졌다. 이 또한 앞선 결심으로 은연중에 일어난 변화였다. 그렇지만 비극의 엔리케는 아직도 암담한 우울증과 끝없는 망연자실에 빠져 있었다. 그녀는 단순히 우정 어린 관심으로 (적어도 엔리케는 그렇게 알고 있었다) 그의 현재 심리 상태를 살피면서 더욱 조심조심 접근할 계획이었다. 그녀는 장기간 위태로운 병중에 있는 그를 위해 철저히 헌신하는 자신의 모습에 염치없이 자족하며, 틀림없이 약간은 호감을 이끌어 내리라고 확신했다.

어느 저녁, 그녀는 그의 침실에 앉아 있었다. 고요한 가운데 호사스러운 걱정에 빠져 사색에 잠겨 있던 엔리케는 그녀에게 더할 나위 없이 냉랭하게 말했다.

"형수님, 형수님에게 많은 부담을 주는 것은 원치 않아요. 그래서 부탁인데, 나는 이제 많이 회복되었으니 너무 세심하게 하지 않아도 됩니다. 나가서 기분 전환이라도 하세요."

빅토리아는 이 문제가 다시 나오지 않도록 작심하고 가녀린 비난조로 대꾸했다.

"잔인해요, 엔리케! 그게 오직 당신만을 위해 사는 사람에게 할 말인가요? 참아요, 참아. 적어도 당신을 사랑하는 마음은 모욕하지 말아야죠."

"형수님!" 엔리케가 짜증 난 듯 가로막았다. "**이것이** 기회인가요? **이것이** 얘깃거리예요? 나는 다시 시작할 게 없다고 생각했는데."

"전 더 이상 참을 수 없어요." 빅토리아가 그의 발 앞에 몸을 던지며 한탄했다. "오, 엔리케! 내 사랑, 당신이 좋아 미치겠어요! 당신 영혼에 연민의 불씨가 조금이라도 살아 있다면, 나를 거절하지 말아 주세요. 운명적인 정열을 피할 수 없는 이 몹쓸 여자를 가엾게 여겨 줘요!"

엔리케는 어떻게 대답해야 할지 엄두가 나질 않았다. 주변 상황을 보니 빅토리아에게 사의를 표해야 할 것 같았다. 하지만 이런 순간에 그녀의 저속한 고백을 듣는 것은 무척 곤혹스러운 일이었다. 그녀가 굴욕적으로 발 앞에 엎드리자 가슴속 불쾌감이 새롭게 꿈틀거렸다. 아무리 노력해도 그녀를 부드럽게 대하는 것은 불가능했다. 그는 기분이 나빠 잠시 말을 하지 않았다. 그녀의 소망은 결코 들어줄 수 없는 것이었다. 이렇듯 빨리 그의 마음속에서 첫사랑이자 유일한 사랑의 흔적을 지우려 하는, 그 잔인한 무례함에 그는 충격을 받았다. 번민에 싸인 그의 영혼은 당장 그 소망을 박살 내라고 말했다. 그는 서둘러 그녀를 일으켜 세우려고 했다. 그런데 아직은 기력이 달려 그럴 수가 없었다. 그가 말했다.

"형수님, 부탁이니 일어나요. 이런 행동은 당신과 걸맞지 않아요. 일어나기 전에는 아무 말도 하지 않을 겁니다."

빅토리아는 힘겹게 몸부림치며 일어났다.

"형수님." 그제야 엔리케가 말을 이었다. "나는 아직도 마음이 아파요. 절대 잊을 수 없는 역경으로 고뇌에 빠져 있죠. 나에게 유일하게 삶의 이유를 주던 사람을 잃었으니까요. 심신의 고통이 오래갈 것 같지는 않아요. 몸은 예전 상태를 찾은 것 같지만, 내 안의 상처는 아직 아물지 않은 게 느껴져요. 신께서 허락하신다면, 이 상한 마음을 치료할 수 있을 겁니다. 형수님, 이게 당신의 고백에 대한 답이 되었으면 좋겠어요. 당신의 고백은 나에게는 매우 영예로운 것이었어요. 하지만 내가 이렇게 부드럽게 표현했다고 행여 오해하진 마세요. 내 감정은 냉랭하고 변함이 없어요. 덧붙이자면, 설령 상황이 **달랐더라도**, 실종된 릴라와의 순수하고 행복한 기억이 내 영혼에 존재하지 않았더라도, 내가 릴라와 연을 맺게 될지 전혀 **알지** 못했더라도, 그럼에도 균형 잃은 당신의 발림 말을 받아 줄 순 없었을 거예요. 지금 내가 느끼는 감정을 보면 확신할 수 있죠. 내 생각에, 우리는 모든 면에서 달라요. 아니, 정말로, 그게 내 천성적인 문제인지는 모르겠지만, 난 이미 단검으로 목숨을 끊었을 겁니다." 그러고는 한층 고조된 음성으로 덧붙였다. "**당신에게 조금이라도 약한 감정을 보이느니, 차라리 그렇게 했겠죠!**"

"잘 알겠어요!" 빅토리아는 알아듣기 어렵게 흐느꼈다. "배은망덕한 엔리케! 당신은 정말 거침이 없군요. 잘 있어요! 더 이상 당신 옆에서 고통을 주지 않겠어요. 그렇지만 떠나기 전에 상기시켜 주죠. 당신이 아직도 잊지 못하는 릴라는 이제 존재하지 않아요!"

"그렇지만 그녀에 대한 **기억**은 아직 생생하게 살아 있어요! 내 피투성이 가슴 위에 우뚝 서 있죠!" 고뇌에 찬 엔리케는 자리에서 일어나 비쩍 마른 손바닥을 거칠게 마주치며 소리쳤다. 그러나 감정이 요동치고 심신이 허약해, 그는 더 이상 자신을 지탱하지 못하고 참담하게 바닥에 쓰러졌다.

빅토리아는 되돌아서 곧장 그에게로 뛰어가 팔로 일으켜 세우고, 그의 머리를 가슴에 끌어안았다.

"아!" 그녀는 탄식했다. 실망스러운 자존심과 열정에서 비롯된 씁쓸한 미소가 그녀의 얼굴에 스쳐 지나갔다. "아, 인정머리 없는 고집불통! 죽음으로 끝장나더라도, 당신은 내 것이 될 거야!"

"죽음. 죽음으로 **끝장날** 것이라고." 반쯤 제정신이 아닌 엔리케가 마지막 말을 알아듣고 따라 했다. 그는 자기 머리가 그녀의 가슴에 있는 것을 깨닫고 급히 바닥에서 일어났다. 마치 전갈에 쏘인 것처럼!

빅토리아는 그가 다시 정신 착란을 일으킬까 봐 염려되어 아무 말도 하지 않았다. 그는 원하지 않았지만, 빅토리아는 그를 부축해 침대 쪽으로 이끌었다. 그러고는 혼자 내버려 두고 방을 나갔다.

빅토리아는 산만하고 우울한 기분에 젖어 자기도 모르게 숲으로 발걸음을 옮겼다. 늦은 저녁이었다. 하늘은 검은 먹구름으로 덮여 있었다. 그녀는 주의를 기울이지 않고 길을 걸었다. 그때 머리 위에서 천둥소리가 우르릉거렸다. 시퍼런 번개가 그녀가 가는 길을 가르며 번쩍거렸다. 그럼에도 그녀는 내적 갈등에 빠져 있어 그것들의 교전에 신경 쓰지 않았다. 외부 환경은 그녀의 꽉 막힌 마음에 아무런 영향도 주지 못했다.

"아! **어떻게** 해야 할까?" 그녀는 주변에 아무도 없는 것을 확인하고 소리 내어 말했다. "무너져 가는 내 열정을 어떻게 다시 세울 수 있을까? 내가 기울인 노력이 모두 헛된 짓이었을까? 내 소원의 목표, 간절한 소망의 유일한 대상, 이젠 이 험난한 추종을 포기해야 할까? 아니, 아니야, 그래선 안 되지! 내 사람이 된다면, 그를 위해 깊고 깊은 지옥에라도 기꺼이 뛰어들 텐데! 그가 없이는, 살아갈 수가 없다. 나에게 이 세상은 연옥이나 다름없으니까. 아, 조플로야? 왜 **너는** 도움과 조언을 주러 나타나지 않는 거야? 네 도움이 **절실히** 필요한 이 순간에 결코 날 버리지는 않았겠지. 아니, 어쩌면 이번 일은 네게 너무 벅찬 일인지도 몰라."

그녀가 이렇게 투덜거릴 때, 어디선가 영혼을 매혹시키는 선율이 점점 고음으로 부풀어 오르며 귓가에 와닿았다. 그녀는 멈춰 서서 들었다. 자신도 모르게 마음이 가라앉으며, 정신을 빼앗겼다. 그녀는 연주자를 볼 수 없었지만 그의 마술적 힘에 매료되었다. 몇 분 후 음악은 온몸을 오싹하게 하는 선율 속으로 가라앉아 더 이상 들리지 않았다.

빅토리아는 다시 우울해졌다. 잠시 외부 요인에 흔들렸다는 게 화가 나고, 조플로야를 만나지 못한 것에 짜증이 났다. 그녀가 숲에서 나갈 채비를 하고 돌아섰을 때, 홀연히 그가 앞에 있었다.

"조플로야, 너를 보게 되니 반가워." 그녀가 소리쳤다. "근데 어떻게 여기 있는 거야? 방금 전까지만 해도 못 봤는데."

"조금 전부터 부인을 따라왔지요."

"그런데 왜 나를 따라잡지 않았어?"

"아리따운 빅토리아, 당신이 내 이름을 자주 부르게 하고 싶어서 그랬답니다. 그건 늘 새로운 기쁨이니까요."

"**그렇다면 왜 네 모습을 볼 수 없었지?**"

"제가 알기로는, 당신은 음악을 듣고 계셨지요. 음악이 끝나고 당신이 돌아서자 우리가 만났고요. 자, 빅토리아, 당신의 소원이 얼마나 진척되었나요?"

"어휴! 난 정말 비참한 사람이야." 빅토리아가 대꾸했다. "나는 성공하지 못할까 너무 걱정돼. 엔리케는 나를 증오해. 오늘 저녁에도 그는 정식으로, 결정적으로, 냉정하게 나를 거절했어."

"그가 세상에서 가장 사랑스러운 여인을 거부한 이유가 무엇인가요?"

"사랑, 릴라와의 추억에 대한 일편단심. 거기다 그는 릴라라는 여자가 존재하지 않았다 해도 나에게 마음 줄 생각은 없었을 거라고 치욕스럽게 덧붙였지."

"정말 둔감한 멍청이로군요!" 무어인은 분개하며 소리를 질렀다. "아마 당신이 릴라를 **닮았다면**, 추측건대 그는 당신을 사랑했을 겁니다."

"아, 그럴까?" 맥이 풀린 빅토리아는 말했다. "이 볼품없는 몸매를 압축하면 그녀처럼 요정 같은 우아함을 가질 수 있을까, 사내처럼 윤곽이 뚜렷한 이 얼굴이 그녀와 같은 아기 얼굴이 될 수 있을까! 아! 한 번만이라도 쌀쌀맞은 엔리케에게서 애정이 듬뿍 담긴 눈빛을 받아 볼 수 있다면 무언들 하지 못할까."

"아름다운 빅토리아." 무어인이 부드럽게 아첨하듯 말했다. "그 우아한 몸매를 볼품없다고 말하지 마세요. 고상하고 당당한 외모를 경멸하지도 말고요. 당신에겐 누구와도 비교할 수 없는 사랑스러움이 있습니다. 그 분별력 없는 엔리케가 당신을 릴라라고 **믿게** 한다면……." 그는 말을 멈추었다. 그러자 빅토리아는 분연히 뭔가를 찾는 듯한 시선으로 그를 바라보았다. 조플로야가 말을 이어 가지 않자 그녀는 소리쳤다.

"어서 말해 봐, 조플로야. 할 말 있으면 주저하지 말고 빨리 해."

그 순간 번개가 하늘을 가르며 생생하게 번쩍거렸다. 조플로야가 입을 열었다.

"부인, 좀 더 안전한 곳으로 가시지요. 폭풍이 오려나 봅니다."

"오, 폭풍 따위 걱정은 하지 마! 어서 말해 봐." 빅토리아가 소리쳤다. "절망에 빠진 나를 위로할 무언가가 너한테 있다면."

"당신이 번개에 신경 쓰지 않는다면, 부인, 나도 괜찮습니다. 그럼 먼저 대답해 봐요. 엔리케가 당신의 사랑을 받아들이지 않을 거라고 확신하나요?"

"아아! 내가 말했잖아." 빅토리아는 서글픈 어투로 대답했다.

"그럼 이런 상황에서도 변함없이 **그를** 사랑하시나요? 당신의 행복을 위해서는 여전히 그가 필요한가요?"

"그를 차지할 수 있는 희망이 사라진다면, 나는 내 가슴에 단검을 꽂을 거야."

조플로야는 몇 분간 가만히 있었다. 그리고 다시 입을 열었다.

"그의 사랑을 얻을 수만 있다면, 그가 망상에 사로잡혀 당신을 약혼녀 릴라로 믿고, 거침없이 열정을 표현해도 괜찮나요? **그런** 조건으로도 그를 받아들일 수 있겠어요?"

"오! 그럼. 기꺼이, 기쁘게." 빅토리아가 그의 말을 끊으며 끼어들었다. "그런 행복한 망상이 **어떻게** 그의 마음에 스며들게 할 건지나 말해 봐."

"밤이 깊어 갑니다, 부인. 폭풍이 점점 거세지고 있어요. 내일 좀더 자세히 얘기하면 어떨까요?"

"네 눈앞에서 내가 숨 거두는 꼴을 보고 싶다면……." 빅토리아는 사납게 소리쳤다. "나를 답답한 상태로 두고 가. 네가 고생해가며 내 영혼에 비춘 희망, 그 희미한 희망 한가운데에 말이야. 몇 시면 어떻고, 폭풍이 오면 어때?" 푸르스름한 번개가 나무에 마법을 걸어 불을 일으켰다. 산꼭대기들이 춤을 추는 것처럼 보였다. 그녀는 계속했다. "이 순간 자연이 망가진들 무슨 상관이야. 내 영혼은 이렇듯 헐떡거리고 있는데."

"그렇다면 좋아요." 무어인이 그녀의 말을 가로막았다. "대담무쌍한 빅토리아! 내가 당신의 불굴의 정신을 진심으로 존경하고 사랑한다는 점을 알아주세요. 나에겐 아주 특이한 효력을 지닌 약이 있습니다. 신체 기능을 마비시키거나 실제로 정신 이상을 일으키는 약은 아닙니다. 그렇지만 이 약을 투여하는 사람이 원하는 특정한 시점에서 일시적인 망상에 빠뜨리지요. 말하자면 부분적으로 광기가 일어나는 겁니다. 소위 이 정신 착란에 빠진 사람은 그 질환을 일으킨 사람만 빼고 다른 사람들을 모두 정상적으로 봅니다. 이 약은 정신을 혼란스럽게 하는 묘한 효력이 있어요. 약을 먹은 사람들은 착각을 일으켜 마음에 믿고 싶은 대로만 믿게 돼요. 그래서 사랑에 미친 사람들은 어떤 여자를 봐도 그 여자가 자신을 미치게 한 여자라고 착각하지요. 병적인 환각이 절정에 이르면 망상이 생기는데, 그걸 무의식적으로 좇으며 빠져듭니다. 내 계획이 어떤 것인지 대충 감이 오지요, 부인. 당신의 사랑 때문에 이렇게 압박받는 상황에선 유일한 방법이죠. 어쨌든 계속 설명하겠습니다. 내가 이 약을 드리면, 가령 오늘 밤에라도 마치 누이처럼 조신하고 부드러운 태도로 엔리케가 잠들기 전에 강장제나 진정제를 먹이듯 약간 주세요. 밤사이에, 말씀드린 대로 약의 효력이 진행될 겁니다. 아침에 일어나면 그는 미친 듯이 릴라를 찾을 겁니다. 밤새 그를 사로잡았던 그녀의 모습이 그저 꿈속의 환상이었다는 사실을 깨닫지 못할 테니까요. 그가 뭔가에 홀렸다는 하인들의 보고를 받으면(주변 사람들에게는 이상하고 기묘한 일일 겁니다) 당신은 그것이 광기의 증상이라 생각하시고 즉시 그의 침실로 가세요. 당신이 들어가기도 전에 그가 튀어나와 당신을 그의 사랑, 잃어버린 릴라라고 부르며 격정적으로 품에 안을 겁니다."

빅토리아는 더 이상 감정을 통제하지 못하고 무릎을 꿇으며 강하게 손바닥을 마주쳤다.

"오, 황홀하겠군! 오, 말할 수 없는 행복이야!" 그녀는 울부짖었다. "얼마나 오랫동안 가슴 졸이며 고대하던 순간인가! 정말 내가 안길 수 있을까, 자발적으로 열렬하게 엔리케의 품에 안길 수 있을까? 오, 심약한 영혼! 생각만 해도 떨려. 그 행복의 순간을 맛볼 수 있게 도와줘!"

"아직 도취되지는 마세요, 아리따운 빅토리아. 내가 약속한 시간이 올 때까지는 참아요. 자, 일어나서 마저 들으세요."

"엔리케는 약에 취해 당신을 그가 우상처럼 여기는 릴라로 믿으며, 여보라고 부를 겁니다. 정신이 산만하고 혼란스러울 테니까요. 과거에 대한 개념이 없고, 오래전에 날을 잡았던 결혼식도 아직 치르지 못했다는 것을 모를 거예요. 그는 다만 돌아오기로 했던 당신이 드디어 나타난 것으로 알고, 당신이 없어 오랫동안 무척 힘든 시간을 보낸 만큼 당신을 품에 안을 겁니다. 그는 기분이 한껏 고조되어 사랑과 쾌락에 정신이 쏠려 있을 겁니다. 그때 그의 기분을 망치거나 그가 불쾌해하지 않도록 조심하세요. 와인으로 취하게 하고, 음악으로 분위기를 띄우고, 호화로운 만찬을 열게 하세요. 당신은 릴라이자 아내인 것처럼 행동하며 그의 환상에 맞춰 주세요. 당신이 하는 일들이 모이고 굳건해지면서, 사랑은 당신 편에 서게 될 것입니다."

마지막으로 다시 한 번, 조플로야는 숱한 재앙의 저장고인 상자를 빅토리아의 손 위에 올려놓고, 조그맣게 접힌 종이를 꺼냈다. 종이 안에는 그가 설명한 미약이 들어 있었다. 그녀의 이익에 맞게 조심해서 사용하라는 듯 신중한 미소를 띠며 별말 없이 그녀에게 주었다. 그러고는 곧장 돌아서서 음침한 숲으로 물러났다. 빠르게 움직이는 그의 모습이 번득이는 번개 빛에 비쳐 간간이 시야에 들어왔다. 그가 나무들 사이로 나타난다. 이제 뾰족한 바위 꼭대기에 오른다. 가파른 정상 위에 화신(火神)처럼 등장한다.

빅토리아는 자신이 그토록 바라던 소원을 드디어 이룰 거라는 기대감으로 환희에 흠뻑 젖어 있었다. 무어인이 갑자기 떠나는 걸 주시하고 의아해하면서도, 그녀는 그가 약속한 환상적인 행복만 생각하며 번개가 만들어 내는 외경에는 신경 쓰지 않았다. (끊임없이 주변을 번쩍이며 산들과 바위들과 수목들을 섬광으로 비치는) 붉은 번개 빛에도 무심한 채, 그녀는 그대로 있었다. 타오르는 소망에 들떠 심장이 거칠게 두근거렸다. 말하자면 장차 있을 지극한 행복에 대한 맹신적 기대감으로 그녀는 그 자리에 뿌리를 내린 듯 서 있었다.

어느 정도 시간이 흐른 뒤에야 그녀는 마지못한 듯 일어나 성으로 향했다. 돌아가는 길에서도 조플로야의 흔적은 찾을 수가 없었다. 그녀는 그가 오늘 같은 밤에는 숲속을 산책할 거라고 결론지었다. (그의 성격에 합당한 추측은 아니었다.) 여하튼 그녀는 계속 걸어서 성으로 들어갔고, 엔리케의 침실로 조용히 다가갔다. 그녀는 조심스레 그의 앞으로 나아갔다. 그리고 조신하게 몸을 낮추며 떨리는 목소리로 인사했다.

엔리케는 또다시 그녀의 간교한 술책에 넘어간 바보가 되었다. 일정 부분 은연중에 그녀에게 혐오감을 갖는 건 어쩔 수 없겠지만, 그럼에도 그는 드러내 놓고 그녀를 잔인하게 대한 걸 다시 후회하고 있었다. 그래서 예의를 갖추어 친절하게 그녀를 맞았다. 빅토리아는 우울증에서 벗어나지 못해 기력을 잃은 체했지만, 사실 은밀한 광희(狂喜)에 빠져 그의 침실을 정리하며 조용히 바쁘게 움직였다. 모든 정리가 끝나자, 오늘은 이만 물러가겠다고 그녀는 말했다. 엔리케는 그녀가 보라는 듯이 말없이 고개 숙여 사의를 표했다. 빅토리아는 마지못해 물러나는 것처럼 문 쪽으로 가다가, 갑자기 그에게 강장제를 주지 않은 것이 기억난 듯 행동했다. 그가 회복된 이후 매일 밤 그녀가 직접 해야 한다고 고집한 일이었다. 그녀는 수심에 잠긴 엔리케와 멀리 떨어진 침실 구석으로 황급히 돌아가, 그가 먹을 약을 준비하며 조플로야가 준 약도 섞었다. 그에게 가져다주면서 그녀는 약효에 대한 황홀한 기대감으로 손이 부들거렸다. 엔리케는 먹고 싶지 않았지만 빅토리아가 상한 마음으로 돌아가는 게 마음에 걸렸다. 그래서 감사의 미소를 지으며 그녀의 손에서 그것을 받아 곧바로 마셨다. 이제 일은 시작되었다. 빅토리아는 아침에 벌어질 일을 상상하며 여전히 몸이 떨리고, 심장이 거칠게 두근거렸다. 그녀는 잔을 돌려받아 놓고, 작별 인사를 한 뒤 방을 나섰다.

엔리케는 머리를 베개에 대자마자 깊은 잠에 빠졌다. 그의 마음이 점차 불안해지면서 릴라의 형상이 미끄러지듯 시야에 들어왔다. 예전처럼 한 지붕 아래 가족의 일원으로 그와 함께 있는 그녀가 보였다. 이제 그녀는 옆에 앉아 있었다. 이제 그와 함께 숲속을 거닐었다. 이제 그녀는 순수 그 자체의 청순한 애정을 그에게 보냈다. 그는 밤새 행복하면서도 기만적인 몽환에 사로잡혀 있었다. 아침이 되어 눈을 떴을 때도 꿈속의 몽상은 사라지지 않았고, 그는 침대에 그대로 있을 수가 없었다. 얼마나 이른 시각인지 혼란스러웠지만 그는 일어나지 않을 수 없었다.

그의 생각은 점점 더 한곳으로 쏠렸다. 그는 오랫동안 정신 착란을 겪다가 비로소 감각을 되찾았다고 믿었다. 릴라의 형상이 기억에 강하게 남아 있는 것은 그녀를 전날 실제로 보았기 때문이라고 여기며 그 어렴풋한 기억을 기분 좋게 되새겼다. 산만한 환상에서 비롯된 그 망상들을 오랫동안 무시할 수 없었다. 그는 침대에서 벌떡 일어나 그녀와 함께 종종 거닐었던 숲속으로 뛰어갔다. 숨이 찰 때까지 큰 소리로 릴라의 이름을 불렀다. 뜻하지 않게 그의 소리는 메아리로 울려 퍼지며 친애하는 사랑의 그 이름을 간결하게, 끊임없이 따라 불렀다. 그러나 탐색은 소득이 없었고, 결국 그는 성으로 돌아왔다. 초조하게 기다리고 있던 빅토리아는 그가 움직이는 소리를 모두 들었다. 그를 속이기 위해 릴라의 베일을 쓰고, 누가 입어도 릴라인지 그녀인지 구별이 쉽지 않은 옷을 걸쳤다. 그의 행동은 약효가 얼마나 강하게 작용하는지를 명확히 보여 주고 있었다. 하지만 그에게 씌워진 망상이 쉽게 드러나지 않도록 주의하며 그녀는 전략적으로 그의 조바심을 키웠다.

그녀는 지금 자기 침실이 아니라, 불쌍한 희생양 릴라의 침실을 차지하고 있었다. 그때 정신이 혼란스러운 남자가 안에 연인이 있다고 굳게 믿으며 문 앞을 서성이는 소리가 들렸다. 빅토리아에게 기회가 온 것이었다. 그녀는 마치 우연인 것처럼 방문을 열고 나왔다! 엔리케가 그녀를 보자마자 달려들어 두 팔로 잡으며 울부짖었다.

"나의 솔 메이트! 내 사랑, 내 아내 릴라! 이제야 비로소 내 인생의 보상을 받는 건가? 내 영혼의 연인! 존재하는 것만으로도 살아야 할 가치가 있는 여인! 오, 내 심장, 릴라, 내 사랑, 어디에 갔었는지, 언제 돌아왔는지 말해 봐요!"

엔리케의 터무니없는 행동을 보는 빅토리아의 즐거움을 어찌 묘사할 수 있을까? 그녀는 그의 착란 증세가 최고에 달했음을 알았다. 아무 걱정 없이 그 속임수에 보조를 맞추어도 될 것 같았다. 그녀는 그를 다정하게 바라보며 말했다.

"사랑하는 엔리케, 진정해요. 결혼식 이후에 한 번도 당신을 떠난 적이 없었어요. 결혼식 전날 저녁, 우린 무척 행복했는데 당신이 급작스러운 병마에 들어 침대로 옮겨졌죠. 기억나지 않으세요? 거의 3주 동안 당신은 의식이 없었어요. 밤낮으로 당신 옆을 지켰지만 당신은, 오, 내 사랑, 충실한 아내조차 알아보지 못했죠! 그러나 음울한 날들은 지나가고, 이제야 당신은 나를 알아보는군요. 아! 어젯밤에는 슬프고 애통한 마음으로 물러가면서 희망이라곤 눈곱만큼도 없었는데, 오늘 아침에 이런 행복이 찾아오다니!"

"지난밤에 나와 함께 있었다고, 릴라? 오! 그래, 나랑 같이 있었지. 이제 기억나네." 그는 펄펄 끓어오르는 이마에 손을 얹었다. "이제야 기억나. 분명 당신은 나를 떠난 적이 없었어. 아니, 내 생각에, 내 생각, 내가 정말 멍청이인가! 당신은 릴라가 **아니야**. 그런데 아! 천사의 얼굴을 못 알아보다니 내가 정말 심하게 아팠나 보군!"

"그만해요, 엔리케. 여보." 빅토리아는 가식적으로 애원했다. "이렇게 행복한 날엔 사랑과 즐거움만 생각해요. 실제로는 한 번도 떨어지지 않았지만, 우리, 서로를 되찾은 이날을 축복해요."

그 말에 엔리케는 심장이 마구 뛰었다. 머릿속에서는 광기에 불꽃이 튀며 흥청대는 술잔치와 쾌락을 미치도록 갈망했다. 그는 빅토리아의 손을 잡고 입 맞추며 유쾌한 목소리로 크게 외쳤다.

"잔치를 벌입시다. 이 기쁜 날에 춤을 춰, 나의 릴라! 만찬을 열고, 온 산이 메아리치도록 풍악을 울리자고!"

"그래, 그래요, 여보." 빅토리아가 신이 나서 웃으며 말을 낚아챘다. "만찬을 열고 음악을 연주해요. 이 아름다운 벽지에 우리의 세상을 만들어요."

"아! 과연 나의 릴라답군!" 엔리케가 말했다. "베네치아에 있었다면, 우린 손님들에게 시달렸을 거야. 하지만 친구는 필요 없어. 우리 둘이 있으니까. 내 말 맞지. 그리고 꼭 춤을 춰야 해, 릴라! 그래……." 그는 크게 웃으며 덧붙였다. "함께 춤을 춰야 해. 우아, 흥에 겨워 죽을 지경이야."

그는 기뻐 날뛰는 빅토리아의 허리를 팔로 감싸고, 농락하듯 그녀를 이끌었다. 아니, 그녀를 질질 끌듯이 하며 방을 나갔다.

그날, 빅토리아의 심장은 요동쳤다. 정신 나간 청년을 지켜보며 그녀는 가슴속 격렬한 승리감으로 눈빛이 반짝였다. 그녀는 자신의 소원을 이루어 준 대가로 조플로야가 원하는 것을 들어주어야 겠노라 마음먹었다. 그녀는 즉시 호화로운 파티를 준비하라고 지시했다. 그날은 언제 변할지 모르는 엔리케의 기분에 맞추어 떠들썩한 연회를 즐기기로 작정했다. 만찬에는 환상적인 요리들과 도수 높은 최고급 와인이 준비되었다. 그녀가 엔리케에게 그것들을 권하자, 그의 혈액은 점점 미친 듯이 빠르게 순환되고, 머릿속 망상은 심해졌다.

조플로야는 기품 있고, 조화의 이치에 능통했다. 그는 만찬장 한구석에 앉아 하프를 연주하며 기막힌 선율을 뽑아내고 있었다. 멜로디는 영혼을 달콤하게 녹이면서 거듭 황홀하게 흥분시켰다. 열광의 도가니로! 감정을 절제하며 듣고 있던 엔리케는 감흥에 겨워 결국 눈물방울을 떨어뜨렸다. 잠시 후 그는 혼란스럽던 황홀경에서 깨어나 자리에서 벌떡 일어서더니, 격정적인 감정을 주체하지 못하고 빅토리아의 두근거리는 가슴에 머리를 묻었다. 그러고는 그녀를 팔로 꼭 붙들고 광기에 도취되어 배신녀의 가슴에 눈물을 흘렸다.

환상 속 엔리케는 춤을 추고 싶었다. 빅토리아는 조플로야의 부드러운 선율에 맞춰 공기 요정처럼 우아하게 다양한 몸짓을 했다. 엔리케는 황홀한 눈빛으로 바라보다 주저 없이 일어나 그녀의 손을 잡고 무도장에 합류했다. 조플로야는 더욱 격렬하게 장단을 두드렸다. 스텝이 박자를 따라갈 수 없었다.

만찬은 밤늦은 시간까지 이어졌다. 그의 망상은 여전히 충만한 기세로 지속되었지만, 한껏 고조되었던 기분은 약간 누그러졌다. 그가 말했다.

"사랑하는 릴라, 난 행복에 취하다 못해 지쳤어. 정신이 혼미하고 산만해. 기력을 회복하려면 쉬어야 할 것 같아. 침실로 돌아갑시다, 나의 생명. 평온한 꿈속에서 오늘의 즐거움을 되새겨야지."

제29장

해가 뜨는 날들 중에 앞서 묘사했던 날의 다음 날처럼 참혹한 날은 없었다. 첫 햇살이 엔리케의 침실 안에 미처 들기도 전에, 잠 기운이 눈꺼풀을 떠나기도 전에 지난밤 그의 마음을 사로잡았던 난잡한 망령의 모든 흔적이……. 그렇다, 망상은 끝났다! 그는 멍하니 넋을 놓고 있다 자신의 시야에 들어오는 것을 보고 믿을 수가 없었다. 혼인을 약조한 영혼의 반려자, 어여쁜 릴라는 없었다. 빅토리아! 릴라의 자리를 차지하고 있는 그녀의 혐오스러운 자태에 그는 눈이 뒤틀려 튀어나올 지경이었다! 그녀는 아직 잠에 취해 자신이 초래한 공포를 알지 못했다. 가무잡잡하면서도 생기 도는 혈색의 볼 위에 검게 테를 두른 눈꺼풀. 풀어 헤쳐져 치렁치렁한, 까맣게 윤기 나는 머리카락. 오호, 슬프도다! 오, 저주의 표증! 하얗게 빛나던 볼은 어디 있는 건가. 우아한 릴라의 물결 같은 금발 머리는? 참담한 엔리케의 뇌는 이제 **진짜** 광기에 사로잡히고 말았다. 그의 눈알은 구멍에서 튀어나올 것처럼 미친 듯이 흔들려 더 이상 노려볼 수가 없었다. 광분에 찬 비명이 그의 입술에서 터져 나왔다. 릴라를 제대로 발음하지 못해 나는 소리였다. 그는 미치광이처럼 침대에서 일어나 맞은편 벽에 걸린 검을 낚아챘다. 칼자루가 바닥에 닿도록 거꾸로 내려찍고, 절망적으로 고뇌하며 칼끝 위로 몸을 던졌다! 벌거벗은 그는 무방비 상태였다. 칼끝은 곧장 헐떡거리는 심장을 파고들었다. 그는 검붉게 엉긴 피에 흠뻑 젖어 바닥에 쓰러졌다! 빅토리아는 그가 침대에서 튀어나갈 때 눈을 떴고, 그가 상상할 수도 없는 무시무시한 일을 저지르는 걸 막을 시간이 없었다. 그녀가 일어났을 때, 그는 이미 쓰러져 있었다. 그녀는 그 옆으로 몸을 던져 무릎을 꿇고 앉아 그의 머리를 가슴으로 끌어안았다.

그녀가 끌어안자, 엔리케는 생명이 꺼져 가는 와중에도 심한 경련을 일으키며 온몸을 떨었다. 그는 그녀의 가슴에서 머리를 들어 바닥에 내려놓으려 했다. 하지만 그럴 수 없다는 걸 깨달았을 때, 그의 고통은 열 배나 더했으리라. 눈꺼풀이 내려앉는데도 그는 원한에 찬 눈으로 그녀를 노려보았다. 그러나 그 강렬한 감정은 덧없이 흘러가는 호흡 그리고 씁쓸한 미소와 함께 소멸되었다. 기운을 잃어 가는 얼굴 위로 자기 포기를 통한 승리의 미소가 스쳐 지나갔다. '나는 이렇게 영원히 당신으로부터 벗어난다, 냉혹한 악령!'이라고 말하는 듯했다. 하지만 어떤 말도 입술을 벗어나지는 못했다. 가슴이 부풀도록 한숨을 들이쉬지도, 고통 속에 내쉬지도 않았다. 그는 죽었다!

순간 빅토리아는 그녀 죽음의 환영을 보았다. 그 생각에 그녀의 영혼은 미칠 듯한 분노로 불탔다. 너무 심한 절망으로 머리가 돌아 버릴 지경이었다. 그녀는 두 손을 움켜쥐었다. 손가락을 사이사이에 끼고 비틀어 머리카락을 한 움큼 잡아 뽑더니, 괴로워하며 엔리케의 주검 위에 흩뿌렸다. 시간이 지나면서 그녀의 폭력성은 잦아들었다. 그녀는 불길한 정적에 마음을 빼앗겼다. 그녀는 일어나 자신의 단검을 거칠게 집어 들었다. 그러고는 주섬주섬 옷가지를 걸쳤다. 흉악한 계략으로 마음이 뒤숭숭해져, 그녀는 절망과 죽음의 방을 서둘러 나섰다. 그 와중에도 직감적으로 침실 문을 안전하게 조처하고 서둘러 숲으로 나갔다.

그녀 자신도 마음속에서 요동치는 잔학한 의도를 거의 의식하지 못했다. 그녀는 숙명의 장소로, 비참한 릴라가 점점 힘을 잃어 가고 있는 암울한 동굴 감옥으로 발걸음을 향했다. 섬뜩한 기운으로 무장한 그녀는 가파른 바위를 올라갔다. 엄청난 폭포 소리가 귀청을 때렸다. 그녀의 행동에도 속도가 붙었다. 그녀는 돌투성이 길바닥을 거의 의식하지 못했고, 산등성이 경사가 평지 길처럼 보였다. 입을 쩍 벌린 벼랑도 두려움을 불러일으키지 못했다. 잠시후, 비로소 그녀는 본능적 분노와 끔찍한 절망감에 이끌려 자신이 와 있는 곳을 보았다. 여태껏 그녀는 그녀의 증오와 복수에 대항할 능력이 없는 그 상대를 한 번도 방문한 적이 없었다. 그녀가 죽었든 시간을 질질 끌며 고통받고 있든, 그녀의 상태에 대해서는 무관심했다. 그래서 조플로야가 그녀를 위해 무얼 하는지도 전혀 묻지 않았다. 운명의 오늘 아침까지도 마찬가지로 신경 쓰지 않았다. 그러나 지금 그녀는 영혼을 사로잡은 흉악한 목적에, 결국 파멸을 가져올 목적에 이끌려 숨 한 번 돌리지 않고, 혈혈단신 릴라가 갇혀 있는 음침한 지하 감옥으로 울퉁불퉁한 경사면을 따라 급히 내려갔다.

그리고 그곳에 펼쳐진 광경을 보았을 때 그녀는 마음이 누그러지기는커녕 화가 부글부글 끓어올랐다. 차디찬 바닥에는 수척하다 못해 거의 죽은 듯한 소녀가 축 늘어져 있었다. 소녀는 돌베개를 베는 둥 마는 둥, 눈처럼 하얀 팔에 창백한 볼을 기댄 채 겨우겨우 자세를 유지하고 있었다. 옆에는 허접한 음식 부스러기들이 지저분하게 흩어져 있었다. 빅토리아는 단도를 꺼내 움켜쥐고, 사슬에 묶인 그녀의 손을 잡아채며 일어나라고 소리 질렀다. 릴라는 손발을 바들거리며 명령에 따르려고 애썼다. 설화 석고처럼 매끄럽고 하얀 어깨 위에는 조플로야가 가져다준 표범 가죽 망토가 덮여 있고, 삼단 같은 금발 머리는 잔뜩 헝클어져 있었다.

그녀는 솟아오른 가슴 위로 가냘픈 두 손을 맞잡고 있고, 예전처럼 청순한 긴 머리카락은 그것을 감추려는 듯 덮고 있었다. 음흉한 박해자의 근엄하고 광기 어린 얼굴에 그녀가 하늘처럼 푸른 눈동자를 들어 올렸다. 그 모습과 품위와 태도는 축소된 모형의 메디치가(家) 비너스* 같았다.

"노리개 같은 년! 저주받은 자식!" 광분한 빅토리아는 날카로운 소리를 질렀다. "죽을 각오를 해라!" 외톨이 릴라는 황량함과 비애의 상황에서도 환경과 장소를 초월해 천사처럼 아름다웠다. 빅토리아는 질투심으로 들끓고, 새로이 분노가 솟았다. "아, 빅토리아!" 릴라가 구슬픈 어조로 흐느꼈다. "당신이에요? 당신이 나를 죽이려 한 거예요? 나를 구출하러 온 줄 알았는데, 그러길 바랐는데, 근데 당신의 화난 얼굴이 그걸 의심하게 만드네요."

"그래, 이년아! 앵앵거리는 떠버리 같은 년." 빅토리아가 대꾸했다. "잘 봐라!" 그러고는 그녀의 손목에서 허둥지둥 거칠게 쇠사슬을 풀었다. "자유를 주려고 왔지! 죽음의 자유!"

"아아! 빅토리아, 내가 당신에게 어떤 상처를 주었기에 이토록 나를 미워하시나요? 아, 저는 결코 당신을 해칠 수 없는, 보잘것없는 외톨이 고아예요."

"조용히 해, 버르장머리 없는 년!" 빅토리아는 신경질적으로 소리를 질렀다. "보잘것없는 네가 살아 있는 것만으로도 이미 보상할 수 없을 만큼 많은 해를 끼쳤어. 따라와!"

"걸을 수가 없어요. 정말 따라갈 수가 없어요." 릴라는 훌쩍거렸다. 백설처럼 하얀 뺨 위로 눈물이 주르륵 흘러내렸다.

"그렇다면 내가 가르쳐 주지." 빅토리아는 소리쳤다. 그러고는 그녀의 팔을 잡아 돌투성이 땅바닥 위로 질질 끌면서 울퉁불퉁한 경사면을 올라갔다. 연약한 맨발은 뾰족한 돌들에 무방비 상태로 다쳤고, 걸음마다 피로 물든 붉은 자취를 남겼다! 그럼에도 빅토리아는 헉헉거리는 희생자를 인정사정 없이 가장 높은 꼭대기로 끌고 갔다.

"자, 아래를 봐." 그녀가 소리쳤다. 바닥이 보이지 않는 나락은 산들을 뿌리까지 가르고 있었다. 맞은편에선 내달리는 급류가 거대한 돌출부 위로 맹렬하게 곤두박질쳤다. 그 깊은 연못의 저장소에 닿을 때까지 그것은 울퉁불퉁한 면을 따라 아래 공동(空洞)으로 돌진했다.

"보이느냐?" 빅토리아가 다시 소리 질렀다. "그러면 똑바로 서라, 통제 불능 어여쁜 릴라! 어떤 계략으로도 너를 엔리케의 마음에서 뽑아낼 수가 없구나. 똑바로 서라고 했잖아! 당장 거꾸로 처박아 버리기 전에!"

"오, 용서해 주세요!" 잔뜩 겁에 질린 릴라는 죽을힘을 다해 빅토리아의 몸에 착 달라붙어 몸부림치며 비명을 질렀다. "오! 다정한 빅토리아, 우리는 친구였잖아요. 당신을 사랑했고, 지금도 사랑하고 있어요. 당신은 제정신이 아닌 것 같아요! 잘 생각해 보세요! 우리는 함께 침대를 쓰던 사이였잖아요! 상냥하고 친절한 빅토리아, 친구 하나 없는 릴라를 죽이지 말아요. 세상에 무슨 일이 있어도 당신에게 해를 끼치진 않을게요!"

"이년아, 너는 죽어야 한다고 말했잖아! 넌 엔리케의 계집이었잖아!"

"엔리케! 아, 나는! 진정 그의 연인이었어요! 그런데 빅토리아, 엔리케는 어디, 어디에 있죠?"

"죽었다! 죽었어!" 빅토리아는 마귀처럼 웃음을 터뜨리며 소리쳤다. "너도 그에게 보내 주마."

"죽었다고요! 아, 잔인하시군요, 빅토리아! 당신이 죽였나요?"

"**너 때문에** 죽었어, 이 독한 년아!" 빅토리아는 사납게 맞받아쳤다. "그의 가슴에 비수를 꽂은 건 너야. 거기서 흥청망청 잔치를 벌이고 그를 광란에 밀어 넣은 건 저주받은 네 형체였다고! 나한테서 떨어져. 그렇지 않으면 맹세코 당장 바위 아래로 처박아 버릴 테니까!"

"오, 엔리케! 정말 가신 건가요? 그래요, 그랬군요. 그렇지 않다면 이 비천한 릴라를 이처럼 대하진 않았을 텐데! 누가 감히……." 그녀는 흐느꼈다. "당신이 곁에 있었다면, 불쌍한 릴라를 이렇게 대하지는 않았겠죠. 생명은 붙어 있지만, 희망도 없고 행복도 없구나!"

"그러니까 그냥 죽으라고, 이 주제넘은 떠버리야!" 빅토리아는 무방비 상태로 꼭 달라붙어 있는 릴라를 떼어 내려고 애쓰며 소리 질렀다.

"빅토리아, 난 죽음이 끔찍하게 무서워요! 그래도 죽어야만 한다면, 나의 엔리케가 고통받았던 식으로 죽고 싶어요. 단도로 내 심장을 찌르세요."

"그렇게 해 주지." 격분한 빅토리아는 외쳤다. "너도 그 옆에 내동댕이쳐 주지." 그녀는 단도를 높이 들어 릴라의 흰 가슴에 쑤셔 박으려 했다. 그런데 갑자기 단도를 놓치는 바람에, 칼끝은 릴라의 손만 찌르고 설화 석고 같은 어깨를 스치며 떨어졌다. 피가 흘러 긴 금발 머리를 선명한 붉은색으로 살짝 물들였다.

곤궁에 빠진 릴라는 용기를 잃었다. 죽는 게 더 나아 보였다. 그녀의 순수한 마음은 견디지 못하고 움츠러들었다. 그러나 릴라는 빅토리아가 필사적이고 결연하다는 것을 눈치채고 생명을 구하기 위해 마지막 시도를 해 보기로 마음먹었다. 떨어졌던 비수는 다시 더욱 확실해진 목표를 향해 들어 올려졌다. 자비를 베풀어 달라고 무릎을 꿇었던 릴라는 그 순간 상처나 나약함도 잊고, 야만스러운 상대로부터 황급히 벗어나려고 했다. 겁에 질린 아름다운 고독의 영혼, 그녀는 온 힘을 다해 뛰었다.

릴라는 그녀의 보복을 피하려고 했지만 역부족이었다. 이에 새힘을 얻은 빅토리아는 도망가는 희생양을 쫓았다. 산의 가장 끝자락에 닿은 릴라는 도망가려는 시도가 허사였음을 깨달았다. 그녀는 떨어지지 않으려고 말라 죽은 떡갈나무의 부러진 가지를 허둥지둥 붙잡았다. 오랜 세월 폭풍우에 휜 가지들은 쫙 벌어진 깊은 연못 위에 거의 수직으로 뻗어 있었다. 그녀는 팔로 가지들을 휘감았다. 그것에 자신의 가벼운 몸을 매단 채, 바닥을 알 수 없는 연못 위를 오락가락했다. 지탱해 줄 것처럼 보이기는 했지만, 위태로웠다.

빅토리아는 격분한 표정을 지으며 다가왔다. 그녀는 나뭇가지를 흔들어 릴라를 곤두박이로 떨어뜨리려 했다. 이 끔찍한 위협에 질린 비참한 소녀는 갑자기 잡고 있던 것을 놓아 버리고 산의 가장자리에서 우월한 기력을 가진 상대와 어쩔 수 없이 씨름을 벌였다! 하지만 그녀는 금세 힘이 부쳤다. 양손을 맞잡고 상처 난 곳을 애처롭게 바라보았다. 이제는 피가 팔꿈치까지 흘러내리고 있었다. 그녀는 한탄했다. "잔인한 빅토리아! 나를 경멸하죠. 당신이 무슨 짓을 했는지 봐요. 당신이 초래한 이 피를 보고 진정하라고요. 혈혈단신 고아를 한 지붕 아래 머물도록 초대했을 때, 아, 그게 내 비운의 시작이라곤 상상도 못했는데! 빅토리아, **그걸** 잊지 말아요. 나에게 동정심을 가져요. 당신의 과거가 용서받도록 내가 하늘에 기도할게요!"

그러나 대답으로 돌아온 것은 야만스러운 냉소뿐이었다. 빅토리아가 다시 비수를 들어 찌르려고 했다.

"그래도, 이렇게 해야 하나요?" 절망에 빠진 릴라는 부르짖었다. "그럼 내 생명을 가져요, 빅토리아. 단번에 끝내 주세요. 엔리케를 살해했던 똑같은 단도로 죽여 주세요. 부탁이에요. 당신보다는 내가 더 그를 사랑했으니까!"

이런 비난과 마지막 말에 빅토리아는 폭발하고 말았다. 빅토리아는 더 이상 책임 있게 처신하는 여인이 아니었고, 그렇게 행동하고 싶지도 않았다. 그녀는 가냘픈 릴라의 흘러내리는 머리카락을 움켜쥐고, 뒤에서 그녀를 잡았다. 그러고는 가슴, 어깨, 다른 부위들을 마구 찔러 댔다. 맥이 빠진 릴라는 쓰러지며 무릎을 꿇었다. 하지만 빅토리아는 공격을 멈추지 않았다. 셀 수 없는 상처가 릴라의 하얀 육체를 덮었다. 그러고는 그녀를 절벽 끝에서 힘껏 밀어 버렸다. 요정 같은 형체는 절벽에서 튀어나온 바위들에 부딪히며 잔혹한 상대의 시야에서 사라졌다. 빅토리아는 그 형체가 보이지 않을 때까지 눈을 떼지 않았다. 귀를 쫑긋 세우고, 릴라가 다시는 일어날 수 없는 무덤 속으로 떨어졌음을 알려 주는 공허한 단음(單音)을 들었다. 그녀는 그 끔찍한 장소에서 서둘러 벗어나려 했다. 기분은 좋을지 몰라도 마음은 전혀 평온치 않았다. 오히려 지옥에 있는 것처럼 정신이 없고 혼란스러웠다. 마음속에 일찍이 경험한 적이 없는 전율을 느끼며, 그곳에 올 때보다 가능한 한 더 빠른 속도로 나아갔다. 피로가 몰려왔지만, 이렇게 음침한 벽지에서 휴식을 취할 수는 없었다. 난도질당한 릴라의 육신이 계곡에서 올라와 쫓아오지 않을까 두려워 그녀는 고개조차 돌리지 못했다. 그녀의 발아래로 벼랑들이 입을 벌리고 있었다. 그리고 이제는 그녀가 돌아서는 곳마다, 우뚝 솟은 바위산들이 서로 어우러진 아름다운 경관이 펼쳐졌다. 검붉은 피로 물든 삼단같이 고운 머릿결, 피를 줄줄 흘리는 가슴이 그녀 앞에 나타났다. 이어 자비를 구하는 고통스러운 비명 소리가 귓가에 어지럽게 울렸다!

그녀는 바위들을 지나고 좁은 틈새를 거쳐 숲으로 나왔다. 순간 마치 그녀를 기다리고 있었다는 듯 무어인 조플로야가 그녀 앞에 나타났다.

"빅토리아!" 그가 침울하게 이마를 찡그리며 평소보다 퉁명스럽게 그녀를 불렀다. "당신은 너무 서둘렀어요. 그래서 운명을 재촉했죠! 왜 고아 릴라를 죽였나요? 그건 미숙한 짓이에요. 후회하게 될 겁니다. 성으로는 들어가지 마세요. 그곳에는 악마가 당신을 기다리고 있으니까!"

"내가 고아 릴라를 죽였다고, 누가 그래?" 빅토리아는 재빨리 되물었다. "설령 그랬다 할지라도, 그건 내 일이야. 내가 처리해. 비켜서, 무어인. 그 **성(城)은** 내 거야. 그러니까 나는 들어갈 거야."

"그렇게 하시죠." 무어인은 쓴웃음을 지으며 말했다. "그렇게 해서 목숨을 구걸해 보세요. 약간 연장될지도 모르니."

"결과는 내가 책임져." 빅토리아가 답했다. "나는 빠져나갈 거야."

"그러시죠. 근데, 가여운 빅토리아, **나를** 떠나서는 당신은 숨도 제대로 쉴 수 없다는 걸 잊지 마!"

무어인의 돌변한 태도를 보고 빅토리아는 경멸과 역겨움에 찬 표정을 지으며 돌아서서 자신의 길을 갔다. 그녀의 마음은 이미 혼란에 빠져 더 이상 짜증 나는 일을 용납할 수 없었다. 성 가까이 왔을 때, 그녀는 조플로야가 앞서 들어가는 것을 보았다. 그가 지나쳐 가는 것을 보지 못한 터였다. 심지어 그는 조금 전 만났던 곳에 그녀보다 더 오래 머물러 있었다. 그 상황에 약간 놀랐지만, 그녀는 보다 심각한 문제에 정신이 팔려 있었다. 그를 따라 성으로 들어갔다.

그녀는 먼저 엔리케의 침실로 향했다. 언뜻 보기에 그녀가 없는 동안 아무도 들어오지 않은 듯싶었다. 피에 흠뻑 젖은 시신이 바닥에 늘어져 있었다. 다른 것들도 그녀가 떠날 때의 모습 그대로였다. 그녀는 속으로 조플로야의 예견이 틀렸다고 경멸하며, 그의 죽음이 들통나지 않게 문을 잠가 놓기로 결심했다. 그녀가 이의를 제기하지 않는 이상, 당장은 아무도 그가 보이지 않는 것을 의심하지 않을 터였다. 그는 종종 하루가 다 가도록 늦게까지 침실에 머물기도 했었다. 그녀는 문을 단단히 조처했다. (머릿속이 복잡해서 당장 이보다 나은 행동을 생각할 수 없었다.) 그러고는 한적한 자신의 침실로 돌아가 역시 문을 잠그고 침대에 널브러졌다. 지난 일을 돌아보고, 가능하다면 앞으로의 일도 곰곰이 생각해 보고 싶었다. 그녀는 흩어진 생각들을 모으려고 애썼다. 그러나 억제할 수 없는 나른함이 그녀를 덮쳤고, 뒤이어 잠의 기운이 쫓아왔다. 그것을 떨쳐 버리려고 애썼지만 허사였다. 그 영향력에 저항할 수가 없었다. 눈꺼풀은 자동으로 감겼고, 그녀의 의지보다 막강한 힘에 어쩔 수 없이 굴복해야 했다.

그러나 기억이 완전히 멈춘 것은 아니었다. 그녀는, 방해받지 않고 조용히 쉬기 위해 피운 것보다 더 많은 아편을 피운 것 같은 그런 기분이었다. 동공은 최대한 확장된 것처럼 보였다. 이상한 장면들이 그녀의 눈앞에 아른거렸다. 하지만 망상이라고 단정 지을 수는 없었다. 그녀는 선잠이 들어 꿈을 꾸다가 벗어나기 힘든 가위에 눌렸다고 생각했다. 귓가에 종소리가 울렸다. 그리고 성내 주거 구역에서 떨어진, 베렌차가 죽은 뒤 한 번도 공개한 적이 없는 방으로 움직이는 자신을 보았다. 방에는 예전처럼 커다란 철제 상자가 있었다. 그녀가 일찍이 봤던 것이었다. 지금도 그곳에 있었고, 그녀는 그것을 알아보았다. 돌연 방문이 활짝 열리더니, 사람들이 몰려들어 왔다. 대부분 성안의 하인들이었다. 그중 한 명이 선두에 섰는데, 베렌차가 좋아하던 안토니오였다. 그녀는 한눈에 그를 알아보았다.

안토니오가 공포와 혼란이 깃든 모습으로 상자를 향해 황급히 나아가며, 도와 달라고 동료들을 큰 소리로 불렀다. 그들은 힘을 모아 뚜껑을 열었다. 뚜껑이 열리자마자, 모두 하나같이 두려움의 비명을 지르며 가장 험악한 공포와 혼돈의 표정을 지었다. 그 이유는 곧 설명되었다. 그들은 상자에서 반쯤 썩은 유골을 들어 올렸다. 베렌차였다!

그녀는 이 소름 끼치는 장면에서, 그들이 노골적으로 분노와 원한을 드러내며 모두 같이 돌진해 그녀를 침대에서 끌어내는 것을 보았다. 이 끔찍한 광경이 한창일 때 조플로야가 들어왔다. 그러자 무리는 한순간에 사라지고, 소란은 멈췄다. 그리고 그녀는 말로 표현할 수 없는 괴로움 속에서 깨어났다. 너무 무서운 나머지 이마에 식은땀이 송골송골 맺혔다.

그녀가 눈을 떴을 때, 무어인이 맨 먼저 시야에 들어왔다. 그는 침대 발치에 부동자세로 서 있었다. 냉담하고 엄중한 표정이었다. 그러나 눈에서는 섬광이 부드럽게 빛났다. 마치 검은 먹구름 뒤로 번개가 치며 내뿜는 선명한 불꽃 같았다. 그녀는 이 모든 것이 아직 망상이라 생각하며 불안하게 침실을 둘러보았다. 음침하고 어두웠다. 저녁이 한참 지난 듯했다. 그녀는 자신이 꽤 오랫동안 잠든 것에 놀랐다. 그때 조플로야의 부드러우면서도 엄한 음성이 그녀의 동작을 사로잡았다. 그녀는 혼란스러운 마음에 침대에서 벌떡 일어났다.

"빅토리아." 그가 말했다. "잘 들어요. 오늘 아침, 당신은 경솔하게 내 말을 무시했어요. 그럼에도 불구하고 당신을 사랑하기 때문에 당장 파멸에 이르는 것을 막고 싶소! 흥분해서 제멋대로 구는 바람에 이미 당신의 운명은 뒤집어지고, 당신을 호시탐탐 노리던 치욕을 앞당겼죠. 지금이라도 그 치욕으로부터 당신을 구하겠다는 겁니다. 그러니 내가 하는 말 잘 들어요. 당신은 꿈을 꿨고, 그건 꾸며 낸 이야기가 아니에요. 몇 시간을 잤으니까. 당신은 지평선으로 해가 저문 지 얼마 되지 않아 침실에 들어왔는데, 지금은 저녁 시간이 끝나 가고 있어요. 밤이 깊어지기 전에 베렌차의 하인 안토니오는 쉬려고 물러갈 겁니다. 그는 주인의 시신이 사라진 것과 연관된 무서운 꿈을 꾸다가 잠에서 깰 겁니다. 그 악몽을 떨쳐 버리지 못하고 일어나서 성안의 하인들을 깨우고, 그들에게 꿈이야기를 할 거예요. 그들은 천성적으로 심약하고 미신을 믿죠. 그래서 그와 함께 성내 주거 구역에서 동떨어진 그 호젓한 침실로 갈 겁니다. 거기서 철제 상자에 누워 있는 반쯤 썩은 베렌차의 유골을 발견할 겁니다!"

"오, 조플로야! 조플로야…… 이게 너의 참모습이고 우정이야?" 빅토리아는 버럭 소리 질렀다. "의심과 불행에서 나를 보호하겠다고 약속했었잖아?"

"**영원히** 그러겠다고는 안 했죠. 내가 백작의 주검에 끝없이 영향력을 끼칠 수 있는 건 아니니까. 하지만 당신 스스로 어리석고 조급해하는 바람에 일을 앞당겼어요."

"아하, 그런 제약이 있었군. 꿈에도 생각 못했는데." 빅토리아가 그의 말을 끊었다. "하지만 분명, 분명히, **너에겐** 내가 영원히 의심받지 않도록 보호할 수 있는 능력이 있어. 조플로야, 너에게는 탁월한 능력이 있으니까. 넌 미래를 예견할 수 있잖아. 앞일을 짐작하고 그것에 미리 대처할 수 있지. 그러니까 나를 구해 줘. 부탁이야, 나를 호시탐탐 노리고 있다던 그 치욕으로부터 구하라고. 그렇지 않으면 네 능력이나 약속을 믿었던 나 자신이 한심하다고 여길 테니까!"

조플로야의 오싹한 눈동자에서 불꽃이 튀었다. 그 눈동자는 빅토리아를 섬뜩하게 흘겨보았다.

"시간이 없어요." 그가 모질게 소리쳤다. "한가하게 소견이나 밝히고, 회상이나 하고 있을 시간이 없다고. 당신이 믿은 것을 후회한다면, 이번에는 내 도움 없이 알아서 해요. 산마르코 성당 기둥을 붙잡고 몸부림쳐 봐요! 나도 당신 보러 한번 들르리다. 잘 있어요! 하지만 알아 둬요." 위협적인 분위기로 손가락을 흔들며 그가 덧붙였다. "거기엔 당신이 도망갈 곳이 없다는 걸 말이에요."

"오, 넌 기묘하고 신비해. 종잡을 수가 없어!" 빅토리아가 말했다. "네 말과 네 표정은 두렵게 하고, 헷갈리게 하지. 하지만 가지는 마." 조플로야는 화가 난 듯하면서도, 위엄 있게 문 쪽으로 걸어갔다. 그녀는 말을 이었다. "이 위기에서 날 버리지 마, 조플로야. 잔인해."

무어인이 문 쪽에서 돌아섰다. 그의 눈은 더 이상 번득이지 않았다. 음울한 구름 사이로 빛을 발하는 태양처럼 그의 얼굴에는 매혹적이면서도 도도한 미소가 퍼졌다.

"그렇다면 좋아요. 당신이 그토록 간청하시니……." 그는 말했다. "한 번 더 친구가 되어 주죠. 하지만 빅토리아, 다시는 나를 비난하지 않도록 조심해요. 나를 짜증 나게 만드는 건 의미 없고 졸렬한 일이니까. 내가 당신한테 품은 증오심만 날카롭게 할 뿐이죠. 자, 그만합시다." 그러고는 빠르게 덧붙였다. "내가 말한 것처럼, 사람들은 당신을 의심할 겁니다. 어째서 그런지는 지금 굳이 설명할 필요가 없겠죠. 당신을 혹독하게 심문해서 재판소로 끌고 갈 겁니다. 성안 사람들은 극심한 혼란에 빠지겠죠. 엔리케의 침실은 강제로 열릴 것이고, (벌써 당신에 대해 이상한 소문이 나돌기 시작했으니까) 당신을 파멸로 몰아갈 그것이 저절로 드러나겠죠. 엔리케의 시신은 침실 바닥에 피범벅이 된 채 그대로 있을 테니까. 그 옆에는 당신의 면사포가 놓여 있고, 어제 당신이 입었던 옷가지들이 흩어져 있죠. 모두가 예상했듯이, 당신의 죄는 명백해질 겁니다. 그들은 자기들이 발견한 것을 당신에게 알리고 싶겠지만 참겠죠. 대신 당신을 죄수처럼 침실에 가둘 겁니다. 그리고 베네치아로 심부름꾼을 보내 사실을 알리고, 당신의 죄목에 합당한 형벌을 가져오겠죠. 그다음에 어떻게 될지는 더 말할 필요가 있나? 공개적인 망신과 공개적인……"

"아악! 그만해." 빅토리아가 부르짖었다. "끔찍한 내 운명! 엔리케가 아직 살아 있다면, 그가 날 위해 산다면, 조플로야, 나는 대수롭지 않게 운명을 마주하겠어. 맹세할 수 있어. 아, 어서 말해봐, 무어인, 약속했잖아."

"함부로 말하지 마, 빅토리아! 내가 한 약속은 최대한 지켰으니까. 엔리케가 당신을 그의 것이라 부르게 하고, 스스로 품에 안게 하겠다고 약속했잖아. 그의 사랑을 가질 수는 없을 것이라고도 말했고. 내가 그의 망상이 영원할 것이라고 약속했나? 내 약속에 따른 결과들을 흔쾌히 인정하겠다고 공언했어?"

빅토리아는 대꾸하고 싶었다. 그러나 경외심과 공포감에 눌려 말이 입 밖으로 나오지 않았다. 불현듯 머릿속에 생각 하나가 스쳤다. (그것은 씁쓸한 연상이었다.) 조플로야가 그녀에게 만들어준 그 위험한 쾌락의 순간들은 얼마나 허무하고 또 얼마나 짧았던가, 그럼에도 얼마나 끔찍하고 또 얼마나 오랫동안 악령들에게 시달렸던가. 지나가는 그림자처럼, 그 순간들은 약속했던 것의 비근한 희롱일 뿐이었다. 반면 그것들을 짓누르고 파괴할 작정으로 정말 끔찍한 일들이 그 뒤를 쫓아왔다.

조플로야는 날카롭게 흘끗 쳐다보며 그녀의 생각을 꿰뚫어 보는 듯했다. 얼굴 위로 근엄함의 그늘이 지나갔다. 그가 말했다.

"지금 가야 할 길에 대해 다른 생각이 있다면, 당신이 선택해요."

빅토리아는 손을 맞잡았다. 그녀는 자기 앞에 놓인 황량한 미래를 뚜렷이 보고 있었다. 그 때문인지 무어인의 말이 무척 예리하게 느껴졌다. 그녀에게는 정말 탈출구가 없어 보였다.

"결정해요, 빅토리아!" 조플로야는 한층 엄격하게 소리쳤다.

"그래! 알았어!" 빅토리아는 대답했다. "너를 신뢰할게. 지금 나를 에워싼 공포에서 구해 줘. 그 과정에서도 안전하게 지켜 줄 것으로 믿을게. 구해 줄 거지, 조플로야" 그녀는 힘주어 덧붙였다. "영원히."

"나도 맹세하죠. 여기서 당신은, 당신을 노리는 치욕과 공포들로부터 영원히 자유로워질 것입니다. 하지만 지금은 피신해야 해요."

"피신!"

"그래요. 내가 이 사건의 흐름을 뒤집을 순 없어요. 그건 내 소관이 아니니까. 빅토리아, 나는 재판 과정에 영향력을 발휘할 순 없어요. 그런 일이 일어나지 않도록 막을 수도 없고. 나와는 별개의 일이니까. 당신이 내 능력을 어떻게 생각하든 간에, 나는 일어나지 않을 것 같은 일을 일어나게 할 수는 있지만, 이미 운명책에 기록된 사건까지 막을 수는 없어요. 그걸 알았으면 해요."

"어디로 피신하라는 거지?" 빅토리아는 혼이 빠진 듯 물었다.

"나한테 맡겨요. 몇 마디만 더 하고 가죠. 지금 있는 곳에서 휴식을 취하는 게 필요해요. 모든 걸 내려놓고 푹 쉬어요. 조용히, 누구에게도 방해받지 않는 깊은 휴식! 내일 이곳이 혼란에 휩싸일 때, 베네치아 시내가 난리가 나고, 군중들이 팔라초를 둘러싸고 당신 이름을 부르며 고함지를 때, 그때 당신은 멀리 떨어진 곳에 있을 겁니다. 위험에서, 추적에서, 베네치아에서 한참 멀리!"

조플로야는 말을 맺으며 손을 살짝 흔들더니, 스쳐 가는 망령처럼 급히 돌아서서 방을 빠져나갔다.

이제는 완연한 어둠이 내려앉았다. 빅토리아는 허기도 갈증도 느낄 수 없었다. 그녀의 삶을 혼잡스럽게 했던 끔찍한 사건들을 되짚어 보고 싶었다. 하지만 그 바람은 이루어지지 않았다. 그전에 몸이 멍한 휴면 상태로 빠져들기 시작했다. 조플로야가 지시한 것과 달리 그녀는 그것을 물리치려 했지만 그럴 수가 없었다. 가슴에 찌릿한 통증이 일었다. 그녀는 더 이상 자기 몸과 능력의 주인이 아니었다. 소름 돋는 두려움에 사로잡혀, 말로 형용할 수 없는 심적 고통을 받았다. 말하자면 그녀는 미지의 힘에 저항할 수가 없었다. 독단적인 마법 속으로 속절없이 빨려 들어갔다. 누군가 그녀에게 마법을 건 것 같았다.

제30장

빅토리아가 다시 눈을 떴을 때 주변은 암흑과 음울한 정적에 둘러싸여 있었다. 그녀는 맨땅에 기대고 있는 자신을 발견했다. 머리 위로 천둥소리가 크게 우르릉거리고, 이따금 선명한 불빛이 번쩍거리며 주변 사물의 환상적인 웅장함을 드러냈다. 서로 뒤엉켜 층을 이루는 거대한 산들이 그녀를 에워싸고 있었다. 근접하기 어려운 산들의 중심은 온 우주를 담은 듯 보였다. (어렴풋이 구름에 덮여 있는) 우뚝 솟은 벽 저편에는 무엇이 있을까, 불현듯 떠오른 이 상념은 시작부터 흔들렸다. 엄청난 바위들과 아래로 뻗은 아찔한 절벽을 뚫고 상상하는 것은 불가능했다. 헤아릴 수 없이 높은 곳에서 떨어지는 물줄기가 판데모니움* 입구처럼 생긴 음험한 동굴로 미친 듯이 싸우면서 흘렀다. 알프스 고산의 낭떠러지들, 흉악하게 투영된 모습은 그 아래 버려진 여자를 파멸시키리라 위협했다. 정경은 이랬다. 무섭고 경악스러운 혼돈 속에서 퍼런 번갯불이 번쩍거리며 그녀의 시야를 가르고, 이 무시무시한 분위기 가운데 그녀 맞은편에는 조플로야가 팔짱을 끼고 거만하게 우뚝 서 있었다. 그는 이런 장면에 흡족해하는 듯 보였다. 그녀는 그의 온전한 모습을 본 적이 한 번도 없었다는 걸 깨달았다. 사물들은 그 앞에 웅크리고 있는 듯했고, 땅은 굳건히 선 그의 발밑에서 떠는 듯했다. 그는 득의양양하게 하늘이 내려 준 위엄을 발휘하고 있었다. 그 모습은 지독히 웅대한 주변 장관에 조금도 위축되지 않았고, 오히려 그것을 증강시켰다.

빅토리아는 무심히 그를 응시했다. 위엄과 신묘한 품위가 그의 몸에서 뿜어져 나왔다. 그녀는 처음으로 그에게서 존경이 어우러진 유연한 감정과 미묘한 부조화를 느꼈다. 음울한 공포가 심장을 짓누르고, 비참한 감정이 그녀를 억압하는 가운데, 그토록 훌륭하고 그토록 월등하고 그토록 아름다운 존재가 자신의 운명에 관심을 보이는 듯한 모습에 그녀는 자긍심 비슷한 감정을 느꼈다.

그녀의 생각을 꿰뚫어 보듯 무어인이 다가왔다. 그는 다정하면서도 소름 돋는 미소를 지으며 그녀를 일으켜 세우려고 손을 뻗었다. 가슴속에 이는 어지러운 감정과, 주변 환경에도 불안감을 느낀 그녀는 부들거리며 그가 내민 손을 잡았다.

"말해 줘, 조플로야." 그녀가 떨리는 음성으로 물었다. "여기가 어디지, 우리가 어떻게 여기에 온 거야?"

"어여쁜 빅토리아, 우리가 이탈리아 국경에 위치한 알프스 산중에 있는 걸 모르겠어요? 어떻게 왔는지는 굳이 당신이 알 필요가 없어요. 단, 우리는 안전하죠."

"하지만 나는 그 여정이 기억나지 않아. 내 생각이 맞는다면, 우리가 마지막으로 헤어졌을 때는 저녁이었어. 근데 조금 늦기는 했지만, 아직도 저녁이네. 그럼 언제……."

"그래요. 늦은 저녁 같죠. 당신이 말한 것처럼, 우리가 헤어질 때가 저녁이었으니까, 그렇다면 거의 하루 밤낮이 지난 셈이겠군요."

"근데 어떻게! 내가 그렇게 오랜 시간 정신이 없었던 걸까?" 빅토리아는 불안하게 물었다. "순전히 네 덕분에 내가 정신을 차리게 된 거야? 오, 조플로야! 내가 얼마나, 얼마나 많이 네 능력에 의지하고 있는지, 너무 분명해!"

그녀는 이렇게 말하면서 한숨을 쉬었다. 자신이 그에게 종속되었다는 확신이 들자 마음이 무거웠다. 자존감은 사라지고 불안한 느낌만 가슴에 그득했다.

조플로야가 미소를 머금고 그녀의 손을 부드럽게 잡았다. "빅토리아, 뭐하러 고민하고, 뭣 때문에 추론을 하나요? 지금은 당신의 눈앞에 몰아닥친 치욕과 공포로부터 안전하지 않나요? **보통**의 방식으로는 당신을 그토록 절박한 상황에서 빼 올 수가 없죠. 상황이 급박하고 즉각적인 대처가 필요해서 당신을 구출할 때 초능력을 사용했다면, 뭐가 문제죠?"

조플로야는 잠시 멈췄다. 천둥이 그들 머리 위에서 크게 울리며 미친 듯 우르릉거렸다. 바위들 사이로 묵직하면서도 공허한 소리가 울려 퍼졌다. 끝이 뾰족한 번개는 길고 위협적인 섬광들을 무섭게 번쩍거렸다. 빅토리아의 굳은 마음도 오싹했다. 알프스 산중폭풍 속에서 이처럼 가공할 만한 자연 현상을 목격한 적이 없었다. 그녀는 전혀 움츠러들지 않는 거만한 무어인에게 가까이 다가갔다. 그가 팔로 그녀의 허리를 감싸 안으며 지그시 품에 안았다.

빅토리아는 안심되었다. 그녀는 이 땅에 친구도 보호자도 없는 고립된 존재였다. 단지 그녀가 지금 품에 안겨 어색하게 안식을 취하고 있는 무어인뿐이었다. 그녀는 이때까지 무어인의 몸에 이렇게 가까이 있어 본 적이 없었다. 그 주위에는 대단히 강렬한 매력이 감돌아서 그 품을 벗어날 수 없을 것 같았다. 하지만 그가 어떻게 보이든 간에, 그는 머슴 같은 노예일 뿐이었다. 그는 원래부터 노예였다. 그녀는 그 사실을 떠올리며 (여전히 자존심이 강해서) 수치심을 느끼고 얼굴을 붉혔다. 이런 감정을 억누르려고 애썼지만 효과는 없었다. (번개의 섬광이 주위에서 번쩍거리며 그를 감싸 안았다. 그의 몸에 닿지는 않았다.) 잘생기고 위엄을 풍기는 용모, 덩치가 크면서도 기품 있는 형체를 보자, 그가 노예라는 생각이 모두 사라졌다. 빅토리아는 그를 비하하던 생각을 버리고, 황홀감에 젖어 그를 우월한 존재로 인정했다.

그들은 섬뜩하면서도 장엄한 산골 한가운데 머물러 있었다. 성난 폭풍이 묵직한 휴지기에 들어가자(스스로 맹위에 지친 폭풍은 폭발력을 쇄신하기 위해 잠깐 쉬면서 힘을 모으는 듯했다) 사람들 소리가 귀에 들렸다. 돌연 높은 바위 위에서 (암울한 하늘을 가로지르는 불타는 유성들처럼) 불빛들이 번득거리며 빠르게 이동하는 것이 보였다. 그것은 사람들의 손에 들린 횃불이었다. 가까이 다가오는 그들의 복장과 무기, 거친 행동거지를 보니 콘도티에리* 아니면 도적들이었다.

조플로야가 몸을 구부리며 빅토리아에게 나지막이 말했다.

"놀라지 말아요. 우리는 곧 이 무리들에게 둘러싸일 거요. 이런 산중에, 특히 지금 우리가 있는 몽스니*에 종종 떼 지어 다니는 놈들이에요. 염려할 필요는 없어요. 당장 해를 당하지는 않을 테니까. 아니, 어쩌면 거처와 편의를 제공받을 수도 있을 겁니다."

빅토리아는 대답하지 않았다. 무장한 남자들은 이미 둥그렇게 원을 형성하고 있었다. 횃불의 붉은빛이 필사적이고 험상궂은 인물들의 얼굴과 형체를 적나라하게 드러냈다. 그들은 인간처럼 보이지 않았다. 무리 중 한 명이 걸어 나와 단도를 휘두르며 말했다.

"이런 폭풍우 속에 그대들은 어찌 여기 있느냐? 어디서 온 것이냐? 어디로 가는 거야? 귀중품이 있거든, 피를 보기 전에 후딱 내놓는 게 어때?"

"우리가 어디서 왔고, 어디로 갈 것인지는 지금 중요하지 않소." 조플로야가 대답했다. "우리가 가지고 있는 귀중품이라고 해 봐야 당신이 볼 건 없고, 두목을 만나게 해 주시오."

무리는 잠시 가만히 있었다. 조플로야가 말을 이었다.

"보다시피 우리는 무장하지 않았소. 그러니 걱정은 붙들어 매시고 두목이나 보게 해 주시오. 우리는 첩자도 아니고 불순한 의도를 가진 적도 아니오." 그렇게 말하면서 그는 권위적인 자세로 손을 흔들었다. '더 이상 묻지 말고 안내해라.'라고 말하는 듯했다.

그들은 적어도 그 동작을 이해한 듯 보였다. 원이 정중하게 양쪽으로 갈라졌다. 맨 처음 말했던 이는 무언인에게 복종하는 태도로 머리를 숙이고, 길을 안내하겠다는 몸짓을 했다.

조플로야는 한 팔을 빅토리아의 허리에 두르고, 다른 손에는 그에게 가져다준 횃불을 들었다. 그는 무리 가운데로 당당히 걸어갔다. 주변에 둘러선 관목들 사이에서 거만하게 솟은 숲속의 포플러처럼, 깃털로 장식한 그의 머리는 다른 이들 위에 우뚝 솟아 있었다.

'정말 놀라운 사람이구나.' 빅토리아는 생각했다. '사나운 도적 떼조차 그 매혹적인 음성의 마력에 복종하다니.'

그들은 산비탈을 올랐다. 그러고는 다시 좁고 위험한 협곡을 따라 내려갔다. 이제 벼랑 가장자리에 닿았다. 그곳에서 그들은 늘 해 온 것처럼 어마어마한 바위들의 미끈한 능선을 따라 편안하게 미끄러져 내려갔다. 마침내 깊은 곳에 빈터가 보였다. 그들은 거의 수직인 면을 따라 내려와 아래 바위 골짜기에 다다랐다. 작은 길을 따라 돌자 곧 울퉁불퉁 튀어나온(이를테면 공중에 들린 것처럼 보이는) 바위들이 눈에 들어왔다. 바위들은 고르지 않지만 거대한 아치에 가까운 모양을 만들면서 산의 맞은편까지 뻗어 있었다. 그 아래로 들어가니 좁은 틈새가 나타났다. 한 사람씩 통과하기 시작했다. 빅토리아도 순서가 되어 동굴의 어두침침한 입구를 마주했다. (위로 쑥 튀어나온 바위 마루가 어마어마한 천연 주랑 현관을 이루고 있었다.) 빅토리아는 다시 한 번 낙심했고, 가슴이 움츠러들었다.

뒤에서 따라오던 무리가 어서 나아가라고 그녀를 재촉했다. 그녀는 옆에 조플로야가 있다는 사실에 위안을 얻고, 재차 용기를 냈다. 통로는 점차 넓어졌다. 그러나 끝없는 미로 속에서 방향을 틀고 굽이를 따라 돌았다. 그들이 가는 길을 가로지르는 통로들은 셀 수 없이 많았다. 때로는 아치 모양으로 길이 갈렸는데, 아치 맨

꼭대기는 동굴 천장과 붙어 있었다. 또 거친 돌기둥들이 들쑥날쑥 주랑을 형성하며 길을 나누기도 했다. 마침내 그들은 꽤 넓은 공간에 도착했다. 횃불의 붉은빛이 지나가자 흙벽에 다양하게 혼합된 무지갯빛이 모습을 드러냈다. 빅토리아는 주위를 둘러보았다. 분위기가 음침한 게, 비운의 릴라를 무자비하게 감금했던 동굴이 떠올랐다. 그녀는 자신도 모르게 몸을 떨었다.

도적 떼 중 하나가 동굴의 특정 부분으로 다가서더니, 자신의 트롬본 밑동으로 또렷하게 세 번 연속, 소리 나게 쳤다. 1분 정도 기다리자 안쪽에서도 똑같이 두드리는 소리가 들렸다. 그가 허리춤에서 뿔처럼 생긴 작은 악기를 빼내 입으로 가져가 불었다. 날카롭고 독특한 소리가 났다. 그때 딱히 특이해 보이지도 않고 그저 평이해 갈라질 것처럼 보이지도 않던 바위 벽 부분이 갑자기 스르르 열렸다. 그것은 비밀스러운 탄력으로 작동되는 문 같았다. 활활 타오르는 모닥불 주위에는 그들과 비슷하게 야만인처럼 옷을 입은 패거리들이 둘러앉아 있고, 그들 앞에는 와인과 온갖 요리가 어수선하게 펼쳐져 있었다. 무리는 눈앞에 펼쳐진 성찬에 동참하고 싶어 안달하듯 서둘러 몰려갔다.

무리 중앙에 한 도적이 양옆으로 호위를 받으며 (땅바닥에 쪼그려 앉아 있는) 다른 이들보다 높게 튀어나온 거친 돌 벤치에 앉아 있었다. 그는 품위 있는 인물처럼 보였다. 깃털이 하나 꽂힌 고급스러운 투구와 험악하고 기이한 복장이 무리들과 구별되었다. 보아하니 콘도티에리의 두목이었다. 명성이 대단했던 전임 두목이 죽은 뒤 그는 만장일치로 선출되었다. 얼굴은 마스크로 가려져 있었다. 빅토리아는 이 상황이 경이로웠다. 그 옆에는 (몽환적이면서 화려하게 차려입은) 여인이 앉아 있는데, 딱히 눈에 띌 만큼 젊지도 예쁘지도 않았지만, 빅토리아의 가슴에 순간 묘한 감정이 몰려왔다. 그녀를 어디선가 본 듯했지만 좀처럼 기억나지 않았다. 그녀가 빅토리아를 흘끗 보았고, 빅토리아는 그 모습에서 확신을 얻었다. 그녀가 누군지 알 것 같았다. 순간 분노와 퇴색되지 않은 증오가 동시에 일었다.

조플로야는 동반녀의 손을 잡고 과감하게 나아갔다. 두목은 위엄 있고 당당하게, 반사적으로 일어났다. 두목 근처에 낯선 이들이 다가오자, 집요하고 미심쩍은 도적들은 두 발로 벌떡 일어나며 조플로야를 향해 동시에 허리띠에서 번쩍이는 단검을 빼 들었다. 혹시라도 있을지 모를 배반이나 악의적 행동에 대비한 것이었다. 조플로야는 이런 움직임을 보고 도도하게 미소 지으며, 그들의 의심은 오판이라고 암시하는 것처럼 손을 저었다. 두목이 고개를 살짝 돌려 그들에게 무기를 넣으라고 명령했다. 조플로야가 입을 열었다.

"각하, 저희는 이곳에 낯선 사람들입니다. 그러나 기꺼이 친구가 되고 싶습니다. 저희는 위험과 박해를 피해 도망가고 있습니다. 그래서 한동안 귀하의 보호를 받았으면 합니다."

빅토리아는 무어인의 언변에 놀랐다. 또 **그의** 행동이 방금 전에 일었던 동요를 가라앉힌 것도 놀라웠다. 하지만 그녀는 가만히 있었다. 두목이 대답했다.

"좋소. 우리는 곤경에 빠진 사람을 해치지 않소. 우리의 자비를 구하는 사람도 마찬가지고. 우리는 명예를 법으로 삼고 있지. 우리의 보호를 받는 이들의 생명은 신성한 것이니까. 자, 앉으시오. 경의를 표할 필요는 없고, 우리와 함께 저녁을 듭시다. 동지들, 모두 앉읍시다. 단도는 칼집에 넣어 두시고." 이어서 모두들 자기 자리에 앉았다.

"마십시다." 마스크를 쓴 두목은 조플로야에게 포도주 병을 건넸고, 그는 그것을 받아 바로 빅토리아에게 전했다.

이 행동을 보며 두목은 그녀에게 관심을 가졌다. 그녀를 잠시 뚫어지게 바라보다가, 돌연 평정을 잃으며 벨트에 꽂혀 있던 단검 자루에 손을 얹었다! 그리고 반쯤 일어나다 다시 앉았다. 빅토리아는 오싹했다. 왜 그러는지 그녀로선 알 수가 없었다. 동석한 사람들도 흠칫거리는 듯했다. 오직 조플로야만 냉정을 유지하며 흔들림이 없었다. 그는 빅토리아에게 음식을 들라고 정중히 간구했다. 두목은 점차 평정을 되찾고 더 이상 빅토리아를 날카로운 눈빛으로 바라보지 않았다. 그녀도 불안감이 수그러들어 조플로야의 배려를 받아들였다. 어색함이 사라지면서 활기가 돌고 어느덧 주흥이 퍼지기 시작했다. 무리들은 서로의 성공과 용감한 두목의 건강을 위해 건배하고 마셨다. 농지거리를 주고받고 들썩거리면서 웃고 떠들며 노래도 불렀다. 그 여자도 채신머리없이 들떠서 그 분위기에 휩쓸렸다. 그러나 두목은, 이제 불편해하지는 않았지만, 여전히 말없이 골몰히 생각에 잠겨 앉아 있었다. 한참 후 그들이 희희낙락대는 것에 기분이 나빴는지 아니면 자신의 기분을 띄우려고 그러는지, 그는 이렇게 말했다.

"용감한 우리 동지들이 여기에 모두 모였다."

"모두 모였다." 몇 명이 동시에 화답했다.

"오늘은 그만하고, 모두 물러가 쉬어라. 순서가 된 사람은 경계를 서라. 당신은……" 조플로야를 보았다. "우리 모두 그러하듯 밥값을 해야 하오. 빅토리아! 아니, 부인은 (내 생각엔 당신의 아내도 정부도 아니겠지만) 깔개를 찾아 동굴 한쪽 분리된 곳에서 쉬시오."

빅토리아는 두목의 말에 충격을 받고 너무 놀라 정신이 없었다. 그는 분명 그녀를 알고 있었다. 그녀는 무어인을 보았다. 그곳에서 현저히 눈에 띄는 그의 얼굴에서는 평소와 다른 표정을 읽을 수가 없었다.

"부인은 제 아내가 아닙니다." 그는 두목에게 말했다. "정부도 아니고요. 그렇지만 우리가 끊을 수 없는 굴레로 연결된 이상, 그녀는 내 것이 될 것입니다."

"뭐, 예를 들면 사랑의 굴레." 두목 옆에 앉아 있던 여자가 크게 비웃으며 소리쳤다. 그녀는 바쿠스*의 무당을 닮았다.

두목은 다시 두드러지게 흥분했다. "네 것이라고!" 그는 투덜거렸다. 그러나 황급히 감정을 절제하며 덧붙였다. "여기 잠자리가 빠듯하오. 그러니 자리를 잘 잡으시오." 그러고는 거만하게 머리를 살짝 숙이고 아치 아래 동굴 안쪽으로 들어갔다. 그 길은 내부 휴식처로 향하는 것처럼 보였다. 부인 혹은 동지 같아 보이는 여자도 함께 물러갔다.

무어인 조플로야가 빅토리아를 위해 준비한 가죽 매트는 잠자리로 쓸 만했다. 무리와 동떨어진 우둘투둘한 구석에 그것을 펼쳤다. 조플로야가 그녀를 그곳으로 안내하고 돌아서려는데 그녀가 손을 내밀었다. 그녀는 자존심이 강했지만, 지금은 마음이 약해져 있었다. 조플로야는 그녀의 악행과 범죄가 남긴 유일한 친구였고, 그녀는 그의 정중한 배려에 감동을 받았다. 그는 부드럽게 그 손을 잡고 주저하며 조심스럽게 입술에 댔다. 예의를 갖춘 그의 태도에 빅토리아는 더욱 뜨거워졌다. 동굴 저만치 깜부기불이 주위를 어스름하게 밝혔다. 얼굴로 보나 풍채로 보나, 조플로야는 인간 이상의 존재처럼 보였다. 그 무엇보다도 반짝이는 눈동자가 그랬다. 그의 눈동자는 찬란한 불꽃으로 빛났다. 그에게는 거부할 수 없는 매력이 있었다. 그가 손에 입을 맞추자, 빅토리아는 존경과 사의에 충만해 그를 지그시 바라보았다. 그녀의 격앙된 감정은 하염없는 눈물로 터져 나왔다! 그랬다. 그 거만하고 비인간적인 빅토리아가 과시하는 듯한 친절에 영향을 받고 무너졌다. 그녀는 가슴에서 우러나오는 감정, 느낌으로 흐느꼈다! 그러나 어느 누가 조플로야의 매혹적인 위세를 거역할 수 있겠는가?

"다정하고 온순한 빅토리아." 천상의 음악 같은 음성으로 그가 말했다. "진정하고, 자리에 들어 쉬어요. 어찌하여 나의 하찮은 관심이 이처럼 과도한 감정을 불러냈을까? 나를 믿어요. 이미 나에게 보답한 것 같아."

"조플로야, 너에게 꼭 보답할게! 나는 영원히 너의 것이야."

"어느 정도 그렇다는 걸 나도 알아요, 사랑스러운 빅토리아. 그러나 아직 완전히는 아니죠."

"아, 조플로야, 말해 봐! 내가 뭘 더해야 할까? 가르쳐 줘. 내가 느끼기엔, 내 생각엔 그러는 게 불가능할 것 같아. 진심 어린 감사와 내 혼을 담은 애정을 너에게 줄게!"

조플로야의 얼굴에 모호하면서도 매력적인 미소가 스쳐 지나갔다.

"아, 빅토리아!" 그는 자상하게 말했다. "아직은 아니에요. 아직 당신을 주장할 순 없어. 그러나 내가 그렇게 할 때는 당신은 완전히 나의 것이 될 거요, 그렇죠?"

"오! 조플로야, 조플로야."

"그렇게 할 거고, 또 그렇게 될 거요, 어여쁜 빅토리아. 난 맹세했죠, 나 자신에게. 하지만 지금은, 지금은 자러 가야죠. 기다림은 보상을 더욱 값지게 하는 법이니까."

"오, 불가사의한 무어인! 네 말은 늘 모호해!"

"시간이 설명해 줄 겁니다. 정말 예쁜 빅토리아, 그럼 잘 자요."

무어인은 물러갔다. 빅토리아는 중압감에 움츠러들며 침상에 몸을 뉘었다. 이제껏 누워 본 어느 침상보다 딱딱했다. "가여운 릴라는 떠났군!" 양심이 중얼거렸다. 양심은 음울한 역경의 시간 속에서도 줄곧 깨어 있었다. "불쌍한 릴라! 그녀는 이런 식으로 살아 본 적도 없지." 가혹한 침상, 양심의 가책은 무엇으로 보상할까? 이상한 말이지만 그녀는 조플로야가 근처에 있다는 확신이 들었다. 그는 주변에 마법을 퍼뜨려 그녀의 마음을 황홀케 했다.

잠시 후 그녀는 잠이 들었다. 그리고 동굴 안에서 무리들이 왔다 갔다 하는 시끄러운 소리에 눈을 떴다. 그녀는 주위를 둘러보며 조플로야를 간절히 찾았다. 조플로야는 지금 그녀가 소유했다고 말할 수 있는 유일한 것이었다. 간절한 그녀의 모습을 지켜보던 그가 서둘러 다가와 말을 건넸다.

"어여쁜 빅토리아, 동굴 밖으로 나갑시다. 산중 신선한 바람을 쐬러 나가도 좋다고 두목에게 허락을 받았어요. 조플로야의 말에 그가 답하기를, 거처가 필요할 때 이곳으로 돌아와도 좋고, 만약 떠난다면 언제라도 무리 중 몇몇이 이 산 반대편까지 호위하거나 아니면 우리가 원하는 곳으로 수 킬로미터를 동행해 주겠다고 했소. 그런데 우리가 해를 당할 수도 있고, 또 그의 친절을 무시하기가 어려워서 당분간은 우리끼리 다니겠다고 허락받았죠."

"그가 가면을 벗었어?" 빅토리아는 은밀히 말했다. "내가 볼 수 있을까?"

"아니요. 내가 알기로는, 낯선 사람 앞에서는 절대 벗지 않을 겁니다. 자, 내 손에 음식이 한 바구니 있어요. 이 동굴을 몇 시간 떠나 있지요. 어젯밤에 산으로 오가는 길을 잘 봐 두었어요. 미로처럼 얽혀 있었지만, 안내인이 없어도 될 겁니다."

빅토리아는 무어인에게 손을 내밀었다. 그는 내심 놀랐다. 그는 분명 그것이 정도에서 벗어난 행동임을 놓치지 않았을 것이다. 하지만 조플로야에게 불가능은 없었다. 그의 품위 있는 존재감은 주변에 존경과 칭송을 불러일으켰다. 그가 지나가면 험상궂은 무리들이 겸손하게 뒤로 물러났다. 그들이 동굴 밖으로 가는 울퉁불퉁한 경사면에 이르자, 그곳 어귀에 두목이 (변함없이 마스크를 쓴 채) 그의 팔에 기댄 여인과 함께 모습을 드러냈다. 그는 잠시 도도하면서도 뭔가 거북한 듯 멈칫거렸다. 빅토리아를 대하는 무어인의 정중한 태도를 확인하는 것처럼 보였다. 그러고는 살짝 고개를 숙이고 몇 걸음 뒤로 물러나면서 두 사람이 위압적으로 생긴 주랑 현관 아래로 지나갈 수 있게 길을 터 주었다. 주랑은 동굴로 들어오는 틈새 위에서 내려와 출입구를 가리고 있었다. 순간, 두목의 여자가 증오와 악의적 냉소를 보내며 빅토리아를 주시했다. 빅토리아는 불편했다. 다시 한 번 그 여자의 인상이 강렬하게 와닿았다. 빅토리아는 대담하고 격앙된 그 얼굴을 분명히 기억했다. 처음 대면했을 때 그녀는 예전보다 덜 예뻐 보였다. 평탄치 않은 삶 때문인지 아니면 다른 이유가 있어서인지, 상스럽고 부어오른 듯 보였다. 하지만 빅토리아가 상상 중에 더러 보았던, 결코 사라지지 않는 그 표정은 그대로 살아 있었다. 그럼에도 그것이 누구의 얼굴인지 확신하기에는 기억이 정확하지 않았다.

그들이 어두침침한 지하에서 대낮 햇빛으로 나왔을 때 빅토리아는 억눌렀던 감정을 조플로야에게 털어놓았다.

"내가 왜 그러는지 모르겠어." 그녀는 말했다. "품위 있고 진중하게 처신하는 두목이 이상하게 느껴져. 나한테 특별히 관심을 보이는 것 같은데, 반갑지가 않네. 그 여자의 시선도 나를 초조하게 만들고 불편해. 조플로야, 분명 어디선가 그 얼굴을 보았어."

"그럴 수도 있겠죠." 조플로야가 말했다.

"한데 그녀는 왜 나를 노려보지?" 빅토리아가 바로 물었다. "증오와 악의에 찬 표정으로 말이야. 또 두목은 어째서 나를 주시하는 걸까?"

"시간이 모든 걸 밝혀 줄 겁니다." 조플로야는 힘주어 말하면서도 또 한 번 간결하게 대답했다.

"근데 조플로야, 너는 놀라지도 않는구나. 넌 이런 것들이 이상하지 않아."

"저는 **절대** 놀라지 않아요."

"그럼 네 생각을 말해 봐. 어서."

조플로야는 그녀를 음울하게 쳐다보더니 신중하게 말했다.

"내 생각이라!"

"그래. 내 생각엔, 조플로야, 넌 세상에 흔히 일어나는 일들과는 무관한 사람 같아 보여. 너는 무슨 생각을 하는 거니?"

"파멸!" 그가 오싹한 음성으로 대꾸했다.

빅토리아는 무심결에 전율을 느꼈다.

"정말이에요." 그는 말을 이었다. "나는 세상에 흔히 일어나는 일들과는 무관하죠. **흔한** 일에는 관심이 가질 않아요. 무시무시하고 끔찍하고 놀라운 일들만 나를 불러내는 영향력이 있죠. 그마저도 내가 초대되거나 매료되지 않는다면, 난 그것들과 섞이지 않아요!"

"오, 조플로야!" 빅토리아가 하소연했다. "어쨌든 나처럼 추악하고 친구 하나 없는 사람은 네가 베푸는 친절을 이해할 수 없다고 하소연할 거야."

"**항상** 그렇지는 않을 겁니다, 빅토리아. 여기 내 옆에 앉아요. 다른 이야기를 합시다."

빅토리아는 그의 말에 따랐다. 아무리 사소한 것일지라도 무어인의 제안을 거절할 수가 없었다. 그는 옆에 앉아 그녀에게 음식을 권했다. 하지만 그녀는 부담스러워 먹을 수가 없었다. 그녀가 불편해하는 것을 알아챈 조플로야가 팔로 그녀의 허리를 감싸며 말했다.

"어여쁜 빅토리아, 왜 불편한가요? 이 우울증은 어디에서 오는 건가요? 나를 온전히 믿지 못하나요? 아니면 조플로야와 함께 있는 게 행복하지 않나요? 말해 보세요, 사랑스러운 아가씨. 당신도 알다시피, 우리는 약혼했잖아."

빅토리아는 반사적으로 물었다. "조플로야, 그게 무슨 말이야?"

"장난 그만해요, 어여쁜 빅토리아! 내가 당신과 동등하지 않나요? 아, 그렇지, 당신이 더 우월하지! 무어인 조플로야를 노예로 생각하다니, 오만한 아가씨!"

빅토리아는 반문의 시점이 적절치 않았음을 후회하며, 자신이 무어인의 손안에 있음을 느꼈다. 방금 전에 보여 준 당당하고 고압적인 그의 태도에는 저항할 수 없는 매력이 있었고, 어느 정도 그녀 마음에 영향을 미쳤다. 그녀가 더는 비난할 수 없게 했고, 그러고 싶지도 않게 만들었다.

"빅토리아." 무어인이 다시 입을 열었다. "내가 당신의 순종적인 도구였다는 걸 명심하세요. 그리고 내가 한 약속은, 나는 문자 그대로 지켰어요."

빅토리아는 내심 동의하지 않았다. 그 약속들은 문제가 있었거나 애매하게 지켜졌다. 그러나 그녀는 반론을 제기하지 않고 가만히 참았다. 그가 마치 그녀의 생각을 아는 듯 말을 이었다.

"상황 때문에 내가 봉사한 일이 잘 풀리지 않았다면 그게 내 책임인가요? 내가 당신을 치욕으로부터 구하기 위해, 당신의 도피에 동행하기 위해 모든 미래의 가능성을 희생하지 않았나요? 당신은 불만을 가져서는 안 돼, 빅토리아. 이 고약한 운명이 내 책임인가?"

빅토리아는 그의 논리가 허울만 좋고 미덥지 않다는 걸 알고 있었다. 그러나 자신도 모르게 감정이 누그러졌다. 무어인의 형체는 우아한 아름다움으로 화려하게 빛나고, 얼굴에는 감미로운 매력이 깃들었다. 영롱하면서도 다정한 눈빛은 강렬한 부드러움으로 그녀의 중심을 관통했다. 그녀는 마음이 녹아내렸다. 마음이 약해지는 것을 느끼면서, 생각만으로도 즐거운, 기분 좋은 망상 속에 그녀는 기꺼이 뛰어들었다. 표정이 담긴 무어인의 얼굴은 그제야 승리의 미소로 밝아졌다. 그는 그녀의 손을 잡고 당당하면서도 부드럽게 입술에 눌렀다.

"그래, 확실히 알겠어." 빅토리아는 마음속 감정을 억누르지 못하고 탄식을 터뜨렸다. "조플로야, 이 순간 너를 위해 세상을 포기할 수 있어, 아니 생명 자체를! 근데 앞으로 어떻게 될지 생각하면 나는 고통스러워. 우리가 얼마나 오랫동안 이 야만적인 콘도티에리 사이에 머물러야 하지?"

"아직은, 조금 더, 사랑스러운 빅토리아. 그리고 이 벽지를 떠날 때는……." 그의 눈동자가 인간의 눈빛 이상으로 빛났다. "당신은 나의 것이 될 거야. **영원히!**"

빅토리아는 그를 쳐다보았다. 그러나 말은 하지 않았다.

"자, 나의 연인이 되지 않겠소?" 조플로야가 다시 말문을 열었다. "허, 내가 왜 묻는 거지, 당신이 거부할 수 있는 것도 아닌데." 그는 잔인하게 웃으며 덧붙였다. "사실, 당신은 이미 내 것이지." 이렇게 마무리하며 그는 잡고 있던 그녀의 손을 거칠게 움켜쥐었다.

빅토리아의 입술에서 가느다란 비명이 터져 나왔다. 하지만 그녀는, 사납고 묘한 표정으로 빛나는 그의 얼굴을 보며 그가 주체할 수 없는 열정으로 거칠게 행동했다고 믿었다. 그녀는 그저 살짝 웃었다. 무어인이 그녀를 팔로 낚아채더니 이내 뒤로 밀치며 머리에서 발끝까지 훑어보았다.

"그래, 그래. 넌 **내 것**이 될 거야!" 그는 탄성을 질렀다. "영원히!"

제31장

빅토리아가 도적 무리, 즉 사회에서 추방된 악독하고 무법한 자들의 무리에 합류하고 어느 정도 시간이 흘렀다. 빅토리아의 동반자이자 지금은 연인으로 여겨지는 천한 무어인은 처음부터 하인 노릇을 하며 그녀의 환심을 샀다. 그녀는 범죄와 비행을 저질러 세상에서 추방되었고, 형벌을 피해 깊이를 알 수 없는 궁벽한 땅으로 들어왔다.

이것이 바로, 올바른 본보기를 보지 못했던 사람이 처한 위치였다. 어릴 적 (천성적으로 악한) 성격과 기질을 분별하고 이를 교정하기 위해서는 성장기에 올바른 본보기가 필요했다. 그것을 보며 모진 고삐를 채워야 했다. 그러나 모친의 경거망동과 무분별한 행동은 존경의 고리를 끊어 버렸다. 대책 없이 너무 일찍 타락을 접한 피해자는 이후 보게 될 끔찍한 보기로부터 방어할 수 있는 모든 수단을 잃어버렸다. 그리하여 귀족의 품위를 배우지 못했고, 그녀의 성격은 시의적절하고 엄격한 교육을 통해 초기에 싹을 뽑아 버렸어야 했던 실책들, 고칠 수 없는 습관들로 굳어졌다.

아주 드물게 혼자 있을 때면, 비참한 빅토리아는 어린 시절을 떠올렸다. **무엇이 되고 싶었을까** 그리고 실제로는 **무엇이 되었나**를 되돌아보며 (끔찍한 말이지만) 어머니를 저주했다. 어머니는 처음엔 무력하게 쾌락에 빠지고 후에는 몸소 본보기를 보임으로써 그녀를 유혹에 빠뜨리고 파괴했다.

콘도티에리 무리 틈에서 지내는 내내 그녀는 두목의 얼굴을 한 번도 보지 못했다. 그러나 그녀가 없는 사이 그가 마스크를 벗을 때가 있었다고 조플로야는 말했다. "그 모습을 당신에게 숨기는 데는……." 그는 덧붙였다. "그럴 이유가 있습니다. 하지만 시간이 모든 것을 드러내겠죠. 그땐 당신도 알게 될 겁니다."

그런데 거만하던 두목의 태도가 눈에 띄게 바뀌었다. 그는 빅토리아와 무어인이 계속 머물 것으로 알고 그것을 허용한 듯했다. 그의 앞에 있을 때 조플로야는 빅토리아에게 세심한 예의를 갖추었다. 하지만 다른 때는 비교할 수도 없이 느긋했다. 두목과의 거리감이 느껴질수록 조플로야는 더 자제하고 격식을 차렸고, 두목이 느슨하면 기분이 더 좋아 보였다. 두목은 다정하고 온화하게 이야기하다가도 말 한마디나 눈빛만으로도 동요되어 단도에 손을 대거나 자리에서 박차고 일어났다. 그의 목소리에는 강하게 빅토리아의 관심을 끄는 무언가가 있었다. 그의 태도도 영향을 미쳤는데, 그것이 근엄함 때문이라기보다는 그녀가 확신할 수 없는 다른 이유가 있었다. 때론 그의 얼굴을 한 번 보는 것만으로도, 빅토리아는 이 우주 만물을 다 가진 느낌일 것 같았다.

두목 여인의 태도에도 상당한 변화가 있었다. 빅토리아를 정중히 대했고 가끔 관심을 보이기도 했다. 그러나 다른 때는, 특히 두목이 없을 때는 그녀를 없애 버릴 **힘**만 있다면 하는 눈빛으로 쏘아보았다.

무어인 조플로야는 이따금 선발된 무리와 함께 알프스 산속을 탐험하러 나갔다. 그럴 때면, 빅토리아는 그들이 아주 악랄해지는 것을 목격했다. 그들의 광포함과 야만적인 생활에 대한 평판은 극에 달했다. 나머지 무리 또한 연민으로 흔들리거나 양심의 가책, 피에 대한 거부감 따위는 없었다. 잔학무도하게 행동하는 사람들이었다. 실제로 그들은 도둑이라기보다는 무법자, 사냥개처럼 피를 쫓는 불한당에 가까웠다. 조플로야와 동행했던 이들은, 그와 함께 있을 때면 평소에 하지 않던 일도 억지로 하게 되는 것 같다고 하나같이 단언했다.

음울한 어느 저녁, 빅토리아는 산비탈에 앉아 황망히 지금 상황을 돌아보았다. 그녀는 조플로야를 사랑하면서도 도무지 그 속을 알 수 없어 불안했다. 그러나 그녀는 모든 것을 잃었고, 버림받았다. 의지할 상대를 찾던 과정에서 그의 매력에 저항하지 못하고 굴복했다. 그녀는 그의 사랑을 믿었다. 그에게는 위엄이 있었다. 가끔 그는 혐오감을 일으키는 거만한 자세를 취했다. 그 때문에 다정한 분위기에서도 그녀는 눈치를 살폈다. 그의 눈동자는 다음 순간 무슨 일이 일어날지 모르는 불안감, 은밀한 두려움을 자아냈다. 그와 함께 있는 동안 그녀는 온전히 평안했던 적이 한 번도 없었다. 온화함 속에서도 다른 한편에는 항상 거만함이 있었다. 그의 배려는 연인의 헌신이라기보다 윗사람으로서 생색내는 듯한 태도에 가까웠다.

'이상하고 묘한 존재야.' 그녀는 속으로 탄식했다. '그의 생김새, 말, 행동, 어느 것 하나 확실히 알 수 없으니…… 그게 나을지도, 아! 어쩌면 그게 나았을지도 몰라.' 그녀는 한숨을 더했다. '그를 아예 몰랐었다면.' 그녀는 잠시 과거를 회상하며 암담하고 비참한 내력을 되새겼다. "아, 어머니, 어머니!" 그녀는 부르짖었다. "모든 게 당신 탓이에요. 당신은 왜 내가 어렸을 때, 의욕만 강하고 판단력은 약할 때, 어째서 내 영혼에 불을 지르고 감각을 미치게 하는 장면을 경솔하게 내 눈앞에서 연출하셨나요? 당신이 나에게 처음 가르쳐 준 건, 자극적인 부정한 사랑을 경계하라거나 자제하라는 게 아니었죠. 대신, 그걸 직접 보여 주었죠. 당신을 본받아 나 또한 혼인 서약을 가벼이 여기게 되었어요. 당신은 당신의 방식으로 남편을 죽이고, 내 남편은 내가 타 준 독약으로 죽고…… 하지만 이렇게 되새기는 게 무슨 의미가 있을까?" 그녀는 눈을 들어 산을 바라보며 덧붙였다. "내가 저지른 일을 후회하나? 아니야, 나를 이 지경으로 만든 상황이 유감스러울 뿐이지. 빌어먹을 내 처지! 조플로야, 오, 조플로야! 너는 (내가 모르는 마법으로) 곤경에 빠진 나를 도왔어. 그런데 난 너에게 묶여 있고, 속박되어 버렸어. 지금은 너에게로부터 도망가고 싶다. 그렇지만 그게 불가능하다는 걸 나는 잘 알아." 그녀는 깊은 한숨을 내쉬었다. 그리고 애처로운 소리로 계속했다. "여기서 너를 기다려야겠어. 동굴로는 내려가지 않을 거야. 내 영혼은 두목의 음울한 침묵에 숨을 쉴 수가 없어. 또 그 여자의 차갑고 사나운 표정을 보면 혼란스러워!"

빅토리아는 여전히 산비탈에 엎드려 있었다. 비통하고 무익한 회상에 지쳐 눈을 감았다. 그녀의 몸에 잠이 엄습해 왔다. 그녀는 꿈을 꾸었다. 높이 솟은 바위 위를 가볍게 활공하며 다가오는 천사 같은 형체를 보았다. 그것이 다가오자, 이 천상의 환영 속에서, 그 얼굴과 머리와 의복에서 내뿜는 엄청난 광휘에 그녀는 눈을 뜰 수가 없었다.

"빅토리아!" 그는 감미로우면서도 경외심을 일으키는 음성으로 또렷하게 말했다. "나는 너의 선한 수호신이다. 내가 지금 여기 온 것은, 너에게 경고하기 위해서다. 수많은 해를 살아오면서 죄악으로 어두워진 네 영혼에 처음으로 회개의 불꽃이 일었다. 전능하신 분은 그분의 피조물이 파멸에 이르는 것을 막고자 나를 보냈다. 지금이라도 컴컴하고 고통스러운 죄악의 길을 떠난다면, 앞으로 그 끔찍한 과거의 행적을 고치기 위해 노력한다면 구원받을 것이다! 그러나 무엇보다도, 너는 무어인 조플로야를 떠나야 한다. 그는…… 보이는 게 전부가 아니다."

그 순간 빅토리아는 눈부신 환영의 발아래서 무어인 조플로야를 보았다. 화려한 장신구는 사라지고 괴물처럼 일그러진 모습으로 그는 바짝 엎드려 있었다! 그러나 그가 조플로야인 것은 알아볼 수 있었다.

"잘 들어라." 천사는 계속 말했다. "즉시 거짓으로 가장한 무어인을 떠나라. 그러면 하늘이 너의 길을 인도할 것이다. 이 세상에서 잠시 물러나, 네 마음속을 들여다보고 **회개하라**. 그러면 네 죄는 용서받을 것이다. 그러나 기억해라!" 머리 위로 천둥소리가 요란하게 콰르릉거리는 듯했다. "지금 가는 길을 계속 간다면, 너에게는 죽음과 영원한 파멸이 속히 오리라!"

광채 나는 형체가 말을 마치자, 발아래 땅이 갈라지면서 끝없는 나락이 모습을 드러냈다. 그 형체는 무어인을 걸어차 거꾸로 처박아 버렸다. 무어인은 소름 끼치는 비명을 질렀고, 그 소리는 산들 사이로 울려 퍼졌다. 그는 몸부림치며 시야에서 멀어졌다. 천상의 환영은 하얀 손가락으로 하늘을 가리키며 승천했다. 무시무시한 천둥소리가 근엄하게 울렸다. 빅토리아는 눈이 부셨지만, 그 환영이 올라갈 때 하늘이 열리는 것을 보았다. 천상의 음악은 화음을 이루는 합창 소리로 그녀의 귀를 잠깐 황홀케 했다. 숭고한 환상은 사라지고, 그녀는 깨어났다.

눈을 떴다. 주위는 변함없이 암울했다. 하지만 그녀는 아직까지 꿈에 사로잡혀 있었다. 심지어 그녀는 공중에 흐르는 광채를 보았다. 천사가 휘황찬란한 장소로 들어가는 하늘 문을 가리키는 것이라 상상했다. 천상의 형체와 눈부신 물결 모양이 여전히 눈앞에 펼쳐졌다. 눈을 감았을 때는 광채가 더욱 빛나는 것을 그녀는 상상의 눈으로 보았다.

생생한 감동은 서서히 가라앉았다. 그녀는 꿈을 순순히 받아들였다는 게 겸연쩍었다. 하지만 그녀의 영혼에는 감동이 있었다.

"근데 어디로, 어떻게 도망갈 수 있을까?" 그녀는 한탄했다. "여기 계속 머문다면, 파멸이 나를 기다리겠지……. 오, 아니, 그럴 수는 없어. 나는 환상에 굴복하지 않을 거야. 환상 속의 소동. 잠에 빠지면 감각이 늘어지게 마련이지. 그것 때문에 조플로야를 떠난다고. 배은망덕한 빅토리아! 그럴 순 없어. 내 생각엔, 내 생각엔 그런 일은 절대 불가능해!"

불운의 빅토리아가 말을 맺기 무섭게, 무어인이 산속 갈라진 틈새로 잽싸게 뛰쳐나와 그녀 앞에 나타났다! 주위는 암담하고 어두침침했지만 빅토리아는 그의 눈에서 번쩍이는 섬광을 보았다. 그는 어느 때보다 자신만만하고 고아한 듯했다. 조금 전에 그녀가 환영의 경고를 따라 행동할까 망설였다면, 지금은 그 망설임이 사라졌다. 그녀는 그 꿈을 더 이상 기억하지 않았다. 조플로야의 등장으로 그녀가 회상하고 숙고한 것은 떠나갔다. 그가 그녀의 손을 잡고 부드럽게 말했다.

"나를 버리지 않을 거죠, 빅토리아!"

빅토리아는 흠칫했다. 이 말은 그녀의 생각을 안다는 것을 암시했다.

"어떻게, 조플로야?" 그녀는 희미하게 웃으며 말했다. "읽는 것처럼……."

"당신의 생각을! 어여쁜 아가씨……." 무어인은 말을 이었다. "내가 항상 당신의 생각을 읽지 않았나요?"

"그래, 사실이야." 당혹해진 빅토리아가 말했다. "근데 어떻게?"

"그건 중요하지 않아요!" 무어인은 크게 말했다. "당신은 내 것이니까. 내가 당신을 가졌으니까. 당신을 잃지도 않을 거고, 그렇게 할 수도 없어. 나를 미워하지 않죠, 빅토리아."

빅토리아는 대답하지 않았다. 무어인에 관한 그녀의 생각은 혼란스러웠다. 다시 공포감이 다른 모든 감정을 짓눌렀다.

"갑시다." 그녀의 침묵에 개의치 않고 그가 말했다. "어서, 이제 여기를 벗어나 우리 집으로 돌아가요. 이런 침울함보다는 활기가 있을 거요, 나의 빅토리아. 당신의 우울증을 날려 버릴 거야."

그는 팔로 그녀의 허리를 감싸 안고 이끌었다. 그녀는 망설임에서 놓여났지만, 마음은 답답했고 말을 할 수 없었다.

걸어가면서 무어인은 지극히 감미로운 어투로 그녀에게 말했다. 조화로운 음성과 달콤한 칭송, 자상한 배려가 어우러진 그의 부드러운 음색은 여느 때처럼 점차 효과를 발휘했다. 변덕스러운 빅토리아는 다시 그에게 불가항력적으로 들러붙었다. 그가 없는 동안 겪었던 한시적 우울증이 그녀를 더욱 그렇게 만들었다.

"네가 언제나 나와 함께 있어 준다면, 조플로야." 동굴에 가까워지자 마침내 그녀는 낮은 목소리로 입을 열었다. "암흑의 울적함도, 침울한 환상도, 내 영혼을 어지럽게 하지는 못할 거야."

조플로야가 그녀의 손을 힘주어 잡으면서 말했다. "당신이 살아 있는 한, 난 당신 곁에 있을 거요. 죽음도 당신을 나에게서 떼어 내진 못할 거야."

그들은 동굴 안으로 들어섰다. 두목은 여전히 마스크를 한 채, 현란하게 치장한 그 여자를 옆에 끼고, 제각기 아무렇게나 널브러져 있는 도적들 사이에 앉아 끔찍한 소굴의 어수선한 분위기를 바라보고 있었다. 두목은 무리의 논쟁에 끼어들지 않고 절제하며 준엄하게 앉아 그저 듣고 있었다. 몇몇은 다리를 꼬고 앉아 있고, 또 다른 몇몇은 기대어 앉아 피 튀는 말싸움을 벌였다. 붉은 불빛이 상기된 그들의 얼굴에 흉악한 색조를 더해 주었다.

빅토리아가 그들 사이에 앉았고, 무어인은 그녀 옆에 앉았다. 그러나 예의에 맞게 약간 거리를 두었다. 두목은 그들을 보았다. (불친절하지는 않았지만) 말은 하지 않았다. 그 신경질적인 여자는 빅토리아를 보자 인상이 험악해졌다. 빅토리아의 용모는 평소와 다른 광채를 발하며 관심과 동요를 일으켰다. 그녀의 눈빛을 보는 순간 늘 그랬던 것처럼 수천 가지의 희미한 기억들이 빅토리아의 내부에서 솟구쳐 올라왔다. 불현듯 그녀의 얼굴을 거의 알아볼 수 있을 것 같았다. 어찌 되었든 간에 빅토리아는 적의에 찬 그 시선을 확연히 드러나는 경멸과 분개로 되돌려 주었다. 여자의 눈에서 불꽃이 튀었다. 그녀가 일어서려 하자, 말없이 두 사람을 관찰하고 있던 두목이 그녀의 팔을 잡아 자리에 앉혔다. 그 순간 문밖에서 딱딱 끊어진 세 번의 노크 소리가 크게 들렸다. 도적들 중 하나가 벌떡 일어나 단도 손잡이로 응답했다. 그런 다음 바깥쪽을 향해 뿔피리로 날카롭고 시끄러운 소리를 내고, 곧이어 튀어나온 부분을 만지자 문이 활짝 열렸다.

도적 몇 명이 들어왔다. 그중 하나는 한 여자를 부축하고 있었다. 여자는 의식이 없었지만 아름다웠다. 그녀의 얼굴은 초췌하고 창백했다. 볼에는 눈물이 흘러내렸고, 관자놀이에서 가슴 위로 피가 흘러내린 걸로 보아 관자놀이에 상처를 입은 듯했다. 드러난 가슴에는 시퍼런 멍이 들어 있었다. 검은색 긴 머리는 엉키고 헝클어졌으며, 옷은 넝마처럼 찢겨 있었다. 팔목에 깊은 상처를 입은 팔은 힘없이 늘어져 있었다.

이 비참한 여자는 모임 중앙으로 안내되었다기보다 누군가에 의해 그곳에 놓였다. 두목은 그녀에게 다가가, 동요가 일면서도 절제된 자세로 잠시 지켜보았다. 그러고는 비틀거리며 뒤로 몇 걸음 물러났다. 감정에 경련이 이는 듯, 그는 가슴 위에 손을 얹었다.

"어떻게 이런 일이?" 고뇌에 파묻힌 음성으로 그가 탄식했다. 그가 채 말을 마치기도 전에 더 많은 무리들이 몰려들어 왔다. 그들은 오른손에 단도를 쥐고, 왼손에는 키 크고 위용 있는 용모의 사내를 단단히 붙잡고 있었다. 사내의 얼굴에는 잔뜩 고조된 격분과 암울한 포악함의 기미가 뚜렷했다. 두목은 이내 그에게 시선을 돌렸다. 두목은 앞에 놓인 가련한 여자를 더 이상 쳐다보지 않았다. 대신 붙잡혀 있는 사내에게 불안한 걸음으로 다가갔다. 그는 사내의 얼굴을 직시하다가 갑자기 충격을 받은 듯 몸을 웅크렸다! 재빨리 되돌아와, 자신의 눈을 의심하는 것처럼 다시 한 번 사내를 보았다. 마침내 그는 확신한 듯이 보였다. 난폭한 감정으로 그의 온몸이 흔들렸다. 그러더니 미친 듯이 날뛰며 허리춤에서 단도를 잡아 뺐다. 그러고는 무장하지 않은 이방인에게 돌진해 성난 사자의 완력으로 무리에게서 그를 떼어 내더니, 두근대는 그의 가슴에 칼을 손잡이 끝까지 깊이 박았다.

그때 몸이 성치 않던 여자가 날카로운 비명을 지르며 바닥에 쓰러졌다. 두목은 이 같은 상황에 다시 충격을 받은 듯, 몇 곱절 치솟은 분노로 이방인의 가슴에서 피를 내뿜는 단도를 빼내 몸의 다른 부분을 계속 찔렀다! 무리들은 두목이 평소 그답지 않게 유혈이 낭자하도록 폭행하는 것을 보면서 더 이상 그 분노의 대상을 붙잡고 있을 필요가 없다고 생각했는지 그를 완전히 놓아 버리고 멀리 물러났다. 이방인은 끔찍하게 이어진 상해를 입고 피에 흠뻑 젖어 기진맥진해 쓰러졌다. 두목은 아직도 한이 풀리지 않았는지 거칠게 숨을 몰아쉬며 그를 굽어보았다. 그는 난도질당한 형체 옆에 무릎을 꿇고, 왼손으로 그를 바닥에 누르며 단도를 높이 빼 들었다. 그러고는 헉헉거리는 가슴 한가운데에 다시 깊숙이 박았다!

"죽어라, 이런 지독한, 육시할 놈!" 그는 떨리는 목소리로 소리쳤다. "이제 죽어! 나는 이 순간을 위해 하늘에 대고 끈덕지게 졸랐지……. 그리고 하늘은, 공평하게, 드디어 내 기도를 들어주었다." 이렇게 말하면서 그는 깃털로 장식된 투구를 벗어 던지고 마스크를 찢어 버렸다. 빅토리아는 한눈에 그를 알아보았다. 그녀의 오빠!

"버림받은 빅토리아." 그는 날카로운 눈으로 그녀를 뚫어지게 바라보며 말했다. "그대는 나를 알지? 그리고 저기 피범벅이 되어 자빠져 있는 놈도 알고? 저놈, 이번에는……." 그는 흥분된 음성으로 말했다. "내 손에 죗값을 받았어…… 너도 **알지**? 불쌍한 계집, 내 생각엔…… **너도** 분명 기억해. 아돌프! 그 비열한 아돌프…… 비참한 네 어머니의 배신자…… 지금 땅에 너부러져 있는 여인, 버림받은 몸으로 죽어 가는 어머니를 기억하지?"

빅토리아가 말하려는 순간, 레오나르도가 유혈이 낭자한 아돌프의 주검 쪽으로 다가섰다. 그리고 발작적으로 허탈하게 웃으며 한탄했다.

"허! 이 몹쓸 놈은 내 영혼에 사무친 원한으로부터 **영원히** 도망가길 바랐겠지! 악독한 놈, 비겁한 놈!" 그는 주검을 발로 툭 차고,

말을 이었다. "내가 약해 빠져서 안전할 거라 생각했겠지! 내가 영원히 나약할 거라고 믿었나? 네 비행이 덮일 거라고? 어머니를 훔쳐 가고, 아버지를 파멸로 몰아넣고, 자식들의 행복과 명예는 영원히 짓밟혔지! 아, 원흉, 비겁한 놈! 어린 소년 레오나르도가 당신을 잊어버리길 감히 바랐겠지? 하지만 아니, 절대 그렇게는 안 되지. 그는 너무 상처받고 치욕스러워서 가족이 비참하게 궤멸당하던 자리를 떠나야만 했어. 그렇지만 그런 상황을 만든 놈을 결코, 결단코 잊을 수가 없었지! 타는 듯이 뜨거운 머릿속에 새겨진 지울 수 없는 사람들, 저주받은 그 얼굴들을 어떻게 잊을 수 있겠어! 아니, 아니야, 내가 말해 주지. 시간이 지나고 시대가 변하고 상황이 바뀌어도, 넌, 명예로운 자의 한(恨)이 뚫을 수 없는 두꺼운 베일 속에 숨을 수는 없어! 명예로운 베네치아인의 한! 팔팔한 나의 심장이 헐떡거리는, 이 축복된 시간을 위해…… 이것을 위해, 나는 자라면서 우리가 당한 고통의 쓴맛을 참고, 복수의 칼을 갈면서 철이 들었다. 잔인한 열정을 키우며 기다렸어! 복수를 위해 신께 간청했어. 그리고 신은……." 그는 무릎을 꿇으며 울부짖었다. 그의 눈은 격렬하면서도 숭고한 열정으로 불타올랐다. "신은 나의 기도를 들어주셨다……. 아버지! 상처받은 나의 아버지! 네 죄는 대가를 치른 것이다!" 한때 생기가 돌던, 그러나 지금은 형체도 알아보기 어려운 주검 앞에서 그는 허탈한 웃음을 터뜨렸다. 그는 정당하게 아돌프를 응징했고, 이제 무릎을 세워 일어났다.

그 순간 초췌한 라우리나는 희미하게 한숨을 내쉬었다. 레오나르도는 흠칫하며 정신을 차리는 듯했다. 그는 손바닥을 마주쳤다.

눈에서는 눈물이 터져 나왔다. 그는 가여운 어머니에게 다가갔고, 빅토리아도 그 뒤를 따랐다. 그들은 양옆에서 어머니를 일으켜 세웠다. 이 상황에 놀란 도적들은 조용히 주변에 둘러서 있었다. 레오나르도가 그들에게 성난 목소리로 외쳤다.

"너희들 중에 누가 감히 이 여인을 함부로 대했느냐?"

"아무도 그러지 않았습니다." 도적 중 누군가가 말했다.

"그럼 어떻게 상처를 입은 것이냐?"

도적 하나가 앞으로 나오며 대답했다. "우리가 멀리 나갔다가 동굴로 돌아오는 길이었는데, 비명 소리가 들렸습니다. 소리가 나는 듯한 곳으로 서둘러 갔습죠. 저기 피투성이 남자가 이 부인을 잔인하게 때리고 있었습니다. 우리를 보자, 부인을 앞으로 끌어내려 했죠. 그때 부인이 넘어지면서 바위 뾰족한 부분에 관자놀이를 다쳤습니다. 그러자 그는 부인을 더 심하게 구타하고 발로 찼습니다. 부인은 보이는 것보다 더 심하게 머리에 상처를 입었을 겁니다. 우리는 그 인정머리 없는 놈을 붙잡았습죠. 우리 중 몇 명이 조금 떨어진 곳에서 따라오던 노새와 짐 꾸러미를 발견했습니다. 근데 여기저기서 튀어나온 하인들, 노새꾼들과 대결하지 않고는 뺏을 수가 없었고, 그래서……"

"됐다." 두목은 거만하게 소리쳤다. "충분히 들었다."

기분이 상한 도적은 입술을 깨물었다. 그리고 옆에 서 있던 조플로야에게 다문 잇새로 투덜거렸다. 조플로야가 공감한다는 듯 그를 쳐다보았다.

"뭐라고! 어찌 그런 말을 하느냐, 나쁜 놈!" 레오나르도는 격노하며 고함쳤다.

"우리는 책임을 다했다고 말한 건데, 그리고……."

"입 다물어. 타고난 불한당 새끼, 비열한 놈!" 두목은 소리쳤다. "더 이상 듣고 싶지 않다."

복수심에 찬 도적이 단도에 손을 댔다. 레오나르도는 그 행동을 놓치지 않았다. 그는 심약한 라우리나를 빅토리아의 품에 맡겨 두고 그에게 달려들어 한 방에 거꾸러뜨렸다.

"건방진 폭력배 같은 놈!" 그는 소리쳤다. "감히 두목에게 대들어? 단검을 가져와라." 그가 크게 외쳤다. "이놈의 심장을 가르고 피를 마실 것이다!"

70개의 손이 즉시 단검을 빼 들었다. 레오나르도는 그중 하나를 쥐어 들고 엎드린 도적 위로 잠깐 휘둘렀다. 그러고는 그를 대적할 가치가 없는 상대로 여기는 것처럼 보더니, 분노를 억누르며 일어나라고 명령했다.

도적은 일어나 무릎을 꿇고 가슴에 팔을 교차하며 복종의 표시로 머리를 조아렸다. 두목은 냉소를 보내며 무기를 거두었다.

"너는 내 손에 죽을 가치도 없는 놈이다." 그는 크게 말했다. "독사 같은 놈, 일어나라!"

도적은 두 발로 일어나 부루퉁한 분위기의 동료들 사이로 들어갔다.

레오나르도는 어머니에게 돌아갔다. 그는 동정 어린 눈으로 그녀를 바라보며 팔로 안고 그녀의 입술에 와인을 댔다. 가련한 라우리나는 목을 축이고 의식을 되찾는 듯했다. 레오나르도는 동굴에서 가장 좋은 걸로 침상을 준비하라고 지시했다. 준비가 되었을 때, 그는 그 침상이 더욱 넓고 편안하도록 직접 손을 보았다. 그러나 지금과 같은 시기에 가혹한 변화를 겪은, 아직 바닥에 누워 있는 그분에게는 보잘것없는 휴식처였다. 그녀는 침상 위에 기력이 없는 팔과 다리를 뻗었다. 머리의 상처는 닦아 냈고, 상처가 깊은 팔목은 동여맸다. 빅토리아가 옆에 서서 아무 말 없이 비참한 어머니를 무심히 바라보거나, 눈앞에서 벌어지는 일에 전혀 신경 쓰지 않고 동굴 한쪽에서 조플로야와 이야기를 나누는 동안, 레오나르도는 이 모든 보살피는 일을 행했다.

시간이 지나면서 처량한 라우리나가 잠에 들자, 레오나르도는 그녀의 초라한 침상을 떠나 무리에 합류했다. 저녁이 준비되고 그걸 먹는 동안, 외출했던 도적들은 그날 저녁 사건에 대해 상세히 이야기를 나누었다. 그러나 이미 앞서 설명한 내용에 추가된 것은 거의 없었다. 레오나르도는 아무런 토를 달지 않고, 주의 깊게 들었다. 한편 빅토리아는 (소름 끼치는 말이지만) 어머니에게 냉혹한 벌을 내린 무서운 운명을 환영하는 듯 보였다.

포도주 잔이 활발하게 돌았다. 도적들은 힘을 잃어 가는 깜부기불 주변에 누워 잠의 품에 안겼다. 빅토리아는 평소 잠자리를 찾아갔다. 레오나르도는 자신의 여자에게 물러가라는 몸짓을 하고, 밤새 어머니 곁에 있을 요량으로 불편해 보이는 어머니의 머리맡으로 다가갔다.

이리하여 오묘하고 불가사의한 신의 섭리에 따라, 서로 운명이 깊숙이 얽힌 그들은 한 지붕 아래 모두 모이게 되었다. 자신의 비도덕적 행위에 대한 끔찍한 심판으로 고통받는 여인. 그 영향을 받아 숙명처럼 살아온 자식들. 그리고 이 모든 사태의 파렴치한 장본인은 준비되지 않은 채, 자신이 지은 죄로, 배신한 여인에게 범했던 잔학한 행동으로 최후를 맞았다.

비운의 라우리나가 그리 희생하며 지속한 사랑에 빠진 후 얼마 되지 않아, 결투에서 다친 그녀의 남편 로레다니는 죽었다. 아들 레오나르도는 아무도 모르는 곳으로 도망갔고, 빅토리아는 자신이 감금되었던 곳에서 탈출했다. 어떤 장애나 경고에 더 이상 직면하지 않았던, 비열한 아돌프의 정욕은 금세 식어 버렸다. 그 정욕을 충족시킬 만한 자극은 일어나지 않았고, 존재하지도 않았다. 그는 한 여자를 위해 자신의 자유를 희생한 것을 후회하기 시작했다. 거의 늘 지속된 그녀의 우울증으로 그는 기분이 망가졌고, 그녀가 흥을 돋우겠다며 부자연스럽게 노력하는 걸 보자니 그걸 기대한 자신이 한심스러웠다. 처음에는 자신의 계략에 넘어온 가련한 희생자에게 관심을 끊으려 했지만, 나중에는 증오하게 되었다. 그에게는 더 이상 매력적이고 우아한 아돌프의 흔적이 없었다. 그는 서서히 거칠고 난폭한 폭군으로 전락했다. 라우리나의 볼에 어리던 장미꽃은 근심으로 사라졌고, 그녀의 단아한 형상은 회한으로 퇴색되었다. 그녀는 더 이상 보잘것없는 하루살이 앞에서 뽐내는, 정복의 대상이나 시기의 상대가 되지 못했다. 그녀는 망가진 자신이 수치스러웠다. 음탕하고 염치없이 유혹하던 자는 그 노획물에 싫증을 냈고, 오랜 시간 그녀 앞에 나타나지 않았다. 그녀와 멀리 있을 때 그는 유쾌하고 즐거웠지만, 돌아와서는 침울하고 근엄했다. 특히 상습적인 외도는 경멸적인 사랑의 가시 돋친 화살이 되어 그녀의 영혼에 박혔다. 쓰라린 질책 그리고 연이은 학대는 야만스럽기까지 했다. 그것은 그녀가 당한 능욕의 명부를 채웠고, 그녀를 형벌과 불행의 끝으로 몰고 갔다.

이 혹독한 순간들, 쓸쓸한 고뇌의 시간에 비운의 라우리나는 잔인한 학대의 고통과 모욕으로 날카로운 아픔을 느꼈고, 비로소 과거의 행적을 돌아보게 되었다. 자기가 버린 남편과 자식들. 남편, 다정한 남편은 그녀 때문에 목숨까지 잃었다. 자식들은 그녀를 증오하며 떠났다. 아, 그 어머니가 후회하며 그들을 찾아간다면, 그건 틀림없이 끔찍하고 가혹한 일이리라. 명예와 정절의 길에서 벗어난 어머니! 그녀를 맹신하던 남편을 혼란케 하여 죽음으로 몰고, 자식들을 범죄와 불행으로 이끈 어머니! 그대는 잠시 어설픈 승리의 기쁨을 누리리라, 서글픈 치욕의 딸이여! 그대의 천한 영광이 순간 헛되고 모멸적인 가장행렬을 빛냈을지라도, 오래가지 못하리. 네 형벌과 회한은 고통스럽고 영원하리라!

배은망덕한 아돌프가 저지른 다른 악행 중 하나는 도박이었다. 그는 위태롭고 무모한 모험 정신으로 도박에 임했고 빠르게 재산을 탕진했다. 이 때문에 아돌프는 베네치아를 떠나 스위스로 가기로 결정했다. 그는 거들먹거리며 라우리나에게 그 계획을 알렸다. 그리고 그녀가 함께 가지 않는다면, 이 화려한 세계를 떠나는 것이 그리 나쁘지 않을 거라고 잔인하게 덧붙였다. 갈 곳을 잃고 상심한, 비탄에 빠진 그녀는 그가 넌지시 하는 말에 대답하지 않았다. 그의 비열함, 비인간성에도 불구하고, 그와의 동행을 거부할 수 없었다. 그녀는 여전히 그를 사랑했다.

아돌프는 이에 개의치 않고, 여행하는 동안 내내 그녀를 가혹하게 대했다. 그의 학대는 알프스에서 레오나르도의 무리를 만날 때까지 이어졌고, 결국 그런 사달이 난 것이었다. 더욱 심해진 악행과 잔인함으로 그는 운명을 재촉한 거였다. 그의 잔인한 폭행에 생명의 위협을 느낀 라우리나는 무서움에 떨며 날카로운 비명을 질렀고, 비명을 들은 도적들은 그곳으로 향했다. 그 야만인은 이내 그보다는 덜 포악한 무법자들에게 붙잡혔고, 그중 한 사람의 손에 목숨을 잃었다. 인과응보였다. 그는 아돌프에게 비참과 파멸을 안겨 주었다! 그것은 이 세상에서조차도 대체로 확실한, 비록 때론 더디기도 하지만, 공정한 신의 섭리에 따른 응징이었다.

제32장

다음 날 정오 무렵이 되어서야 가여운 라우리나는 흐릿한 눈을 떴다. (그녀는 밤새 주변 사물을 인식하지 못하고 완전히 의식이 없는 것처럼 보였으며 간헐적인 한숨 말고는 아무 말이 없었다.) 그녀의 시선은 맨 처음 옆에 서 있던 빅토리아의 얼굴에 내려앉아, 잠시 응시했다. 희미하던 기억이 점차 힘을 얻기 시작했다. 그녀는 딸을 알아보고 새된 비명을 질렀다! 그녀는 연약한 손으로 눈을 가렸다. 그러고는 하늘을 향해 떨리는 손을 들더니 빅토리아를 향해 뻗었다.

"내 딸! 사랑스러운 딸." 그녀는 띄엄띄엄 말했다. "어떻게 네가 여기 있는 거냐? (······) 그건 중요한 게 아니지. 물어볼 시간이 없다. 용서······ 나를 용서하렴!"

빅토리아는 대답하지 않았다. 손을 뻗지도 않았다. 그와 반대로 레오나르도는 숭고한 정신을 가지고 있었다. 그도 마찬가지로 어머니의 임종 침상 옆에 서 있었다. 그러나 그녀는 그를 알아보지 못했다. 그는 그녀 위로 몸을 숙여, 보잘것없는 침상에 다시 떨구어진 나약한 손을 잡았다.

"어머니." 모진 빅토리아에게 노한 눈빛을 보내며 그는 불렀다. "어머니, 당신의 아들 레오나르도를 기억하시나요?"

초췌한 어머니는 그를 향해 무거운 시선을 돌렸다. 그녀의 귀에 놓칠 수 없는 피붙이의 소리가 들렸다. 그녀는 도적 두목의 건장한 체구, 뚜렷한 이목구비에서 한때 그녀가 가슴에 품고 키웠던 세심하고 푸릇푸릇한 소년을 보았다! 그녀는 번민의 탄식으로 심장이 답답했다.

"오, 신이시여!" 그녀가 속삭였다. "어떻게 이런 일이…… 나는 당신을 버리고 무시했는데…… **당신**께서는 나를 용서하실는지요?"

"어머니, 제가 어머니를 사랑하고 용서하듯이, 하늘도 어머니 영혼을 굽어보시고 평안을 주실 겁니다."

"오, 나의 레오나르도! 너는 늘 착했지. 네 손으로 나를 일으켜 주렴. 사랑하는…… 상처받은 아들아, 만약…… 만약에 네가 오염될까 염려하지 않는다면, 네 손으로 나를 좀 일으켜 다오." 라우리나는 심하게 떨며 덧붙였다.

동굴에는 빅토리아와 레오나르도뿐이었다. 조금 떨어진 구석에서는 장작불이 환하게 빛을 냈다. 그러나 기력을 잃어 가는 라우리나의 흐릿한 모습을 아우르는, 이 음울한 상황을 완전히 드러내기에는 충분하지 않았다. 누추한 침상 옆에는 식탁으로 쓰는 바위 위에서 램프가 타고 있었다. 램프는 주변 사물들을 붉게 비췄고, 그녀의 마지막 순간을 둘러싸고 있는 험악한 공포감을 일부드러냈다. 거기에는 깃털 달린 모자, 단도, 검 그리고 다른 살생 도구들이 여기저기 걸려 있었다. 좀 더 떨어진 곳에는 전리품들이 무질서하게 흩어져 있었다. 살해당한 아돌프의 주검은 치워졌다. (달리 매장할 도리가 없어서) 어쩌면 연못 구덩이에 내동댕이 쳤을 것이다. 차가운 바닥은 혈흔이 지워지지 않아 검붉게 물들었다. 근처에는 원한에 사무친 레오나르도가 단도로 셀 수 없이 구멍을 낸, 심홍색에 전 그의 옷이 널브러져 끔찍한 순간을 상기시키고 있었다.

이렇듯 학살과 혼란의 무대 위에서 레오나르도는 임종에 가까운 어머니를 두 팔로 들었다! 그녀는 황망히 주변을 둘러보았다. 그러나 이 두려운 순간에 보다 뜻깊은 생각이 그녀의 마음을 사로잡은 듯했다. 그녀는 곁에 있는 딸에게 눈길을 돌렸다. 딸은 팔짱을 끼고 가혹한 마귀의 굳은 표정을 지으며 서 있었다.

"딸아……." 임종에 가까운 어머니는 공허한 음성으로 부르짖었다. 그녀는 겨우 움직일 수 있는 나약한 손으로 상처 때문에 움직일 수 없는 손을 덮어 잡았다. "딸아…… 죽어 가는 네 어미를 용서하렴! 아…… 그렇게 쳐다보지 마라. 동정도 받지 못한 채, 너에게 용서받지 못한 채로 내가 진노한 신의 집에 들어가지 않도록, 네 표정을 풀어 다오! 부탁한다…… 오, 빅토리아!"

그녀가 깊은 한숨을 내쉬며 몸을 떨었다. 말이 끊겼다. 레오나르도의 팔에 안긴 그녀는 숨을 헉헉거렸다.

"말해! 빅토리아, 가여운 어머니께 말하라고." 정신적으로 더 성숙한 레오나르도가 크게 말했다. "이 시점에서 어머니가 간청한 사랑과 용서를 부정할 만큼 네 행동이 정말 결점이 없고 순수해?"

"흥! 그게 바로 내가 하고 싶은 말이야." 빅토리아는 미친 듯이 냉소를 터뜨리며 소리쳤다. "어머니가 나를 그렇게 만든 거지!" 고통스러워하는 라우리나에게 그녀는 계속해서 말했다. "어머니는 왜 자식들을 **버리고** 그 난봉꾼을 따라갔죠? 결국 어머니한테도 똑같이 대한 그 사람을? **나를** 망친 건 당신이에요. 그래서 내 죗값은 어머니 머리에 달렸어요. 어머니가 근본적인 원인을 제공했는데, 어머니를 **빼고** 끔찍한 내 행적을 되돌아볼 수나 있겠어요? 당신은 통제할 수 없는 욕망을 펼치도록 가르쳤죠. 그래서 나는 남편에게 망신을 주었고, 그의 동생을 죽게 하고, 힘없는 고아 계집을 살해했어요! 이런 악행들…… 이 모든, 내가 말한 모든 일들은 전부 **당신을 본받은** 겁니다. 지금 나는 도적들 사이에 수치스러운 망명자가 되었어요. 도둑놈들, 그리고 당신을 떠받들고 있는 이 고상한 아들이 도둑놈들의 **두목**이랍니다! 이 때문에……."

"파렴치하고 방자한 년!" 레오나르도는 개탄했다. "그놈의 혓바닥을 가만두지 못해! 양심의 가책이라곤 눈곱만큼도 없는 년! 어떻게 힘들어 하는 어머니의 머리맡에 뾰족한 가시를 흩뿌려? 잔인한 괴물, 무릎 꿇어라! 무릎을 꿇고, 하늘과 어머니께 용서를 빌어."

빅토리아의 사나운 표정은 경멸적인 냉소 속으로 녹아들었다. 그녀는 움직이지 않았다.

라우리나는 여전히 아들의 품 안에서 숨을 몰아쉬었다. 만신창이 육신은 발작적으로 떨었다. 그녀는 레오나르도에게 시선을 고정하고 그의 숭고한 얼굴을 응시했다. 얼굴은 어머니의 대한 사랑과 애정으로 가득했다. 죽음이 다가오는 고통 속에서 그녀는 아들의 손을 꼭 움켜쥐었다. 그 움켜쥔 손으로 가슴에 가득한 뼈아픈 감사의 말을 분명히 전하고 있었다! 그녀는 다시 한 번 빅토리아에게 동정 어린 눈길을 보냈다. 빅토리아는 그녀의 창백한(상처 난 이마에 피로 얼룩진 붕대를 두르고 있어 더욱 창백해 보이는) 얼굴을 냉담하게 쳐다볼 뿐 아무 말도 하지 않았다.

처량한 어머니는 엄청난 고통이 뜨거운 머리를 짓누르는 걸 느꼈다. 상심한 심장의 박동은 거칠게 빨라졌다. 그러다가 거의 멈추다시피 했다. 죽음의 기운이 서서히 그녀의 눈을 덮고, 이마에는 식은땀이 맺혔다. 그녀는 알아듣지 못할 어조로 중얼거렸다.

"끔찍하다…… 하지만 공평한 신이시여! 오, 용서…… 용서…… **자비를!**"

마지막 말을 하며 입술이 부르르 떨렸다. 그와 동시에 온몸이 격렬한 발작에 사로잡혔다. 그것은 최후의 사투였다. 사투가 끝나자, 생명은 영원히 꺼졌다!

어머니가 운명하신 것이 확실해지자, 레오나르도는 그녀를 울퉁불퉁한 베개에 조심스레 기대어 눕혔다. 떠난 분에 대해 이제 더 이상 거북해하지 않았다. 그는 시신 옆에 무릎을 꿇고, 어머니의 차가운 손에 입술을 댔다. 쓰라린 고뇌의 애달픈 눈물이 그 위로 떨어졌다.

"이런 어리석은!" 빅토리아가 침상 반대편에서 소리쳤다. "오빠를 지금 이 지경으로, 도적 무리의 치졸한 두목으로 만든 사람을 어떻게 그리 구슬프게 애도하는 거야? 그래, 고상한 두목이니까

울라지. 베네치아의 저명인사 정도가 아니라 최고로 고결한 귀족을 마음에 두었다는 걸 떠올리면 그래야겠지!"

"이 고집불통, 상스러운 년!" 레오나르도는 위엄 있게 대꾸했다. "도적 무리의 치졸한 두목이라도 **잘못한 일**에 대해선 즉각 개탄할 수 있다. 길을 잘못 든 어머니의 비참한 **운명**에도 슬퍼할 수 있어. **넌** 어머니를 죽음으로 몰고 갔어. 당신이 죄의 대가로 받았던 형벌과는 별개로, 어머니는 당시 몹쓸 망상에 빠진 것을 간절히, 정말 간절히 속죄했다. 파렴치한 년, 자기가 지은 악행과 범죄를 감히 어머니께 모두 떠넘기려 하다니. 그건 어머니가 보여 준 것 이상이야, 아니, 훨씬 이상이지. 빅토리아, 너는 근본이 천성적으로 악했어. 그래, 어머니가 본을 보여 너의 타락을 막으려고 했다 치자. 그래도 너를 결코 고결하게 바꿀 수는 없었을 거다!"

"하지만 어머니가 아니었다면……." 빅토리아는 음울하게 반박했다. "내가 금지된 사랑, 저주받은 쾌락에 빠져 죄를 짓는 일은 없었을 거야. **처음** 내 마음을 파괴하고 타락시켰던 건 어머니였어. 어머니가 보여 준 본보기는 내 영혼 속 욕망의 수문을 활짝 열었지. 그전에는 모든 것을 억누르고 있었는데, 그것에 주체할 수 없는 자극을 받고 **처음으로** 악행을 저지르게 된 거야. 그게 악행이라면 말이야. 그리고…… 오빠가 뭔데 나를 비난하는 거야? 내가 왜 오빠한테 대답해야 하는 거지? 오빠는 오빠한테 아무 해도 끼친 적이 없는 사람을 잠자고 있을 때 **죽이려고** 했잖아? 오빠 동생의 피를 보지 않았어? 그리고 상심에 빠진 아버지를 버렸잖아! 지금은 사회의 추방자가 되지 않았어! 도적 떼의 무자비한 두목이라. 황량한 산속에 숨어서 지나가는 행인을 붙잡지! 그가 가진 모든 것을 약탈하고 나선 아마 죽이겠지! 분명 이 외진 곳의 수많은 벼랑은 무방비 상태로 난도질당한 희생자의 주검을 수도 없이 받았을 거야! 분명해……."

"마귀, 말 많은 게 성질을 돋우는구나! 이제 그만 날 내버려 둬." 레오나르도는 분개하며 발을 구르고 소리를 질렀다.

잔인한 빅토리아는 크게 비웃음을 터뜨리며 동굴 끝으로 달려갔다. 레오나르도는 혈관 속에서 피가 끓었지만 어머니의 시신으로 눈을 돌렸다. 고뇌의 흔적이 아직 남아 있는 어머니의 납빛 얼굴에 그는 마음이 흔들렸다. 어머니의 표정은 '이런 순간에는 참으렴!' 하고 말하는 것 같았다. 신성한 감정이 그의 가슴에 퍼졌다. 애써 분노를 억누르고, 그가 동생으로 기억하는 천박한 여자에게 마땅한 보복을 가하지는 않았다. 대신 재빨리 돌아서서, 어머니의 침상에 가로 쓰러지며 얼굴을 손에 묻었다.

이런 순간에 동굴 입구선 조플로야가 빅토리아 앞에 모습을 드러냈다. 레오나르도는 눈치채지 못했다. 조플로야는 빅토리아에게 손짓했고, 그녀는 기쁜 얼굴로 다가갔다. 그는 미소로 그녀를 맞았다. 그의 표정에는 미묘한 기운이 감돌았다. 그는 손가락을 입술에 대고 조용히 하라고 했다. 빅토리아는 아무 말 하지 않았다. 조플로야를 믿고 따르기 때문이었다.

그는 부드럽게 그녀의 팔을 잡고 동굴 밖으로 이끌었다. 그들은 산이 보일 때까지 말없이 걸었다. 바위의 솟아오른 부분에 그녀를 앉히고 조플로야는 그 옆에 자리를 잡았다. 그리고 이렇게 말했다.

"빅토리아, 오빠가 당신의 마음을 상하게 했군요. 복수를 마무리해야죠! 어제 저녁에 오빠가 폭행한 사내를 기억해요, 이름이 지노티였는데? 내가 그 옆에 서 있었죠."

"확실히 기억해." 빅토리아가 대답했다. "**나도** 그 옆에 서 있었잖아. 생각나?"

"생각납니다. 그때 지노티는 당신 오빠에 대한 씁쓸한 증오와 앙갚음의 목마름으로 가득 찼지요. 첫 동이 트자마자 그는 동굴을 빠져나갔습니다. 밤새 한잠도 자지 못했죠. 두목의 머리를 부숴버릴 방법을 찾고 있었어요. 그러다가 두목을 원한의 제물로 삼기보다는, 동료들을 배신하기로 했습니다. 방금 전 그는 토리노* 정부에 정보를 주고 동굴 위치를 폭로했어요. 지형을 모르면 섣불리 침입할 수 없는 곳이니까. 내일 아침 일찍 사부아*의 공작이 몽스니로 공권력을 파견할 겁니다. 동굴에서 나가는 길은 포위될 것이고, 그 안에 있던 사람들은 도망갈 수 없게 되죠! 오빠는 아마 제일 먼저 쓰러지겠죠. 그리고……."

"그럼 내 운명은 어떻게 되지?" 평소 자기만을 챙기는 빅토리아가 진중히 물었다. "나도 마찬가지로 망하는 거야, 조플로야?"

"내가 당신을 버렸나요?" 무어인은 근엄하게 되물었다. "걱정 말고 동굴로 돌아가요. 설령 군대가 방벽을 치고 있다 해도, 내가 당신을 구할 테니까!"

"근데 왜 돌아가야 하지, 조플로야?"

"내가 그걸 원하니까!" 무어인은 큰 소리로 답했다. "위험 가운데서도 나를 믿도록 연습해요. 자, 이 주제에 대해서는……." 그는 부드럽게 덧붙였다. "더 이상 이야기하지 맙시다."

빅토리아는 감히 응대하지 못했다. 그들은 잠시 산속을 배회했다. 그런 후 조플로야는 그녀를 동굴로 돌려보냈다. 하지만 그가 함께 가지 않아 그녀는 내심 크게 놀랐다. 여느 때처럼, 그를 보지 못하고 그녀는 억지로 잠자리에 들었다. 그녀는 다른 사람들의 운명에는 관심이 없었다. 그저 이기적인 생각에 자신의 안전만 걱정할 뿐이었다.

제33장

이튿날 정오 무렵, 레오나르도는 입구 밖에서 평소와 같은 신호를 들었다. 비운의 어머니가 운명한 후에도 그는 동굴을 떠나지 않고 있었다.

무리들이 돌아올 시간은 아니었다. 그래서 뭔가 심상치 않은 일이 생겼다고 판단하여 서둘러 문을 열었다. 도적 몇몇이 공포와 긴장에 싸인 모습으로 소란스럽게 몰려들어 왔다.

"우린 끝장났습니다!" 그들은 겁에 질린 어투로 탄식을 터뜨렸다. "배신당했습니다! 우리 은신처가 들통났습니다. 무장 병력이 지금 빠르게 동굴 입구를 에워싸고 있습니다. 모든 탈출구가 막혔고, 밖에 있는 동지들에겐 기회가 없을 겁니다. 매복한 수많은 병사들에게 붙잡힐 것입니다. 조만간 임시 방어벽이 뚫릴 텐데, 두목이 산기슭 길로 통하는 비밀 통로를 찾으면 모를까, 그렇지 않으면 우리는 적들을 피하지 못하고 모두 희생될 겁니다."

"용맹스러운 동지들이여!" 레오나르도는 냉정하고 위엄 있는 자세를 회복했다. "지금 상황이 여러분이 말한 대로라면, 우리는 완전히 끝났다. 나는 동굴 밖으로 향하는 비밀 통로를 모른다. 내 생각엔 그런 게 있을 것 같지도 않다. 지형이 은밀해 드러나지 않고, 주랑 현관이 쑥 내밀고 있고, 길들이 미로 같아서 충분한 보호막이 되어 줄 거라 생각했는데……. 우리를 폭로한 건 악의가 아니면 변절일 것이다. 내가 할 수 있는 충고는, 이놈들이 피를 팔지 않고는 한 치도 들어오지 못하게 우리의 자유와 생명을 걸자!"

그가 말하는 동안, 외부에서 보내는 신호가 반복되었다.

"용감한 동지들이 병사들의 경계를 피할 방법을 찾았나 보다." 레오나르도는 외쳤다. "이 신호는 우리밖에 모르지. 서둘러 문을 열어 줘라. 더 나은 정보를 가져왔을지도 모르겠다."

당시 동굴에는 대수롭지 않은 수의 도적 무리가 있을 뿐이었다. 두목 레오나르도와 정부(情婦) 그리고 그녀 옆에는 빅토리아가 앉아 있었다. 빅토리아는 위험한 상황을 염려하며 떨면서, 조플로야가 보이지 않아 당황하고 있었다. 그녀를 파멸 속에 내버려 둘까 봐 걱정되기 시작했다.

레오나르도의 명령은 신속하게 이행되었다. 신호가 교환되고 문이 열리자, 수많은 무장한 병사들이 몰려들어 왔다. 모두 두려움에 휩싸였다. 병사들을 지휘하고 이끄는 사람은 지노티였다. 레오나르도가 한순간 흥분하여 주먹을 날렸던 그 비겁한 도둑.

용감무쌍한 두목조차도 충격을 받아 놀라고 주춤거렸다! 병사들이 빠르게 그를 에워쌌고, 그는 진정한 귀족 정신으로 손을 휘둘렀다. 그들은 반사적으로 물러섰다!

"잠깐만!" 레오나르도가 소리쳤다. "내가 항복한다." 순간 그는 병사들에게 저항해 봐야 소용없다고 판단했다. "여기 부인에게, 내 운명의 동반자에게……." 그는 말을 이었다. "몇 마디만 하겠다. 그다음엔 더 이상 호의를 베풀어 달라고 하지 않겠다."

그는 빅토리아 옆에 앉아 있는 정부에게 다가갔다. 그녀는 위협받았다기보다는 놀란 표정이었다.

"메갈리나 스트로치!" 그가 큰 소리로 외쳤다.

그 이름을 듣는 순간 빅토리아는 감전된 것 같은 충격을 받았다. 죽음과 위협에 둘러싸여 무시무시한 원수 옆에 앉아 있었다니! 조플로야를 찾았지만 어디에도 보이지 않았다. 그녀는 정신이 혼미했고, 무서운 정적 속에 앉아 레오나르도의 말을 들었다.

"메갈리나 스트로치!" 그는 다시 불렀다. 그리고 목소리를 낮추어 계속했다. "이제 당신을 비난하지 않겠소. 당신의 망상 때문에 젊은 날 내 마음이 현혹되었다거나, 내가 결국 파멸에 이르게 되었다는 말은 하지 않을 거야. 근본적인 원인은 그보다 깊고 더 멀리 있으니까! 그러나 한번 둘러보시오. 이 순간, 오! 메갈리나, 내가 당신에게 품었던 건 사랑이라고 생각해. 우리가 함께했던 시간들, 위험과 빈곤도 똑같이 나누었지……. 이렇게 회상하며 나는 당신이 끼친 어떠한 해악도 기꺼이 용서하지! 그러나 다른 사람들은 나보다 가볍게 심판하지는 않을 거요. 당신은 우리 무리 중에 가장 아랫것으로부터 천박한 추행을 당할 거요. 그리고 치욕스러운 최후를 맞을 거야!"

"난 일찌감치 **그것을** 대비하고 있었어." 메갈리나가 불안하지만 낮은 목소리로 말을 끊으며 가슴에서 단검을 꺼냈다. "난…… 하지만 먼저, 파렴치한 빅토리아! 화려했던 젊은 날, 내 길을 막고, 내 연인을 가로챘지. 내게 너를 보내 준 운명이 고맙구나!" 그녀는 무방비 상태로 있는 빅토리아를 향해 벌떡 일어났다. 홀연히 나타난 무어인 조플로야가 끼어들지 않았다면, 그녀는 빅토리아의 가슴에 흉기를 찔렀으리라!

"빅토리아는 **내 것이다.**" 그가 우레 같은 소리로 외쳤다.

메갈리나는 미치도록 격앙되어, 주저 없이 자신의 가슴에 단검을 꽂았다! "레오나르도, 이렇게……." 그녀는 소리쳤다. "수치스러운 죽음에서 **나는** 벗어난다!"

"그리고 이렇게……." 레오나르도는 지노티에게 달려들며 소리를 질렀다. 그리고 (그가 의도를 알아차리기 전에) 심장에 비수를 박았다. "**나도** 앙갚음을 한다. 성공하길 기대했겠지, 배신자!"

지노티는 피에 흥건히 젖었고, 악랄한 저주를 퍼부으며 쓰러졌다. 병사들은 미친 듯이 날뛰는 레오나르도를 붙잡으려 했다. 그러나 레오나르도는 매달리는 그들을 광기의 힘으로 털어 내고 동굴 끝으로 달아났다. 그는 다시 잡히기 전에, 여전히 피를 내뿜고 있는 배신자 지노티의 심장에 단검을 계속 찔러 댔다! 지노티는 엄청난 피를 쏟고, 정신을 잃으며 비틀거렸다. 병사들이 팔로 받쳐 주지 않았다면 그는 쓰러졌을 것이다. 누군가 그의 상처를 막아 보려 했으나, 그는 죽을 듯한 고통 속에서도 그들을 맹렬히 밀어 냈고, 필사적인 환희에 싸여 간헐적으로 고함쳤다.

"너무 늦었어! 너무 늦었다고! 신이시여, 찬양받으소서!" 그는 바닥에 쓰러지려 했지만, 강압적으로 붙잡혀 있음을 깨달았다. 그는 힘을 잃었고 눈알이 미친 듯이 돌아갔다. 병사들의 위세에 모멸을 느끼며 그들의 팔에 몸을 맡겼다. 그리고 숨을 거두었다. 얼굴에는 승리의 미소가 어려 있었다!

도적 두목이 달아난 것을 깨달은 병사들은 나머지 무리들을 최대한 빨리 체포하려고 서둘렀다. 몇 명은 조플로야가 부두목쯤 될 것이라 여겨 그를 체포하려고 했다.

"오! 우리는 끝났어." 빅토리아가 불안한 듯 그에게 속삭였다.

"염려 말아요." 무어인은 부드럽게 대꾸했다. "나에게 완전히 맡기는 연습이나 해요. 병사들이여!" 그가 외쳤다. "즉각 이 동굴을 떠나라. 여기 계속 있으면, 너희들은 악마의 저주를 받을 것이다! 너희들은 지금 내가 하는 일을 방해하고 있어, 스스로 고통받게 될 것이다. 여기 내 단검이 있다. 가져가라. 그리고 **내가** 너희들 손에서 벗어날 요량으로 자해하지는 않을 테니, 믿어라."

병사들의 마음에는 엉겁결에 자기애적인 공포와 경외감, 아니 두 감정 모두가 뒤섞여 요동쳤다. 그들은 멀리 물러났다. 조플로야는 팔로 빅토리아의 허리를 감싸며 몇 걸음 뒤로 움직였다. 갑자기 천둥처럼 콰르릉거리는 소리가 들렸다. 동굴은 물론 산 전체가 뿌리째 흔들리는 듯했다. 벽과 천장에서 커다란 돌 조각들이 강압에 의해 밀린 듯 떨어졌다! 겁에 질린 병사들은 도적들을 더 이상 붙잡지 않고, 마치 걸음걸음마다 죽음이 도사리고 있는 것처럼 졸렬한 무리가 되어 도망가려고 서로 갈팡질팡 밀며 입구 쪽으로 몰려갔다! 빅토리아는 조플로야의 팔에 의지하고 있었음에도 이 같은 당혹스러운 광경에 끔찍한 기분을 거두지 못했다. 병사들은 "폭발! 폭발이다!"를 끊임없이 외쳤고, 그녀는 피할 수 없는 위험을 감지했다. 그녀의 감각은 마비되다시피 했고, 혼란스러운 공포가 눈앞에서 춤을 추었다. 눈을 감았지만, 그녀는 허물어져 가는 신체 기능을 감당하지 못하고 쓰러졌다. 다시 눈을 떴을 때는 넓은 들판 한복판에 수많은 병사들에 둘러싸인 채 조플로야의 팔에 기대고 있었다. 그녀는 불안하게 주변을 두리번거렸다. 아직 살아 있다는 게 믿기지가 않았다!

"오, 조플로야, 조플로야!" 그녀는 겁에 질린 음성으로 울부짖었다. "여기가 어디야? 동굴은 아니지만, 똑같이 위험해⋯⋯. 아! 너는 절박한 운명에서 끝까지 날 구하겠다고 하지 않았어? 우리가 어떻게 포위되었는지 좀 봐. 나를 기다리는 이 굴욕적인 죽음으로부터 탈출할 희망이 없구나. 나 역시 레오나르도처럼 스스로 해결해야 할까!"

"그럼 나를 믿지 않는 거냐?" 무어인은 소름 끼치는 목소리로 말했다. "내가 당신을 끔찍한 운명에서 구원할 수 있다고 말하지. 우리가 병사들에 둘러싸여 있지만, 아무도 우리를 볼 수 없어! 나를 신뢰하겠다고 맹세해. 나를 완전히 믿어. 그럼 당장 여기서 당신을 구해 내지."

"오, 맹세하지. 맹세해!" 빅토리아는 괴로워하며 울부짖었다.

그리고 눈 깜짝할 사이에 변화가 일었다. 이제 그녀는 무장한 병사들 가운데 있지 않았다. 거대한 바위 정상에 있었다! 조플로야가 그곳 가장자리로 그녀를 이끌었다. 빅토리아는 극심한 공포에 휩싸여 어지러웠다. 그녀는 말을 할 수가 없었다. 무심결에 아래를 내려다보았다. 발아래 아가리를 벌리고 있는 벼랑이 아찔해 오감이 휘청거렸다. 바닥을 알 수 없는 연못 저 깊이 폭포가 떨어지고 있었다. 그녀는 귀가 먹먹했다. 근처 바위 정상에서부터 폭이 넓고 무시무시한 물줄기가 떨어지다가, 중간쯤 투박하게 돌출된 부분에서 갈려 춤추는 물보라를 일으키는가 하면, 거품 줄기로 나뉘다가 한참 아래로 더 내려가서는 다시 합쳐지고, 거칠 것 없이 맹렬하게 떨어지다가 절벽의 울퉁불퉁한 면에 부딪혀 우레 같은 소리를 냈다. 그 엄청난 소리는 절벽의 텅 빈 가슴에 근엄하게 울렸다.

빅토리아는 전율을 느꼈다. 아름다운 릴라의 영혼이 경이로운 연못의 깊은 곳에서 떠오르는 것이 보였다! 숱한 상처를 입으며 난도질당한 그녀는 애처로워 보였다. 그녀에게 어떤 동정도 느끼지 못했음을 빅토리아는 기억했다. 죽어 가는 베렌차와 파멸에 이른 엔리케의 형상이 그녀 앞 바위 경사로 미끄러졌다. 그녀의 영혼에 **후회**가 밀려왔다. 그러나 때늦은 후회였다. 그것이 **절망**과 함께 왔기 때문이었다! 고뇌에 한숨지으며 주변을 응시하다가 그녀는 두 손을 꽉 잡았다.

"자, 빅토리아!" 무어인은 말했다. 지금껏 그녀에게 하던 부드러운 음성이 아니었다. "이제 너는 파멸로 추락하는 것, 적의에 찬 병사들, 망신에 대한 염려, 치욕스러운 죽음으로부터 자유다. 너는 이미 나의 권세를 목격했으니, 내가 무엇을 할 수 있는지도 알 것이다. 지금까지 너를 보살폈고, 따랐고, 섬겼다. 그렇다면, 내가 너를 앞으로 있을 사고로부터 영원히 구원한다면, 미래의 모든 세속적 고통, 미래의 모든 불명예로부터 너를 구한다면 그 미래를 위해 온전히 나에게 의지하겠는가?"

"아아, 조플로야!" 겁에 질린 빅토리아는 대답했다. "난 이미 당신의 권위 아래 있잖아…… 당신 말고 누굴 의지하겠어요?"

"얼버무리지 마라, 여자여!" 무어인은 근엄하게 소리쳤다. "굴복을 강요하는 게 아니다. 그대는 항상 나의 종이 되겠다고 하지 않았는가? 내가 이제껏……." 부드러운 목소리로 그가 덧붙였다. "한 번이라도, 내 사익을 위해 너와 한 약속을 이용한 적이 있었던가? 빅토리아, 나는 너에게 강요할 수 없다. 너를 진심으로 원하지만, 억지로 복종하는 것은 원하지 않는다. 어서 말해 보라. 솔직히 너 자신을, 네 마음과 몸과 영혼을 나에게 줄 수 있는가?"

"오, 그래요! 영원히 그러겠어요!" 무어인이 얼핏 부드러워진 듯 보였고, 빅토리아는 그것만으로도 안도하며 대답했다. 그녀는 그의 권위에 완전히 굴복한 자신을 보았다. "정말로 영원히! 이 끔찍한 상황에서 빨리 나를 구해 줘요. 부탁이에요. 당신은, 원한다면, 나중에 날 버릴 수 있어요. 안전과 평온에 대한 희망을 주면서 더이상 나를 비웃지 말아요. 오, 조플로야! 주위에 만연한 공포를 보는 것만으로도 내 영혼은 고통스러워요!"

"잠깐, 빅토리아! 네가 방금 말한 것을 지키겠다고 먼저 약속해라."

"그래요, 맹세하겠어요!" 빅토리아는 떨면서 대답했다.

"너는 자주 그렇게 말해 왔지, 경솔한 아가씨!" 무어인이 크게 웃음을 터뜨리며 말했다. 그의 살벌한 눈빛은 빅토리아에게 고정되어 있었다. 그 강렬한 눈빛에 빅토리아는 소름이 돋아 고개를 돌렸다. "아니, 돌리지 마." 그리고 조롱하듯 말을 이었다. "다시 한 번 잘 봐라. 그대가 **누구에게** 맹세했는지를!"

빅토리아는 눈을 들었다. 무시무시한 광경이 눈에 들어왔다! 매혹적이던 조플로야의 흔적은 어디에도 없었다. 대신 그 자리에는, 꿈속에서 보았던 것처럼 흉악하고 거대하고 섬뜩한 형체가 서 있었다! 빅토리아는 공포와 절망에 사로잡혀 비명을 질렀다. 현기증으로 쓰러지려 하는데, 이제는 조플로야처럼 보이지 않은 형체가 손을 뻗어 빅토리아의 목덜미를 세게 움켜잡았다!

"보이느냐, 허영에 찬 어리석은 자여!" 그 형체는 무시무시한 목소리로 외쳤다. 그 음성은 폭포가 내는 우레 같은 메아리에 잠겼다. "내가 누군지 보아라! 이전의 내 모습이 아니지. 모든 피조물의 불구대천의 원수, 사람들은 나를 이렇게 부르지…… **사탄**! 나는 가만히 누워 나약한 인간을 기다리지. 하지만 종종, 아주 드물게, 매력과 유혹으로 그들을 내 올가미로 끌어들인다! 그러나 불온한 죄악의 행로에 감히 그대처럼 깊숙이 들어온 이는 거의 없었다. 너는 허술하고 사악한 사고방식을 가졌어. 그래서 처음 내 시야에 걸려들었다. 나를 너에게로, 탐스러운 먹잇감에게로 이끌었지! 네 꿈에 나타난 건 **나**였다. 처음엔 (엔리케가 데려온 종으로) 무어인 노예 비슷하게 나타났다. 터무니없는 소원들을 이뤄 주겠다고 유혹하면서! 오! 내가 제시한 모든 유혹을 넌 전혀 거리낌 없이 받아들였어! 네가 뭘 얻었지? 널 완벽하게 속였거든. 하지만 너도 스스로 따라갔지! 넌 셀 수 없는 악행으로 영혼을 더럽혔어. 그리고 그럴 때마다 점점 더 나의 것이 되어 갔지. 넌 평온한 시간을 갖질 못했다. 너 자신을 낮추며 죄에 깊숙이 빠져들었지만, 극히 작은 것 하나도 얻지 못했어! 나의 승리를 풍요롭게 완성시켰지. 넌 바로 **배신**당하고 **저주**받은 거야! 너의 완전한 파멸로 영광을 받은 건 **나다! 이렇게**……." 그는 소름 돋게 웃으며 말을 이었다. "**이렇게** 지금 난 미래의 **세상** 고통에서 널 구원하겠다는 약속을 지키고 있다!" 그는 말하면서 가련한 빅토리아의 목을 더욱 세게 움켜쥐었다. 그러고는 단숨에 방향을 바꾸어 그녀를 무시무시한 낭떠러지 아래로 밀어 버렸다. 떠들썩한 악마의 웃음소리, 승리의 함성이 추락하는 그녀의 귓가에 울렸다. 그녀는 갈가리 찢긴 시체가 되어 저 아래 거품이 이는 물속으로 떨어졌다!

독자들이여, 이것이 그저 꾸며 낸 이야기라고만 생각지 마라. 인간은 욕망과 약점에 대해서는 아무리 고삐를 움켜잡아도 충분치 않다. 악은 점진적으로 진행되며, 감지할 수도 없다. 그 교활한 원수는 인류가 실족할 때 이득을 취하려고 끊임없이 기다린다. 인류의 파멸이 곧 그의 영광이라! 그의 유혹이 우세하리라는 것은 의심할 여지가 없다. 그게 아니라면 종종 우리가 저지르고 싶은, 순리에 역행하는 끔찍한 범죄들을 어찌 설명할 수 있겠는가? 우리가 악에 대한 애착을 가지고 태어나거나(신성 모독이 될 수도 있겠다) 아니면 극악무도한 영향을 받아 그렇게 되는 것인지(보다 이성에 부합하는 듯 보인다) 생각해 보아야만 한다.

9   이들은 격정적인 욕망을 낚아채리라 — 콜린스   이 구절은 사실 토머스 그레이의 송시(頌詩) 「이튼 칼리지를 멀리서 생각하며」에서 인용된 것이다. 새뮤얼 존슨이 1800년에 『대영 제국과 아일랜드 시인들의 작품집』을 편집해 출간했는데, 여기에는 윌리엄 콜린스와 토머스 그레이를 비롯한 많은 시인들의 작품이 수록되었다. 대커는 위 구절을 인용하면서 시인을 혼동한 듯하다. 이 인용에서 "이들"은 바로 앞 연(聯)에 있는 "인간 운명의 앞잡이들과 암울한 재앙의 비참한 행렬"을 가리킨다. 그레이는 이 시에서 운명의 굴곡과 한계를 아직 모르는 이튼 칼리지의 철부지 학생들을 생각하며 인생의 의미를 되새긴다.

지금 미소 짓는 기회를 / 지나치게 하지 마시고 / 가장 적절한 시간에 나 홀로 / 저 여자를 보게 하소서   밀턴의 『실낙원』 제9권에 나오는 구절로, 사탄이 이브를 보며 유혹하려고 결심하는 장면이다.

44   곤돌라   gondola. 운하를 오가는 기다란 배.

58   트레비소   Treviso. 이탈리아 동북부에 있는 도시.

112   팔라초   palazzo. 이탈리아 르네상스 시대 귀족들을 위한 살림집.

113   세이렌   Syren. 노래를 불러 사람을 홀렸다는 그리스 신화에 나오

는 반인반조(半人半鳥)의 바다 마녀.

127 **캐노피** canopy. 침대 위에 지붕처럼 늘어뜨린 덮개.

139 **아이기스의 방패** 제우스가 딸 아테네에게 주었다는 신의 방패.

145 **마라베디** maravedi. 스페인의 옛 금화.

148 **산토 페드로** Santo Pedro. 성 베드로의 이탈리아식 표현. '오, 하느
님'과 같은 상투적 표현임.

154 **알키오네** Hàlcyon. 그리스 신화에 나오는 신비한 새로, 겨울 동지
무렵 바다에 둥지를 틀고 풍랑을 가라앉혔다.

180 **바실리스크** Basilisk. 눈과 입에서 독이 나온다는 뱀처럼 생긴 전
설의 괴물.

184 **라크리마 크리스티** Lacryma Christi. '그리스도의 눈물'이라는 뜻
을 지닌 이탈리아 와인.

244 **에올리언 하프** Aeolian harp. 바람이 부는 곳에 놓아두면 자연히
울린다는 하프. 그리스 신화에 나오는 바람의 신 아이올로스의 이
름을 따랐다.

247 **아펜니노산맥** Appennines. 이탈리아를 길게 종단하는 산맥.

251 **브렌타강** Brenta. 이탈리아 북부, 남에서 동으로 흘러 아드리아해
(海)로 빠지는 강.

268 **산타 마리아** 성모 마리아를 뜻한다. 여기서는 당혹스러운 상황에
서 사용하는 관용구로 쓰였다.

283 **에트나 화산** Etna. 시칠리아섬의 활화산. 에트나는 그리스 말로 '나
는 탄다'라는 뜻이다.

341 **메디치가 비너스** 사랑의 여신 아프로디테의 조각상.

356 **판데모니움** Pandemonium. 사탄의 왕국(대혼돈의 장소).

359 **콘도티에리** condottieri. 14~15세기 이탈리아 용병대.

360 **몽스니** Mount Cenis. 프랑스 동남부와 이탈리아 사이에 있는 알
프스 산길.

365 **바쿠스** Bacchante. 로마 신화에 나오는 술의 신.

399 **토리노** Torino. 이탈리아 북서부에 있는 도시.

사부아 Savoy. 프랑스 남동부 지방에 세워졌던 옛 공국.

19세기 런던 여성의 욕망과 도전

박재영(전북대학교 영어교육과 교수)

샬럿 대커는 이름이 여럿이다. 미혼일 때는 아버지의 성을 따라서 '샬럿 킹'이라 불렸고, 문학 작품을 출간할 때는 '로자 마틸다'와 '샬럿 대커'라는 필명을 썼다. 그리고 니컬러스 번과 결혼해 '샬럿 번'이 되었다. 하지만 오늘날에는 '샬럿 대커'라는 이름으로 잘 알려져 있다. 사실 샬럿이 어떻게 대커라는 성을 사용하게 되었는지는 명확하지 않다. 다만 그녀가 자신의 소설에서 그 이름을 필명으로 사용했고, 시간이 지나면서 소설을 접하게 된 독자들은 그 이름에 익숙해진 듯하다.

샬럿의 정확한 출생일은 알려지지 않았지만, 학자들은 1771년 말 아니면 그다음 해 초로 추정한다.[1] 샬럿은 아버지 조너선(존) 킹과 어머니 데버라 라라 사이에서 태어났다. 조너선은 대금업자

---

[1] Craciun, Adriana. Introduction: Charlotte Dacre and the "Vivisection of Virtue," in Charlotte Dacre. *Zofloya; or, The Moor: A Romance of the Fifteenth Century.* Ed. NY: Broadview P, 1997. 9-32.

이자 "급진적인 문필가"였다.[2] 그는 경제적으로 풍요로운 삶을 누리며 부(富)를 매체로 정치적, 사회적 영향력을 행사했다.

프로테스탄트가 주류를 이루던 런던 사회에서 조너선은 유대인으로 일종의 사채업을 했다. 그래서 사람들에게는 '런던의 유대인 킹'으로 알려졌다. 또한 "급진적인 문필가"였다는 말은 그가 사회적, 정치적 참여에 관심이 많았으며 권력에 대한 욕망이 강했음을 시사한다. 그래서였을까? 샬럿이 아직 어릴 때, 그는 데버라와 이혼하고, 레인즈버러 백작 미망인 제인 로치포트 버틀러와 재혼한다.

샬럿에겐 소피아라는 친여동생이 있었다. 소피아 역시 문학 소녀로 다섯 편의 소설과 두 권의 시집을 냈다.[3] 샬럿과 소피아 둘 다 문학에 관심이 있고 소설과 시를 쓴 걸 보면, 그들 가정에 학구적인 분위기가 형성되었던 것 같다. 아버지도 문필가였으니, 당연히 샬럿은 어린 시절부터 많은 책을 탐독했을 것이다.

아버지는 샬럿과 소피아가 문학에 관심을 보이고 창작 활동을 하는 것에 긍정적인 입장을 취한 듯하다. 샬럿과 소피아는 그들이 함께 쓴 시를 출간하면서, 그 시집을 아버지께 헌정했다. 1798년에 출간한 『헬리콘의 사소한 것들』 앞부분에 이렇게 썼다.

존 킹 경께 바칩니다. 뮤즈의 농익은 과실 대신 활짝 핀 꽃들을

---

2 Michasiw, Kim Ian. Introduction, in Charlotte Dacre. *Zofloya; or, The Moor: A Romance of the Fifteenth Century*. Ed. Oxford: Oxford UP, 1997. vii–xxx.

3 Scrivener, Michael. "'Dacre' King, Charlotte," *The Encyclopedia of Romantic Literature: A-G, Vol. 1*. Ed. Frederick Burwick. Blackwell Publishing Ltd., 2012.

받아 주소서. 당신께서 지원하신 교육이 무익하지 않았음을 보여 주나니, 우리가 나이 들었을 때는 이보다 더 완벽한 것으로 섬길 수 있기를 기원합니다.

— 당신의 사랑스러운 딸 샬럿 킹, 소피아 킹

헌정문에서 보듯, 샬럿의 아버지가 딸들의 교육에 많은 관심과 후원을 아끼지 않았음이 분명하다. 그리고 그런 아버지를 향한 딸들의 애정과 감사도 자명해 보인다. 이 시집을 출간할 때 샬럿은 스물여덟이었고, 그녀가 어린 시절 아버지가 재혼한 것을 고려하면, 아마도 아버지는 딸들의 성장 과정에 특별한 관심을 보이고 지원했던 것 같다.

1804년 언저리에 샬럿은 「모닝 포스트」 신문에 '로자 마틸다'라는 이름으로 시를 기고하면서 그 신문의 편집장 니컬러스 번을 알게 된다. 니컬러스는 유부남이었지만, 샬럿은 개의치 않고 그와 연분을 쌓는다.

1805년에는 『세인트 오머 수녀의 고백』을 출간하는데, 샬럿은 이 소설을 매슈 루이스에게 헌정한다. 루이스가 1796년에 출간한 소설 『수도사』에 많은 영향을 받았기 때문이었다. 장차 샬럿 소설의 고딕 로맨스 양식이 루이스의 소설에 의해 결정되었다 해도 과언은 아닐 것이다. 특히 이듬해 5월에 출간된 『조플로야—15세기 베네치아의 로맨스』는 플롯 구조와 인물 구성, 배경 설정에서 『수도사』와 상당히 유사하다.

『조플로야』는 대단한 인기를 끌었는데, 출간 후 6개월 동안 1천부 중 754부가 팔렸다. 당시 이 정도면 대단한 베스트셀러였다. 이러한 인기에 편승해 『조플로야』를 패러디한 소설들이 출간되고, 해적판이 떠돌기도 했다.

샬럿은 계속해서 「모닝 포스트」에 정치적 시류를 담은 시를 실었고, 1806년 9월에는 니컬러스와의 사이에서 첫아들 윌리엄을 낳는다. 당시 니컬러스는 기혼이었고, 샬럿은 미혼이었다. 이듬해에는 소설 『자유인』을 출간하는데, 그 인기가 대단해 연말까지 3판을 찍었다. 그리고 11월에는 둘째 찰스를, 2년 후에는 셋째 메리를 낳는다. 1811년 니컬러스의 아내가 죽은 후에야, 세 아이는 세례를 받는다. 같은 해에 샬럿은 소설 『욕망』을 출간한다.

샬럿은 1815년이 되어서야 니컬러스와 결혼식을 올리고, 1822년에는 마지막 저술인 시집 『조지 4세』를 출간한다. 「타임스」에 따르면, 샬럿은 말년에 오랫동안 병으로 고생하다 1825년 11월 7일 쉰넷의 나이로 런던의 랭커스터 플레이스에서 파란만장했던 생애를 마쳤다.

『조플로야』의 시대적 배경은 15세기이지만, 이 소설은 1806년에 출간된 작품이다. 그래서 18세기 후반과 19세기 초반의 사회 정치적 상황을 반영한다. 당시 영국 사회에서 여성의 위치는 독립적이지 못했다. 투표권도 없었고, 재산을 소유할 권한도 지극히 제한적이었다. 여성들의 사회 활동도 자유롭지 못했다. 안정적인 일터는 대부분 남자들이 차지했고, 여자들은 가내 수공업 정도에 참여할 수 있었다. 빨래나 청소 같은 허드렛일로 벌이를 했고, 약간이라도 교육받은 여성은 가정 교사나 관리인 정도를 할 수 있었다. 그러나 일반적으로 여자가 교육을 받는 것은 금기시되었다.

사회 진출과 안정적 소득을 얻을 수 있는 방법이 대단히 제한적이다 보니 여자들은 일정한 나이가 되면 결혼했다. 결혼은 안정된 삶을 추구하는 생존의 방편이었다. 결혼을 하면 여자의 재산은 모두 남편에게 귀속되었다. 여성학 학자 바버라 웰터는 이런 여성의 위치를 네 키워드로 요약했는데, "순결, 경건, 가정, 순종"이었다.[4] 그만큼 여성의 삶은 남성 중심적이었고 제한적이었으며, 의존적이고 종교적이었다.

『조플로야』는 런던에서 출간되었지만, 스토리의 주요 배경은 베네치아이다. 이런 배경 설정은 비판을 피하려는 시도였다. 소설 내용이 상당히 외설적이고 사회적 통념에 도전하는 것이어서 현실과 거리를 둔 배경을 설정한 것이다. 『조플로야』뿐만 아니라 그 시대에 출간된 도발적 내용의 소설들은 그 시대보다 앞선 시대를 배경으로 삼는 경우가 많았고, 장소도 영국이 아닌 유럽 특히 이탈리아가 많았다.

외설 소설이라는 비판을 피하려는 노력은 소설 속 화자를 통해 더 잘 나타난다. 화자는 소설 앞부분과 끝부분 그리고 중간중간에 자신의 의견을 피력한다. 이 의견은 대부분 윤리적이며 교훈적이다. 그리고 이 이야기를 서술하는 목적도 독자들이 비슷한 유혹에 빠지지 않도록 경고하는 데 있다고 주장한다. 예를 들면 화자

---

4 Welter, Barbara. "The Cult of True Womanhood: 1820-1860," *American Quarterly* 18.2 (1966): 151-174.

는 소설 말미에서 이렇게 말한다.

독자들이여, 이것이 그저 꾸며 낸 이야기라고만 생각지 마라. 인
간은 욕망과 약점에 대해서는 아무리 고삐를 움켜잡아도 충분
치 않다. 악은 점진적으로 진행되며, 감지할 수도 없다. 그 교활한
원수는 인류가 실족할 때 이득을 취하려고 끊임없이 기다린다.
인류의 파멸이 곧 그의 영광이라!(410쪽)

여기서 화자는 이 소설을 통해 독자들이 악의 위선과 근성을 깨
닫고 선을 행하도록 노력해야 한다고 강조한다. 즉 소설의 주인공
처럼 살지 말라는 얘기다.

한번은 너무 다급한 나머지 화자가 난데없이 소설의 플롯에 개
입해 하나의 인물처럼 의견을 개진한 경우도 있다. 레오나르도가
앞날을 걱정하는 장면에서다. 레오나르도는 우연히 알게 된 노모
니나를 돌보며 함께 머물고는 있지만 미래의 불확실성에 힘들어
한다. 이 상황에서 화자는 직접 레오나르도에게 말한다.

내가 말했다. "이런, 로레다니의 **후계자가** 치욕을 당하다니! **어스
름한 곳에** 머물면 행복할지도 몰라. 존경받을 수도 있겠지. 하지
만 배반의 빛 가운데로 나오려 한다면 멸시받고 무시당할 걸!
〔……〕 아, 아니, 로레다니, 이 세상에 **네가** 설 자리는 없어. 네 평
판으로는 안 된단 말이야. 결코 사람들 앞에 나타나지 않길 바랄
게!"(154~155쪽)

화자는 레오나르도가 처한 부정적 현실을 강조한다. 그리고 그렇게 사는 것이 얼마나 치욕스러운 일인지를 재차 꾸짖는다. 달리 말하면, 지금 그가 처한 상황에 창피한 줄 알고, 정신 똑바로 차리고, 바르게 행동하며 살라는 말이다. 마치 도덕 선생이 가출하여 방황하는 학생을 꾸짖는 듯하다.

사실 위에 언급한 화자의 개입은 아주 특이한 경우여서, 얼핏 작가가 화자와 자신을 혼동하는 바람에 발생한 뜻밖의 실수라고 치부할 수도 있겠으나, 다른 편으로 보자면 작가가 얼마나 (외설적) 플롯에 대해 조심하는지를 증명하는 단적인 예시로 볼 수도 있다. 화자가 된 작가는 직접 나서서 로레다니 가문의 불륜과 치욕을 비판하는 것이다. 작가의 개입은 자못 과장스럽기까지 하다.

아마도 작가는 화자를 통해 빅토리아와 레오나르도의 삶이 비도덕적이고 반사회적인 것임을 분명히 하고 싶을 것이다. 그렇지 않으면 이 소설은 단지 말초 신경을 자극하는 포르노그래피에 지나지 않기 때문이다. 이 소설이 보수적인 시대의 독자들에게 어필하기 위해서는, 특히 성적 욕망을 억압받고 있는 여성 독자들에게 어필하기 위해서는, 그들이 이 소설을 읽어야 하는 '합법적인' 핑곗거리를 제공해야만 했다. 샬럿은 '도덕 선생' 화자를 통해 그런 합법성을 창출했다.

『조플로야』는 출판 당시 (남성) 비평가들로부터 혹독한 평가를 받았다. 혹자는 "언어와 인유(引喩)가 너무 도발적이라 (……) 세심한 여성의 펜이 따라가서는 안 된다"고 말하는가 하면, 또 다른 이는 "소설의 성적 내용이나 범죄는 여성 작가와 독자들에게 적합하지 않다"고 비판했다.[5] 당시 남성 본위의 문화적 분위기를 고려하면 그리 놀랄 만한 평가도 아니겠지만, 그럼에도 불구하고 샬럿은 여성 작가의 입장에서 가능한 한 가혹한 비난을 최소화하고 싶었을 것이다.

또한 『조플로야』를 단순히 독자들에게 윤리적인 삶을 강조하기 위한 교훈 소설로만 읽어서는 안 된다. 앞서 설명했듯이, '도덕 선생' 화자는 작가가 하고 싶은 본질적 내용의 포장지에 불과하다. 그럼 작가는 어떤 이야기를 하고 싶었던 걸까? 주인공 빅토리아를 살펴보면 좀 더 확실하게 드러난다.

빅토리아는 욕망의 화신이다. 처음에는 베렌차를 욕망하고, 후에는 엔리케를 욕망한다. 그리고 그녀의 욕망은 어머니에게서부터 출발한다. 빅토리아는 어머니 라우리나가 지고지순한 남편을 버리고 아돌프를 따라 떠난 것을 보고, 자신의 욕망을 충족시키기 위해 과감히 행동하는 어머니를 부러워한다.

왜 그런지 설명할 순 없었지만, 당시 빅토리아는 어머니와 아돌프를 매혹적이고 행복한 결합으로 보았다. 베렌차가 유독 그녀에게 관심을 보이거나 사랑의 언어로 구애할 때면 비운의 어머니처럼 되고 싶은 강렬한 욕망과 선망의 감상에 젖었다. 어머니처럼

5 Craciun, Adriana. Introduction: Charlotte Dacre and the "Vivisection of Virtue," in Charlotte Dacre. *Zofloya; or, The Moor: A Romance of the Fifteenth Century.* Ed. NY: Broadview P, 1997. 9–32.

관심받고 감미로운 말을 들으며 연인의 뜨거운 눈동자 속에 가라앉고 싶었다.(50쪽)

이런 유혹에 빠진 열일곱 살의 빅토리아는 서른다섯 베렌차에게 연정을 느낀다. 비록 나이 차가 많았지만, 베렌차는 꽤 매력적인 남성이었다. "특별한 감각과 출중한 품격을 갖춘 신사"로 "인물이 늠름했고, 얼굴에는 비록 근엄하기는 하지만 사람의 시선을 사로잡고 즐겁게 하는 매혹적인 표정이 깃들어 있었다"(48, 49쪽). 베렌차는 메갈리나를 포함한 뭇 여성들의 우상이 되었고, 경쟁 심리에 빠진 빅토리아는 그를 먼저 차지해야만 했다. 마침내 그녀는 그를 대신해 상해를 입음으로써 자신의 열정을 증명하고 그와 결혼하게 된다.

하지만 경쟁 상태에서 벗어나자, 빅토리아는 더 이상 베렌차를 욕망하지 않는다. 이제 그녀의 관심은, 경쟁 상대가 있는 엔리케로 옮겨 간다. 그에게는 약혼녀 릴라가 있다. 릴라는 그녀보다 더 앳되고 순결하고 달콤하고 우아하다. 강력한 경쟁 상대인 셈이다. 빅토리아는 더욱 강렬한 충동을 느끼고, 결국 살인으로 치닫게 된다.

빅토리아의 이런 태도는 지그문트 프로이트가 말한 오이디푸스 콤플렉스를 변이하여 형상화하는 듯하다. 프로이트는 남자아이가 아버지를 경쟁 상대이자 위협의 대상으로 본다고 주장한다. 아버지가 없으면 어머니를 독차지할 수 있기 때문이다. 한편 위협을 느낀 아버지는 아이를 거세할 수도 있다. 따라서 아이는 아버지와 긴장 상태를 유지하게 된다. 그러면서 동시에 아버지를 닮아 가려

한다. 그렇게 함으로써 어머니와 가까워질 수 있다고 믿기 때문이다. 아이러니하게도 적대 관계의 아버지와 일종의 동일화 현상이 일어나는 것이다.

동일화 현상은 빅토리아에게서도 볼 수 있다. 빅토리아는 엔리케에게 약을 먹여 자신을 릴라로 착각하게 만든다. 일시적이지만 그녀는 릴라가 됨으로써 엔리케의 사랑을 갈취한다. 남자아이가 어머니의 사랑을 독차지하기 위해 아버지를 닮아 가듯, 빅토리아는 엔리케를 차지하기 위해 그녀의 연적이 된다.

사실 이런 욕정, 불륜, 치정 살인은 어느 정도 샬럿의 욕망, 더 나아가 여성의 욕망을 대변한다. 빅토리아의 어머니처럼, 샬럿의 아버지는 조강지처를 버리고 백작 부인과 재혼했다. 이는 재력을 갖춘 유대인 아버지가 백작 미망인과 재혼함으로써 주류 사회의 상류층으로 이동하려는 시도였을 것이다. 즉 아버지에게 결혼은 신분 상승의 도구였다.

샬럿은 이런 아버지의 애정 행각에 미묘한 매력을 느꼈던 걸까? 그녀 또한 유부남을 연정의 대상으로 골랐다. 남자의 아내가 버젓이 살아 있는데도 샬럿은 그와의 사이에서 아이 셋을 낳았다. 당시 런던의 보수적인 사회 문화적 분위기를 고려하면, 샬럿의 불륜은 가히 충격적인 일이었다. 그러나 샬럿은 크게 개의치 않은 듯싶다. 남자의 아내가 죽자, 샬럿은 아이들에게 세례를 주고, 4년 후 당당하게 그와 결혼했다. 그녀의 삶 자체가 한 편의 드라마 같았다.

샬럿의 욕망을 단순히 한 여자의 부정으로 한정시켜서는 안 된다. 샬럿을 당시 많은 여성들의 억압된 욕망을 몸소 표출시킨 전위 예술가이자 여권 운동가로 봐야 한다. 당시 여성의 성은 인류 보존을 위한 수단이자 남성 쾌락의 도구로 간주되었다. 여성이 감히 성욕을 느끼거나 표출하는 것은 죄였다. 바버라 웰터가 밝힌 것처럼, 정숙한 여자라면 순결을 지켜야 하고 집 안에서 자식을 돌보고, 남편을 부양하고, 가정을 잘 꾸려야 했다. 여성의 자치성은 무시되고, 자유나 권리를 주창하는 것은 죄악시되었다. 샬럿은 이런 사회 문화적 관념에 도전하는 삶을 살았다.

소설도 그런 맥락에서 이해되어야 한다. 비록 중간자적 입장을 위해 '도덕 선생' 화자를 고용했지만, 궁극적으로 샬럿이 원한 것은 여성의 자치성, 자유, 욕망, 인권의 표출이었다. 드라마틱한 효과를 위해 다소 과장된 면이 있지만, 샬럿은 빅토리아를 통해 이런 여성성을 투영하려고 했다. 그렇다면 이런 맥락에서 조플로야는 누구이며 무엇을 상징하는 걸까?

표면적으로 조플로야는 "모든 피조물의 불구대천의 원수"(409쪽), 사탄이다. 처음에는 노예이자 하인, 즉 신분상 가장 낮은 위치의 인물로 빅토리아 앞에 나타난다. 그는 엔리케와 함께 베렌차의 팔라초에 오지만, 빅토리아의 꿈에 등장하기 전까지 그녀는 그의 존재조차 인식하지 못했다. 즉 조플로야는 욕망의 대상과 함께 등장하고, 욕망이 강렬해지면서 그의 실재가 의미를 갖게 되는 것이다. 조플로야는 빅토리아가 욕망을 실현할 수 있도록 부채질하고, 암암리에 선도하고, 적극적으로 지원한다. 빅토리아에게 조플로야는 사악하면서 두렵고 신묘하고 아름다운 존재였다. "무어인의 형체는 우아한 아름다움으로 화려하게 빛나고, 얼굴에는 감미로운 매력이 깃들었다. 영롱하면서도 다정한 눈빛은 강렬한 부드러움으로 그녀의 중심을 관통했다"(372쪽). 빅토리아는 시간이 지나면서 점점 조플로야의 마력에 빠져들고 그를 의지하게 된다. 처음에는 한낱 노예였던 그를 정부(情夫)이자 주인으로 섬기게 된다. 빅토리아는 "마음과 몸과 영혼을"(408쪽) 영원히 그에게 바치고, 그 결과 음흉한 사탄의 저주를 받아 비극적 결말을 맞는다.

빅토리아에게 구원받을 기회가 없었던 것은 아니다. 마지막 버림을 받기 전에 천사가 나타나 이렇게 경고한다. "즉시 거짓으로 가장한 무어인을 떠나라. 그러면 하늘이 너의 길을 인도할 것이다. 〔……〕 그러나 기억해라! 〔……〕 지금 가는 길을 계속 간다면, 너에게는 죽음과 영원한 파멸이 속히 오리라!"(378~379쪽) 빅토리아는 천사의 경고를 잠시 고민하지만, 자신에게는 더 이상 선택의 여지가 없음을 받아들인다.

천사의 등장은 전래 동화의 전형적인 권선징악 모티프를 재생하고, 종교의 구원 의제를 형상화한다. 천사는 악(조플로야)에 맞선 주체로서 선악 구조를 가진 이분법적 도덕관념을 재현하고, 동시에 인간의 역사가 선과 악의 충돌로 이어진 서사임을 재확인한다. 조플로야가 인간의 마음에 내재된 불충한 욕망의 표출이라면, 천사는 사회 통념을 고수하는 양심의 소리이기 때문이다. 악은 독단적으로 존재하지 않으며, 선은 그에 맞서 인간을 악의 오용으로부터 보호하려고 한다. 그렇다면 이 악은 조플로야처럼 독립적으로 외부에만 존재하는 걸까?

몇몇 학자들은 조플로야와 빅토리아를 각기 다른 개체로 보지 않았다.[6] 그들을 하나의 주체로 보고, 이 두 인물을 그 주체가 가진 양면성의 투사체로 보았다. 인간은 누구나 선과 악이라는 두 마음이 있고, 때로는 선의 마음에 또 때로는 악의 마음에 지배를 받는데, 조플로야는 이 악의 마음을 형상화한 것이라는 말이다. 달리 말하면 조플로야는 빅토리아의 일부로서 빅토리아가 무의식 속에 감추고 있는 욕망의 시각화라는 것이다.

프로이트는 인간의 정신을 의식과 무의식으로 구분했다. 정신이라는 것은 무형이기 때문에 빵을 둘로 가르듯 나누어질 수 있는 것이 아니지만, 그 차이를 설명하기 위해 편의상 그렇게 구분한 것이다. 무의식에는 충족되지 못한 욕망이 쌓인다. 프로이트가 '이드'라고 부른 이 욕망은 사회적 통념이나 규범의 한계를 벗어나기 때문에 실행되지 못한 것들이다. 이 욕망은 무의식에 잠재되어 있다가, 인간이 꿈이나 최면 상태와 같은 반의식 상태에서 있을 때 의식의 표면으로 올라온다.

조플로야가 처음 빅토리아의 꿈에 등장하는 것도 바로 이런 연유에서다. 조플로야의 등장은 빅토리아의 무의식에 내재된 이드의 출현이었다. 결과적으로 조플로야는 빅토리아의 또 다른 자아, 즉 사회적 통념상 허용되지 않은, 그리고 종교에서 죄로 명시된 욕망의 현현이라는 것이다.

하지만 이런 풀이에 문제가 없는 것은 아니다. 조플로야와 빅토

---

6 Davison, Carol Margaret. "Getting Their Knickers in a Twist: Contesting the 'Female Gothic' in Charlotte Dacre's *Zofloya*," *Gothic Studies* 11.1 (2009): 32-45.

리아가 하나의 주체이고 각기 상반된 양면성을 투영한다면, 그리고 이러한 전제 아래 조플로야가 사악한 욕망을 대변한다면, 빅토리아는 선을 대변해야 한다. 그러나 소설 속의 빅토리아는 완전한 선을 대변하지 못한다. 빅토리아에게는 조플로야를 만나기 전부터 사악한 품성이 있었다. 따라서 조플로야를 단순히 무의식에 내재된 이드로 해석하는 것은 재고해 볼 필요가 있다.

『조플로야』는 흔히 **고딕 로맨스**로 분류된다. 요즘에는 '로맨스' 하면 흔히 사랑 이야기를 뜻하지만, 중세에는 어려움을 극복하고 공주나 연인을 구해 내는 영웅적 서사를 의미했다. 소설 내용을 보건대, 『조플로야』는 사랑 이야기 쪽에 가까워 보인다. 시쳇말로 하면, '막장 드라마'라고 부르는 게 더 어울릴지도 모르겠다. 〈부부 클리닉 사랑과 전쟁〉의 '유럽판'이라고나 할까? '유럽판'이 있다면 말이다.

'고딕' 부분은 좀 더 설명이 필요하다. 고딕은 중세(12~15세기)의 웅장한 건축 양식으로 잘 알려져 있다. 이 양식은 주로 가톨릭 교회 성당이나 수도원 건축에 많이 활용되었다. 16세기에, 이혼을 원하는 왕 헨리 8세와 그에 반대하는 가톨릭교회 간에 갈등이 생기면서, 가톨릭교회의 영향력이 추락하고 앵글리칸 교회(성공회)가 우세해진다. 그와 동시에 웅장함과 아름다움을 뽐내던 고딕 건물들이 파괴되고 부서져 흉물로 남는 경우가 많았다. 고딕 소설은 이런 시대적, 환경적, 물리적 배경을 스토리의 배경으로 삼는다.

고딕 소설에는 여러 가지 특징이 있는데, 조지아남부대학교에서 수업 자료로 정리한 것이 눈에 띤다. 그곳에 나온 표제어만 정리해 보면 이렇다.

조상의 저주, 반가톨릭, 공동묘지, 폐소 공포, 가장(가면), 악마, 도플갱어(동일화), 꿈(악몽), 함정과 감금, 초자연 현상이나 도구, 액막이(귀신 쫓기), 여성 본보기, 유령, 그로테스크(기괴), 유령의 성, 악령, 종교 재판, 경이와 신묘, 마조히즘, 사디즘, 안개, 미스터리, 강신술, 시체 성애, 집착, 쫓기는 주인공, 모호함, 모방, 복수, 몽유, 감수성, 장엄함, 미신, 공포와 전율, 변태, 변형(변신), 신뢰할 수 없는 화자, 뱀파이어, 악의 영웅, 방황하는 유대인, 늑대 인간, 마녀와 주술[7]

『조플로야』가 위의 특성 모두를 포함하는 것은 아니지만, 그럼에도 많은 부분을 반영하고 있다. 그중에서도 현대 독자가 관심을 가져 볼 만한 것이 '경이와 신묘', '장엄함' 부분이다. 이 표현은 자연의 웅장하고 숭고한 측면을 집약한 것이다. 거대한 자연 앞에서 인간은 보잘것없는 존재가 된다. 상징적으로 그 자연을 창조한 조물주와 피조물 인간이 비교된다. 그리고 조물주는 자연을 통해 인간의 그릇됨을 끊임없이 경고한다. 하지만 악에 빠진 피조물은 그것을 무시한다. 예를 하나 들어 보자.

---

[7] Georgia Southern University, *Glossary of Literary Gothic Terms*. Web. 17 Apr. 2017.

빅토리아는 릴라를 동굴 감옥에 가두고 어떻게든 엔리케를 차지하려고 애쓴다. 그녀는 통제할 수 없는 욕망으로 가득 차고, 우울한 기분에 젖어 숲으로 발걸음을 옮긴다.

늦은 저녁이었다. 하늘은 검은 먹구름으로 덮여 있었다. 그때 머리 위에서 천둥소리가 우르릉거렸다. 시퍼런 번개가 그녀가 가는 길을 가르며 번쩍거렸다. 그럼에도 그녀는 내적 갈등에 빠져 있어 그것들의 교전에 신경 쓰지 않았다. 외부 환경은 그녀의 꽉 막힌 마음에 아무런 영향도 주지 못했다.(326쪽)

잠시 후 빅토리아는 조플로야를 만나 엔리케를 속일 계략을 꾸민다. 이때도 "번개가 하늘을 가르며 생생하게 번쩍거렸다"(328쪽). 조플로야는 폭풍이 올 것 같다며 안전한 곳으로 가자고 하지만, 빅토리아는 "오, 폭풍 따위 걱정은 하지 마!"(328쪽)라고 단언하면서 자연의 경고를 완전히 무시해 버린다.

자연의 웅장함은 소설 말미로 갈수록 더욱 빈번히 나타난다. 특히 제3권에서는 거대한 야생을 바라보는 빅토리아의 모습이나 경이로운 숲속에 있는 왜소한 그녀의 모습, 빅토리아가 릴라를 죽이고 조플로야의 도움으로 순간 이동을 해서 보게 되는 알프스의 환상적인 산세, 깊은 산속에 위치한 레오나르도의 동굴 요새를 찾아가는 과정에서 맞닥뜨린 신묘한 자연의 정경, 그리고 마지막에 빅토리아가 조플로야의 손아귀에서 몸부림치던 위태로운 벼랑의 묘사는 어김없이 웅장한 자연 앞에 인간이 얼마나 하찮은 존재인가를 대조적으로 보여 준다.

이뿐 아니라, 고딕 소설의 다른 요소도 쉽게 찾을 수 있다. 이를 테면 모데나 부인을 통해 풍자한 반가톨릭 성향이라든가, 빅토리아가 끔찍이 두려워하는 10인의 평의회의 종교 재판, 조플로야의 초자연적인 능력, 릴라에 대한 빅토리아의 사디즘, 릴라로 변신한 빅토리아의 도플갱어 그리고 카토와 빅토리아의 도플갱어, 어머니 라우리나의 (여성) 본보기 등 다양한 측면에서 고딕 요소를 관찰할 수 있다.

고딕 요소는 아니더라도, 무어인 조플로야의 인종 또한 그냥 지나치기에는 아쉬운 부분이다. 흑인, 악마, 주술, 노예, 음란, 흑인과 백인의 혼교(miscegenation) 모티프가 너무나 자명하게 보이기 때문이다. 흑인 노예 남자가 백인 귀족 여자와 관계를 갖는다는 것은 당시엔 대단히 도발적인 행동이었다. 그러면서도 일탈을 꿈꾸는 백인 귀족 여자들에게는 일종의 판타지처럼 여겨지곤 했다. 따라서 무어인과 빅토리아의 관계는 여러 면에서 논란의 소지가 있었다. 여하튼 소설을 읽으면서 이런 점들을 염두에 두고, 이에 직접 연관된 부분이나 암시된 묘사를 찾아보는 것도 독서의 또 다른 재미를 선사할 것이다.

『조플로야─15세기 베네치아의 로맨스』는 이번에 처음으로 번역되어 국내에 소개된다. 『조플로야』가 출간된 1806년 전후로 발표된 흥미로운 소설들이 많다. 앤 래드클리프, 샬럿 스미스, 매슈 루이스 등의 작품들이다. 그러나 대부분 아직까지 우리 글로 번역되지 않았다. 샬럿 대커의 소설도 세 편이나 더 있지만, 역시 번역되지 않았다. 바라기는 『조플로야』 번역을 계기로 더 많은 동시대 작품들이 번역되어 소개되었으면 좋겠다.

『조플로야』 번역을 시작한 것이 2010년경이니, 만 7년이 되었다. 옛 영어를 우리 글로 옮기는 작업이 녹록지 않아 몇 번을 포기하려 했다가 다시 작업을 시작하곤 했다. 옮기는 작업이 마무리되고서는 출판사를 찾는 일이 쉽지 않았다. 훌륭한 작품이지만 고전인지라, 상업성을 무시할 수 없는 출판사 입장에서는 쉽지 않은 결정이었을 것이다. 이런 가운데 선뜻 원고를 심사하고 논의해 주신 을유문화사 세계문학전집 편집위원들과 출간을 결정한 출판사 가족들께 감사의 마음을 전한다.

판본 소개

　『조플로야-15세기 베네치아의 로맨스』는 1806년 런던에서 세 권으로 나뉘어 처음 출간되었다. 당시에는 꽤나 인기가 많았지만, 시간이 지나면서 잊혔다. 20세기 후반에 학자들이 다시 관심을 갖기 시작하면서, 브로드뷰와 옥스퍼드 출판사에서 각각 1997년에 이 소설을 새롭게 출판했다. 1806년 초판은 전자 문서화되어 비영리 전자 도서관인 '인터넷 아카이브(Internet Archive)' 사이트에 공개되었다. 본 번역에는 역자가 학부 수업을 받으면서 읽었던 브로드뷰의 것을 사용했고, 모호한 부분은 1806년 원문을 확인했다.

샬럿 대커 연보

1771/1772 샬럿 킹(대커)의 정확한 출생 일자는 확인되지 않음. 아버지 조
너선(존) 킹과 어머니 데버라 라라의 딸로 태어남. 존은 대금업자이
자 급진적인 문필가로 알려짐. 후에 존은 데버라와 이혼하고, 레인즈
버러 백작 미망인 제인 로치포트 버틀러와 결혼함.

1798 여동생 소피아와 함께 펴낸 시집 『헬리콘의 사소한 것들(*Trifles of
Helicon*)』을 아버지께 헌정함. 소피아는 소설 『월도프 혹은 철학의
위험(*Waldorf, or the Dangers of Philosophy*)』을 출간함.

1804 '로자 마틸다'라는 필명으로 『시의 기록(*The Poetical Register*)』을
출간함. 「모닝 포스트(*The Morning Post*)」 신문 편집장인 니컬러스
번을 알게 됨. 당시 니컬러스는 기혼자였음.

1805 소설 『세인트 오머 수녀의 고백(*Confessions of the Nun of St.
Omer*)』을 출간하고, 매슈 루이스에게 헌정함. 시 모음집 『고독의 시
간(*Hours of Solitude*)』을 출간함. 여기에는 『헬리콘의 사소한 것들』
에 있던 시들이 일부 포함됨. 소피아는 이때까지 총 네 편의 소설과
한 권의 시집을 출간함.

1806 5월에 『조플로야─15세기 베네치아의 로맨스(*Zofloya, or The
Moor: A Romance of the Fifteenth Century*)』를 출간함. 7월에는

「모닝 포스트」에 정치적 시류를 담은 일련의 시를 발표함. 이 시는 「꿈 혹은 살아 있는 초상화(The Dream, or Living Portraits)」로 알려짐. 9월에는 니컬러스와의 사이에서 첫아들 윌리엄을 낳음.

1807 소설 『자유인(*Libertine*)』을 출간, 연말까지 3판을 찍음. 11월에 니컬러스와의 사이에서 둘째 아이 찰스를 낳음.

1809 7월에 셋째 아이 메리를 낳음.

1810 『조플로야』의 해적판 『베네치아의 악마(*The Demon of Venice*)』가 싸구려 책자로 발간됨.

1811 소설 『욕망(*The Passions*)』을 출간함. 6월에 세 아이 모두 세례 받음.

1812 『조플로야』가 프랑스어로 번역됨.

1815 7월 1일에 니컬러스와 결혼함.

1816 『자유인』이 프랑스어로 번역됨.

1822 시집 『조지 4세(*George the Fourth*)』를 출간함.

1825 11월 7일에 런던의 랭커스터 플레이스에서 사망함.

새롭게 을유세계문학전집을 펴내며

을유문화사는 이미 지난 1959년부터 국내 최초로 세계문학전집을 출간한 바 있습니다. 이번에 을유세계문학전집을 완전히 새롭게 마련하게 된 것은 우리가 직면한 문화적 상황에 적극적으로 대응하기 위해서입니다. 새로운 을유세계문학전집은 세계문학의 역할이 그 어느 때보다 중요해졌다는 인식에서 출발했습니다. 오늘날 세계에서 타자에 대한 이해는 우리의 안전과 행복에 직결되고 있습니다. 세계문학은 지구상의 다양한 문화들이 평등하게 소통하고, 이질적인 구성원들이 평화롭게 공존할 수 있는 문화적인 힘을 길러 줍니다.

을유세계문학전집은 세계문학을 통해 우리가 이런 힘을 길러 나가야 한다는 믿음으로 만들어졌습니다. 지난 5년간 이를 준비하기 위해 많은 노력을 기울였습니다. 세계 각국의 다양한 삶의 방식과 문화적 성취가 살아 있는 작품들, 새로운 번역이 필요한 고전들과 새롭게 소개해야 할 우리 시대의 작품들을 선정했습니다. 우리나라 최고의 역자들이 이들 작품 속 한 문장 한 문장의 숨결을 생생히 전하기 위해 심혈을 기울였습니다. 또한 역자들은 단순히 번역만 한 것이 아니라 다른 작품의 번역을 꼼꼼히 검토해 주었습니다. 을유세계문학전집은 번역된 작품 하나하나가 정본(定本)으로 인정받고 대우받을 수 있도록 최선을 다했습니다. 세계문학이 여러 경계를 넘어 우리 사회 안에서 주어진 소임을 하게 되기를 바라며 을유세계문학전집을 내놓습니다.

을유세계문학전집 편집위원단
김월회 (서울대 중문과 교수)
손영주 (서울대 영문과 교수)
신정환 (한국외대 스페인어통번역학과 교수)
최윤영 (서울대 독문과 교수)
박종소 (서울대 노문과 교수)

을유세계문학전집